바다를 마시는 새벽별

바다를 마시는 새벽별

제1판 1쇄   2022년 6월 15일

지은이   박도은
펴낸이   이경재

펴낸곳   도서출판 델피노
등록   2016년 8월 11일 제2020-000082호
주소   서울시 양천구 신정중앙로 86, 덕산빌딩 5층
전화   070-8095-2425
팩스   0505-947-5494
이메일   delpinobooks@naver.com
ISBN   979-11-91459-27-2(03810)

바다를 마시는 새벽별

박도은 장편소설

델피노

차 례

*계명성(啟明星): 새벽별. 새벽에 동쪽 하늘에서 반짝이는 금성(金星)을 이르는 말.

01

계명성국

✦

날이 조금 어둑해진 어느 도시의 거리. 거리 곳곳 상점의 천막들이 줄줄이 늘어서 있고 천막마다 조명등이 자그마하게 걸려 있었다. 양장점, 보석 상점, 정육점, 스낵 가게 등 다양한 가게들의 점주들이 손님들을 향해 신나게 호객행위를 하고 있었다.

"아유, 예쁜 커플! 지나가지만 말고 여기 한번 와봐요. 예쁜 반지랑 목걸이랑 귀걸이가 잔뜩 있어요!"

"크리스마스 특별 세일! 남성 정장, 여성 드레스 염가에 내놓습니다. 입어보세요!"

"커피 한잔 진짜 싸다! 와요 와. 테이크아웃이면 더 저렴하게 해드려!"

"오빠 우리 저기 가볼까?"

손을 잡고 걷던 커플은 추워진 거리를 느끼기라도 했는지 더 꼭 서로를 껴안으며 길을 걷기 시작했다. 형형색색의 밝은 등이 둘려 있는 크리스마스트리를 설치해놓은 도시 거리를 거닐던 사람들은 예쁘게 꾸며져 있는 가게 구경을 하기 위해서, 그리고 진열된 상품을 구매하기 위해서 상점을 방문하곤 했다. 거리에는 크리스마스 캐롤이 은은하게 흘러나왔고 따뜻한 색의 가로등과 조명이 거리를 감싸, 비록 눈이 올 것 같은 추운 겨울이었지만 사람들의 도시는 따뜻한 분위기를 연출했다. 한눈에 보이는 직선의 긴 거리를 거닐다 보면 나오는 테라스가 예쁜 레스토랑엔 가족 단위의 손님들이 식사를 하고 있었다. 마치 크리스마스트리 같이 녹색 스웨터를 입고 빨간색 털모자를 쓴 아이를 함께 온 부모가 사랑스러운 눈빛으로

바다를 마시는 새벽별

지켜보고 있었다. 아이는 눈앞에 놓인 스테이크를 정성껏 썰어 먹으려고 시도했지만, 아직 팔과 손의 힘이 부족해서인지 고기가 잘 썰리지 않아서 맞은편에 있던 아빠가 아이의 접시를 가져와 대신 썰어주었다.

"아빠, 나도 할 수 있어요!"

"아냐, 아들은 좀 더 크면 해봐. 아직은 아빠가 해줄게."

"엄마가 봤을 때 아빠는 아들 바보야. 못 말려 정말."

아이는 아빠가 고기를 써는 동안 고개를 옆으로 돌려 레스토랑에 설치되어 있는 빔 프로젝터를 봤다. 레스토랑 TV와 연결된 빔 프로젝터로 보여지는 방송에서는 대통령이 크리스마스 맞이 대국민 연설을 하고 있었다. 레스토랑 사람들은 앉은 채로 대통령의 연설을 주의 깊게 듣기 시작했다. 고요히 집중해서 담화를 듣고 있는 사람들을 보니 대통령은 꽤나 사람들에게 주목을 끄는 듯했다.

"안녕하십니까, 사랑하는 계명성국 국민 여러분. 대통령 유일호입니다. 따뜻한 크리스마스 연휴 가족들 혹은 연인과 잘 보내고 계십니까. 우리나라는 올해도 무사히 계명성국으로써 제 임무를 다한 것 같습니다. 새벽별이라고 불리는 계명성처럼 세상에서 빛을 발할 국가라고 지어진 우리나라의 이름 같이, 세워진 지 수 천년이 지난 지금까지 우리 계명성국은 우리의 전통과 역사를 잃지 않고 세계정부 시대에 꿋꿋이 우리의 자리를 지키고 있습니다.

계명성국은 세계정부 시대의 세상 마지막 독립국가입니다. 세계는 백여 년 전부터 세계정부의 명령 하에 움직이기 시작했습니다. 각국 지역은 세계정부에 굴복하여 그들의 고유성을 잃어버리고 현재 커다란 기계의 부속품이 된 마냥 기능하고 있습니다.

여러분, 현재 우리 계명성국과 세계정부의 국경선 말고는 세상 어디에도 국경선이 없습니다. 그리고 세상 어디에도 내전, 외전이 없습니다. 나는 사람들이 큰 정부의 명령에 따라 획일화 되어 자신의 고유성을 잃어버리고 마는 이 시대에 어떻게 세상 어디에도 다툼이 없을 수 있는지 의아할 따름입니다. 전쟁이 없으면 평화로운 세상이라고 하지만 모두가 같은 색을 띠고 같은 말만 하는 시대가 과연 정상이라고 할 수 있을까요?

삼면이 바다인 계명성국임에도 삼엄한 국경선으로 인해 바다를 건널 수 없는 많은 계명성국 국민들께서 지난 세월의 삶이 얼마나 답답하고 슬프셨을지 저는 잘 압니다. 저 또한 백년전쟁이라고 일컬어지는 우리 계명성국과 세계정부의 다툼 속에서 태어난 세대이기 때문입니다. 젊은 날 바다 너머 뭐가 있는지 알기 위해서 투쟁했고 우리나라를 지켜내기 위해 많은 싸움을 거쳐 왔으며 현재 계명성국의 국민들이 지지해주셔서 이렇게 대통령이 되어 계명성국을 위해 할 수 있는 일을 새롭게 도모하고 있습니다. 대통령이 되어 우리나라를 돌아보니 나는 이 점은 잘 알겠습니다. 국민 여러분, 우리는 지금까지 잘 해왔고 앞으로도 잘 할 것입니다. 세계무대에서 우리나라를 대표해서 활동하는 사람들이 치열하게 투쟁하고 있고 우리나라의 젊은이들은 빛나는 정신으로 우리나라를 위해 어떻게 하면 될지 고민하고 움직이고 있기 때문입니다.

다만 나는 여러분께 드리고 싶은 말씀이 있습니다. 따뜻하고 평온한 크리스마스에 여러분께 드릴 말씀인지는 모르겠으나 나의 뜻을 전하고 싶어 이렇게 말합니다.

여러분, 암시장 형성과 마피아 생활은 우리 계명성국에서 장려할 수 없습니다. 정부가 노력하고 있지만 아직도 무역로가 많이 활성화되지 않은 것을 저도 잘 압니다. 그리고 거래하는 물품도 제한적이구요. 세계시장에서 유독 독특하다고 여겨지는 우리의 상품, 특히 음악과 문학, 영상 예술 산업이 암시장에서 많이 판매가 되는 것으로 알고 있습니다. 이 거래금액으로 우리나라에 세금을 내고 우리나라 운영에 도움이 되어주고 계신다는 것도 잘 압니다.

하지만 이런 암시장과 암시장을 경영하는 마피아들은 범죄의 온상이 되고 있습

바다를 마시는 새벽별

니다. 범죄의 온상이 된다는 말은 세상에 역기능을 할 수 있다는 것과 동시에, 연루된 사람들 자체가 위험할 수 있다는 것을 의미합니다. 나는 최근에 해상 국경선에서 총을 맞고 물건을 약탈당한 채 사망하는 계명성국 마피아의 이야기를 자주 전해 듣습니다. 몰래 무역을 하다 보니 총칼에 의지하지 않고서는 본인들을 지킬 수가 없는 것입니다.

여러분, 우리의 문화 수출을 위한 시장 개척을 위해 정부가 힘쓰겠다고 반드시 약속하겠습니다. 그러니 부디 어둡고 두려운 암시장에서 여러분의 소중한 손을 거두어 주십시오. 계명성국의 빛나는 아름나움을 이둠 속으로 묻어버리지 맙시다.

천사가 찾아오고 산타가 찾아온다는 좋은 날입니다. 항상 내가 여러분의 산타가 될 수 있기를 나는 간절히 바랍니다. 또한 여러분의 가족이 여러분의 선물이 될 것이고 여러분의 연인이 여러분의 천사가 될 것입니다. 나 역시 하나뿐인 나의 아들과 함께 따뜻한 오늘을 보낼 겁니다. 저녁 식사 시간에 이렇게 멋없고 긴 이야기 들어주셔서 감사하고 그만큼 항상 여러분을 아끼고 사랑하겠습니다. 신년에 또 인사를 드릴 수 있으면 드리겠습니다. 메리 크리스마스고 남은 저녁 행복하게 보내시길 바랍니다. 감사합니다.”

수저를 내려놓고 유일호가 나오는 빔 프로젝터만 보던 사람들은 대통령의 연설이 끝나자 다시 수저를 들고 조용히 식사를 시작했다. 연설 전 레스토랑의 화기애애했던 풍경은 조금 사그러들었고 테이블마다 이유 모를 적막이 찾아왔다.

따뜻한 크리스마스를 보내고 있는 계명성국은 유일호가 말하듯 세계정부에 속하지 않은 유일한 독립국가였다. 세계 곳곳에 남아있던 다른 독립국가들이 모두 세계정부에 수복되고 유일한 독립국가가 된 지는 올해가 꼭 백 년이 되는 해였다. 계명성국 사람들은 세계정부가 어떻게 다른 국가들을 모두 세계정부의 손아귀에 넣을 수 있었는지 알지 못했다. 다만 계명성국 사람들에게 세계정부의 꾐은 매력적으로 느껴지지 않았다.

세계정부는 세상에 새로운 규칙을 던져주고 따라오라고 제안했다. 아버지 혹은 어머니의 성을 따르고 혈연과 함께 거주하는 가족 중심의 세상을, 성을 버리고 학교 혹은 직업 집단이 모여 사는 기숙사형 구조로 바꿔버리고, 화폐를 하나로 통합하였으며, 부의 재분배를 통해 부자도 빈자도 없는 명목적으로 평등한 세상을 만들었다. 다만 세계 각국의 전통들은 모두 철폐되었고 세계정부 명령 하에 하나의 기계처럼 움직이게 되어 새로 부여받은 기능에 맞게 지역을 운영하게 되었다. 효율성만 추구하며 지역을 기능에 맞게 운영하다 보니 지역마다 가난을 벗어나는 사람이 많아졌지만, 원래의 역사나 전통이 사라진 탓에 사람들 간의 동질성 또한 거의 사라져 결과적으로 공유하는 정이 없는 차가운 세상이 되고 말았다.

세계정부인이 사람으로서의 정이 없는 이유는 또 있었다. 세계정부에 편입된 사람들은 라우더(Louder)라는 약을 필수로 복용했는데 이 약을 먹으면 세상에 대한 감수성이 절반 이하로 줄어들었다. 대신 라우더를 먹으면 감정 중 슬픔과 분노 등의 부정적 감정 또한 절반이 되어 우울증이나 기타 정신질환에 쉽게 걸리지 않았다. 사람들은 삶의 고통 속에서 허덕이지 않으며 약 기운으로 무덤덤하고 평온한 채 살 수 있는 자신을 받아들였고, 세계정부는 부의 재분배와 더불어 시민들에게 라우더를 제공함으로써 새로운 질서를 정립하고 그 질서에 대한 복종을 요구할 수 있었다. 이 라우더를 개발한 베어라는 개발자는 세계 평화의 공을 인정받아 세계정부의 수뇌부에 위치하고 있었다.

활동하는 마피아들의 거래 품목에 이 라우더도 있었는데 계명성국에서는 왠지 인기가 없었다. 유일호 대통령 이전에는 세계정부 측 마피아의 공급으로 라우더가 계명성국 암시장에서 꽤 높은 가격에 판매된 적도 있었다. 그러나 계명성국 국민들의 인간다운 삶을 위한 마약류와 라우더 근절이 절실하다고 느꼈던 유일호의 강경정책으로 인해 암시장에서도 라우더의 흔적을 찾기가 어려워졌다. 또한 계명성국에는 예술분야 종사자가 많았기 때문에 감수성이 메말라버리는 라우더의 기능

바다를 마시는 새벽별

을 꺼려하는 사람이 많았다. 분명 세상에서 라우더가 가장 인기 없는 지역은 바로 계명성국일 것이다.

"엄마, 암시장이 뭐야? 대통령 아저씨가 암시장에서 손을 거두었으면 좋겠대."

"응, 암시장은 아빠 같은 예술가들이 바다 건너 세상에서도 빛을 발할 수 있는 방법을 알려주는 곳이란다. 우리 아들이랑 여기서 맛있게 고기를 먹을 수 있는 것도 암시장 덕분이야."

"여보, 그런 이야기 까지 할 필요는…"

"아니에요. 암시장이 우리의 삶을 이어주는 건 맞잖아. 라우더나 기타 불법 불품들에 손대지 않고 우리의 예술을 세계시장에 파는 것이 나쁜 건 아니야."

"이제 유일호가 우리 예술산업의 무역로를 열어주겠다고 약속했으니까 믿어봐야지."

"그리고 마피아 녀석들도 다 나라 살리려고 움직이는 거지. 자기만 잘 살려고 하는 거면 벌써 세계정부로 넘어갔겠지. 안 그래요?"

여자가 말을 하자 레스토랑 내 사람들이 그녀를 쳐다봤다. "맞지." "옳아."하고 작게 말하는 사람들도 있었다. 테이블 위 미소를 빛내며 웃던 사람들은 유일호의 연설 이후 그 웃음을 잃은 채, 아들과 남편을 향해 힘주어 말하는 여자의 말에 동의를 했다. 그렇다. 계명성국의 많은 사람들은 이미 마피아와 암시장에 개입하고 있었던 것이다. 계명성국은 세계정부로 통합되기 이전에도 예술성이 뛰어난 국가였다. 그런데 심지어 세상은 다채로움을 잃고 세계정부 규칙 하에 획일화 되어버렸다. 이때 유일하게 세계정부에 통합되지 않아 색깔을 잃지 않은 계명성국은 새벽별이 떠오르는 국가라는 이름에 걸맞게 빛나는 예술성을 세상에 뽐냈고 문학, 음악, 미술, 영상예술 등에 특별한 재능을 가진 사람들을 많이 배출해냈다. 다만 이 예술작품들을 거래할 시장을 형성할 수 없었기에 계명성국의 많은 예술가들은 마피아에게 의존하여 암시장에서 작품을 거래할 수밖에 없었던 것이다.

계명성국의 마피아들은 예술가들의 세계진출을 돕고 그 이윤을 나눠 삶을 꾸려갔다. 바다 한 가운데에서 거래를 주로 했기 때문에 안전의 위협이 느껴지는 때도 많았지만 그 위험을 무릅쓰고 거래를 해내 예술가들을 살려내고 계명성국에 자주 큰돈을 헌납하기도 했다. 암시장은 백 년간 계명성국에서 생긴 새로운 시장과 같았고 마피아는 새로운 직업과 같았다. 마피아를 하면 위험하지만 세계정부인과의 거래를 통해 막대한 돈을 만질 수 있었고 일반 사람들이 쉽게 넘지 못하는 해상 국경선을 마음대로 넘나들고 세상을 마음껏 둘러볼 수 있었으니 혹자가 말하는 영화 같은 낭만적인 삶을 살 수 있기도 했다. 고립된 세상에 머무르기보다는 세상 밖에서 항해하고자 하는 젊은이들이 갈수록 늘어갔고 이에 따라 마피아가 되려는 젊은이가 늘어나는 것도 당연했다. 비록 위험하더라도 나라를 위하고 자신도 멋있게 사는 삶. 가히 모두가 불꽃이 되려 하는 시대가 된 것이다.

*

진갈색 세련된 정장에 빛이 나는 검은 구두를 신고 벽에 기대서서 팔짱을 낀 채 다정한 얼굴로 걱정스러운 표정을 한 남자가 연설을 끝낸 후 지친 모습으로 카메라 앞에 앉아있는 유일호를 향해 말을 건넸다.

"아버지, 암시장에서 손을 거두어달라고 말한 건 국민들에게 또 다른 크리스마스의 악몽이 될 거예요."

"희성아, 아버지가 모자라 국민들을 위험한 암시장으로 내모는구나."

한숨을 길게 내쉬는 유일호는 아들 유희성의 얼굴을 제대로 보지 못했다. 마치 국민에 대한 죄책감을 내려놓지 못하는 듯한 모습이었다.

"고개 드세요 아버지. 아버지답지 않아요. 그리고 우리나라가 암시장에서 활약하고 있는 건 좋은 일일지도 몰라요. 예술작품들이 인기 상품이 되어 세상이 우리

바다를 마시는 새벽별

를 잊지 않게 하는 수단이 되고 있잖아요."

"하지만 암시장 거래를 하는 많은 마피아들이 바다에서 목숨을 잃고 있잖니. 너무 위태로워."

유일호는 양손을 깍지 낀 채 테이블에 턱을 괴었다.

"아버지. 요즘 마피아들을 뭐라고 부르는지 아세요? 불꽃이라 불러요. 그것도 자기들이 붙인 별명이에요. 한번 높게 타올라 보고 죽고 싶다는 뜻이래요. 이 사람들은 하루를 살아도 멋지게 살아요. 사랑도 실컷 하고 돈도 많이 써보고 세상도 많이 봐요. 위험을 무릅쓸만한 가치가 있는 거예요. 심지어 이 사람들 나라에 기여도 많이 하고 있어요."

어느새 기대어있던 벽으로부터 걸어 나온 희성은 선 채로 허리를 굽혀 유일호가 앉아있는 테이블 위에 놓인 금색 지구본을 손가락으로 천천히 돌돌 굴렸다.

"아버지, 아버지는 젊은 시절에 세상을 많이 누비셨죠. 저는 아버지 피를 이어받았나 봐요. 저도 세상이 궁금해요. 세상이 어쩌다가 이렇게 한통속이 되어 우리를 고립시키게 되었는지도 궁금하고 그냥 세상 자체가 궁금하기도 해요. 어떤 사람이 살고 있을까, 어떤 매커니즘으로 돌아가고 있을까, 우리나라를 어떻게 생각하고 있을까, 앞으로 어떻게 관계를 도모할 수 있을까 같은 거요."

유일호는 지구본을 조용히 돌리고 있는 아들을 바라보며 따뜻한 미소를 지었다.

"우리나라를 유지하면서 우리나라 국민 누구나 국경선을 마음껏 넘나들 수 있는 세상을 만들기 위해 노력할 거란다."

희성은 굴리던 지구본을 멈추고 말했다.

"마피아들은 이미 국경선을 마음껏 넘나드는 세상에 살고 있어요. 이들에게 국가적으로 보호해주고 힘을 더 실어줄 순 없나요?"

유일호는 고개를 가로저었다.

"그건 안된다. 마피아에게 혜택을 줘서 더 많은 국민을 위험한 곳으로 내몰 순 없어."

유희성은 씁쓸해 보이지만 아름다운 미소를 지으며 허리를 펴고 일어섰다.

"아버지, 저는 세상에서 제가 그린 그림에 가치를 매겨보고 판매하는 게 작은 꿈이에요. 하지만 암시장이 불법인 우리나라인 만큼 대통령 아들인 제가 불법적인 시장에 물건을 내 놓을 순 없잖아요. 아버진 암시장을 합법화해주시거나 예술작품 무역로를 터주시거나 둘 중 하나는 꼭 해주셔야 해요. 이건 사실 저 뿐만 아니라 오늘 아버지의 연설을 들었던 많은 국민들이 아버지에게 원하는 걸 거예요."

"꼭 그러마. 무역로를 반드시 만들어내겠다고 약속하마. 국민들에게도 희성이 너에게도."

희성은 기지개를 크게 켜고는 싱긋 웃더니 앉아 있는 유일호를 따뜻하게 끌어안았다.

"아버지, 현실에 너무 슬퍼만 마세요. 우리나라 사람들 지혜롭고 다들 나라를 위해요. 아버지에게 힘이 되어줄 사람들인걸요. 암시장이 국민들을 위험으로 내몰고 있다고 하지만, 글쎄요, 그들은 그럼에도 자신들의 삶을 사랑해요. 전 아버지가 계명성국인들의 삶을 사랑할 자유를 존중해주셨으면 좋겠다는 생각도 들어요. 그리고 아버지, 엄청 잘하고 계세요. 고개 숙이지 마세요. 아버지께서 그러시면 다들 슬퍼할 거예요."

유일호는 울컥 차오르는 눈물을 참고 아들의 등을 토닥였다.

"오냐, 내가 더 잘하마."

"그래요, 이미 잘하고 계시지만 더 잘하셔야 해요. 아셨죠? 제가 그림 들고 세상 누비는 거 꼭 이뤄주셔야 해요. 그리고 아버지, 완전 사랑해요. 메리 크리스마스입니다."

희성은 유일호를 더욱 꼭 끌어안고 사랑한다고 말했다. 유일호도 그런 희성을

바다를 마시는 새벽별

꼭 안은 채 '메리 크리스마스'라고 말하며 미소 지었다.

*

대학교의 한 강의실, 학생들이 앉아 시험문제를 풀고 있었다. 칠판에는 '기말시험 끝나면 종강!'이라고 크게 쓰여 있었다.

"세계 대공황을 설명할 수 있는 학설을 아는 대로 제시하고 서술하시오? 교수님, 대공황이면 수요공급이 제대로 안 맞아서 벌어진 일인 거죠. 학설이 꼭 필요하단 말입니까…"

나정신은 문제를 보고 머리를 감싸 쥐며 혼자 중얼거렸다. 수업은 열심히 들은 것 같은데 질문에 대한 적당한 답안이 잘 떠오르지 않았기 때문이다. 정신 이외에도 많은 학생들이 시험지를 안고 끙끙대고 있었다. 읽기 쉬운 어감이지만 풀기에는 어려운 문제를 내는 것에 정통한 교수의 강의였기 때문에 이미 예상하던 바였지만, 막상 기말고사로 나온 문제를 보고 있자니 앞이 캄캄했다. 이번에 A학점 이상 받지 못하면 마지막 학기 장학금을 반납해야 하는 상황이었기 때문에 정신은 좋은 답이 간절했고 다시 시험지에 집중하기 시작했다.

"와, 정수호 저 새끼 써 내려가는 속도 좀 봐. 또 1등 하겠어."

"막힘이 없구나 정말. 수호 형은 아마 교수님 따라 대학원도 가겠지?"

모두가 어떤 답안을 써야 하나 고민하고 있을 때 일필휘지로 시험지를 채워나가는 사람이 있었으니 그가 바로 나정신 뒤에 앉은, 사람들이 수군거리고 있는 정수호였다. 정수호는 일반 수업시간에도 교수의 마음에 쏙 들 법한 대답으로 교수의 총애를 받는 학생으로 유명했다. 정책을 보는 생각이 영민했고 경제학을 공부하는 것 자체에도 재미를 느끼고 있는 학생이었다. 정수호는 시험지를 보고 일말의 고민의 기색도 없이 편안한 자세로 답을 써내려갔다. 시험감독을 서던 조교도

'역시 정수호인가' 하는 흐뭇한 표정으로 그의 주변에 서서 답안을 지켜보았다.

어느새 약속된 시험시간이 종료되었고 학생들은 시험지를 제출하고 강의실 밖으로 나갔다.

"아 형! 오늘도 치사하게 혼자 시험 잘 봤지!"

정신과 수호는 시험을 비슷하게 끝내고 강의실에서 비슷한 시간에 나왔다. 둘은 강의실 복도를 걷고 있었는데 정신은 옆으로 가방을 멘 수호의 등짝을 세게 팡치며 수호에게 말을 건넸다. 수호는 그런 정신에게 손사래를 쳤다.

"아냐, 잘 치긴. 그냥 쓰고 싶었던 학설이 많았던 거지, 정답이 아닐 수도 있잖아."

"에이, 수호 형이 썼는데 당연히 정답이지 않을까? 형은 이 과목에 능통하잖아. 이번에도 1등일 거야!"

"야, 부끄럽게 그러지마 정말. 그나저나 그러는 정신이 너는 시험 잘 봤어? 다른 과목 죽 쓴 거 있어서 이번에 A이상 못 받으면 장학금 날아간다며."

정곡을 찌르는 수호의 질문에 정신은 깍지 낀 손을 뒤통수에 댄 채 한숨을 내쉬며 대답했다.

"휴… 그러니까 형. 난 막 학기에 왜 이런 시련을 겪고 있는 거지? 지난 학기에 인턴이고 뭐고 그런 거 하지 말 걸 그랬나봐. 그냥 계속 공부만 했었으면 이번에 학점들 다 잘 나왔을 텐데 말야."

"죽 썼다는 다른 과목이 뭔데?"

"계명성국사…"

"아… 전공도 아니네. 그거 왜 들은 건데?"

"그냥. 우리나라가 언제부터 이렇게 고립된 독립국가가 됐는지 궁금하기도 하고, 우리 윗세대들이 지키려고 노력하는 계명성국의 정신이 뭔지도 궁금하기도 해서 말야. 학부 때라도 좀 알아봐야지 싶어서 신청하고 들어봤는데, 복잡하고 어려워. 참패야."

두 사람은 강의실 건물을 빠져나와 걷다 학교를 상징하는 동상이 있는 중앙 광장의 벤치에 앉았다. 같은 대학교에 다니는 학생들이 정신과 수호의 앞을 획획 지나쳐갔다. 종강 시즌이었으니 대부분 시험을 치르고 나오는 것일 테다. 바깥은 겨울이지만 햇살이 잘 들고 포근한 날씨였다. 큰 가로수들이 광장을 둘러싸고 작은 연못의 표면은 빛이 반사되어 마치 유리 조각이 잘게 흩뿌려진 듯한 반짝임을 보였다. 하늘은 새파란 가운데 폭신할 것 같은 구름은 하얀 자태를 뽐내며 옆으로 천천히 흘러가고 있었다. 상하좌우 위아래 어느 곳에 시선을 두더라도 아름다운 풍경을 두 눈에 담지 않을 수 없었다. 코끝을 스쳐 지나가는 겨울 내음을 맡으며 정신과 수호는 마지막 학기의 여운을 즐기고 있었다.

정신과 수호는 대학교 1학년 때부터 친하게 알고 지낸 사이다. 수호가 대학교를 늦게 들어와 동기들보다 나이가 세 살 많았는데 정신은 수호의 나이에 개의치 않고 처음부터 수호를 가깝게 하고 친하게 지냈다. 수호도 정신의 살가움과 친근함에 부응하여 정신을 아꼈다. 정신이 과에서 많은 사람들과 잘 지내는 마당발 같은 성격이었다면 수호는 자신의 가까운 사람을 소중히 하고 아껴주는 성격이었다. 정신을 통해 수호는 많은 친구들을 알게 되었으며 정신은 수호를 통해 진중함과 차분함을 배웠다. 정신은 이따금 수호에게 자신의 이야기를 하고 상담을 하기도 했다. 수호는 정신에게 거의 대부분 알맞은 조언을 해줬다. 정신은 이번에도 수호에게 상담하고 싶은 것이 생겨 이야기를 건넸다. 어쩌면 이번에는 상담이 아니라 자신의 의지를 다잡기 위해 말을 건넸는지도 모른다.

"형, 계명성국사 배우다 보면 재밌긴 진짜 재밌거든. 왜 내가 이런 현실 속에 살고 있는지도 알게 되고 우리 이전의 사람들이 어떤 생각으로 이런 선택을 했는지도 알게 돼. 근데 형, 재미는 그렇다 치고 내가 쓰는 서술형 답은 다 정답이 아닌가 보더라. 재수강을 했는데도 C+이상 나와 본 적이 없어. 근데 나는 이론적인 건 열심히 공부해서 빠삭했으니까 역사관이 교수님이 제시한 거랑 달랐던 거구나 하게 되더라구."

"역사관에 정답이라는 게 있나? 네가 허무맹랑한 이야기는 하지 않을 것 같은데."

"그렇지, 형? 나도 그렇게 생각해. 세상을 바라보는 관점에 정답이라는 게 있어서는 안 되지 않나? 사람들마다 다른 생각을 가질 수 있음을 인정해야 하는데 말야. 물론 살인을 하지 않는다, 도둑질을 하지 않는다 등의 대전제는 모두가 가지고 있어야 하는 거지만 말야."

다리를 꼬고 팔짱까지 낀 채로 이야기를 하던 정신은 이내 팔짱을 풀고 수호의 어깨에 손을 턱 올리며 말했다.

"수호 형, 우리 1학년 때부터 전공인 경제학만 죽어라 팠잖아. 어때 형은? 졸업하고 나서 뭘 해야겠다 딱 마음먹은 게 있어?"

수호는 진로라는 말에 생각에 잠겨 고개를 갸웃거리더니 오래 지나지 않아 싱긋 웃으며 대답했다.

"나야 뭐. 우리 아버지 어머니가 원하시는 경제학 교수의 길로 가기 위해 대학원을 가던가, 일찍 정부기관에 들어가서 경제학을 써먹을 수 있는 부서로 가거나. 그런 걸 희망하고 있긴 하지. 정신이 너는 어떤데?"

가볍게 대답한 수호와 달리 의외로 정신은 양손의 주먹을 꽉 쥔 채로 의지에 가득 찬 목소리를 내며 대답했다.

"형, 나는 경제학도 좋고 사람 상대하는 것도 좋지만 진짜 하고 싶은 게 있어. 난 우리 계명성국의 빛이 세상에서도 빛날 수 있도록 돕는 일을 할 거야. 외롭게 고립된 우리나라의 고독을 걷어내는 역할을 하는 사람이 될 거라고. 내가 어떤 사람들처럼 글을 잘 쓰거나 미술을 잘하거나 음악을 잘하거나 해서 암시장을 통해 세상에 우리나라를 알리는 것도 좋겠지만, 난 그런 것보다 더 직접적으로 그리고

바다를 마시는 새벽별

더 합법적으로 우리나라를 지키는 일을 하고 싶어."

정신의 의지 가득한 말에 수호가 의문 가득한 목소리로 말을 이었다.

"우리 같은 젊은이들이라면 누구라도 너와 같은 생각을 하지 않을까. 합법적으로 우리나라를 빛내고 지킬 수 있는 일. 그런 일이 있다면 우리나라의 청년들은 나라와 자신을 위해 기꺼이 그 길을 걷고자 할 거야. 그런데 그런 일이 있어? 있었다면 이미 많은 청년들이 달려들지 않았을까?"

정신은 의미심장한 웃음을 지었다.

"이미 우리 같은 청년들이 졸업하면 어디로 몰려가는지 알지?"

수호는 옆머리를 긁적였다.

"글쎄다… 마피아?"

"맞아 형. 요즘 우리나라 사람들 살았을 때 화려하게 살고 죽어도 의롭게 죽겠다고 어둠의 세계인 마피아로 빠져. 난 근데 그게 싫어. 마피아 생활을 하며 벌어들이는 수익들이 우리나라에 헌납되어 많은 도움을 주고 있다는 것은 알아. 하지만 과거부터 빛나던 우리나라의 명예와 영광이 암시장 제1국가라는 오명으로 변질되어서 그 빛을 잃어가는 게 너무 안타까워. 난 이번 크리스마스에 대통령이 TV 연설할 때 암시장과 마피아 생활을 정리해달라고 하는 말이 정말 반가웠어."

"하지만 대통령 말과 달리 우리나라 정부 기관들은 이미 마피아와 담합해서 공존하고 있는 것이나 다름없어. 세계에서 암시장 제1국가가 되어버린 것이 부끄러운 상황이지만 어쩌면 우리 현실이기도 해."

수호는 정신에게 현실을 알렸지만, 정신은 개의치 않고 벤치에서 벌떡 일어나 근처 플래카드들이 대여섯 개 잔뜩 걸려 있는 곳으로 걸어갔다.

"형, 나는 저 가장 위에 걸린 플래카드에 쓰인 걸 따라가 볼까 해. 사실 이번 학기 들어서 쭉 지켜봐 왔던 거야"

허공에 걸린 플래카드들은 대부분 취업과 관련된 것들로 군인, 자동차 회사, IT

기업 등 여러 직업들의 공고가 걸려 있었다. 그중 정신이 가리킨 가장 위의 것은 '대통령의 부름이다!' 라고 크게 적힌 형사 모집 채용공고였다.

"형사? 범죄조직 일망타진하는 형사 말하는 거지?"

"응. 내가 따라갈 범죄조직은 당연히 마피아고. 마피아를 아예 양지로 끌어내든가 괴멸시켜버리든가. 둘 중 하나는 꼭 해 보이겠어. 마피아보다 우리나라를 고립시켜서 암시장을 형성하게끔 만든 세계정부가 나쁜 거지만, 마피아를 따라가다 보면 우리나라 마피아와 거래하는 세계정부 놈들이랑도 접선할 수 있을거고. 그럼 세계정부로부터 우리가 자유를 얻는 것에 도움을 줄 수 있을지도 몰라. 그리고 난 바다 건너 세상이 어떻게 생겼는지 너무나도 궁금하거든. 마피아는 바다를 자유롭게 건너다니는 사람들이니 이들을 쫓는다면 우리도 자연스레 그렇게 세상을 넘나들 수 있겠지. 세계정부 대륙에도 발을 들여 볼 수 있을지도 모르고. 세상이 어떻게 돌아가는지 계명성국사 책 말고 실제로 경험해볼 수 있을 거야."

정신은 흑백이 확연히 구분되는 시원하고 또렷한 눈으로 높이 걸린 대통령 발 플래카드를 보며 미소 지었고 수호는 그런 정신을 짐짓 부러운 눈으로 바라봤다. 수호도 정신처럼 나라를 위하고자 하는 마음, 바다 건너 세상을 누비고자 하는 욕망이 있었다. 백 년째 고립되어 있는 국가에서 태어난 젊은이라면 누구나 같은 욕망을 가졌을 것이다. 계명성국의 사람들은 고립된 백년 전부터 계명성국이라는 땅 밖에 알지 못했고 세상이 어떤지에 대한 정보를 잘 알 수 없었다. 세계정부는 철저히 기계적으로 돌아가고 있었기 때문에 문화를 형성하는 게 드물었고 이것이 계명성국으로 흘러들어오는 일은 더욱 드물었다. 큰 파도를 경험할 수 있는 미지의 세계로 발을 들여보고자 하는 것은 인간의 욕망과도 같으니 저절로 마피아와 같은 자유로운 집단에 몸을 담고자 하는 사람들이 늘어났던 것이다.

수호 또한 정신의 말을 듣고 정신과 같은 길을 걷고 싶다는 욕망이 크게 일었지만 의사생활을 하시는 부모님이 자신이 교수가 아닌 형사를 진로로 두겠다고 했을 때 어떤 반응을 보일지 알 수 없었기에 작은 망설임이 있었다. 이 머뭇거림을 아는지 모르는지 정신은 수호를 향해 손을 내밀었다.

"수호 형, 나랑 같이 가자. 나랑 세상 누비면서 계명성국을 다시 일으켜보지 않을래?"

"정신아, 나는…"

"형, 형이랑 수놓았던 나라를 생각하는 많은 이야기들을 나는 잊지 않아. 형도 나랑 같은 마음일 거라고 생각해서 손 내미는 거야 지금."

한 손은 내밀고 한 손을 허리에 올려놓은 채 수호를 바라보는 정신은 수호의 답을 기다렸다. 정신은 수호가 답을 머뭇거리자 "같이 안 가도 괜찮아." 라고 아쉬운 듯 말을 내뱉으며 싱그럽게 웃어 보였다. 그리고는 뱅글 뒤로 돌아 두 손을 뒷머리에 깍지 끼고는 수호에게 등을 보였다. 수호가 같이 가지 않겠다고 말하더라도 섭섭한 모습을 내비치고 싶지 않았기 때문에 얼굴을 숨긴 것이었다.

"세상을 마음껏 누비고 합법적으로 나라를 지키는 일…"

수호는 결코 정신의 제안을 거절할 수 없었다. 사실 마음속 깊이 바라왔던 것은 바로 정신이 말한 그런 것들이었기 때문이다. 수호는 굳은 마음을 먹고 벤치에서 벌떡 일어났다. 그리고 결국 정신에게 함께 하겠다고 대답하고야 말았다. 그러자 마음을 내려놓고 뒤돌아있던 정신은 순식간에 달려와 함께하겠다고 대답한 수호를 한가득 품에 안았다. 앞으로 가야 할 길이 쉽지만은 않으리라고 생각했지만, 수호와 함께라면 왠지 잘 할 수 있을 것 같다고 믿어졌기 때문이었다.

*

정신은 어려웠던 시험과 뿌듯했던 수호와의 만남을 뒤로하고 저녁이 되어 집으로 돌아왔다.

"엄마! 다녀왔어요!"

"그래, 이제 시험 더 남은 건 없는 거지? 수고 많았어 정말."

"엄마 근데 오늘 시험 망한 것 같아요."

"어떡하니 그럼. 학점이 어느 정도 나와야 장학금 회수가 안 된다며."

"네, 그래서 걱정이에요. 빨리 취업을 해서 얼른 돈을 벌든지 학점이 잘 나오든지 둘 중 하나는 꼭 해야 해요. 어, 아빠 계셨네요!"

집에 돌아와 어머니와 이야기를 하며 가방을 내려놓고 외투를 벗던 정신은 아버지를 발견하고는 아버지를 향해 밝은 인사를 건넸다.

"정신이랑 아빠, 둘 다 들어왔으면 어서 식탁에 앉아요. 식사 준비 다 되었어."

"네, 와 이게 다 뭐에요 엄마?"

"오늘 정신이 마지막 시험치고 돌아오는 날이라고 엄마가 힘 좀 써봤어."

"여보, 이렇게 되면 나는 정신이가 항상 대학생이었으면 좋겠다는 생각을 하게 되는걸."

"아빠, 싫어요. 전 빨리 사회로 나가고 싶다구요!"

정신의 아버지는 인자한 너털웃음을 지으며 정신의 머리를 장난스레 흐트러뜨렸다.

"그래서 정신이 너는 졸업하고 뭐할지 생각은 해봤니."

"아빠. 저 하고 싶은 게 생겼어요. 이번학기 초부터 마음을 잡은 거긴 해요."

"어머 그게 뭔데? 엄마는 정신이가 하는 거 뭐든 응원할 거야."

기대어린 눈빛을 보내는 정신의 부모님에게 정신은 맛이 좋아 와구와구 먹던 입 속의 음식들을 힘겹게 다 삼키고는 말을 꺼냈다.

"엄마아빠, 저 형사를 하고 싶어요. 우리나라의 현실을 극복하고 나라를 위해 젊음을 불태울 수 있는 일이 뭐가 있을까 생각해보니 이거더라구요. 계명성국이 다시 찬란하게 빛나는데 공헌할 거에요."

순간 침묵이 흘렀고 정신은 침을 꼴깍 삼켰다. 혹시나 부모님이 반대하면 어쩌나 걱정이 되었다. 하지만 그 걱정은 이내 날아가 버렸다. 부모님의 반응이 걱정을 불식시켰기 때문이다.

"어머 여보, 정신이가 형사를 하겠대요. 너무 멋지다!"

"그래. 아빠도 지금은 엄마랑 작은 통기타 가게를 하게 되었지만 어릴 적 꿈은 나라를 지키고 세상을 호령하는 군인이었단다. 나를 닮았어! 이 녀석."

"응원해 주시는 거죠? 다행이다."

"응원 못할 이유가 뭐가 있겠어! 정신아. 너의 삶은 네가 꾸려나가는 거잖아. 엄마랑 아빠는 정신이가 어떤 선택을 하든 응원할 거야. 의미 있는 선택으로 보여서 그게 너무 기뻐 엄마는."

"잘 해봐 정신아. 지금부터 체력관리 공부 둘 다 열심히 해야겠는걸."

정신은 자신의 꿈이 부모님에게 받아들여지고 응원 받을 수 있어 기뻤다. 가족의 따뜻함이 함께 있다면 정신은 앞으로의 여정이 고될지라도 잘 이겨낼 수 있으리라는 확신을 가질 수 있었다.

한편 같은 시각, 수호 가족의 고풍스러운 저택에서도 식사가 한창이었다. 따뜻한 조명등의 빛이 식탁을 감싸고 식탁 위에는 각종 요리와 와인이 놓여있었다. 식탁은 매우 컸는데 앉은 사람들끼리 대화를 나누기가 쉽지 않을 만큼 사람 간의 거리가 있었다. 식탁에 앉아 식사를 하는 가족은 서로를 사랑하고 서로에게 다정했지만, 거리 때문인지 원래 분위기가 조용한 탓이었는지 딱히 몇 마디 나누지는 않았다. 수호는 부모님과의 식사 자리에서 오늘 정신과 나눈 대화와 그 대화 끝에 내린 결심을 이야기하고 의견을 들어보고 싶었다. 하지만 어떻게 말해야 좋을지 몰라 말을 꺼내지 못하고 망설였다. 오랜 시간 의사로 지내며 정신이 원하는 공부를 하는데 지원을 아끼지 않았던 부모님이었기에 정신이 계속 공부를 하고 그 가운데 뜻을 이루기를 바랐을 것이라고 생각했기 때문이었다.

"수호야, 이제 기말고사가 모두 끝났다지. 그럼 졸업만 남은 거니?"

"네 아버지. 오늘이 마지막 시험이었어요. 경제학 시험이었는데 열심히 쓰고 제출했어요."

"수고 많았구나. 이제 대학원에 진학할 생각이니?"

두꺼운 금테 안경을 끼고 식사를 하던 수호의 아버지는 레드와인을 한 모금 마신 뒤 수호에게 향후 계획을 물었다. 수호의 어머니도 내심 궁금한 눈치였다. 수호는 정신과 함께 형사 채용시험을 보겠다고 분명 결심했고 부모님께도 꼭 말씀드릴 생각이었지만 그 말이 쉽게 꺼내지지는 않았다. 어쩌면 형사 정수호는 전혀 자신답지 않다는 생각이 들기도 했다. 하지만 결심한바, 언젠가는 말을 해야 했다. 수호는 그 말할 날이 바로 오늘 같았기에 결국 조곤조곤 자신의 결심을 부모님께 말하기 시작했다.

"아버지, 저 사실… 대학원에 진학할 생각이 없어요. 대학 동기와 함께 형사 채용공고에 지원해볼까 해요."

"형사… 그거 힘하고 고된 일 아니냐."

안경 너머로 수호의 아버지는 수호를 향해 걱정스러운 눈빛을 보냈다. 수호 어머니는 포크와 나이프를 쥔 채 움직이지 않고 말없이 수호만 물끄러미 바라봤다. 수호의 아버지와 어머니는 수호가 어째서 형사라는 직업을 선택하게 되었는지 궁금했다. 자신들의 자랑스러운 아들이 선택한 일에는 분명 어떠한 의미가 있으리라고 생각했다. 수호는 부모님이 자신에게 거는 기대를 잘 알고 있었다. 이번 선택 또한 부모님이 걱정은 하시겠지만 결코 말리지는 않을 것이라는 것도 알고 있었다. 수호는 부모님께 자신이 꿈꾸는 삶이 뭔지, 원하는 세상이 어떤 세상인지 알려주고 싶었다.

"아버지 어머니는 의사로서 저 태어나기 전에 세상에 많은 사람들을 구하러 다니셨죠. 지금은 우리나라 이렇게 고립되어있었지만 몇십 년 전만 해도 제한적으로

바다를 마시는 새벽별

나마 세상을 다닐 자격을 가지는 사람들이 있었으니까요. 아버지 어머니처럼 의사가 되었다면 저는 지금 그 자격을 얻고 세상을 다니고 곳곳의 가엾은 사람들을 위해 저의 힘을 보탤 수 있었을까요. 지금은 아버지 어머니처럼 세상을 다닐 수 있는 시대가 아니니 아마 전 의사가 되었어도 계명성국 밖은 나가볼 수 없을 거예요.

오늘 저의 대학 동기가 세상을 누비면서 나라를 위해 일할 수 있는 직업에 대해 이야기를 해줬어요. 계명성국 사람들이 현실에 지쳐 마피아 같은 어두운 길로 빠질 때도 이 친구는 가기 어려울 수 있지만 그래도 밝은 길을 알고 저에게 그 길을 알려줬어요. 그게 바로 형사였구요. 대마피아 부서는 대통령이 특별히 지원하는 부서일 거예요. 채용공고에 그렇게 나와 있더라구요.

아버지 어머니, 저는 제가 바라는 것이 부모님이 원하는 일을 하고 제가 원하는 공부를 하면서 안온하게 사는 것인 줄 알았는데요. 아니더라구요. 제 동기의 말을 듣는 순간 제 몸속에 어떤 에너지가 저를 삼키는 것 같았어요. 저는 제가 태어날 때부터 갇혀있었기에 계명성국의 국경선 밖으로 나가 세상을 둘러보고 싶었던 거예요. 그리고 궁극적으로는 계명성국의 국제적 고립을 해소하고 싶어요. 경제적으로나 정치적으로나 말이에요."

"수호야… 우리는 사실…"

"여보 잠깐만. 그래 수호야. 잘 생각했구나. 그런 의미가 있는 선택이라면 아버지도 말리지 않으마. 하지만 이 사실은 알아야 한다. 국경선 밖은 훨씬 험하고 답답하단다. 세계정부 사람들은 하나의 정부가 된 이후로 알 수 없는 약을 복용하고 그들만의 룰을 정해 그 룰만을 따르며 살아가는 사람들이야. 감정이 메말라 있으니 인정이라고는 기대할 수 없을지도 몰라. 항상 경계하며 살아야 한다."

"네 아버지. 라우더라는 약 말씀하시는 거죠. 전 그게 의학적으로 어떤 효과가 있는지는 잘 몰라도 먹은 사람들이 이상해진다는 것은 알고 있어요."

"그리고 수호야. 우리는 사실 세계정부 통합 이후 그 라우더라는 약을 연구하면서 세상을 돌아다녔던 거란다. 현재 대통령인 유일호 씨도 함께였지."

"어머니, 그럼 아버지와 어머니도 저처럼 타오르는 열정을 가지고 세상을 경험했던 건가요?"

"그래. 지금은 우리가 라우더 연구를 국내에서 하고 있지만 젊었을 때는 그랬어. 그때 바라본 세계정부는 흑백과 같은 세상이었단다. 수호 네가 형사가 되면 대마피아 부서에 들어간다고 했지만 마피아를 만나다 보면 세계정부 사람들을 마주하게 될 것은 분명해. 우리가 너에게 그에 관련한 도움은 줄 수 있을 것 같구나."

"응원하마 내 아들."

수호는 자신의 뜻이 부모님께 이렇게 간단히, 제대로 전달되었다는 사실이 믿기지 않았다. 게다가 부모님이 그 옛날 라우더를 연구하기 위해 세계를 누볐다는 사실 또한 놀라웠고 그 사실이 더욱 존경스럽게 느껴졌다. 수호는 자신이 형사를 선택하고 마피아를 쫓아 세계를 누비는 길을 선택한 것이 하나의 운명처럼 느껴졌다. 정신과 함께 걷게 될 길이 아주 작은 빛을 찾아 나서는 여행이 된다고 해도 자신의 방향을 제대로 정하고 가는 길이라면 반드시 그 끝에서 어떤 성취감을 얻을 수 있으리라는 희망이 있었다.

수호와 부모님은 수호의 진로 이야기를 시작으로 하여 세상에 관한 이야기를 나누며 오랜만에 대화 많은 식사 시간을 가질 수 있었다. 따뜻하고 평온했다.

02 세계정부 마피아 대 계명성국 마피아

✳

"이보게 베어, 패를 잘 생각하면서 내야 한다고."

"뭐야, 잠시 한눈판 사이에 내가 가져와야 할 패를 뺏겨버렸었네."

"자, 그럼 나는 초단일세."

"이봐 친구, 그렇게 다 가져가버리면 나는 뭐를 가져가. 에라이."

"계명성국 발 카드 게임도 꽤 재미있군 그래."

세계정부 수도에 있는 베어의 집에서는 카드놀이가 한창이었다. 카드놀이 종류는 계명성국에서 유래한 화투였다. 손에 쏙 들어오는 작고 붉은 그림패들이 베어의 손에서 벗어날 때면 베어의 친구는 꼭 그 카드의 짝을 맞춰서 거두어갔다. 베어는 게임이 잘 풀리지 않아 약이 올랐다.

"라우더 개발보다 이게 더 어려운 것 같아. 자네가 내 패를 다 보고 있는 것만 같잖아."

"천재 과학자가 왜 이러시나. 좀 더 힘을 내 보시게. 자 나는 '쓰리고'라네."

베어의 친구는 계속 고를 외치며 게임을 주도해갔다. 베어는 패를 낼 때면 패의 짝이 없거나 짝이 있어도 열어보는 패까지 세 장이 겹쳐버려서 뻑이 나는 경우가 잦았다. 벌써 두 번째 뻑이 났고 베어의 친구는 그 뻑이 난 패의 마지막 한 장을 가지고 있다가 좋은 순간에 탁 내서 판을 시원하게 싹쓸이하는 식이었다.

"차라리 한 번만 더 뻑이 나라. 이 친구에게 질 수는 없어. 화투의 신이여 도와다오!"

"이봐 화투의 신이 어디 있나. 얼른 내시게."

"자 가자!"

베어는 아직 아무도 거두어가지 않은 '삼'이라고 불리는 벚꽃 무늬의 패를 던지듯 냈다. 일단 바닥 패랑 짝은 맞았고 뒤집어 볼 패가 벚꽃 무늬면 또 뻑이 나는 것이었다.

"뻑! 하하, 이거 봐 친구. 자네 고박이야."

"아니 이런…"

신기하게 벚꽃 무늬가 바닥패로 떠올라 베어는 또 뻑이 났다. 세 번째 뻑이 나면 판이 끝난다는 규칙을 따라 게임은 베어의 승리로 마무리가 되었다. 베어의 친구는 진작 게임을 끝내지 않고 더 벌기 위해 고를 했기 때문에 게임에 진 것의 판돈과 더불어 고박의 비용까지 지불해야 했다. 하얀 대리석으로 마감된 베어의 세련된 집은 베어의 신나는 마음을 따라 더욱 반짝이는 것 같았다.

"베어, 자네 이렇게 으리으리한 저택에 사는 것도 다 이런 게임을 해서 나 같은 주변 친구들을 착취한 것은 아닌가 하는 생각이 드네."

"무슨 소리야. 세계정부 통합에 공을 세워 이만큼 포상을 얻은거지. 라우더 개발이 얼마나 고된 줄 알아?"

"방금 전까지만 해도 화투가 라우더 개발보다 어렵다고 투덜거렸지, 그래."

"아무튼 이겨서 속이 시원하다. 자네 잘난 척을 보는 것이 여간 불편한 게 아니었는데."

"잘 나셨구먼 그래."

"화가 많이 나시면 기분 좀 가라앉으라고 라우더 한 알 드릴까?"

"됐네!"

말쑥한 정장을 입은 베어의 친구는 갑작스레 분위기가 전환되어 크게 지고 만 자신의 게임이 마음에 여간 들지 않는 듯 기분을 쉽게 풀지 않았다. 말도 안 될 정도의 확률로 이겨버린 운이 좋은 베어가 얄미웠다. 베어의 으리으리한 저택에서 뭔가 하나를 받아 갈 수 있는 절호의 기회였는데 그것을 놓친 것 같아 아쉽기도 했다.

"친구, 화 풀어. 자! 내가 좋은 작품들을 많이 가지고 있으니 우리 집을 돌아보면서 그것들을 감상하자구."

베어는 가죽소파에서 일어나 상아색의 부드러운 가운을 입고 와인잔을 들며 자신의 저택 전시실로 가자고 친구를 설득했다. 친구는 미술작품을 좋아했기에 쉽게 몸을 일으켜 와인잔을 받아들고 베어와 함께 전시실로 향했다. 넓은 전시실에는 미술작품들이 수없이 많이 놓여 있었고 벽에도 잔뜩 걸려 있었다.

"마피아 생활하면서 이런 작품들 많이 거래해봤을 텐데 이런 작품들은 값을 매기면 가치가 어느 정도 되는지 알아?"

"글쎄 말일세. 요즘은 내가 일선에 나가지 않고 조직원 관리랑 정치판에만 관여하지 않는가. 아마 심미안이 뛰어난 자네가 골랐으니 가치는 매겨보지 않아도 분명 훌륭한 작품이겠지."

"내가 틈틈이 암시장에 나가 직접 고른 물건들이야. 세계정부의 카르텔 보스 중 가장 권세 있는 자네의 친구라는 것을 밝혔다면 이것들을 더 저렴하게 얻을 수 있었을까?"

"친구 할인 그런 것은 없다네. 우리도 예술품을 직접 만드는 게 아니라 거래를 하고 그 중간금액을 먹고 사는 사람들이네. 우리 애들을 먹여 살리기 위해서는 구매자에게 보다 비싸게 팔아야 하지. 특히 베어 자네 같은 대부호에게는 아낌없이 받을 생각이네."

"그것참 야박하잖아. 자, 이야기는 그만하고 둘러보자."

베어의 친구는 세계정부 마피아의 카르텔 중 하나인 헬렌 카르텔의 보스 린이었다. 헬렌 카르텔은 세계정부 마피아 중 가장 부유하고 사람을 죽이는 것을 겁내지 않았으며 무자비하고 예술작품 거래를 위해 계명성국 마피아들과 가장 가깝게 거래하는 집단이었다. 최근 계명성국 마피아들이 거래 중 죽어 나가는 것도 거래 물품을 탈취하고자 하는 헬렌 카르텔의 탐욕 때문이었다. 보다 적은 금액으로 사들여 가능한 한 비싸게 판매하는 것이 이들의 사업 전략이었다.

린은 계명성국의 예술작품을 매우 좋아했다. 보고 있으면 살아있는 듯한 느낌이 들고 평소 생각하지 못하는 여러 가지 감정이 린의 안에서 샘솟는 것 같았다. 마피아가 된 이후 가장 재미있는 취미가 뭐냐고 물어보면 부하들이 가져오는 계명성국의 예술작품들을 둘러보는 것이라고 할 수 있었다. 베어는 이 사실을 잘 알고 있었고 가끔 린에게 미술작품을 선물하며 린에게 호감을 얻곤 했다.

그렇다면 베어는 계명성국의 예술작품을 사랑했을까? 베어는 계명성국의 예술작품을 사랑한다기보다는 흥미롭게 바라봤다. 계명성국 작품들은 세계정부 암시장에서 고가에 거래되는 물건임에도 세계정부 사람들에게 인기가 끊이질 않았다. 계명성국의 영혼 중 어떤 부분이 세계정부 사람들의 심금을 울리고 마음을 뒤흔드는지 '과학자로서' 궁금했다. 라우더를 먹으면 감정이 많이 마비되는데도 불구하고 세계정부 사람들은 계명성국의 영화를 보고 울고 계명성국의 문학을 보고 웃었으며 계명성국의 미술작품들을 보고 감동을 받았다.

세계정부에는 예술이 침체되어 있었다. 세상을 개발하는데 있어 예술은 뒷전이라고 생각한 세계정부 수뇌부가 많았기 때문이다. 세상을 굴러가게 하기 위해 각종 기계적 기능을 하는 지역들이 세계정부를 구성하고 있었지만 예술 행위를 하는 지방은 없었다. 베어는 라우더와 인간 심리 연구를 하다보니 이 점이 매우 아쉬웠고 세계정부 수뇌부에 예술 활동을 하는 지방을 만들어달라고 건의할 생각이었다가 암시장에서 계명성국의 작품활동을 발견하고 마음을 바꿨다. 계명성국에서 나오는 작품들만 해도 세계정부 사람들이 유희할 양이 된다는 결론이 내려져서였다. 베어는 계명성국의 작품을 세계정부 사람들의 감정욕구 해소용으로 활용하려는 생각이었다. 자신이 저택 전시실에서 작품을 보며 위안을 삼는 것처럼 세계정

바다를 마시는 새벽별

부 사람들에게도 어떠한 감정의 도화선이 된다고 여겼다. 감정에 관여하는 라우더를 개발하는 데에도 예술작품이 어떤 효과를 발휘하는지 알면 좋을 것 같았다. 그래서 베어는 계명성국의 작품들을 수집하기 시작했다.

"베어, 나 가봐야 할 것 같네. 부하 녀석에게서 연락이 왔어. 해상에서 계명성국 놈들과 거래를 하다 또 전쟁이 났다고 하는군."

"린, 작품 하나 주고 싶었는데 게임도 그렇고 오늘은 날이 아닌가 보네. 그래, 다음에 또 보자. 전쟁은 부디 헬렌 카르텔의 희생이 없길 바랄게."

"고맙네. 그럼 이만 가보지."

린은 갈색 코트자락을 휘날리며 베어의 저택 밖으로 나섰고 베어는 와인잔을 든 채로 그런 린의 뒷모습을 물끄러미 바라보았다.

*

세계정부의 땅도 아니고 계명성국의 땅도 아닌 곳이었다. 칠흑 같은 바다의 해상국경선 근처에 작은 보트 두 척이 조용히 떠 있었고 그곳에서는 세계정부와 계명성국, 양국의 마피아들이 거래를 하고 있었다. 왼쪽 보트 선상에는 두 명의 사람이 총을 들고 타고 있었고 오른쪽 보트 선상에는 역시 두 명의 사람이 커다란 그림한 점을 선실에서 배 외부로 옮기고 있었다. 왼쪽 보트의 사람들은 오른쪽 보트의 그림을 보며 이야기를 나눴다.

"와, '크리스마스의 천막들'이라는 작품을 내 눈으로 보다니 놀라운걸."

"제임스 조심하라구. 저 자식들 돈만 받고 그림 안 넘기고 갈지도 몰라."

"그래서 우리가 총을 들고 있는 게 아니겠어. 도망가려 하면 쏴 죽여버리면 되지."

어느새 선실 밖으로 그림을 다 옮긴 오른쪽 보트의 사람은 거래를 기다리며 총을 들고 위협하려는 왼쪽 보트의 사람에게 일갈했다.

"멍청한 새끼들! 우릴 쏴 죽이면 다음번에 우리 카르텔들이 너희와 거래를 하려고 할까?"

오른쪽 보트의 사람들 역시 작은 권총을 손에 쥐고 언제라도 쏠 수 있다는 듯한 위협적인 태도를 취하고 있었다.

"마음에 안 들어, 역시 계명성국놈들. 예술가랍시고 그림 비싸게 팔아 쳐먹으려고 하는 것부터 말야. 야! 됐고 그림부터 넘겨."

왼쪽 보트의 제임스는 이를 갈며 화를 내더니 그림을 넘기라고 바다가 떠나가라 소리쳤다. 그 소리가 어찌나 컸는지 오른쪽 보트가 여파에 흔들릴 것만 같았다.

"돈부터 넘겨. 처음부터 우리를 쏴 죽이려고 하는 놈들을 우리가 어떻게 믿지?"

"이 새끼야. 너희가 이렇게 나오려고 할까봐 우리가 도망가면 쏴 죽인다느니 그런 말을 한 거야. 그러니까 그런 말 안 나오게 잘하란 말이야."

"요즘 너희 카르텔 놈들 때문에 죽어가는 우리 카르텔원이 얼마나 많은 줄 알아? 네 놈들이 작품만 가져가고 돈을 안 줘서 항상 해상 전쟁이 일어나는 거잖아. 너희에 대한 신뢰를 얼마나 잃어야 우리가 너희와 거래를 끊을까. 세계정부 마피아들 중에 헬렌 카르텔만 우리와 거래를 한다는 게 참 절망스럽다."

"그럼 너희 카르텔도 다른 활로를 찾던가 개새끼야. 왜 우리보고 염병이야. 됐고 그림부터 내놔. 그게 우리가 너희와 거래하는 철칙이다."

"언제부터 그런 철칙이 생겼지? 그렇다면 돈을 받지 않으면 그림을 넘기지 않는 것이 우리의 철칙이라고 하지. 그림을 넘기는 순간 돈도 안 주고 튈 놈들이 말이 너무 많구나."

"하, 계명성국 마피아 놈들 언제부터 이렇게 치졸해졌지? 옛날에는 돈도 안 받고 그림 넙죽넙죽 잘 넘겨주고 목숨도 우리한테 내놓고 가던 놈들인데 말야."

"뭐야?"

오른쪽 보트의 마피아 두 사람이 권총을 쥐고 왼쪽 보트 선상에 총을 겨눴다. 제임스는 그 모습을 보고는 코웃음을 쳤다.

"좋아, 해보자는 거지?"

제임스와 동료 마피아도 오른쪽 보트 선상에 총을 겨눴다. 누구든 손가락만 당기만 하면 일이 일어날 일촉즉발의 상황이었다. 그 와중에 바다는 말할 수 없이 고요했고 양쪽 보트에도 네 명의 숨소리와 파도 소리 이외에는 아무 소리도 들리지 않았다.

"제임스랬나? 돌아가면 우리 보스에게 전하지. 앞으로 헬렌 카르텔와의 거래에서 치졸한 네놈과 거래할 일은 다신 없을 거다."

"치사한 놈, 너도 이름을 밝혀!"

제임스의 분노에도 이름을 밝히기는커녕 오른쪽 보트에서는 웃음이 터졌고 제임스는 이를 더욱 바득바득 갈았다. 이날의 해상 거래에서 물건을 먼저 건네받지 못한 불미스러운 일을 보스 린에게 들키게 된다면 좌천될 가능성도 있었다. 계명성국 측 마피아가 헬렌 카르텔과의 거래에서 제임스를 제하고 거래를 요구한다면 제임스는 앞으로 거래에 나오지 못하게 되고 헌신짝 신세가 될 수도 있었다. 제임스는 생각하면 할수록 맞은편 보트의 두 놈을 죽여버려야 할 이유가 늘어나는 것 같았다. 제임스는 권총의 방아쇠에 손가락을 걸었다.

"시작은 네 놈들이 한 거다… 나는 그림을 넘기면 돈을 넘기고 떠날 생각이었어. 치졸하고 멍청한 너희 뇌를 탓해, 비겁한 새끼들아."

총알은 순식간에 두 발 날아가서 오른쪽 보트 두 남자에게 명중했다. 눈앞에는 유혈이 낭자한 진풍경이 펼쳐졌다. 서서 호탕하게 비웃고 있었던 두 남자는 어느새 바닥으로 고꾸라져 앞으로 무릎을 꿇은 채 쓰러져갔다.

"한주먹거리인 개새끼들. 야, 그림 가져와."

제임스는 쓰러진 오른쪽 보트 마피아들을 확인한 뒤 동료에게 오른쪽 보트 선상에 놓인 그림을 가져오라고 지시했다. 계명성국 발 그림 한 점은 제임스의 동료로 인해 곧장, 그리고 무사히 제임스의 보트로 안착했고 오른쪽 보트에는 그림값 한 푼 얻지 못하고 쓰러진 남자 둘만 남았다.

"제임스, 선실에 있는 조종사 놈도 죽일까?"

"아니, 이참에 경고로 계명성국 마피아 놈들에게 이 두 놈의 시체를 돌려보내지. 우리 헬렌 카르텔의 성질을 건드리면 어떻게 되는지 똑똑히 봐두라고 해!"

제임스는 우레와 같은 목소리로 오른쪽 보트를 향해 외친 후 계명성국 마피아로부터 빼앗아 온 그림을 챙겨 유유히 선실 안으로 들어갔다. 그렇게 제임스가 탄 보트는 서서히 해상국경선을 벗어나 세계정부 쪽 대륙으로 사라져갔다. 제임스 일행이 떠난 해상국경선에는 한 척의 보트만이 외롭게 뜬 채로 유혈이 낭자한 총격전에서 살아남은 조종사가 SOS 신호를 간절하게 보낼 뿐이었다.

*

"이놈들 잔뼈 굵은 마피아에요. 이렇게 총상을 입고 물건까지 약탈당할 수준이 아닌데."

"제임스… 제임스…"

"제임스? 너희에게 총상을 입히고 물건을 빼앗아 간 놈 이름이 제임스인가보지?"

"그래. 개 같은 새끼. 그렇게 쉽게 총을 쏴버린단 말이지."

"이봐, 아무리 마피아가 무법천지 세상에서 살고 있다고 해도 목숨은 소중히 하란 말야."

그림 암거래에 참여했던 계명성국 마피아들은 둘 다 죽지 않았다. 다만 총상으로 인해 크게 다친 상태였다. 조종사의 SOS 신호 덕분에 해역에 있는 해경으로부

바다를 마시는 새벽별

터 구출된 것이다. 이들 마피아는 곧 형사과에 넘어갔고 조사를 받게 되었다.

"최강찬 형사님. 이 사람들 근데 너무 많이 다쳤어요. 응급처치는 해뒀지만… 병원으로 이송하는 게 좋을까요?"

"아냐, 뭐. 병원에 가면 신원이 노출되잖아. 이 녀석들이 그걸 원하지는 않겠지. 아마 병원 가는 길에 도망쳐버릴걸. 우리도 이 녀석들한테 마피아에 대한 이야기를 좀 들을 때까지는 잡아두자고."

큰 키에 넓은 어깨를 가진 최강찬 형사는 붕대를 둘둘 감은 마피아 둘을 형사과 간이침대에 눕혀놓고 심문을 시작했다.

"너희 언제부터 이런 총격전을 하는 위태로움을 안고 거래하기 시작했지? 마피아는 각 카르텔 간의 신뢰 관계가 있지 않나?"

"몰라… 언제부턴가 우리 카르텔에서 사람들이 죽어 나가기 시작했어. 아마 올해 초부터였을 거야."

"올해 초? 올해가 뭔가 특이한 기준점이 되는 해인가?"

"백년전쟁…"

"아 그래, 올해가 우리나라가 고립된 백년전쟁이 일어난 지 백 년째가 되는 해라지. 그런데 그게 뭐. 그게 너희 총격전에 이유가 되는 사건이란 말야?"

"우리도 말단이니까 자세히는 몰라. 다만 너희 형사들도 알지 않아? 요즘 바다가 얼마나 흉흉한지. 세계정부가 우리를 복속시키지 못한 세월이 백 년이나 되는 것에 분통을 터뜨리고 앞으로 더 간악한 방법으로 우리를 복속시키려 할 것이라더군. 법 이외의 집단도 활용하고 무력도 감행해서 말야."

"그게 일차적으로 너희 마피아들 간의 전쟁으로 발발했다 이건가."

"대놓고 전쟁은 아냐. 하지만 올해 초부터 헬렌 카르텔 놈들이 이상해진 건 맞아. 카르텔 대 카르텔로 거래하려 하지 않고 총칼을 써서 약탈하려 들더군."

"그렇게 만행을 저질러도 자국에서 처벌당하지 않나 보네."

"우린 어쩌면 좋지. 사실 헬렌 카르텔 말고는 우리 물건을 수입하는 곳이 없는데…"

"어쩌긴 어째. 암시장을 정리하고 너희 마피아 군단을 다 해산시켜야지. 무역로 곧 뚫릴 거니까 앞으론 정당한 무역창구를 통해 거래하도록 해. 이렇게 총상 입지도 말고 안전하게 몸을 아끼면서 거래하란 말야. 차고은 형사! 얘네들 물도 좀 주고 붕대 좀 다시 감아줘."

강찬은 언제부턴가 자꾸만 다쳐서 돌아오는 계명성국 마피아들을 많이 마주하게 되면서 이상한 낌새를 느꼈다. 예전에는 그래도 표면적 평화라도 유지되는 상태였는데 요즘은 해상 총격전이 비일비재하고 물건 약탈도 잦아진 것이다. 세계정부 측 마피아인 헬렌 카르텔 내부에 어떤 변화가 있었다는 뜻이 되었으며 혹은 마피아가 아니라 세계정부 자체에서 어떤 변화가 생겼을 수도 있었다. 백년전쟁이 백 년째가 되는 올해부터 일어나는 일이라 정말 총에 맞아 누워있는 말단 마피아가 말했듯이 백 년 동안 계명성국을 수복하지 못한 세계정부 자체의 만행으로 볼 수도 있겠다고 추측하는 강찬이었다.

"강찬 오빠. 오늘 대통령님이랑 같이하는 회의 들어갈 거지?"

"응. 고은이 너는 안 들어가나?"

"나는 그냥 뒤에서 참관. 요즘 뭔가 이상하다 싶었는데 쟤네들 통해 뭔가 들은 건 있어?"

"어. 그걸 오늘 회의에서 한번 말해보려구. 대통령님이 뭐라고 말씀하실지는 모르겠지만."

"지금 좀 쉬었다가 다들 오시면 들어가는 거지? 대통령님이 마피아수사과의 중요성을 알고 신입 채용도 많이 하도록 도와줬으면 좋겠다."

"그러게. 고은아 너도 저놈들 수발들어주느라 피곤했을 텐데 좀 쉬어둬. 곧 회의실에서 보자."

"응. 파이팅이야!"

연갈색 긴 생머리의 고은은 자신을 보고 미소 짓는 강찬을 향해 주먹을 꼭 쥐고 몸쪽으로 힘껏 끌어당기더니 "아자!" 하고 외쳤다. 그리고는 방긋 웃으면서 자신의 자리로 발걸음을 옮겼다. 강찬은 그런 고은이 정말 귀엽고 좋았다. 덕분에 힘을 얻는 것 같았다. 다시 기운이 난 강찬은 일찍이 회의실로 들어가 회의를 준비하기 시작했다.

강찬이 회의를 준비한 후 자신의 자리에서 조금 쉬는 동안 어느새 대통령과 정부 측 사람들이 수사과에 도착했다. 대마피아 회의는 속전속결로 시작되었고 이날의 사건을 대통령도 모두 알게 되었다.

"이번에도 또 해상에서 우리나라 국민이 총상을 입었단 말입니까? 이런데도 어째서 우리 국민들은 자꾸 마피아로 흘러들어가는 건지… 정말 통탄할 일입니다."

유일호는 책상을 주먹으로 내리치며 울분을 감추지 못했다. 분명 우리나라 국민이 총상을 입었다면 그 가해자는 세계정부 측 사람일 것이라는 게 일호의 예측이었다. 자신이 젊었을 적 벌였던 지역부흥운동 당시의 총격전이 다시 생각나는 듯 했다. 세계정부 사람들이 다른 사람을 상해할 때는 얼마나 잔인한지 일호는 누구보다 잘 알고 있었다. 라우더로 감정을 절제 당해 자비나 연민이라고는 없는 그들이었기 때문이다. 일호는 어떻게 암시장을 규제해야 사람들이 마피아로부터 빠져나오고 국민들이 다치지 않을 수 있는지를 고심하기 시작했다. 그런 고민에서부터 탄생한 마피아수사과 형사들도 대통령과 함께 잦은 회의를 하며 고민을 나눴다.

"대통령님, 연초부터 시작된 해상 총격전들이 이렇게 연말이 되어서도 끊이지 않습니다. 저는 갑작스럽게 해상전쟁이 시작된 점이 이상하게 생각되어 오늘도 마피아를 추궁했습니다. 그러는 도중 중요한 정보를 듣게 되었습니다."

"최강찬 형사. 그게 뭔가요?"

"세계정부가 이젠 우리를 안온하게 보고 대처하지 않을 것이라는 말이었습니다. 백 년 동안 우리를 가지지 못한 세계정부가 이제는 어떤 수를 써서라도 우리를 수복하려고 할 것이라는 이야기를 카르텔 내부에서 들은 적이 있다고 합니다."

"끝내 이렇게 나오는군. 세계정부 녀석들…"

"그래서 일차적으로 마피아 간의 전쟁이 일어나고 있는 듯합니다. 세계정부 마피아가 우리나라 마피아를 공격하더라도 그쪽에서 어떤 처벌도 받지 않는 것 같다는 것이 저의 추측입니다. 약탈을 해가면 공이 더 커질 수도 있구요. 우리나라를 약하게 만들려는 속셈입니다."

"그럼 어떻게 하면 좋을까요. 나는 암시장을 더 강하게 규제해서 아무도 마피아에 종사하지 않는 계명성국을 만들고 싶어요."

유일호는 나이가 들었지만 빛나는 눈으로 최강찬을 향해 시선을 던졌다. 강찬은 두 손을 깍지 끼고 턱을 괴었다. 명확한 해답이 떠오르지 않았다. 암시장을 강하게 규제한다는 것은 지금 국민들의 경제활동 상황에서는 불가능했고, 가만히 두자니 해상국경선에서 계속해서 총격전이 일어날 것이 분명했다.

"대통령님, 제 생각에는 계속 계명성국 마피아들을 쫓아 세계정부 측 마피아, 더 나아가 세계정부 수뇌부의 속셈을 더 알아내는 것이 필요할 것 같습니다. 암시장을 규제하기 전에 우리가 그 암시장을 충분히 경험해봐야 할 듯합니다. 우리의 고립의 원인은 어디까지나 계명성국 마피아가 아니라 세계정부니까요."

"세계정부를 치기 위해 우리나라 마피아를 이용한다… 그 사람들이 앞으로 거래하다 또 희생되면 어떡하죠?"

"그러지 않도록 저희 마피아수사과에서 해상경계를 잘하겠습니다. 계명성국 마피아와 협력하는 일도 있도록 관계를 쌓아나가겠습니다."

"일단 믿어보겠습니다. 그래도 언젠가는 암시장과 마피아 군단이 사라지는 날이 오도록 노력해야 할 겁니다."

"예, 대통령님."

마피아 간의 총격전으로 인해 상심에 빠진 일호는 마피아수사과 형사 최강찬의 의견을 믿어보기로 했다. 일호 자신은 국경선 개방과 무역로를 여는 것으로 자신의 임무를 다하고, 마피아수사과 형사들이 마피아와 관련한 문제들을 해결하는 것으로 가닥을 잡고 진행하는 것이 좋을 것 같았다. 일호는 희성이 원했던 예술작품 무역로를 개척하는 것이 이렇게 큰일이 될 줄은 이 당시에는 미처 예상하지 못했다.

*

'해상경계선에서 마피아 총상 입은 채 난파. 마피아수사과 구조. 대통령, 카르텔 좌시하지 말아야!'

다음날 유일호와 마피아수사과가 계명성국 일간지 1면에 실렸다. 해상경계선에서 총상을 입고 조난당한 마피아들을 구했다는 내용이었다. 유일호는 이 사건을 통해 마피아간의 총격 사건을 미연에 방지할 것이며 마피아들의 행동 범위를 좁히는 압박정책을 채택할 것임을 알렸다. 또한 마피아수사과에 대한 지원을 아끼지 않겠다고 밝혔다.

이젤이 놓여 있는 목재 중심의 아늑한 분위기의 방, 유희성은 어제의 이 사건을 자신의 방 포근한 소파에서 신문으로 접하고 알게 되었다. 기사를 읽자마자 소파에서 일어나 일호의 서재로 향하는 희성이었다. 희성은 암시장과 마피아에 대한 자신만의 생각이 확고했기에 향후 정책 방향 선택에 있어 일호와의 대화가 언젠가는 필요하다고 생각하고 있었다. 아버지와의 충돌을 피하고 싶어 말을 꺼낸 적이 없었는데 마피아수사과까지 나오는 이번 기사를 보니 말을 전해야겠다는 의지가 차올랐다. 긴 복도를 지나 희성이 방문한 층고가 높은 서재에는 일호가 부드러운 재즈 음악이 흐르는 가운데 앉아 깔끔한 문체로 유명한 작가의 소설책을 읽고 있었다. 임기가 시작한 이후 드물게 편안하고 여유로운 아버지의 모습을 보고 있는 것 같아 희성은 입가에 은은한 미소가 지어졌다. 그리고는 아버지를 향해 입을 뗐다. 그러자 골똘히 생각에 잠겨 책을 읽던 일호는 집중하던 책을 내려놓고 희성을 반갑게 맞이했다.

"아버지, 드물게 여유로우신 모습이네요. 이렇게 계신거 오랜만에 봐요."

"아… 사실 마음이 좀 심란하고 어지러워서 그걸 잠재우고 싶었단다."

사실 일호는 어제의 총격 사건에 얽힌 사실이나 관련 회의에서 나온 이야기들이 마음을 산란하게 하고 있었기 때문에 그것을 달래기 위해 좋은 재즈를 듣고 좋은 소설책을 읽고 있던 것이었다. 서재에서는 재즈의 트럼펫 소리와 피아노 소리가 달콤하고 은은하게 울려 퍼졌고, 일호는 자신과 희성을 위해 머리가 맑아지는 페퍼민트 차를 우려냈다. 시원한 페퍼민트 향은 금세 서재를 감쌌다. 일호는 우려낸 차를 투명한 찻잔에 담아내 희성에게 건넸다. 희성은 받아들고 향을 맡았다. 마시지 않아도 머리가 벌써 개운해지는 것 같았다. "향이 참 좋아요."라고 일호에게 말했다. 일호는 말없이 희성을 바라보며 미소를 지었다.

"아버지, 어제 마피아 사건 기사 신문 1면에 났네요. 덕분에 저도 사건을 볼 수 있었어요."

"참 안타까운 일이지 않니. 해상에서 자꾸 우리나라 국민들이 다치는구나."

일호는 왼손으로 이마를 짚고 현실의 안타까움을 표현했다. 희성도 그 안타까움에 동의했다. 어쩌면 희성이야말로 마피아들을 가장 안쓰럽게 생각하는 사람이었다. 희성은 마피아들이 바다 건너 무역을 하고 암시장에서의 거래를 통해 벌어들인 수익을 국가에 헌납하고 있다는 사실을 중요하게 인지하고 있었으며 그들이 자신의 미술작품을 거래하는데 도움을 줄 수도 있을 것이라는 생각을 이전부터 하고 있었다. 바다를 넘나들며 자신들의 의를 위해 총과 칼을 드는 그들을 선망하며

바다를 마시는 새벽별

바라보던 적도 있었다. 그래서 희성은 계명성국 내에 마피아가 나타나는 사건들이면 항상 주의 깊게 살폈다. 이번에도 마피아에 대한 정보를 더 알고 싶었다. 그리고 처음으로 기사에 보이는 마피아수사과라는 곳에 대한 것도 궁금해졌다. 일호에게 희성은 마피아수사과라는 곳이 어떤 곳인지 물었다.

"마피아수사과라는 곳이 새로 생겼어요? 이번에 세계정부 마피아들로부터 상해를 입은 우리나라 마피아를 해상에서 구출한 게 그들이라더군요."

"그래, 최근에 신설한 부서란다. 우후죽순으로 늘어나는 국내외 마피아 세력을 견제할 국가기관 강화가 필요하다고 생각해서 만든 곳이지."

"마피아를 직접 대면하는 부서면 어떤 사람들이 모이는 곳인 거죠, 아버지?"

"머리는 차갑고 가슴은 뜨거운 사람들이 모인 곳이지. 냉철한 지성과 마피아를 소탕하겠다는 끓는 열정을 가진 사람들이 근무하는 곳이란다."

"아버지, 저 같은 사람도 그 부서에 들어갈 수 있을까요?"

"하하, 앞으로 채용 규모를 늘릴 예정이니 생각 있으면 한번 도전해 보려무나. 실제로 네 또래의 젊은이들을 채용하기 위해 각 대학에 채용 공고를 많이 배포했단다. 현재 이 부서에는 유능한 젊은이들이 모여 있고 향후에도 유능한 젊은이들을 많이 채용할 거야."

희성은 그 부서에 들어가고 싶은 마음이 사실 없었다. 다만 어떤 사람들이 모이는지 궁금했고 자신도 세상을 누비는 마피아와 가까이 할 수 있는지가 궁금했다. 마피아를 소탕하는 일이라고 하면 바다를 넘나들며 마피아와 접선하게 될 일이 많다고 느껴져서 순간적으로 끌려 물어본 것이었다. 채용 규모를 늘린다고 하면 부서의 크기를 키우겠다는 뜻이었다. 희성은 일호의 대마피아 소탕 작전의 결의를 느낄 수 있었다.

하지만 희성의 생각은 일호와 달랐다. 희성은 마피아의 양지 정착을 도와야 한다고 생각했다. 그들이 국가에 경제적으로 이바지하고 있는 점이 분명히 있었고 예술작품 거래 등을 위한 마피아 무역로로 인해 계명성국이라는 국가의 고립이 최악으로까지 번지지는 않는다고 생각했기 때문이다. 희성은 자신의 의지와 달리 흘러가는 계명성국 내 대마피아정책이 불만이었고 일호에게 마피아에 대해 다시 생각해 볼 시간을 줌과 동시에 양지 정착을 위해 힘써달라고 말하고 싶었다.

"아버지, 저는 사실 마피아들을 소탕하고자 하는 작전에는 반대예요. 그 사람들 계명성국에 이바지하고 있는 점이 분명히 있어요. 가장 직접적으로 암거래지만 무역로를 터주고 있잖아요."

"세계에서 암시장 거래로 우리나라의 위치를 점해버리면 결코 우리는 세계정부의 압박에서 자유로워질 수 없단다. 보다 정당성 있는 방법으로 우리의 자리를 지켜내야 해."

희성은 일호가 답답한 이야기를 한다고 생각했다. 이상을 쫓느라 현실을 보고 있지 못하다고 느꼈다.

"그건 어디까지나 명분이 중요한 사람의 이야기인 거죠. 아버지, 현실은 달라요. 어쩌면 우리는 방패 없이 최전선에서 세계정부와 전쟁하고 있는 마피아들을 지켜내야 하는 걸지도 몰라요."

"그들은 돈을 위해 세계정부와 거래하고 있지 우리나라를 지키기 위한 명분으로 전쟁을 하고 있는 것이 아니다."

"이렇게 바다에서 틈만 나면 총격전이 벌어지는데 이게 전쟁이 아니라구요? 아버지, 요즘 우리나라 해상이 이상해요. 아무리 법의 보호를 받지 못하는 마피아라지만 우리나라 국민이 세계정부 놈들이랑 물건 거래하다가 총에 맞아 죽어 나가는 게 말이나 되요. 백 년째 전쟁이 없다고 하는 요즘 세상에 이렇게 죽는 게 웬 말이에요. 아버지도 우리나라 국민이 더 다치는 것을 원하시지는 않으시잖아요. 어째서 마피아에게는 그렇게 강경책을 고수하는 거에요?"

희성의 언성이 높아졌다. 마음속 깊이 잠들어있던 국내 마피아 사망에 대한 부당함과 국가고립에 대한 울분이 밖으로 터져 나오는 듯 했다.

"마피아가 득세하다 보면 우리나라 양지에서 일하는 사람들의 의지와 정당성이 훼손될 수 있다고 생각해서다. 그리고 아무리 세계정부와 우리나라밖에 없는 세상이라고 하지만 세계 각 지역 사람들이 우리를 지켜보고 있어. 우리나라의 명예와 빛을 잃어버리는 선택을 해서는 안 된다. 우리나라의 존재 이유가 퇴색되는 거야 그건."

"예술작품들 거래로 우리나라의 아름다움을 세계에 알리는 건 결국 마피아에요."

"그 예술작품 거래 무역로 내가 만들어내겠다고 말하지 않니."

"어떻게요? 항상 말씀드리고 싶었는데 세계정부가 그렇게 쉽게 무역로를 터줄까요? 아버지. 더 현실적이 되어야 해요. 우리나라의 존속과 부흥을 위해서요. 그리고 저는 저 자신을 위해서도 마피아가 필요해요."

"무슨 말이냐, 너 자신을 위해서라니."

희성은 사실 본인이 예전부터 하고 싶었던 일에 대해서 드디어 말할 기회를 가질 수 있게 되었다. 더 다정하고 좋은 어조로 아버지께 말씀드리고 싶었던 일이었는데 이렇게 언성이 높은 채로 말하게 될 줄은 몰랐다.

"예. 저는 결심했어요. 마피아를 통한 암거래가 되더라도 제 그림을 세상에 내놓아볼 거예요."

"그건! 그건 안된다!"

일호는 들고 있던 찻잔을 놀라 떨어뜨리듯 내려놓고 희성을 향해 강하게 반대의사를 표현했다.

"희성아, 너는 대통령의 아들이야."

"우리 속에 갇힌 공작 같은 대통령 아들이죠. 아무리 깃털을 세워 아름다움을 뽐내보아도 우리 밖으로 역동성도, 생명력도 전달할 수 없죠. 제가 계명성국에 고립되어 세상을 못 돌아보면 제 작품이라도 세상을 구경할 수 있게 할 거예요. 그리고 저도 언젠가는 바다를 건너 넓은 세상을 볼 거예요. 넓은 세상에서 배운 것과 얻은 것들로 우리나라를 더 환하게 비출 겁니다."

일호는 두 손으로 얼굴을 덮은 채 마른세수를 하며 말했다. 일호에게 단 하나뿐인 아들인 희성의 말은 너무나도 절망적이었다.

"희성이 너마저 이렇게 생각하다니… 이래서 마피아가 있어서는 안 되는 거야. 어둡고 위험한 암흑세계로 계명성국 사람들을 유혹하잖니."

"아버지, 만약 제가 마피아가 되더라도 마피아들을 위험 속에 내버려 둘 건가요."

"희성아!"

일호는 지금의 대화가 첩첩산중으로 느껴졌다. 마피아와 거래하는 것을 넘어서 마피아가 되면 어쩌겠냐는 아들의 말은 쉽게 받아들일 수가 없었다.

"그 말만은 멈춰다오. 너는 많은 국민들이 보고 있고 영향력을 행사하는 사람이야. 네가 그런 선택을 한다면 파장이 너무 커진다."

"저는 세상을 직접 겪어보고 싶은 욕망이 있어요. 그리고 제 그림을 세상에 인정받고 싶어요. 그래서 시간이 갈수록 마피아에 빠져들게 돼요. 아버지, 부디 제 생각을 이해해주세요. 계명성국 유지에 큰 공헌을 하고 있는 마피아들을 부디 등지지 마세요."

차를 몇 모금 마시지 않은 채 희성은 일호의 서재에서 일어났다. 그리고 아버지를 향해 슬픔과 분노, 걱정이 뒤섞인 복잡한 감정을 담은 얼굴을 보이고 서재 밖을 빠져나갔다. 일호는 희성의 생각을 처음으로 들었고 많이 놀랐으며 희성의 말이 허투루 하는 말이 아님을 직감했다. 계명성국의 젊은이들이 자신의 세대처럼, 혹은 그보다 더 강하게 세상을 경험하고 싶은 열망을 가지고 있다는 것을 알고 있었지만 자신의 아들마저 그런 생각을 하고 있을 줄은 까맣게 몰랐던 것이다.

희성은 자신의 아버지에게 자신의 솔직한 이야기를 전달한 이상 이제 이전과 같이 행동하지 않고 자신을 세상에 내보이기 위한 발돋움을 할 것이었다. 그것이 예술작품 거래를 통해 명성을 얻는 것이든 마피아가 되어 세상을 누비는 것이든 말이다. 희성과 일호가 진심 어린 합의와 화해를 하기 위해서는 계명성국의 현실이 많이 개선되어야 할 것이며 계명성국 내에 희성이 숨 쉴 구멍이 생겨나야 했다.

　　일호는 홀로 남은 서재에서 일호의 마음을 아는지 모르는지 흘러나오는 달콤한 재즈 선율에 둘러싸여 아들의 말을 곱씹으며 생각에 잠겼다. 자신의 정책이 정말 틀렸는지 의심하게 되고 자신의 생각이 국민을 위한 것이 아니었는지 의심하게 되었다. 하지만 일호는 지난 세월 동안 입장이 변한 적이 없었고 앞으로도 변할 수 없었다. 그 이유는 일호의 젊은 날이 알고 있었고 지금의 일호를 만들게 한 세월들이 알고 있었다.

　　일호는 젊은 날 세계정부가 수복한 지역들의 지역부흥운동을 전개하던 적이 있었다. 지역부흥운동은 각 지역이 세계정부 통합 이전의 국가로 돌아갈 것을 목표로 하는 활동이었는데 이 시절 일호는 세상을 다 줘도 아깝지 않을 만큼 사랑하는 연인이 있었고 그 연인과 함께 전 세계 주요 지역의 지역부흥운동을 전개해나갔다. 지역부흥운동 당시 지역 마피아가 항상 걸림돌이 되었는데 대체로 물질적인 부를 얻고자 하는 마피아들의 욕심과 그 욕심을 이용하는 세계정부의 간계 때문이었다.

　　일호의 뇌리에 아직도 깊게 남아있는 사건이 있었는데, 일호가 마피아를 불신하고 소탕하고자 하는 이유는 이 이력에 있었다. 지역부흥운동에 성공해 독립하려 했던 국가에서 마피아 때문에 독립을 하지 못했던 사건이 있었던 것이다. 세계정부 내부에 속해 세계정부 마피아로서 부를 축적하던 지역 마피아들이 독립 후엔 암시장 거래를 통해 부를 축적할 수 없게 되는 것을 경계했다. 이러한 이해관계 불합치로 인해 지역독립을 걸고 지역부흥운동 무리와 마피아 무리가 전쟁을 벌이다 세계정부의 간계에 빠져 일호는 그 젊은 날에 가슴 깊이 새기고 사랑하던 연인과 이별했다. 그 연인의 생사는 지금도 알 수가 없고 수십 년이 지난 오늘날에도 그저 어딘가에서 살아 있어줬으면 좋겠다고 바랄 뿐이다.

이후에도 일호는 지역부흥운동을 방해하는 세계정부 마피아와 대립각을 세우는 것을 멈추지 않았고 계명성국 내 손아귀를 뻗으려고 하는 세계정부 수뇌부와 마피아 세력들을 전면에 서 막아냈다. 그 가운데 국민들의 신임을 얻고 사랑을 얻게 되어 대통령의 자리에까지 오를 수 있었던 것이다. 대통령이 되어서도 세계정부, 그리고 마피아와 대립각을 세우는 것은 어쩌면 당연했다.

어느새 해는 높게 떠올라 서재의 안을 환하게 비췄고 일호는 생각을 가다듬고 마음을 정리하기 위해 희성이 들어오기 전 읽던 소설을 다시 잡았는데 그 소설책의 제목이 새삼스레 일호의 눈길을 사로잡았다. '이별이 데려오는 인연.' 무엇인지 알 수 없을 예감이 들어 일호는 괜히 마음이 무거워진 채 서재에 앉아 고요히 소설을 읽어 내려갔다.

03   마피아수사과

✳

정신과 수호는 마지막 과목의 기말고사까지 다 치르고 졸업식만을 남겨둔 채 겨울방학을 만끽하고 있었다. 연말 저녁에 만나 시내 버거집에서 푸짐한 저녁식사를 하고 편안한 분위기의 펍에서 맥주를 마시고 있었다.

"어느새 12월 31일이네. 정신아, 올해 잘 보낸 것 같아?"

"글쎄 형, 그나저나 우리 이제 내일이면 한 살 더 먹는 거야."

양손으로 머리를 감싸 쥐고 한 살 더 먹는다고 우는 소리를 하는 정신이었다.

"그래도 학교 졸업하잖아. 우리 수고 많았어, 정말."

"대학도 졸업했으니 이젠 사회로 나갈 일만 남았다. 정말 최종 시험만 남은 셈이네."

"그러게, 형사 시험 말이지. 근데 학점이랑 대학에서의 활동기록을 많이 본다고 해서 걱정이야."

"뭐가 걱정이야. 형은 학점이 괴물 수준이고, 나는 인턴활동에다 동아리 활동까지 엄청 많이 했잖아. 우린 필기시험만 적당히 치르면 돼."

"과연 그럴까? 체력시험은 어쩌고. 소문에 달리기를 거의 운동선수 급으로 해야 한다던데…"

"그건 지금부터라도 단련해야지! 운동능력은 나는 자신 있는데 형이 좀 걱정이긴 하다."

"정신아, 지원서 내서 붙으면 필기시험이 언제랬지?"

"3월. 얼마 안 남았어. 아마 내년 봄 내내 시험기간이라 필기, 실기까지 다 치르면 여름이 와 있을거야."

"내년에 꼭 붙었으면 좋겠다!"

"오늘이 가면 오는 새해 자정에 소원 빌자 형. 별 탈 없이 합격하게 해달라고 말
야. 몇 분 안 남았네"

"그래. 부디 마피아수사과에 어렵지 않게 안착하게 해주세요…"

아직 자정이 되려면 시간이 조금 남았지만, 어느새 수호는 눈을 감고 두 손을
가지런히 모아 기도를 했다. 정신은 자정이 되면 소원을 빌고 싶어 맥주를 홀짝거
리며 시계를 보고 있었다.

"자, 곧 카운트다운 합니다! 스크린 앞에 모여주세요!"

스크린에는 새해 카운트다운 30분 전부터 계명성국의 많은 배우, 가수들의 새
해 인사가 담겨 재생되고 있었다. 유일호 대통령의 새해전야 인사도 있었다. 카운
트다운 1분 전이 되자 펍의 주인은 사람들을 스크린 앞으로 모았고 가게의 사람들
은 펍 내부 스크린 앞에 모여 자정을 기다렸다. 정신과 수호도 마시던 맥주병을 들
고 스크린 앞에 섰다. 좋은 음악과 두근거림, 기대가 한데 섞여 기분 좋은 떨림을
만들어냈다.

"10! 9! 8! 7! 6!"

정신과 수호는 가게의 사람들과 함께 힘껏 카운트다운 숫자를 외쳤다.

"5! 4! 3! 2! 1!"

"해피뉴이어!"

가게 안 사람들은 함께 온 동료를 끌어안기도 하고 키스를 나누기도 하며 새해
인사를 나눴다. 정신은 어느새 두 눈을 감고 맥주병을 두 손으로 감싸 쥔 채 소원
을 빌었다. 수호는 어둠 속의 화려한 조명, 시끄러운 음악 속에서 정신에게 소리쳤
다.

"정신아! 해피뉴이어야! 올해 형사 시험 꼭 붙자 우리!"

정신은 수호의 말에 오케이 사인을 그리며 그러자고 화답했다. 해피뉴이어란 말도 빼놓지 않았다.

*

새해로부터 시간이 흘러 서류심사와 3월의 필기시험, 4월의 실기시험 시즌이 지났다. 그리고 5월, 정신과 수호는 각고의 노력 끝에 형사 시험 면접장까지 오게 되었다.

"수험번호 10278번 들어오세요."

"네!"

정신은 긴장한 목소리로 대답했고 안내요원을 따라 면접실로 들어갔다. 면접장에는 3명의 면접관이 앉아있었다. 정신은 면접관의 요청에 따라 자기소개를 했고 면접관이 묻는 말들에 성심성의껏 대답했다. 정신은 마피아수사과에 들어가고자 하는 목표가 뚜렷했기 때문에 질문들에 대한 대답이 어렵지는 않았다. 다만 정신은 형사가 되기 위한 마지막 관문이 면접시험인 줄 알았는데 그게 아니었음을 어쩌다 보니 면접을 통해 알게 되었다.

"10278번은 형사가 되면 제일 먼저 어떤 일을 하고 싶어요?"

"네! 저는 마피아수사과에 들어가 국내외 마피아를 소탕하는 업무를 하고 싶습니다."

"하하, 10278번. 그건 형사 시험 붙고 제일 먼저 할 수 있는 일이 아니에요. 마피아수사과에 가고 싶으면 승진 포인트를 쌓아서 시보를 빨리 벗어나야지. 시보 때는 마피아수사과와 같은 특수부서에 배치될 수 없어요."

"승진 포인트요?"

어안이 벙벙해진 정신은 승진 포인트라는 말이 계속 머리에서 맴돌았다. 면접관의 말은 형사가 되고 나서도 승진 포인트를 채워 시보가 해제되기 전까지는 마피아수사과에 발도 들일 수 없다는 말이었다. 정신은 수호에게 이 정보를 만나자마자 알려줘야겠다고 생각했다. 면접을 끝내고 정신은 수호와 옥상정원에서 만났다. 둘은 자판기 커피를 마시며 면접에 대한 이야기를 나눴다.

"나도 들었어, 그 말. 면접관이 그러더라."

수호도 여지없이 정신과 같은 이야기를 들었다고 했다. 정신과 수호는 면접에서 비슷한 질문이 나왔고 둘이 비슷한 대답을 했을 것으로 추측했다. 수호도 승진 포인트 제도에 대해 몰랐기 때문에 바로 수사과에 배치될 수 없음에 실망한 눈치였다. 면접은 수험생들에게 있어 지금까지의 선발과정을 잘 거쳐온 사람들이 마지막으로 형사 집단에 들어와도 괜찮을지 확인받는 자리라고 여겨졌으므로 정신과 수호가 면접에서 불합격할 확률은 매우 적었다. 다만 면접만 합격하면 바로 수사과에서 근무를 시작하게 될 것으로 생각했는데 시보라는 복병이 둘에게 남게 된 것이다.

시간이 흘러 6월. 시험의 최종합격자가 발표되었다. 당연히, 그리고 다행히 나 정신과 정수호 두 이름은 컴퓨터 모니터에서 '축하합니다. 합격하셨습니다.'라는 글자와 함께 볼 수 있었다. 입사 전 교육이 한 달 정도 소요된다고 적혀있었고 시보로써 근무 시작은 7월부터였다. 정신과 수호는 연수원에 입교하여 한 달을 보냈다. 호신술과 체력증진법을 배우고, 형사법, 형소법과 같은 법을 실전에서 어떻게 사용하는지 배우기도 하고 시민을 대하는 방법에 대해 배우기도 했다. 함께 합격한 동기들과 교우관계를 쌓기도 했다.

교육 기간이 끝나갈 무렵, 둘은 작성하여 교육관에게 제출하는 희망근무지란에 마피아수사과가 위치한 해안 도시의 이름을 작성해 제출했다. 공교롭게도 그 도시는 치안강화가 필요한 도시라고 판정받은 곳이었기 때문에 업무량이 많고 승진 속도도 빠르다고 알려진 곳이었다. 둘은 어떻게 해서든 승진 포인트를 채워야 했기 때문에 힘들더라도 업무가 많은 근무지를 선택했던 것이다. 또한 마피아수사과와 같은 지역에서 근무하며 작은 관련 정보라도 알음알음 알고 싶은 것도 이유였다.

"드디어 7월이다. 이제 우리 경찰서로 출근도 하고, 정말 형사야 형."

"아직 진짜 형사 아냐. 승진 포인트 착실히 쌓아서 빨리 저기 마피아수사과로 들어가자."

"좋아. 내가 마침 승진 포인트 쌓는 방법 교육관님들에게 다 물어보고 나왔지."

정신이 말하는 승진 포인트를 쌓는 방법은 다른 게 아니었다. 좀도둑 잡기, 할머니들이랑 노인정에서 시간 보내기, 사랑의 밥차로 어려운 시민들에게 음식 대접하기, 음주운전 단속하기, 구역 내 폭력사건 중재하기, 가끔 일어나는 데모 진압하기, 비행 청소년 계도하기, 대중교통 무임승차 단속하기 등 평소 지구대에서 주어진 일들을 잘 해내서 성과를 인정받으면 포인트가 쌓이는 것이었다.

햇볕이 강하게 내리쬐는 한여름에 정신과 수호는 힘차게 근무를 시작하게 되었다. 운전을 잘 못해서 혼나기도 하고, 취객들을 상대로 곤혹을 치르기도 하고, 대중교통 무임승차자들을 잡고 부과금을 매기기도 하는 등 일을 서서히 배워나가기 시작했다. 두 사람은 쉬는 날이면 봉사활동을 통해 승진 포인트를 쌓아 나갔다. 노인정, 양로원, 보육원, 어린이집 등 경찰의 손길이 도움이 되는 곳이라면 어디든 갔다. 쉬는 것도 잊은 채 열정을 다해 지역 내에서 일했다. 정신과 수호는 이렇게 봉사활동을 하며 워낙 여러 곳을 방문하다 보니 지역 내에서 꽤 유명 인사가 되었다. 선임들이 왜 이렇게까지 승진 포인트에 집착하냐고 물어보면 둘은 마피아수사과라는 말조차 하지 않은 채 그저 씩 웃으며 대답을 대신했다.

눈코 뜰 새 없이 바쁜 시간을 보내며 두 사람은 어느새 다시 12월을 맞이하게 되었다. 처음으로 형사가 되겠다고 마음을 먹은 지도 1년이 지난 뒤였다. 둘은 형사가 되기 위한 걸음을 착실히 걷고 있었고 이대로 승진 포인트를 모으면 아마 내년에는 정식 형사가 될 수 있었다. 어느 매서운 칼바람이 불던 날, 정신과 수호는

연탄봉사를 나갔다. 아마 이 연탄봉사가 승진 포인트를 위한 마지막 봉사활동이
될 예정이었다.

"형, 이제 승진 포인트도 거의 다 채웠고, 내년이면 우리 마피아수사과에 지원
할 수 있을 거야. 이 봉사활동은 형사되기 전 마지막 봉사활동!"

"시보 해제 승인만 나면 바로 마피아수사과에 지원하자. 반년 동안 시보하느라
고생 많았어."

"남들 1년 걸릴 거 반년 만에 끝냈으면 뿌듯해도 되는 거 맞지? 우리 진짜 고생
많았다."

새까만 연탄을 줄지어 나르면서 정신과 수호는 감회에 젖었다. 노인정에서 노
래를 부르며 춤을 추던 둘, 밥차를 운전하며 동에 번쩍 서에 번쩍 밥을 배달하던
둘, 취객을 상대로 실랑이를 벌이던 둘, 지하철 무임승차자를 잡고 부과금을 매기
다 싸움이 나 고생하던 둘… 반년 사이에 자잘하지만 고된 일들을 잔뜩 겪은 둘은
끝내 시보 해제를 위한 승진 포인트를 다 채워 동기들보다 일찍 희망부서로 진입
할 수 있게 되었다. 지역 지구대에서는 전례 없는 일이었다. 아마 인근 지역 지구대
에도 없을 것이었다.

*

"정수호, 나정신. 시보 해제 축하한다."

"축하해, 이 녀석들아. 미친 듯이 일하더니 확실히 빨리 시보 떼는구나."

"감사합니다!"

연탄봉사 이후 승진 포인트가 모두 쌓여 정신과 수호는 시보가 해제되고 지구
대 인원들이 모여 둘의 시보 해제를 축하했다. 반년 동안 그래도 고된 일 하면서
정이 쌓인 곳이라 정신과 수호는 떠나려고 마음먹으니 시원섭섭했다.

바다를 마시는 새벽별

"이제 어디로 지원해서 갈 거야? 너희 가고 싶은 곳 있어서 이렇게 열심히 근무했지?"

떠나려고 마음먹은 것을 읽기라도 했듯 지구대장이 둘에게 물었다. 둘은 머뭇거리지 않고 대답했다.

"마피아수사과로 지원하려고 합니다. 처음부터 그곳에서 근무하는 것이 저희의 목표였어요."

"마피아수사과랑 여기 지구대랑 가까우니까 종종 들리겠습니다. 대장님."

"둘 다 시보 해제까지 수고 많았어. 마피아수사과면 사건들이 굵직굵직하고 험악할 텐데 그래도 잘 해내리라고 믿을게. 정말 종종 이곳에도 방문해야 한다. 오면 반갑게 맞아주마."

"예!"

정신과 수호는 끝내 마피아수사과에 지원하는 데 성공했다. 시보 해제가 되니 1주가 채 지나지 않아 마피아수사과 지원승인이 났고 곧바로 전보 발령이 났다. 지구대와 마피아수사과 건물은 멀지 않은 곳에 있었다. 둘은 전보발령이 난 날 짐을 다 챙겨 마피아수사과 내부로 향했다. 새해 첫 날에 마피아수사과 형사가 되게 해 달라고 소원을 빌었던 수호는 그 소원이 이루어진 것 같아 신기하기도 하고 노력한 만큼 성과가 나와 뿌듯한 마음도 들었다. 정신은 마피아를 따라 바다를 누비며 근무할 생각에 가슴이 벅차오르는 듯 했다.

둘은 어느새 도착해 마피아수사과의 문을 밀고 들어갔다. 문을 열고 들어가니 키가 크고 어깨가 넓은 최강찬 형사가 입구 근처에 서서 사건경위서를 읽고 있었다. 강찬은 두 사람이 각자 커다란 박스에 자신의 물건들을 담아 들어오는 것을 보고는 이번에 발령 난 신입임을 알아챘다.

"너희가 이번에 새로 들어온 신입?"

"예!"

정신과 수호는 배에 힘을 주고 큰 소리로 대답했다. 강찬은 그 모습을 보고 피식 웃으며 서류를 들지 않은 손으로 악수를 청했다.

"그래, 우리 과에 온 걸 환영해. 앞으로 잘 해보자."

수호와 정신은 강찬과 순서대로 악수를 하고 수사과 전체에도 큰소리로 인사했다. 수사과 사람들은 일하기 힘한 수사과에 신입이 자발적으로 온 것이 기특하고 신입 특유의 힘찬 에너지가 좋아 모두 기쁜 마음으로 반갑게 맞아주었다. 둘은 강찬으로부터 자리를 안내받고 물건들을 꺼내 자리를 정리하기 시작했다. 강찬은 자리를 정리하는 둘에게 말을 건넸다.

"자리는 너희가 어느 부서로 들어갈지에 따라 조금 바뀔 수도 있어. 일단 임시 자리라고 생각해."

"예."

"아, 그리고 아까 이름을 말하지 않았는데 나는 최강찬 형사. 아마 근무하다 보면 편하게 강찬 형이라고 부르게 될 거야."

"네 최강찬 형사님!"

"근데 너희는 특기가 뭐야?"

"저는 경제학입니다. 필기시험도 경제학을 선택해서 들어왔습니다."

수호가 먼저 대답했다. 수호는 자신이 대학 시절 열정을 다해 배워왔던 경제학을 특기라고 생각해 그렇게 대답했다.

"저는 심리분석입니다. 대학 시절 인턴 생활을 이 분야로 했는데 좋은 성과를 거뒀었습니다."

정신은 인턴 시절 심리 상담을 통해 사람들의 마음의 안정을 찾아주고 적성을 찾아줬던 경험을 떠올려 대답했다.

"둘 다 우리 부서에 없는 특이한 특기네. 경제학이면 암시장 거래나 경제사범 잡는 부서로 가면 될 것 같고 심리분석이면 잡아 온 마피아 녀석들 심문할 때 써먹으면 되겠다. 좋아, 둘에게 합격점을 주겠어."

"최강찬 형사님은 특기가 뭡니까?"

"나? 나는 체육. 무도 유단자야."

풍채 좋고 팔부터 우람하다고 생각했는데 아니나 다를까 강찬은 무도 유단자였다. 생각해보면 처음 한 악수에서부터 악력이 남달랐던 것 같기도 했다.

"오빠, 얘네가 신입이야? 나 방금 외근 다녀와서 이제 수사과 돌아오느라 지금 처음 봐."

연갈색 긴 머리를 한 흰 피부의 여성 상사가 정신과 수호에게로 다가왔다. 정신과 수호는 잔뜩 긴장해 각 잡힌 자세로 인사를 했다.

"안녕하십니까!"

"안녕, 나는 차고은 형사야. 여기 최강찬 형사랑은 몇 년 같이 일한 사이구. 너희 오기 전에는 내가 막내였는데 이제 나도 막내 탈출이네."

정신과 수호는 보기에는 가냘픈 여성인데 어떻게 이렇게 험한 마피아수사과에서 근무하고 있을 수 있는지 궁금했다. 마침 강찬이 특기 얘기 중이라며 고은에게 특기를 이야기 해 달라고 말했다.

"고은아 지금 특기 얘기중인데 너도 한번 말해주지, 그래?"

"그랬어? 그럼 나도 소개해야지. 나는 지리학 전공이야. 특기로는 세계정부 지도도 그리고 평소 길도 잘 찾아. 수사과에서 인간 내비게이션이라고 불리지."

고은은 자랑스럽다는 듯 당당하게 말했다. 강찬은 피식 웃더니 고은의 말을 이었다.

"대신 얘는 바다 위에 있는 걸 무서워 해. 물을 무서워해서. 그래서 현장에는 잘 안 나가고 수사과 내에서 우리 현장 팀 지원업무를 맡곤 해."

"최강찬 형사님, 마피아수사과 내의 형사들은 모두 특기를 살리며 근무하나요?"

"아냐, 그냥 각자 잘하는 게 하나씩 있어서 우연히 그걸 활용하는 정도? 그런데 내가 봤을 때는 너희 둘도 특기라고 방금 말한 것들 잘 써먹을 수 있을 것 같은걸. 우리 과에 너희와 같은 특기를 가진 사람이 없으니 말야."

"얘네 특기가 뭔데?"

고은이 흥미가 가득하다는 표정으로 강찬에게 물어봤다.

"여기 나정신 형사는 심리분석, 이쪽 정수호 형사는 경제학이라고 하네. 왠지 유용하게 쓰일 것 같지 않아?"

"그러게, 마피아수사과로 지원한 사람들 치곤 특이하긴 하다. 유용하게 쓰였으면 좋겠네!"

고은은 갑자기 두 손을 착 맞잡으며 정신과 수호를 향해 말했다.

"아! 내가 막내 탈출이라는 말은 내가 너희 사수라는 말이구나! 앞으로 많이 도와줄게. 근데 둘은 나이가 어떻게 돼? 우리 과에는 내가 제일 어렸는데 둘은 나보다 더 어리려나?"

고은은 정신과 수호에게 나이를 물어봤고 둘은 고은에게 대답했다. 들어보니 정신은 고은보다 세 살 연하, 수호는 고은과 동갑이었다.

"나한테 고은 누나, 고은이라고 해도 돼. 나도 둘을 정신, 수호로 부를 생각이니까. 우리 과는 형, 누나로 호칭하는 게 편해서 그렇게들 하거든."

"네, 더 적응되면 그렇게 하겠습니다."

"그래 그렇게 해. 자리는 내가 두 사람 근처니까 모르는 거 있으면 나한테 물어보구, 나 외근 나가서 없을 땐 강찬 오빠한테 물어봐. 강찬 오빠가 내 사수였거든."

"네!"

고은은 둘을 데리고 이것저것 알려주기 시작했다. 강찬은 병아리 신입을 데리고 조잘조잘 이야기하며 움직이는 고은을 흐뭇한 미소를 지으며 바라보았다. 정신과 수호가 오기 전, 고은이 막내였고 강찬이 사수였을 때, 눈을 빛내며 강찬의 이야기를 듣고 기록하고 배우던 고은이 어느새 사수가 되어 두 명의 신입을 가르치고 있다니 감회가 새로웠다.

고은은 원래 대학 시절 여행가가 되고 싶었다. 전공인 지리를 배우며 계명성국 영토 너머 세계정부 영토에 대해 배울 수 있었고 직접 그 땅을 밟아보고 싶다고 생각했다. 지역 특색을 눈으로 담고 글로 남기며 전달하는 것이 고은의 작은 꿈이었다. 그러던 중 세계정부의 국경선 압박으로 여행가라는 직업을 유지하고 살 수 없을 환경이 되었고 고은은 꿈을 이룰 수 없게 되어버렸다. 이후 고은은 고립된 국가를 위해 자신의 특성을 살릴 수 있을 것 같은 직업을 선택했고 그것이 바로 지금 몸담고 있는 형사라는 직업이었다.

고은은 수호와 정신처럼 대학을 졸업한 후 바로 형사 시험을 치르고 형사가 되어 지내다 최근 신설된 마피아수사과로 지원했다. 그 당시 형사 초임 시절 만난 사수 최강찬과 함께 지원해 오게 되었는데 강찬과 고은은 사수 부사수로 만나 가깝게 지내다 연인이 된 사이였다. 두 사람이 처음 만난 시기는 지금으로부터 몇 년 전으로 거슬러 올라간다.

*

"안녕하십니까. 신입 형사 차고은입니다!"

형사들을 향해 고은은 시원하게 인사했다. 이날은 고은이 시보 해제를 하고 첫 근무를 하는 날이었다. 형사과 귀퉁이 책상에 자리 잡고는 의자에 앉아 몸을 뒤로 젖힌 채 팔짱을 끼고 있던 강찬은 연갈색 긴 머리를 묶은 하얀 얼굴의 당당한 모습을 한 고은을 물끄러미 지켜보았다. 저렇게 가녀린 몸을 하고서 어떻게 형사 일을 할 수 있을지 걱정스러웠다.

"야, 최강찬. 이제 막내 탈출이네."

"강찬아, 신입 예쁘다고 무작정 잘해주지 말고 업무 잘 가르쳐야 한다. 알지?"

"걱정 말아요. 형."

강찬은 동료 형사들에게 걱정 말라고는 했지만 고은을 앞으로 어떻게 대하면 좋을지 고민이 있었다. 동성이 아닌 이성이라 어려울 것 같기도 하고 고은이 강찬 눈에 예뻤기 때문에 왠지 모를 긴장감이 들 것도 같았다. 가녀리고 약해 보이는 몸을 가지고 있어 현장에 나갔을 때 제대로 일을 할 수 있을지도 의문이었다. 고민하고 있는 사이 다른 형사의 안내로 고은이 강찬에게 다가왔다.

"안녕하세요. 최강찬 형사님. 제 사수시라고 들었어요. 잘 부탁드립니다."

고은은 겁이 없는 것인지 격의가 없는 것인지 먼저 손을 내밀어 악수를 청했다. 강찬은 어안이 벙벙한 표정으로 고은의 손을 덥석 잡았다. 강찬의 크고 단단한 손과 달리 고은의 손은 작고 부드러웠다. 강찬은 그 촉감에 놀라 손을 화들짝 떼고 자신의 윗옷에다 손에 나는 땀을 닦았다. 고은은 왠지 모르게 허둥대고 있는 강찬을 보며 갸웃거리더니 손으로 입을 가리며 수줍게 웃었다. 강찬은 자기도 모르게 씨익 따라 웃으며 머리를 긁적였다.

"어, 이거 무슨 전개지?"

"최강찬, 작업 걸지 말고 부사수 잘 도와줘라."

"아이 형, 그런 거 아녜요!"

"맞다! 여기 벚꽃축제 유명하잖아. 몇 달 뒤 벚꽃축제 열리면 같이 가면 되겠네!"

"차고은 형사, 생각 있으면 같이 가줘. 이 녀석 벚꽃축제도 한 번 안 가봤다니까."

"이야, 데이트네 데이트!"

형사과 형사들은 평소답지 않은 강찬을 보고 놀렸다. 그런 분위기를 잠재우려고 강찬이 형사과 내부에서 두 팔을 가로저으며 동분서주하고 있는데 차분하게 있던 고은이 뜬금없이 강찬의 가방에 걸려있는 키링을 가리키며 쑥스러운 듯 나지막이 말했다.

"형사님… 혹시 야작토끼 좋아하세요?"

"예? 예… 캐릭터가 귀여워서요."

"저도 좋아해요. 야작토끼! 저도 굿즈 많아요. 여기 휴대폰케이스에도 붙이고 다녀요. 이거 보세요."

고은이 장난스럽게 웃으며 내민 휴대폰케이스에는 정말 야작토끼라고 불리는 분홍색 토끼 모양 액세서리가 붙어있었다. 강찬은 다 커서 징그럽게 작고 귀여운 캐릭터를 좋아한다고 형사과 내에서 놀림만 받다가 자신과 같은 것을 좋아한다고 웃으며 좋아하는 고은을 만나 은근히 기뻤다. 이후 강찬은 근무 시간 때때로 야작토끼 펜, 야작토끼 쿠션, 야작토끼 노트 등 굿즈를 하나하나 꺼내며 고은과 취향을 공유했다. 고은도 어떤 날은 집에서 가져온 야작토끼 머그컵을 두 개 가져와 하나를 강찬에게 선물하기도 하며 야작토끼라는 캐릭터에 대한 이야기를 나눴다. 알고 보니 두 사람 모두 캐릭터 야작토끼의 매니아였던 것이다. 야작토끼를 좋아하는 것 이외에도 둘은 카페에 가면 카라멜 마끼아또를 마신다던가, 같은 재즈 피아니스트를 좋아한다거나, 취미로 조깅을 즐기는 등 비슷한 점이 많았다. 그래서 자연히 죽이 잘 맞았고 둘은 만난 지 얼마 되지 않아 쉽게 가까워졌다.

그러던 중 어느 날, 해상 훈련을 위해 형사과 전체가 바다에 나가게 된 날이 있었다. 고은에게는 첫 해상 훈련이었다. 강찬은 사수로써 고은의 훈련을 담당했다.

"차고은, 구명조끼 잘 챙겨 입었나. 훈련 중 배를 건너다 혹시나 바다에 빠져도 자력으로 나와야 한다. 당연히 수영은 할 줄 알겠지?"

평소의 고은처럼 당찬 목소리로 "예!"라고 외칠 것으로 생각했는데 강찬은 뜻밖의 모습을 목격해야 했다. 고은은 배에 승선하지도 않았는데 낯빛이 어두워진 상태로 바닥만 보고 있었다.

"형사님. 저 사실 물 공포증이 있습니다."

"물 공포증?"

"예, 바다든 강이든 물 위에 떠 있는 배를 못 타고 수영을 못합니다. 물속에 몸을 넣는 것이 두려워서 쭉 피해왔습니다."

강찬과 고은처럼 해상국경선을 지키는 형사에게는 한심한 아킬레스건이었다.

"형사가 되면 바다와 가까이 하게 될 것이라는 것을 모르고 여기까지 온 거야 차고은?"

"아닙니다. 알고 왔고 전 제 공포심을 극복하고 싶습니다. 바다 건너 세상을 누비면서 글을 쓰는 것이 저의 꿈이었습니다. 언젠가 이 꿈을 이루기 위해서라도 극복할 겁니다."

"극복하기 위해 노력할 거라는 말이지? 우리는 해상에서 하는 작전이 앞으로도 많을 거다. 우리 작전을 위해서도 너는 물 공포증을 극복해야 해. 내가 도와줄 테니 너무 겁먹지 마."

강찬은 고은의 어깨에 손을 올렸고 고은은 눈을 질끈 감고 구명조끼 버클을 꽉 조였다. 그리고 둘은 훈련을 위한 배에 올랐고 훈련이 시작되었다. 고은은 해상에서 배와 배 사이를 오가는 훈련을 할 때면 몸을 사시나무 떨듯이 떨었고 강찬은 그런 고은을 잘 잡아주었다. 바다 위에 떠 있는 상황이 고은을 공황에 휩싸이게 했지만, 옆을 지켜주는 강찬이 있었기에 고은은 그 상황을 견딜 수 있었다. 다행히 해상은 고요했고 훈련도 아무 일 없이 순차적으로 잘 이루어졌다. 해가 어느새 저물고 마지막 훈련까지 마친 형사과는 이제 배에서 내릴 일만 남게 되었다.

"차고은, 수고했어. 물 공포증 그거 아무것도 아닌 거야. 그렇지?"

"형사님 덕분에 버텨낼 수 있었습니다. 조금 나아진 것도 같습니다."

고은은 그날 처음으로 미소를 보이며 강찬에게 고마움을 전했다. 강찬은 고은의 물 공포증이 없어지기를 바라며 고은을 더욱 다독이고 응원했다. 다들 하선하고 마지막으로 강찬과 고은이 하선 할 차례가 다가왔다. 강찬이 먼저 사다리를 타고 내려가 배와 선착장 사이의 틈을 뛰어넘었고 뒤돌아 고은을 바라봤다.

"고은아! 아까 배 사이 오가던 때랑 똑같아! 그때처럼 몸을 움직여봐!"

강찬은 고은을 향해 외쳤다. 하지만 모두 선착장으로 건너간 후 배에 홀로 남은 고은은 다시 얼굴이 사색이 되었고 강찬의 외침이 들리지 않는 듯 했다. 고은은 위태롭게 사다리를 타고 내려와 선착장으로 뛰기 위해 배의 끄트머리에 섰다. 구명조끼를 입고 있었지만 고은의 공포심은 사그라들 줄 몰랐고 다시 몸을 사시나무 떨 듯이 떨더니 이내 주저앉았다. 훈련 내내 고은의 물 공포증을 몰랐던 형사과 사람들은 고은의 이상행동에 웅성이기 시작했고 사수 강찬은 계속 고은을 향해 소리쳤다.

"고은아! 침착해! 무서워하지 마! 너 다 했던 거야!"

고은은 너무나 공포에 휩싸여 강찬의 말이 들리지 않았지만 결심한 듯 몸을 일으켰다. 하지만 뭔가 잘못된 듯 훈련상의 뛰는 법과 다른 방법으로 배 끝머리에서 선착장을 향해 달리기 시작했다. 그리고 결국 점프 위치를 제대로 정하지 못해 선착장에 안전하게 도달하지 못하고 말았다.

"고은아!"

물에 '풍덩'하고 사람이 빠지는 소리가 들리더니 선착장으로 뛰었던 고은이 순식간에 사라져버렸다. 바다에 빠진 것이다. 형사과 사람들은 훈련을 다 끝낸 후 말도 안 되게 쉬운 이 지점에서 물에 빠진 상황에 너무 놀라 아무도 움직이지 못했고 고은의 물 공포증을 알고 있던 강찬만이 허겁지겁 신발을 벗고 바닷속으로 입수했다. 고은은 온몸이 물에 닿은 순간 정신을 잃은 채 헤엄조차 치지 못하고 가만히 가라앉아가고 있었다. 강찬은 그런 고은을 바닷속에서 겨우 찾아 뭍으로 끌어냈다. 끌어낸 후 의식을 확인한 다음 형사과 사람들에게 119에 신고해달라고 요청했다. 그리고는 강찬은 고은에게 심폐소생술을 하기 위해 가슴 압박과 인공호흡을 반복적으로 하기 시작했다.

시간이 계속 흐르고 고은이 깨어나지 않아 강찬이 더욱 걱정하며 심폐소생술을 지속할 무렵, 다행히 고은이 기침을 쿨럭이며 물을 뱉어내기 시작했다. 고은이 감고 있던 눈을 떴을 땐 온몸이 물과 땀에 젖은 채 고은을 살리기 위해 고군분투하던 강찬이 있었다. 강찬은 고은이 어쩌면 죽을지도 모르겠다고 생각했던 건지 깨어나자마자 오른손으로 두 눈을 가리고 꺽꺽 울었다. 고은은 누운 채로 그런 강찬을 말 없이 쓰다듬으며 물로 인한 공포로 가득 찼었던 자신의 두 눈을 살아서 기쁘다는 듯 흐르는 따뜻한 눈물로 조용히 씻어냈다.

이날 이후, 고은과 강찬에게는 하나의 일과가 생겼다. 강찬은 저녁마다 수영장에서 생존수영을 가르치는 것을 시작으로 가끔 낮에 해안가에서 바다에 몸을 담그는 특훈을 하기도 하며 고은의 물 공포증을 약화시키기 시작했다. 최소한 고은이 만약 물에 빠지게 되더라도 살아나갈 수 있게 가르치는 것이 강찬의 목표가 되었다. 게다가 고은은 언젠가 자신이 꿈꾸는 여행가가 되기 위해서 바다 위에 떠 있는 것을 두려워하지 않아야 했기에 강찬의 특훈에 힘들고 고되도 한 번도 우는 소리 하지 않고 공포와 부딪히려 노력했다. 매일 물과 싸우다 보니 강찬도 고은도 체력이 남아나질 않았다. 아침에 일어나 근무하고 저녁에 수영장에서 수영하고 끝나면 집에 돌아가 곯아떨어지는 일상이 지속되었다.

그러기를 몇 달, 해상 훈련 시즌이 다시 돌아와 이들의 특훈 결과를 테스트해볼 기회가 생겼다. 해상 훈련 날, 역시 바다는 고요했고 훈련은 순차적으로 잘 진행되었다. 훈련의 시작부터 끝까지 강찬은 고은을 유심히 지켜봤고 고은은 첫 해상 훈련 때와는 달리 의연하게 훈련에 임하고 있는 자신을 발견할 수 있었다. 여전히 물에 떠 있는 상황이 불편하고 피하고 싶긴 했지만, 이전처럼 정신을 놓아버릴 수준의 공포는 아니었던 것이다. 강찬도 고은도 특훈이 유의미한 결과를 낳은 것 같아 매우 기쁘고 서로에게 너무나 고마웠다.

뿌듯한 해상 훈련을 끝내고 여느 때처럼 강찬과 함께 퇴근하는 길에 고은은 강찬 덕분에 물 공포증을 어느 정도 이겨냈으니 고마운 마음만큼 보답을 해야겠다고 생각했다. 함께 걸어가는 길목엔 그해 봄에 열리는 벚꽃축제 플래카드가 여럿 걸려있었고 거리의 가게들은 벚꽃축제를 맞이하기 위한 메뉴나 상품들이 준비되어 가고 있었다. 마냥 예쁘다고 생각하며 가로등 아래 상점들을 보고 있다가 벚꽃축제 플래카드를 올려다본 고은은 처음 형사과에 부임했을 무렵 동료들에게 들었던 지역의 벚꽃축제 이야기가 떠올랐다. 강찬이 벚꽃축제를 가본 적이 없으니 강찬과 함께 가주라던 동료 형사의 말처럼 강찬과 벚꽃축제를 가보면 어떨까 싶었던 것이었다. 강찬에게 좋은 하루를 만들어준다면 보답이 되지 않을까 생각했다. 사실 고은은 언젠가부터 좋아하게 된 강찬과 벚꽃축제에 같이 가서 아름다운 풍경을 함께 눈에 담고 싶었던 걸지도 몰랐다.

"형사님, 저랑 올해 벚꽃축제 가실래요…?"

"벚꽃축제? 너랑 나랑?"

너랑 나랑 가냐고 묻는 강찬의 이야기에 고은은 순간 당황해 자신의 핸드폰케이스에 붙어있는 야작토끼를 뚫어져라 바라봤다.

"오… 올해 지역 벚꽃축제에 야작토끼 플래그숍 스토어도 열린대요!"

"진짜? 그거 큰 지역에서만 열리는 건데 우리 지역에도 들어온대?"

"네! 그러니까 강찬 형사님, 저랑 같이 벚꽃축제 가요!"

고은은 사실 강찬과 그냥 벚꽃축제에 같이 가고 싶다고 말하고 싶었다. 열릴지 안 열릴지 모르는 야작토끼 굿즈 상점을 들먹이며 벚꽃축제를 같이 가자고 말하게 될 줄은 몰랐지만 어쨌든 같이 가게 되었으니 그저 기쁜 고은이었다. 강찬은 벚꽃축제 약속 이후 곁에서 손뼉을 치며 아이처럼 좋아하는 고은이 마냥 귀엽다고 생각했다. 또한 고은의 말처럼 지역에 열린다는 야작토끼 플래그숍 스토어에 어떤 굿즈가 새롭게 등장할지 팬으로서 기대도 살포시 하게 되었다.

벚꽃축제 날, 강찬과 고은은 오랜만에 연차를 냈다. 이른 낮부터 축제를 즐기기
로 한 것이다. 고은은 깃이 달린 흰색의 원피스를 입고 가벼운 운동화를 신었다. 이
날 하루 종일 강찬과 함께하는 데이트라는 생각에 며칠 전부터 무엇을 입을지 고
민하다 정한 옷이었다. 강찬은 청바지에 체크무늬 셔츠를 입었다. 고은은 강찬이
자신의 들떠있는 마음을 모르고 대충 입고 나왔다고 생각했다. 하지만 사실 강찬
도 고은과의 하루를 기대하며 고르고 고른 옷을 입고 나온 것이었다. 꾸민 듯 안
꾸민 듯한 모습을 연출하고 싶었으나 그냥 안 꾸민 사람의 모습이 된 듯 했다. 하
지만 그런 것은 아무래도 좋았다. 둘은 두근두근하는 마음으로 벚꽃축제 거리에
나섰다.

길가에 있는 예쁜 카페에서 카라멜 마끼아또를 마셨고, 거리에 마련된 공연장
에서 연주하는 재즈 피아니스트를 보며 서로가 좋아하는 음악가에 대한 이야기를
했다. 고은이 열리는 줄 모르면서 말했던 야작토끼 플래그쉽 스토어도 정말 아주
큰 상점에서 열리고 있어 시간 가는 줄 모르고 굿즈 속에 파묻혀있기도 했다. 둘
다 걷는 것을 좋아해서 벚꽃축제 거리의 끝에서 끝까지 이야기꽃을 피우며 걷기도
했다.

마을 전체가 참여하는 큰 축제를 온몸으로 즐기면서 둘러보다 보니 어느새 노
을이 지고 있는 것조차 둘은 알지 못했다. 어느새 벚꽃이 잔뜩 핀 거리에는 가로등
이 켜지고 길가 상점들의 조명이 환하게 켜져 밤과 빛이 뒤섞인 거리는 더욱 아름
다웠다. 어쩌다 보니 강찬과 야작토끼 커플 굿즈를 구매하고 휴대폰에 달아 흔들
며 바라보던 고은은 자신을 둘러싸며 흩날리는 벚꽃 잎을 향해 손을 뻗어보았다.
이윽고 손에 작은 벚꽃 잎이 한 장 담기자 고은은 멈춰서서 손을 모으고 소원을 빌
었다. 같이 걷다 멈춰선 고은을 보며 강찬은 물었다.

"고은아 뭐해?"

"벚꽃 잎 잡으면 소원 빌어야 해요. 저희 엄마가 그랬는데 이럴 때 소원을 빌면

소원이 이루어진대요."

"그래?"

강찬은 고은의 말을 듣고 벚꽃 잎을 잡아보려 손을 휘저어 보았다. 하지만 잘 잡히지 않는 듯해서 관뒀다. 벚꽃 잎이 이렇게 흩날리는데 손에 잡히는 게 없다니 신기할 노릇이라고 생각했다. 그렇다고 빌고 싶은 소원이 있냐고 물어보면 딱히 그런 것도 없긴 했다. 그때 마침 강찬의 손에 누가 떨어뜨려 준 듯이 살포시 벚꽃 잎이 하나 내려왔다.

"어! 빨리 소원 빌어요!"

강찬은 멋쩍은 듯 웃으면서도 방금 고은이 했듯 벚꽃 잎을 쥔 채 손을 모으고 눈을 감고 기도했다. 당장 떠오르는 소원이 무엇이냐고 물어본다면 해안가에서 열심히 근무하면서도 물 공포증으로 인해 힘들어하는 고은의 행복이 소원이었다. 이상했다. 보통 소원을 빈다면 본인의 행복을 가장 먼저 빌게 될 텐데 강찬은 문득 떠오른 고은의 행복을 벚꽃 잎에 빌었다.

"무슨 소원 빌었어요?"

"네 행복."

"예? 오늘 단 한 번밖에 잡지 못할지도 모르는 찬스에 그런 걸 빌면 어떡해요! 강찬 형사님의 복권 당첨이나! 승진이나! 아니면 자신의 행복이나! 뭐 그런 걸 빌어야죠!"

"하하, 또 잡으면 되지 뭐."

강찬은 벚꽃 잎을 끌어들이는 자석이라도 된 건지 큰 손을 뻗자 또 꽃잎 한 장이 손안에 담겨왔다. 이번에는 강찬 자신의 행복을 빌었다. 이전에 불현듯 고은의 행복을 소망했듯이 이번에는 자신의 행복도 어렵지 않게 빌 수 있었다.

"이번에는 내 행복."

"와, 형사님 벚꽃 잎 진짜 잘 잡네요. 부럽다. 나는 이렇게 뛰어봐도 안 잡히는데."

벚꽃 잎을 잡으려 깡충깡충 눈앞에서 뛰는 고은을 빤히 바라보다 강찬은 문득 자신이 고은을 동료가 아닌 여자로서 좋아하고 있다는 것을 깨닫게 되었다. 이상하게 고은의 행복을 먼저 기원하던 자신의 태도도 그제야 이해가 갔다. 언제부턴가 강찬도 고은을 마음에 담아가고 있었던 것이다. 강찬은 옆에서 허공을 향해 팔을 뻗고 휘젓던 고은의 손을 낚아챘다. 강찬의 힘에 고은은 순간 휘청였고 고은은 강찬의 갑작스러운 행동에 무슨 일인지 물어보는 듯한 눈빛으로 강찬을 바라봤다.

"고은아, 벚꽃 보다가 깨달은 건데 나 너 좋아하는 것 같다."

"네?"

"나 너 좋아하는 것 같다고."

강찬은 고은의 손을 다시 고쳐 잡고 고은의 눈을 보며 말했다. 벚꽃은 여전히 서 있는 둘을 휘감듯이 흩날렸고 벚꽃 나무 사이마다 서 있는 가로등 불빛이 거리를 따스하게 비췄다.

"벚꽃 잎 잡자마자 네 행복 떠올리면서 빌던 나를 보고 알았어. 나는 네가 아픈 게 싫고 힘든 게 싫고 웃는 게 좋아."

"형사님…"

"고은아, 앞으로 기뻐도 같이 걷고 슬퍼도 같이 걷자."

고은은 강찬의 갑작스러운 고백에 자신 또한 강찬을 좋아해 왔다는 것을 살며시 말했다. 서로를 바라보며 웃기 시작한 둘은 벚꽃이 만개한 거리에서 수줍고 따뜻한 입맞춤을 나누며 그날부로 연인이 되었다. 서로의 첫 만남부터 같은 취향, 물 공포증 극복을 위한 투쟁까지, 둘은 어느새 서로를 향한 마음을 각자 안고 있었고 그 해 마을 전체가 참여했던 아름다운 벚꽃축제에서 그 마음을 서로에게 내보일 수 있었다. 공교롭게도 첫 커플 아이템은 그날 고백 전 구매한 귀여운 야작토끼 핸드폰 고리였다.

이후 계명성국에는 마피아수사과가 생겼고, 고은은 마피아를 쫓아 해양과 세계 정부 지도를 작성하며 국가에 기여할 수 있을 것 같아 지원하기로 마음먹었다. 그리고 강찬은 고은을 따라 체육 특기를 살려 같은 과에 지원했다. 그래서 현재 둘은 마피아수사과의 유일한 커플로서 같이 근무하고 있고 둘을 이어준 야작토끼라는 캐릭터를 전파하며 수사과 내 커플 마스코트로 자리 잡고 있다. 강찬은 시간이 흘러 정신과 수호가 들어온 후, 후배가 들어와 기뻐 보이는 고은을 '차고은 많이 컸네.' 하는 뿌듯한 마음으로 사랑스럽게 지켜보게 되었다.

04 두 자녀

✳

　햇살이 뜨겁게 내리쬐는 여름, 마피아수사과에 의뢰가 들어왔다. 발신처는 대통령실. 내용은 대통령 암살위협으로부터 보호였다. 다가오는 교섭 약속 시간에 세계정부 측의 제안을 거절하면 유일호 대통령을 죽이겠다는 헬렌 카르텔의 경고장이 계명성국 대통령실에 도착한 것이다. 백 년이 지나도 계명성국이 수복될 기미가 보이지 않자 세계정부 측에서 압박 방법으로 이젠 마피아까지 이용해 살해 협박을 하기 시작한 것으로 보였다. 이는 계명성국의 빛을 꺼뜨리기 위한 세계정부의 만행이었다.

　의뢰를 받은 수사과장은 최강찬을 팀장으로 하여 차고은, 정수호, 나정신을 하나로 꾸려 대통령 경호팀을 만들었고 이들은 곧 유일호와 세계정부 수뇌부와의 교섭자리로 파견되었다. 알고 보니 이번 교섭 자리는 계명성국 예술작품들의 무역로를 개척하기 위해 일호가 제안한 것이라고 하며 무역로 개척은 암시장 위축에 큰 영향을 미칠 것으로 생각해 일호가 특히 심혈을 기울이고 있는 교섭이었다. 그걸 세계정부 측도 알고 있을 것이며 이 간절함을 이용해 어떤 제안을 할지 알 수 없었다. 다만 세계정부의 제안을 거절하면 죽이겠다는 헬렌 카르텔의 협박장을 보면 보통의 제안이 오지는 않으리라 예상할 수 있었다. 일호는 대통령실로 파견된 경호팀이 모인 자리에서 자신을 위해 위험한 자리에 나서게 된 강찬 무리를 격려했다.

　"잘 부탁합니다. 이번 교섭 자리에서 반드시 무역로를 확보해야 해요."

　"부디 몸조심하십시오. 대통령님."

"여러분도 몸조심하세요. 세계정부 마피아 놈들은 우리나라 마피아랑 수준이 다르게 잔인하고 폭력적입니다. 나부터 조심할 테니 여러분도 절대 다쳐서는 안 됩니다."

일호는 자신을 걱정하는 강찬을 다독이며 강찬의 안부를 챙겼다. 헬렌 카르텔의 무자비함은 젊은 시절부터 잘 알고 있었기 때문에 대통령 경호팀 모두에게 주의를 당부하는 것도 잊지 않았다.

"예, 대통령님. 그런데 무역로 개방을 요구했을 때 세계정부 측에서 쉽게 교섭 자리를 수락하던가요?"

강찬은 이 교섭 자리가 쉽게 생긴 것에 대해 의문을 가지고 있었다. 일호도 세계정부가 쉽게 교섭 자리를 수락했다는 점에 의아함을 감추지 않았다.

"조금 이상했지만 그랬어요. 우리나라의 예술을 유독 터부시하고 경계하던 그들이었는데 이젠 한번 거래를 해보고 싶어졌다고 말하더군요."

"어쩌면 무역로 개방을 이유로 터무니없는 것을 제안할 수도 있겠군요."

"그 터무니없는 제안을 거절하면 나에게 위협을 가하려는 거겠지요."

일호와 강찬은 이번 무역로 교섭의 항로가 순탄하지는 않으리라는 것을 어렴풋이 예측할 수 있었다. 교섭자가 부디 상식적인 제안을 하길 바랄 뿐이었다.

"이번 교섭자로는 누가 나옵니까?"

"아마 베어가 나올 겁니다."

"베어면 세계정부 사람들이 모두 복용한다는 라우더 개발자 말씀이십니까?"

강찬이 묻자 일호가 대답했고 생각지도 못한 베어의 이름이 나오자 수호는 놀라 일호에게 되물었다. 형사가 되어 집을 떠나기 전 라우더 연구가였던 부모님으로부터 전해들은 베어라는 사람은 라우더 개발을 통해 세계정부를 한 손에 쥐고 흔드는 무지막지한 과학자였다.

"그 개발자 맞습니다. 그런데 정수호 형사는 어떻게 라우더를 아는가요?"

"저희 어머니와 아버지께서 젊은 시절 세계를 누비며 라우더를 연구하셨습니다. 사실 대통령님과도 인연이 있다고 들었습니다."

"그렇습니까, 혹시 부모님 존함이 어떻게 되시나요?"

수호는 일호에게 부모님의 성함을 말씀드렸고 일호는 크게 놀라며 기뻐했다. 자신의 젊은 시절을 함께 열정을 다해 보냈던 동료들의 이름이었던 것이다.

"그 친구들에게 이렇게 다 자란 아들이 있었다니, 그러고 보니 아버지와 똑 닮았군요. 나에게도 수호군 또래의 아들이 있으니 세월은 빠르고 생명은 신기합니다. 수호군, 아버지 어머니의 뒤를 이어 의사나 연구가가 되지 않고 형사가 되었군요."

"예, 고립된 계명성국 현실에서도 세상을 넓게 누벼보고 싶어 마피아수사과에 왔습니다. 젊은 시절의 부모님처럼 세계 곳곳을 돌며 마피아 소탕에 기여하고 싶습니다."

"정수호 형사님은 부모님과 같은 연구가는 아니더라도 형사님과 형사님 동료들과 함께 이미 계명성국의 빛을 발하는 데 힘을 더하고 있답니다. 부디 더 빛내주세요. 그리고 이번 교섭이 끝나면 형사님의 부모님을 만나게 해주겠습니까. 오랜 동료들이라 소식을 들으니 너무나 보고 싶군요."

"그러겠습니다. 이번 교섭을 무사히 마치고 함께 저희 집으로 가시죠."

일호는 수호에게 은은한 미소를 건넸다. 어느새 교섭을 약속한 시간이 다가오고 일호와 경호팀 일행은 자동차를 타고 영토 북쪽 육상국경선으로 향했다. 육상국경선 끝 쪽에는 세계정부와 계명성국이 종종 협상하는데 사용되는 교섭장이 마련되어 있었다. 약속 시간보다 조금 일찍 도착한 일행은 경호를 위한 만발의 준비를 했다. 좁은 교섭장이라 누군가 침입하기도 쉽지 않아 보였고 경호팀 네 사람이 일호를 주시하고 보호한다면 교섭이 어떤 결과에 도달하든 일호가 신체적 위협을 당할 일은 없을 것이라는 판단이 내려졌다.

일호는 보좌관들과 함께 교섭장에 앉아 세계정부 교섭집단을 기다렸다. 부디 무역로 개방 제안이 어렵지 않게 통과되길 바라며 정책제안서를 읽고 또 읽었다. 오래 지나지 않아 곧 세계정부 측 자동차가 교섭장에 도착하는 소리가 들렸다. 정신은 혹시나 모를 위협에 대비해 교섭장 밖으로 나가 세계정부 측 상황을 정탐했다. 지켜보니 세계정부측 자동차 상석에서 내리는 것은 동그란 얇은 테 안경을 쓴 장발의 남자였다. 밝게 웃은 채 일호를 향해 손을 흔들며 교섭장에 들어오는 그 장발의 남자가 베어임을 수호는 단박에 알아차렸다.

"유일호 오랜만이다!"

마치 오랫동안 만나지 못했던 친구처럼 반갑게 맞이하는 베어의 태도에 경호팀은 적잖아 놀랐다. 대통령과 무슨 인연이 있기에 저렇게 가깝게 이야기할 수 있는 것일까. 일호는 살가운 베어가 불편한 듯한 기색이었다. 인사를 받지 않고 베어를 강한 눈빛으로 응시할 뿐이었다.

"그런 무서운 눈빛 싫다. 우리 이야기하려고 만나는 거잖아. 옛날얘기도 하고 우리 현재 상황에 대해서도 허심탄회하게 이야기하자구."

"베어, 너는 변한 게 없구나. 항상 낭창하게 굴면서 자기 잇속을 챙겼지."

"그건 그냥 나의 여유로운 성격이 가져오는 선물이라고 해두자. 그래서 계명성 국 대통령이 되고 나서는 잘 지냈어? 네가 대통령이 되고 나서는 통 우리 세계정부랑 교섭을 안 하려고 그래서 만날 일이 없었잖아."

"네 머릿속에는 뭐가 들었는지 항상 우리 계명성국을 위협에 빠뜨리는 제안만을 하니까 말야."

"노노, 그런 거 아냐. 나는 그냥 모두가 행복한 결과를 바랄 뿐이야. 모두가 행복하게 만들기는 내가 제일 잘하는 분야이기도 하고 말야.

베어는 피식 실소를 터뜨리더니 두 손을 모아 턱을 괴고 말했다.

"너랑 유정이도 그냥 내 말을 잘 들었으면 헤어지지 않고 지금까지 잘살고 있을 텐데."

"그 이름 꺼내지마!"

내내 평정심을 지키고 있던 일호는 베어의 입에서 유정이라는 이름이 나오자 평정심을 잃고 교섭장 테이블을 주먹으로 내리치며 크게 화를 냈다. 교섭장 내부는 갑자기 날카롭고 팽팽한 기류로 가득 찼다.

"그때 유정이랑 헤어진 것도 네 놈 때문이었어! 네놈이 마피아 세력에 정보를 흘리지만 않았으면…"

"말했잖아, 나는 모두가 행복한 결과를 바랄 뿐이라고. 일호야, 나는 너의 행복도 진심으로 바랐어."

"내 행복은 유정이었어. 세상을 다 내게 준다고 해도 유정이가 없으면 아무 의미가 없었단 말이다. 그 여자를 잃은 고통에 내가 얼마나 몸부림치며 살았는지 알아?"

"그렇다고 아무 상의도 없이 네 딸을 임신한 여자를 계속 네 곁에 둘 수는 없었잖아. 안 그래? 너는 마피아 측에서 잡아두고 싶은 남자였다구. 유정이는 진정한 행복을 위해 너로부터 자유로워져야 했어. 그래서 내가 꾀를 써서 너로부터 도망가게 해줬지."

베어는 새어 나오는 비웃음을 참으며 입을 한 손으로 가렸다. 그러더니 "아차, 실수!"라며 장난스럽게 자신의 입을 때렸다. 당시 유정이 일호의 아이를 임신했었다는 말에 대한 반응인 것 같았다. 일호는 자신이 어디에 앉아있는지도 잊어버릴 만큼 놀라고 말았다. 그 옛날 사랑하던 자신의 연인이 자신의 아이를 가진 채로 자신을 떠났었다는 것을 거의 30년이 다 지나서야 이런 황량한 교섭장에서, 심지어 증오하는 베어를 통해 알게 된 것이다.

"나는 그 딸이 지금 어디 있는지 알지. 그런 무서운 표정해도 소용없어. 안 알려줄 거야!"

도가 넘은 베어의 조롱은 일호를 미치게 만들었다. 일호는 나라에 대한 일을 잊어버릴 만큼 베어를 증오했고 지금 할 수만 있다면 목을 조르든 칼로 찌르든 총으로 쏴 죽이든 간에 무슨 짓이든 하고 싶었다.

"그리고 무역로 개방에 대한 조건 말야. 방금 네 표정을 보니까 떠오른 건데 계명성국 사람들한테 라우더를 투약하는 걸로 조건을 다는 게 좋겠어. 지금 너처럼 감정을 컨트롤 못하고 감정의 노예가 되어서 사는 사람들을 보면 난 너무 한심해. 그 감정 컨트롤이 안 되어서 계명성국 사람들이 사회화도 안 되고 지금까지 세계 속에서 고립되어 살고 있는 거잖아."

잠자코 지켜보고 있던 수호는 베어의 교섭방식에 소름이 돋았다. 일호의 과거를 파헤치며 한순간에 패닉으로 몰아넣더니 거기에다 계명성국 사람들에게 라우더를 투약하는 것을 예술품 무역의 조건으로 달았다. 수호가 아는 바에 따르면 계명성국 사람들은, 아니 어디에 사는 그 어떤 사람이라도 라우더를 복용하면 안 됐다. 라우더를 복용하면 감정이 마비되고 사고체계가 단순해져 유연한 사고를 하기 위해 노력하지 않고서는 단순한 사고를 하게 된다. 게다가 수호의 부모님은 연구를 통해 발견된 정보에 의해 라우더를 복용하면 밝혀지지 않은 알 수 없는 컨트롤 타워에 의해 생각을 조종당하는 것 같다는 의심도 하고 있었다. 만약 이 정보가 사실이라면 세계는 라우더 개발자에 의해 조종당하고 있다는 뜻이 되었다. 그 개발자는 바로 수호와 경호팀의 눈앞에, 신이 나서 일호를 압박하고 있는 베어였다. 잔인하고 영민하게 교섭을 이끌어가는 베어를 보니 수호는 라우더의 영향력이 더 무서워졌다.

"어때? 교섭 수락이야? 아니면 거절이야? 무역로 개방을 해야 암거래가 줄어들 테니 당연히 수락이지? 아마 너희 나라 애들도 좋아할 거야. 라우더를 먹어서 마음의 평화를 찾을 테니까."

일호는 분노로 온몸이 불타오르는 듯하여 생각을 제대로 할 수 없었다. 하지만 베어가 제안한 조건이 계명성국에게 위태로운 결과를 초래하리라는 것은 잘 알 수 있었다. 일호도 수호의 부모님만큼이나 라우더에 대해 잘 알고 있었기 때문이다. 일호는 국민들이 라우더를 복용하게 될지도 모른다는 위기에 '머리는 차갑게, 가슴은 뜨겁게'라는 어느 학자의 말이 떠올렸고 이 말을 새기며 마음에 안정을 찾으려고 노력했다. 그리고 이번 교섭 제안은 자신이 했지만, 운영은 처음부터 끝까지 베어의 주도로 이루어졌고 이러한 상황을 연출하기 위해 교섭을 수락했다는 사실을 인지하게 된 일호는 배부해놓은 자신의 제안서를 높이 들어 베어를 향해 갈기갈기 찢기 시작했다.

"할 필요조차 없는 교섭이다. 우리 국민들이 라우더를 먹는 일은 절대 없을 거야, 베어."

"흠… 내가 봤을 땐 네가 가장 라우더가 필요한 것 같은데."

베어는 의자에 앉아 빙글빙글 돌며 손끝으로 펜을 돌렸다. 교섭이 결렬되자 퍽 실망한 표정이었다.

"그리고 내 딸? 알려줘서 고맙군. 유정이도 내 딸도 이 세상을 다 헤집어서라도 내가 반드시 찾고 말겠어."

베어는 심드렁한 표정으로 관객이 무대에 박수를 치듯 손을 높여 박수를 쳤다.

"그래 그럼. 그런데 이렇게 제멋대로 굴게 되면 네 아들은 어떻게 되는 걸까요?"

베어가 치던 박수를 멈추고 의자에서 일어났다. 그러자 교섭장의 창문이 모두 열리고 창마다 세계정부 측 마피아가 붙어서 교섭장 안으로 총을 겨눴다. 경호팀 넷은 급히 대통령을 엄호했지만, 손이 부족해 대통령을 지키는 것 이상으로 행동을 할 수 없었다. 베어는 깔깔 웃으며 일호를 노려봤다.

"넌 항상 이 수준밖에 안 돼, 유일호. 그래서 너희 나라 사람들이 고립되어서 힘들게 사는 거야. 그냥 지적 능력 차이를 인정하고 세계정부 밑으로 들어와. 그럼 모두가 행복할 거라니까 왜 고집을 부리는 거야 대체? 넌 왜 맨날 잃어도 정신을 못 차리니 정말?"

훈계조로 말하던 베어가 교섭장 정문 쪽으로 손가락을 튕기니 문이 열렸다. 그 앞에는 사람을 함부로 틀어쥐고 그 사람의 머리에 총을 겨누고 있는 제임스가 있었다. 제임스는 웃지만, 인상이 나빠 하나도 웃는 것 같지 않은 표정으로 베어에게 인사를 했다. 옆에 잡혀있는 사람의 고개도 강제로 눌러 인사를 시켰다. 반항하며 고개를 쑥 내렸다가 올리는 얼굴을 보고 일호는 사색이 되었다. 희성이었다.

"널 암살하겠다는 경고장을 보냈었는데 아무래도 너는 네가 죽는 것보다 네 아들이 죽는 걸 봐야 정신을 차리고 나라를 내놓을 것 같아서 계획을 바꿨지. 역시 네 표정을 보니 바꾸길 잘했어."

"베어, 넌 어디까지 잔인할 생각이야? 나의 사랑하는 모든 것을 앗아가려는 참이냐!"

"이봐 친구야. 네가 오늘 이 자리에서 교섭을 승인하기만 하면 네가 사랑하는 것들은 모두 너에게 돌아 갈거야."

일호는 베어의 말에 절망을 느꼈다. 나라의 명운이냐 자신의 가족이냐, 그 기로에 서게 된 것이다. 일호는 깊은 침묵 속에 빠질 수밖에 없었다.

"아버지! 이놈들이 원하는 대로 해주지 말아요! 저는 괜찮아요!"

침묵을 깬 날카로운 목소리는 희성이었다. 제임스에게 총에 겨눠진 채 잡혀있으면서도 두려워하는 기색 없이 자신의 아버지를 향해 소리쳤다. 제임스는 희성이 소리치기가 무섭게 주먹으로 배를 가격했다. 희성은 고통에 몸을 구부렸다. 그러면서도 눈에 차오르는 불길을 꺼뜨리지 않고 제임스를 노려봤다.

강찬과 고은, 정신과 수호는 대통령을 엄호하면서 희성을 구할 방법을 궁리했다. 그러나 네 사람 모두 교섭장에서 각자 떨어져 서 있어 전략을 구성할 수가 없었고 무엇보다 전력 차이가 심해 최소한의 방어 말고는 도리가 없었다. 그나마 수호가 나머지 셋을 믿고 대통령 엄호에서 희성을 엄호하는 것으로 전략을 수정했다. 희성은 그런 수호를 봤다. 그리고 더욱 용기를 내 일호에게 자신의 의사를 전달했다.

"아버지, 저 하나 죽는다고 세상 안 변하지만, 아버지는 달라요. 지켜야 할 것을 알고 지키는 아버지가 되세요. 젊은 날부터 지켜온 가치, 소신 잃어버리지 마시라구요!"

"이 새끼가 진짜!"

제임스가 희성을 마구 흔들더니 겨누고 있는 총의 방아쇠에 손을 올렸다. 손가락을 잘못 까딱이기라도 하면 바로 총알이 희성의 머리를 관통할 상황이었다. 희성은 더 이상 움직임일 수 없고 바짝 얼어 서 있을 수밖에 없었다. 어느새 교섭장 내 총을 쥔 사람은 모두 침만 꼴깍 삼키며 긴장을 늦추지 않는 상태가 되었다.

일호는 자기 아들의 죽음을 눈 뜨고 지켜본다면 그 이후의 세상을 잘 살아갈 자신이 없었다. 그렇다고 계명성국 국민들이 라우더를 복용하는 것도 나라의 명운을 볼 때 너무 위험한 선택이었다. 하지만 일호는 선택해야 했다. 자신이 이야기해야 할 때가 왔음을 직감적으로 안 일호는 입을 열었다.

"나는… 이번 교섭을…"

일호는 입을 더 이상 떼지 못하고 멈췄다. 무거운 침묵이 흘렀다. 하지만 입을 열어야 했다. 끝내 일호가 교섭을 수락할지 거절할지 말하려는 순간이었다.

갑자기 다수의 총성이 들리며 교섭장 창문에서 총을 겨누고 있던 사람들이 쓰러져가기 시작했다. 총성의 주인은 대통령 경호팀 네 사람이 아니었다. 이들은 여전히 힘겹게 일호와 희성을 엄호하고 있었다. 이들이 아닌 누군가가 교섭장에 들어와 헬렌 카르텔을 처부수고 있었던 것이다.

"뭐야! 무슨 일이야!"

베어는 찢어지는 듯한 소리를 내며 고개를 휙 돌려 교섭장을 빠르게 둘러보았다. 그리고 제임스가 잡고 있는 인질 유희성이 문득 떠올라 상태를 확인하려 했다.

그런데 아니나 다를까 제임스는 오른팔에 총을 맞은 채 바닥에 나뒹굴고 있었다. 그리고 오른팔에 잡혀 있던 희성은 온데간데없이 사라진 상태였다.

"미안하게 됐어, 베어. 우리 일락 카르텔은 어쨌든 우리나라를 지키는 쪽을 선택해야 해서 말야. 그리고 인질을 잡고 교섭을 하는 건 너무 구시대적이고 치졸한 방법이잖아. 반성하라고."

턱수염과 콧수염을 기른 진갈색 셔츠의 남자가 어느새 베어의 곁에 다가와 베어의 등에 총구를 겨눴다. 헬렌 카르텔들이 쓰러져 비어버린 교섭장 창문으로 낯선 무리가 들어온 듯 했다. 희성은 이름 모를 군단의 도움을 받아 진갈색 코트의 남자가 들어온 창문으로 탈출을 시도하고 있었다.

"으으… 유일호! 네가 일락 카르텔을 끌어들인 거냐! 치졸한 새끼."

"아니, 대통령이 우릴 부른 게 아냐. 우리가 와야 할 장소를 알고 잘 찾아온 거지."

"레드캣, 그러지 말고 이거 내려놓지, 그래. 우리와 협력해야 할 집단이 이렇게 나오면 나로서도 곤란하다구."

베어는 두려움에 떨리는 손을 등 뒤로 넘겨 자신에게 겨눠진 총구를 조심스레 잡으려 했다. 그러자 레드캣은 베어의 왼쪽 어깨를 잡고 있던 손으로 베어를 더 강하게 움켜쥐고 총구를 베어의 등 뒤에 더 깊숙이 집어넣었다.

"베어, 우리 대통령의 아들을 인질로 삼고 무리한 교섭을 통과시키려고 했지. 이젠 자네 자신이 인질이야. 헬렌 카르텔 놈들 지금 당장 여기에서 철수시켜. 그럼 너를 놓아주지. 그렇지 않다면 몸통에 구멍이 여러 개 난 네 몸을 직접 보게 될 거야."

"하, 레드캣 너도 결국 계명성국 놈이다 이건가. 계명성국식 이름을 버리고 마피아로 살면서도 나라에 대한 정은 놓지 못하네, 그래. 넌 오늘 바보 같은 짓을 한 거야. 앞으로 우리 세계정부가 너희 일락 카르텔 놈들이 거래하는 것을 눈 뜨고 지켜볼 것 같아?"

"내가 오늘 여기 온건 일단 나라 앞에 놓인 급한 불부터 끄자는 생각에서 나온 행동이지. 하지만 네가 그렇게 강하게 나온다면 나중에 너랑 헬렌 카르텔에 사과하러 가야할지도 모르겠네. 그래도 임마, 이건 아니지. 대통령을 끌어내리고 라우더를 계명성국에까지 뿌려보겠다는 네 심산은 잘 알겠는데 그렇게는 안 돼."

"차라리 쏴라 쏴."

"베어, 지금 이게 농담으로 보여? 이 전선에서 전력 차가 꽤 나고 있다는 거 지금 눈에 빤히 보이니까 잘 알고 있지? 네가 살고 싶고 헬렌 카르텔이 더 다치게 내버려 두고 싶지 않다면 지금 당장 쟤네 철수시켜. 이제 두 번 말 안 한다."

레드캣은 냉정하고 차가운 목소리로 베어에게 마지막 경고를 했다. 베어는 교섭장 곳곳에 쓰러져 있는 제임스와 헬렌 카르텔원들을 보며 장난이 아닌 상황임을 인지하고는 한숨을 푹 쉬었다. 베어가 오른손에 주먹을 쥔 채 하늘 높이 들자 제임스 일당은 베어를 주목했다. 그러자 베어는 패전임을 받아들이는 듯 고개를 푹 숙이며 오른손을 세게 쫙 폈다. 항복의 신호임을 알아차린 제임스 일당은 대통령 일행을 겨누고 있던 총을 내려놓고 교섭장 밖으로 하나둘 철수하기 시작했다. 레드캣은 잡고 있던 베어를 세게 밀쳐 넘어뜨렸고 제임스가 번개같이 달려와 베어를 부축해 교섭장 밖으로 황급히 빠져나갔다. 베어는 아픈 몸으로 부축 받아 비틀거리면서도 레드캣과 유일호에게 욕설과 악담을 퍼부으며 사라져갔다.

"세계정부 수뇌부에 헬렌 카르텔, 일락 카르텔… 이게 다 무슨 일이지."

"고은아 일단 대통령님 괜찮으신지 한번 봐줘. 정신아 수호야 너희는 아드님께서 어디 계신지 나가서 찾아봐줘. 혹시나 새로 교섭장에 등장한 집단에 납치되셨을 수도 있다."

고은은 긴장이 풀리고 갑작스럽게 벌어진 상황들을 이해하느라 어안이 벙벙한 상태로 서 있었다. 상황이 정리된 것을 가장 먼저 인지한 강찬은 일호와 희성의 안위를 동료들에게 물었다. 희성이 납치되었을 확률도 염두에 두고 있었다.

바다를 마시는 새벽별

"이봐 청년, 우리는 그런 짓 안 해. 구해준 거 보면 몰라?"

불쾌하다는 듯 구둣발로 바닥을 툭툭 구르며 레드캣이 강찬을 쳐다봤다. 그리고 보란 듯이 창문 밖을 가리켰고 그곳에는 정신을 겨우 차리고 있는 지쳐 쓰러지려 하는 희성이 있었다. 정신과 수호는 당장 달려 나가 희성을 부축해 교섭장으로 들어왔다. 레드캣은 교섭장에서 떠날 채비를 하며 일호와 희성에게 말했다.

"대통령 아저씨, 중요한 애 같아 보이는데 오늘 나 아니었으면 어쩔 뻔했어. 나라도 중요하지만 아저씨 아들 관리도 잘하라고. 그리고 희성이랬나, 도련님. 아저씨 나쁜 사람 아니니까 아까 준 아저씨 명함 잘 간직하고 있다가 생각나면 연락 한번 해."

그렇게 레드캣도 철수하고 일락 카르텔 전체는 레드캣을 따라 홀연히 자리를 떴다. 일호는 희성이 무사히 살아 돌아온 것에 대해 너무 미안하고 기뻐 희성을 다시 만난 그 자리에서 오열했다. 눈물을 흘릴 수밖에 없었다. 절체절명의 위기 속에서 베어의 선택지 가운데 선택해야 했을 때 나라를 지키는 대의를 위해 아들을 희생하려는 선택을 할 뻔했기 때문이다. 일락 카르텔이라는 마피아 집단이 희성을 구해주지 않았더라면 일호는 다시는 기쁨을 느끼지 못하는 어둠 속에 갇힐 뻔했던 것이다.

희성은 자신 때문에 큰 고심을 했을 아버지를 따뜻하게 안고 토닥였다. 동시에 자신을 구해준 일락 카르텔의 레드캣이라는 사람을 생각했다. 레드캣은 자신을 구해줄 때 자신을 소개하기를 일락 카르텔이라는 이름의 계명성국 내 유일한 마피아 집단이며 나라를 위해 모인 사람들이 있는 곳이라고 말했다. 희성에게는 일락 카르텔이 부와 명예를 좇는 세계정부 마피아와 달리 나라의 존속을 위해 힘쓰는 의적처럼 느껴졌다. 명함에는 연락 가능한 번호와 함께 '일락 카르텔 레드캣, 보스'라고 적혀 있었다. 몰래 동경해왔던 계명성국 마피아 집단의 보스를 희성이 뜻밖의 장소에서 만나게 된 것이다. 희성은 흐느끼는 아버지를 더욱 강하게 끌어안으며 마음 깊이 일락 카르텔이라는 이름을 새겨 놓았다.

사건이 벌어지고 며칠 뒤, 강찬 일행의 대통령 경호팀은 감사의 의미로 대통령의 저택에서 저녁 식사를 대접받게 되었다. 강찬 일행은 대통령 일행을 자력으로 구하지 못한 송구함과 과분한 대접이라는 생각에 식사 제안을 거절하고 싶었지만, 일호와 희성이 한사코 와야 한다고 설득해 방문하게 된 것이었다. 본격적인 저녁 식사 전 초대받은 네 사람과 저택의 주인 두 사람은 차를 마시기 위해 응접실에 둘러앉았다. 차는 일호가 직접 내려주는 것으로 마실 수 있는 차 종류가 다양했다.

"우리 집은 허브차가 많습니다. 내가 젊은 시절부터 신경성이 좀 있어서 즐겨 마시죠. 다들 어떤 차를 들겠습니까?"

일호는 자신과 희성이 마실 페퍼민트차를 내리면서 다정하게 강찬 일행에게 어떤 차를 마실 건지 물었다. 그 중 고은은 같은 페퍼민트차를 마시겠다고 했다. 페퍼민트차를 마시는 사람은 그 중 일호, 희성, 고은 셋뿐이었다. 향이 좋아 마음까지 시원해지는 것 같아 고은은 차를 마시는 순간이 행복했다.

일호는 수호에게 지난 시절 동료였던 수호 부모님의 이야기를 물어보며 대화를 이어 나가다 강찬 일행 모두의 부모님에 대해 물어보기 시작했다. 정신과 강찬이 평범하고 화목한 자신들의 가족에 대해 이야기했고 대통령은 듣는 것만으로 행복해진다는 듯한 미소를 띠며 이들의 이야기를 들었다.

대통령이 이번엔 고은에게 가족에 대해 물어보자 고은은 멋쩍은 듯 찻잔을 만지작거리며 말했다.

"저는 어머니뿐입니다. 하지만 훌륭하신 어머니 덕에 두 배로 행복했습니다."

"훌륭한 어머니를 두었군요. 아버지는 돌아가셨나요."

"예. 저 태어나기 전에 돌아가셨다고 들었습니다. 어머니와 아버지는 청년시절 세계정부 치하에서 지역독립을 꾀하는 지역부흥운동가셨거든요. 아버지는 그때 어떤 사건에 휘말려 안타깝게 돌아가셨다고 들었습니다.”

“혹시 아버님의 성함을 알 수 있을까요. 나도 젊을 적 꽤 크게 날리던 지역부흥운동가여서 성함을 들으면 알지도 모르겠군요.”

“하하, 저희 어머니가 아버지 성함을 절대 안 가르쳐주세요. 그냥 아버지 젊을 적 별칭이 ‘호랑이’였다나. 짓궂은 어머니는 아예 제가 어릴 때는 제게 호랑이가 아버지라고 알려주셨어요. 하지만 이후에도 어머니는 아버지의 성함은 비밀에 부치셔서 제가 성인이 되어서도 저희는 아버지 이야기를 할 때 그냥 호랑이라고 불러요. 그래서 제 이름도 아버지의 성을 따르지 않고 어머니의 성을 따라 차고은입니다.”

“호랑이… 그럼 어머니의 성함은 어떻게 되나요. 어머니도 지역부흥운동가시면 제가 알 수도 있겠네요.”

“차유정입니다.”

자신의 가족 이야기를 이렇게 쉽게 하게 될지 몰랐지만, 일호와 자신의 아버지와 어머니에 대한 이야기를 하니 부모님을 높여드린 것 같아 기쁜 고은이었다. 혹시나 자신의 어머니의 이름을 들었을 때 일호가 잘 안다고 하며 환하게 웃어준다면 좋을 것 같았다. 그러나 일호는 고은의 어머니의 이름을 듣고 얼굴이 굳어버렸고 평정심을 지킬 수 없었다. 일호가 그토록 찾아 헤매고 그리워하던 유정의 이름이 바로 고은의 입에서 나왔던 것이다. ‘지역부흥운동가’, ‘사건에 휘말림’, ‘호랑이’… 고은이 아버지에 대해 말하는 모든 것이 명확한 이유 없이 마음에 걸렸다. 호랑이라는 별칭은 자신의 이름 마지막 자가 호랑이 호자를 써 젊을 적 붙은 별칭이었다. 무의식적이었지만 혹시나 하는 마음에 어머니의 이름을 물어봤던 일호는 지금 자신의 앞에서 자신과 아들이 가장 즐겨 마시는 페퍼민트차를 함께 즐기고 있는 젊은 이 여성이 자신의 딸임을 받아들일 수밖에 없었다. 베어가 교섭장에서 딸

82

이 어디 있는지 안다고 말했을 때 설마 그 교섭장에 함께 있을 줄은, 가냘픈 몸으로 자신을 지키기 위해 총을 쥐고 있던 여성이 자신의 딸일 줄은 꿈에도 알지 못했다. 일호는 두 손으로 찻잔을 감싸고 있는 고은의 두 손을 자신의 크고 두꺼운 손으로 감싸 잡았다. 그리고 복잡한 감정에 눈물이 고여 별빛이 빛나는 듯 빛나는 두 눈으로 고은의 얼굴을 가득 담았다. 딸인 것을 알고 얼굴을 보고 있자니 목이 메었다.

"아버지 없는 세월이 길었네요. 그동안 많이 힘들었나요."

"아뇨, 어머니께서 정말 당차시고 즐거우신 분이에요. 어머니 덕분에 밝고 강하게 자라서 이렇게 대통령님 경호도 하고 마피아들도 잡으러 다니고 있습니다."

아무것도 모른 채 해맑게 일호의 질문에 대답하는 고은을 더 보고 있다가는 교섭장에서 희성을 안고 흘렸던 눈물만큼, 어쩌면 만나지 못했던 긴 세월을 담아 그때보다 더 눈물을 쏟을 것 같아 일호는 응접실에서의 대화를 멈추고 저녁 식사 전까지 서재에 가 있겠다며 자리를 비웠다. 고은은 일호가 자신의 이야기를 들으며 눈시울을 붉히는 것을 보며 자신의 사정이 딱해 보여 그랬는지, 그랬다면 그럴 필요 없다는 것을 말하고 일호에게 싶었지만, 기회가 주어지지 않았다. 고은에게 아버지는 곁에 계시지는 않지만 언제나 자신과 어머니 곁에 함께하는 존재였다. 고은의 어머니가 어릴 때부터 고은을 그렇게 다독이며 키웠던 것이다.

일호가 자리를 떠나자 희성도 강찬 일행에게 편하게 자리를 즐겨도 된다고 말하며 중앙홀로 갔다. 고은과 강찬은 응접실에 남아 저녁 식사 전까지 차를 마시기로 했고 정신은 저택의 넓은 정원을 거닐고 호수를 보고 싶어 저택 밖으로 나갔다. 수호는 저택 입구에서부터 눈여겨봤던 중앙홀에 걸린 이름 모를 작가의 그림을 감상하고 싶어 희성이 있는 중앙홀로 향했다. 수호가 홀에 들어서 그림들을 쭉 둘러보니 희성이 뒷짐을 지고 벽에 걸린 한 그림을 응시하고 있었다. 어둡지만 맑은 밤 하늘에 동그란 달과 새하얀 별이 흩뿌려지고 젊은 남자가 언덕에 걸터앉아 하늘을 바라보는 작품은 '별을 바라보며'라는 제목이었다. 수호는 멀리서 이 그림을 본 후

바다를 마시는 새벽별

빠져들듯 가까이 다가설 수밖에 없었다. 모순되게도 이 그림은 어둠이 배경임에도 눈부시도록 밝아 보였으며 별을 바라보는 남자의 모습은 그 분위기에 맞게 평온하고 행복해 보였다.

"훌륭한 작가의 작품 같네요. 한눈에 반했습니다."

"과찬 감사합니다."

"작가가 누굽니까? 둘러보니 여기 걸린 다른 그림들도 이 작가의 작품 같은데요."

"저예요, 작가."

벽에 걸린 그림들은 모두 희성의 작품이었다. 수호는 희성이 정말 재능이 있는 화가라고 생각했다. 특히 어둠과 빛을 조화롭게 배치한 '별을 바라보며'라는 작품은 휴대폰 사진으로 담아 두고두고 보고 싶을 만큼, 아니 사들여 자신의 집 벽에 걸어두고 싶을 만큼 아름다웠다.

"그림을 좀 볼 줄 아시는군요."

"아뇨, 그냥 좋아할 뿐입니다. 훌륭한 작가님이셨네요."

"그럼 뭐합니까, 계명성국 내에는 훌륭한 작가가 너무 많고 세계시장에서는 유통이 안 되는걸요."

희성은 두 손을 주머니에 넣은 채 너털웃음을 지으며 말했다. 화가로서의 자신을 알아준 수호가 고마웠다. 그리고 교섭장에서 자신이 납치되어 있을 당시 자신을 엄호하던 형사가 수호였던 것도 희성은 기억하고 있었다.

"형사님, 교섭장에서 엄호해준 거 고맙습니다. 갑자기 나타난 저여서 지킬 타겟을 정하기 힘드셨을 텐데 저를 엄호하기로 결심해주셨어요."

"동료들을 믿고 할 수 있었습니다. 동료들에게 감사하셔야 해요."

희성의 감사 인사에 수호는 겸손하게 화답했다. 희성은 다시 시선을 그림으로 돌려 바라보며 수호에게 말했다.

"형사님, 이 그림들의 가치를 세상에 인정받는 날이 올까요. 저는 이런 그림을 세상에다 전시하는 일락 카르텔이 그리 나빠 보이지 않네요."

"이번 교섭장에 갑자기 등장한 세력이 일락 카르텔이라고 했죠? 우리를 도왔으니 저도 그들에 대해 나쁘게 생각하지는 않습니다. 그리고 제가 학부 시절 배운 것에 따르면 암시장도 사실 정상적인 시장이라면 절대 없어지지 않는 부분이에요."

"그렇죠? 저는 아버지가 왜 마피아와 암시장에 핏대를 세우며 반대하는지 잘 모르겠어요. 물론 저를 납치한 불한당에 대해 동의한다는 건 아녜요."

"정상적인 시장을 침식시키고 암시장이 커져 버리면 안되죠. 대통령님 같은 강경파도 필요합니다. 다만 저마다의 이해관계가 있고 입장이 있는 법이니까요."

희성과 수호는 그림 덕분에 왠지 모를 친근함을 느끼며 웃음을 나누고 의견을 나눴다. 희성은 수호가 어둠의 세계를 바라볼 때 생각보다 딱딱하지 않고 유연한 사고를 가진 형사라고 생각했고 수호는 희성이 유머러스하고 자유분방하다고 생각했다.

"형사님, 형사님한테만 어쩌다가 말하는 건데요. 전 일락 카르텔과 손을 잡아볼지도 모르겠어요. 저같이 그림 그리는 사람들에게 현재 마피아와 암시장은 필수불가결해요."

"그렇다면 저는 마피아 잡는 형사이니 제 수갑으로 포박 당하셔야 하겠는데요. 그래도 이런 훌륭한 실력을 가졌는데 세상에 보여지지 못한다는 것은 참 안타깝습니다. 혹시나 저희 마피아형사과 눈에 안 걸리고 안전히 그림을 세계정부에 팔아서 유명해지시거든 오늘의 말씀을 눈감아 주는 대가로 그림 한 점에 사인 한 장 해주십쇼."

희성은 수호의 말에 순간 폭소가 터져 배를 잡고 몸을 숙인 채 웃었다. 자신은 반 진담으로 한 말이었는데 수호는 장난으로 받아들인 것 같았기 때문이다. 희성은 미묘한 상황에 웃음으로 고인 눈물을 가늘고 긴 손가락으로 훔쳐내며 수호에게 그림 거래에 성공하면 그러겠노라 대답했다. 그리고 어느덧 시간은 흘러 저녁 식사 시간이 되어 모두 식당으로 향했다. 정성스러운 음식이 놓인 테이블에서 단란한 식사시간을 보낸 후 강찬 일행은 대통령의 저택을 떠나 자신들의 자리로 돌아갔다.

그날 밤, 서재의 일호는 대통령으로서 만든 마피아수사과에 근무하고 있는 고은을 언제고 만날 수 있으리라고 생각하며 다음의 만남을 기약했다. 다음에 만날 때는 조금 더 아버지의 모습을 하고 만날 수 있으면 좋겠다고 생각했다. 고은을 만나고 나중에 유정도 만나게 된다면 베어의 계략으로 헤어진 둘의 못다 한 이야기를 다 풀고 싶었다.

한편 자신의 방에 있는 희성은 일락 카르텔 보스 레드캣에게 받은 명함을 세워 빙글빙글 돌리고 있었다. 전화만 하면 닿을 수 있는 마피아 보스, 이제 희성은 마음만 먹으면 자신의 그림을 암시장에 팔 환경을 갖추고 있었다. 아버지가 젊을 적 겪어봤다던 세상을 본인도 직접 겪어보고 싶었고 자신의 특기이자 영혼의 거울인 그림의 가치가 어느 정도 될 수 있을지 알고 싶었다. 희성은 휴대폰을 들어 레드캣의 번호를 눌렀다. 자신이 암거래를 할 수 있을지 없을지 물어보기라도 해보자, 밑져야 본전이라고 생각했다. 레드캣은 전화를 바로 받았다. 희성은 레드캣에게 목숨을 구해준 것에 대한 감사 인사를 한 후 본론으로 들어갔다.

"저 암시장에서 그림 팔 수 있나요. 가치를 알고 싶은 거라서 금액은 중간에서 얼마를 떼든 상관없어요."

레드캣은 피식 웃더니 그림은 얼마든지 팔 수 있다고 말했다. 하지만 다른 제안을 하고 싶다며 희성에게 엉뚱한 말을 꺼냈다.

"이봐 도련님, 나도 밑져봐야 본전이라는 생각으로 이야기하는 건데… 일락 카르텔에 들어오지 않을래?"

"예? 전 대통령 아들인데요."

"알아. 그래서 물어보는 거야. 우리는 지금 계명성국 내에서 활동하기 위한 지지 세력 결집과 정당성 확보를 위해 대통령 아들 정도 되는 유희성 네가 필요해."

마피아 가입 제안이었다. 일락 카르텔 보스가 제안하는 것이니 절대 사기는 아닐 것이었다. 희성은 꿈인지 생시인지 자신의 얼굴을 꼬집어봤다. 아팠다. 그림을 암시장에 내다 파는 것뿐만 아니라 암거래에 직접 관여한다. 나아가 바다를 누비며 세계정부 영토도 밟아보고 이전에 겪어보지 못한 넓은 세상을 경험해본다. 희성은 자신의 아버지가 아니었다면 바로 수락하고 일락 카르텔의 일원이 되었을 것이다. 그러나 마피아를 소탕하기 위해 힘쓰고 나라를 존속하기 위해 자신이 재가 되도록 태우는 아버지가 있었다.

"아버지 때문에 안 될 것 같습니다. 마피아를 멀리하고 싶어 하세요."

"이번 사건 이후로 대통령 아저씨도 생각이 좀 바뀌셨을걸. 그리고 대통령 아저씨가 목숨 걸고 지키려는 계명성국도 결국 우리 일락 카르텔 없이 홀로 서 있기 힘든 게 현실이야. 그때 말했지, 나라 지키고 싶은 사람들이 모인 곳이라고. 너도 너의 방식대로 나라를 지키고 싶다면 들어와. 네 그림 실력도, 빛나는 생각들도 다 세계정부에 대항하는 무기가 될 수 있어."

베어와 헬렌 카르텔이 자신을 납치하고 자신의 아버지를 협박할 때 아무 힘도 쓸 수 없었던 계명성국 형사들이 떠올랐다. 실제로 일락 카르텔이 없었다면 일호와 희성 중 한 명은 큰 상처를 입었을 것이다. 희성은 자신의 마피아에 대한 동경의 이유를 문득 깨달았다. 자유와 힘. 현재 계명성국에는 없는 것이었다. 계명성국은 세계정부로부터 빼앗긴 이것들을 되찾아야 했다.

희성은 우선 레드캣에게 일락 카르텔 본부 주소를 물었다. 그리고 중요한 선택을 앞두고 고뇌로 가득 찬 밤을 보낸 뒤 결심을 했다. 날이 밝자마자 짐을 싸고 나오기 전 일호의 서재에 아버지 전 상서를 남겨둔 채 저택을 나왔다. 그리고 일락 카르텔 본부가 있고 마피아수사과가 있는 그 해안 도시로 향했다.

'아버지 전 상서'

희성이 작성한 편지지 두 장 분량의 상서는 희성이 떠난 날 아침, 서재에 들른 일호에게 발견되었다.

'계명성국에 힘이 될 수 있는 의로운 마피아가 되러 떠납니다. 아버지 가실 길에 누가 되지 않게 하겠습니다. 몸 건강히 계십시오.'

일호는 창밖으로 들어오는 아침 햇살을 느낄 수 없었다. 마음이 어둠 속으로 빨려 들어가는 듯했다. 희성의 나이는 이제 겨우 스물다섯, 세상을 다 알기엔 너무나 어린 나이였다. 일호는 희성이 아무것도 모른 채 유혹당해 위험한 마피아 소굴로 들어가 손을 더럽히게 되었다고 생각했다.

며칠 사이에 일호에게 일어난 일들은 쉽게 감당할 수 없을 만큼 일호를 힘들게 했다. 갑작스레 숙적에게 듣게 된 전 연인에 대한 비밀과 그 비밀의 증거로 수십 년간 몰랐던 딸이 나타났고, 이젠 자신의 하나뿐인 사랑하는 아들이 마피아가 되기 위해 집을 나갔다, 이제 아들을 더 이상 가깝게 볼 수 없게 되었다는 절망감이 일호를 감쌌다. 젊은 날부터 나라만 보고 살던 남자에게 두 자식과의 삐걱거리며 맞물리는 인연이라는 시련의 소용돌이가 덮쳐 그의 삶을 휘두르기 시작했다. 일호는 두 팔로 책상을 짚고 고개를 숙인 채 눈을 감았다. 마피아 아들과 마피아를 소탕하는 딸, 운명의 장난 같다고 생각했다. 아들의 편지를 손에 쥔 채 뜨거운 눈물이 고여갔다. '어찌 된 일인지 눈물 흘릴 일이 많아졌구나.' 하고 일호는 생각했다. 일호는 희성의 선택을 이해하기에는 시간이 더 필요할 것 같았다.

*

희성은 마피아 본부로 들어가 레드캣을 만났다. 희성이 오기만을 기다렸다는 듯 레드캣은 본부 근처 오피스텔에 자리를 잡게 하고 바로 짐을 풀게 했다. 그리고 일락 카르텔로서 살 수 있는 능력을 키우고 기술을 배워야 한다며 본부 내에 있는 훈련장으로 희성을 데려갔다. 일락 카르텔은 세계정부에 예술품 판매를 하는 것을 주 거래로 하는 마피아 집단이었다. 이 외에도 총기, 마약, 카지노, 유흥산업 등 암흑가에서 주로 다루는 산업들에 손을 뻗고 있었지만, 보스 레드캣이 해당 산업에 관심이 적어 그 규모는 작았다. 하지만 마피아가 된 이상 희성은 이 모든 것을 알아야 했다.

그날 이후 희성은 매일 본부에 출근해 일락 카르텔 조직원들에게 마피아로서의 지식을 하나씩 배워나가기 시작했다. 격투기 등을 통해 몸을 쓰는 법을 배웠고, 지하 사격장에서 총을 잡기 시작하며 전쟁 시 사용하는 주요 도구들을 쓰는 법을 배웠다. 또한 빔 프로젝터와 화이트보드가 설치된 회의실에서 그림과 음악, 영상예술을 배우며 거래할 물건에 대한 안목을 길렀다. 카지노 관리를 위해 카드 게임의 룰도 종류별로 배우기 시작했고 마약의 종류와 구별법도 배웠다. 단, 마약류로 분류되는 라우더를 국내에 반입하지 않는 것이 철칙인 일락 카르텔이었기 때문에 라우더의 생김새와 특징을 주의 깊게 배워야 했다.

희성은 훌륭한 그림을 그렸듯이 손재주가 있고 타고난 감각이 있어 몸을 잘 썼다. 운동능력이 좋아 카르텔 조직원들을 놀라게 했다. 달리기, 윗몸 일으키기, 악력, 시력, 집중력 등 능력치의 모든 것이 평균 이상이었다. 지식을 받아들이는 능력도 좋았다. 기억력이 좋고 응용 능력이 있어 현실 상황에 적용하는 법을 알았다. 몸으로 하는 것이든 머리로 하는 것이든 희성은 대부분을 금방 배웠다. 오랜 시간이 지나지 않아 카르텔 조직원들 사이에서 희성은 모든 것을 잘 해내는, 이른바 천재로 불리기 시작했고 일락 카르텔의 희성에 대한 기대치는 높아져 갔다.

레드캣은 하루가 다르게 성장해가는 희성을 지켜보며 뿌듯해했다. 대통령의 아들이라는 정통성을 가진 희성이 일락 카르텔에서 정식으로 활동하게 된다면 카르

바다를 마시는 새벽별

텔에 대한 국민들의 지지도가 얼마나 더 높아질지 예상할 수 없었다. 레드캣은 잘 배우고 잘 써먹는, 마피아 세계에서 모든 것을 다 잘할 것 같은 솜털 뽀송한 도련님 출신 희성에게 더 크게 클 것이라는 기대를 담아 '빅베이비'라는 이름을 선물했다. 이는 희성이 정식 마피아원이 되었음을 의미했다.

희성은 배워야 할 것들을 성실하게 배워나가면서도 카르텔 조직원들에게 마피아의 정당성에 대해 항상 묻고 또 물었다. 나라를 위한 사람들이 모여 있는 곳이라는데 어떻게 나라를 돕고 있는지에 대한 것이었다. 일락 카르텔은 암시장에서 예술작품 거래처를 확보해 계명성국에 사는 많은 예술가들이 예술로 먹고살 수 있는 환경을 제공하고 있었다. 또한 마피아 집단 운영을 통해 얻은 수익들을 국가에 헌납해 정부의 국가 운영을 도왔다. 세계정부 측 타 마피아 집단이 국내 암시장 침투를 통해 라우더나 기타 국가 존속에 방해가 된다고 생각되는 물품을 거래하려는 정황이 보이면 물건과 물건을 거래하는 마피아를 퇴출시키며 시장을 정화시키는 기능도 하고 있었다. 이 외에도 군인과 경찰이 하는 치안과 국경선 경계에 관련한 일도 자발적으로 하고 있었다.

희성은 항상 자신의 아버지가 평생을 걸쳐 헌신하고 있는 계명성국의 존속과 발전에 자신의 아버지처럼 기여하고 싶었다. 하지만 붓만 들고 있어 아무런 힘도 없던 희성은 이제야 총을 들고 세계시장을 움직일 수 있는 힘을 가지게 되었다. 큰 힘을 얻게 된 만큼 자신의 대의를 잊지 않고 가야 할 길을 잘 알고 걸을 수 있는 사람이 되어야 했다.

희성은 자신에게 예술품에 대해 강의해주던 카르텔 조직원과 함께 타투샵에 방문했다. 붓을 잡던 오른쪽 손 중 생명과 관련된 동맥이 흐르는 손목에 처음 마피아에 찾아왔던 의지를 잊지 않는 문신을 새기고 싶었기 때문이다. 희성은 어떤 글을 새기면 좋을지 고민하며 타투샵을 둘러봤다. 희성의 동료는 희성이 고민하는 사이 벌써 정했다. 왼손잡이였던 동료는 'fiat lux'(빛이 있으라) 라는 문구를 역시 총을 잡는 왼손의 검지 옆 넓은 부분에 새기기로 하고 베드에 앉았다.

동료가 문신을 받는 동안 희성은 타투샵을 더 둘러봤다. 도안을 보니 그냥 나비
나 꽃처럼 그림을 새겨도 좋았고 자신이 태어난 경도와 위도를 새기는 방법도 있
었다. 희성은 역시 일하면서도 자신의 생각을 다 잡을만한 문구를 새기는 것이 좋
겠다고 생각했다. 그 순간 타투샵의 큰 스피커에서는 피아노 선율이 아름다운 노
랫말 없는 재즈가 끝나고 기타 소리가 매력적인 록 밴드의 노랫소리가 나오기 시
작했다. 가사에서는 'Same direction'이라는 단어가 반복적으로 나왔다. 희성은 손
가락으로 리듬을 타며 노래를 집중해서 들었다.

'맞는 길인지 틀린 길인지 알 수 없을 때
모두 같은 길을 걸을 필요는 없잖아
가야 할 방향만 맞으면 돼 걸어야 할 방향만 같으면 돼
모두 같은 길을 걷게 된다면 나는 이것이 맞는지 틀린지 알 수 없을거야
선택을 해야만 해 내가 갈 길은 내가 정해야 해
가야 할 방향만 맞으면 돼 달려야 할 방향만 같으면 돼'

희성은 가사에 자신을 이입했다. 자신의 아버지와 다른 길을 걷고 있다. 그리고
자신의 갈 길을 선택했다. 하지만 자신의 아버지와 같은 방향으로 걷는다. 드럼의
마지막 소리가 끝나자 희성은 이윽고 자신의 문신 문구를 정했다. 'Same direction'
이었다. 노래 가사처럼 옳은 방향으로 자신의 길을 정해서 제대로 달리기 위한 의
지를 다진 문구였다. 희성은 글씨체와 크기를 고른 뒤 타투이스트에게 팔을 맡겼
다. 따끔따끔 아팠지만, 자신의 의지가 밖으로 새겨지는 것 같아 마음속 응어리가
풀리는 개운함을 느꼈다. 희성은 자신의 아버지와 같은 방향으로 달리다가 언젠가
는 해후하는 날이 오기를 바랐다.

05   세계정부

✳

희성은 본부 입구가 보이는 소파에 앉아 손목에 새긴 문신을 어루만지며 생각에 잠겨있었다. 그때 외출을 끝내고 돌아온 레드캣이 희성에게 손짓을 하며 자신의 사무실로 따라 들어오라고 말했다. 따라 들어가니 레드캣은 모자를 옷걸이에 걸고 턱수염과 콧수염을 쓰다듬으며 비장한 표정으로 희성에게 명령했다.

"빅베이비, 바다 건널 준비 해."

"왜요 레드캣?"

"헬렌 카르텔에 가봐야 해. 놈들이 지난 교섭장에서의 일로 사과를 원해."

"저를 납치했던 그놈들이요? 오히려 제가 사과를 받아야 할 것 같은데요."

"그래서 헬렌 카르텔이랑 퉁치려고 널 데려가려는 거야. 내가 베어와 헬렌 카르텔을 공격한 거랑 현재 우리 카르텔인 너를 납치하고 상해하려 했던 거랑 쌤쌤, 그러자는 거지."

"당시에는 저 일락 카르텔도 아니었잖아요. 그 논리가 통할까요?"

"내가 너를 우리 카르텔에 들이기로 진작부터 찜해놨었거든. 예비 카르텔원을 건드린 대가를 치렀다고 믿게 하면 될 거야."

레드캣은 밖에 서 있는 카르텔 조직원을 불러 선물로 들고 갈 만한 물건이 있는지 찾아보라고 지시했다. 그리고 갸우뚱하며 서 있는 희성에게 헬렌 카르텔을 방문하는 본 목적에 대해 이야기했다.

"어디까지나 우리는 세계무대에서 국적이 중요하지 않은 마피아로서의 입장을 취하고 있어. 부모님이 준 이름도 버리고 별명으로 불리면서 살잖아. 계명성국을 위해 헬렌 카르텔을 공격했다는 사실을 이들이 알면 우리는 세계정부 상대로 장사 못하는 거야. 우리는 우리의 본심을 철저히 숨겨야 해. 단순히 우리 카르텔을 건드려서 복수한 거다, 그렇게 나가야 하는 거야. 동료를 구하다 의도치 않게 계명성국 대통령까지 구해 미안하다고 사과하러 가는 거야 우린."

"일락 카르텔도 세계무대에서 마음대로 활동할 수 있는 게 아니었네요."

"어디까지나 거래의 주도권을 가지는 것은 세계정부와 헬렌 카르텔이니까. 세계정부 사람들이 아무리 우리나라의 예술품들을 원하고 거래하고 싶어 해도 세계정부 시장에 풀려야 그럴 수 있는 거잖아. 시장 장악자들한테 잘 보이는 게 좋겠지?"

"언젠가는 그 세력들 다 부숴버리고 국경 상관없이 자유롭게 거래하는 날을 만들 거에요."

"그래, 그러자고. 나도 바라는 바야. 이렇게 홍길동, 임꺽정 생활하는 것도 지친다니까!"

레드캣은 희성의 어깨를 두드리며 격려했다. 그리고 옷장에 걸린 얇은 회갈색 코트를 꺼내 팔에 걸쳤다.

"우리나라는 지금 한여름이지만 헬렌 카르텔 본부가 있는 도시는 같은 여름이라도 조금 쌀쌀해서 걸칠 것이 필요할 거야. 빅베이비 너도 집에 들러서 옷가지를 몇 별 챙겨오도록 해. 도련님처럼 화려한 거 말고 최대한 무채색으로."

이렇게 희성은 카르텔에 들어오고 얼마 지나지 않아 세계정부 땅까지 밟아 볼 기회를 얻었다. 자신을 납치한 헬렌 카르텔을 대면하게 되는 것은 조금 두려웠지만 레드캣과 함께 있어 괜찮을 것으로 생각했다. 그리고 세계정부를 두 눈으로 직접 목격하고 자신의 몸으로 경험해 볼 수 있다는 생각에 헬렌 카르텔로 향하는 여정을 기대하게 되었다.

그렇게 길을 나서 계명성국 육상경계선을 넘고 대륙의 기차를 타고 간 지 며칠,

헬렌 카르텔이 있는 도시에 도착했다. 세계정부 땅을 처음 밟아보는 희성은 기차에서 내리자마자 보이는 세계정부의 풍경에 놀랐다. 도시는 계명성국에서 쉽게 볼수 없는 높고 큰 건물들이 즐비해 있었고 바다 위 세워진 큰 타워는 사치스럽게 황금색으로 덮여있었다. 읽을 수 있는 언어와 읽을 수 없는 언어가 혼합되어 길에 깔린 상점들에 쓰여 있었고 벤치도 하나 보이지 않는 광장에는 커다란 모니터가 몇대 설치되어 하루종일 세계정부 중앙방송국발 뉴스를 보여주고 있었다. 거리에는 웃는 사람 하나 없이 무표정한 얼굴들로 다들 길을 걷고 있었고 옷은 거의 대부분 무채색을 입고 있었다. 도시에서는 음악이 들리지 않았고 고요함 가운데 바람 소리, 생활 소음만이 희성의 귀를 간질였다. 걸으며 쭉 둘러보다 보니 참 사람 사는 맛이 안 나는 도시라고 생각했다. 레드캣은 이런 희성의 마음을 읽었는지 웃으며 희성에게 물었다.

"참 무채색의 도시지? 내가 그래서 무채색을 입고 오라고 한 거야. 도시에 스며들려면 나의 컬러를 빼야해. 외적이든 내적이든 말야."

"그래도 되게 크고 사치스러워 보이는 도시인데 이걸 즐기는 사람이 없어 보인다는 게 신기하네요."

"라우더 때문이야. 사람들이 감정을 잃었어. 다들 경제적으로 살만해지고 감정적으로 많이 안정되었다고 생각해도 사람으로서 가장 중요한 희로애락이 없어진 거지."

"라우더라는게 감정에 그렇게 개입을 해요?"

"응. 먹으면 나쁜 생각이 안 들어. 대신 좋은 생각도 일정 한계선 위로 뛰어오르지 못해서 감정이 들쑥날쑥하지 않고 납작해진다고 보면 돼. 그나마 이 사람들 우리나라 예술작품들을 좋아하는게 예술작품들을 보면 납작한 감정이 조금 부풀어 오른다나 봐."

"불행하네요, 여기 사람들은."

"아마 여기 사람들은 계명성국 사람들이 불행하다고 생각할걸."

"혹시 모르죠. 계명성국처럼 독립을 이루고 싶어 하는 지역이 있을지도요."

"라우더를 복용하는 이상은 그런 생각을 하기 힘들어."

레드캣은 말을 멈추고 도로로 달려가 택시를 잡았다. 노란 택시가 이들의 앞에 섰고 레드캣은 택시의 문을 열었다.

"빨리 타! 도시 구경은 나중에 또 하자고."

희성은 레드캣을 따라 택시를 탔다. 택시는 넓고 한산한 도시를 스쳐 지나갔다. 차는 강을 건너기 위해 대교 위를 올랐고 희성은 창밖 풍경을 물끄러미 봤다. 언젠가 자신의 그림으로 담아 볼 법한 도시라는 생각이 들었다. 택시는 그렇게 한참을 달리다 어느 한적한 마을에 도착했고 마을에서 가장 높은 건물 앞에 멈췄다. 레드캣은 택시 기사에게 요금을 지불하고 둘은 감사 인사를 하며 택시에서 내렸다. 둘의 눈앞에 선 타워는 둘을 압도할 만큼의 규모였다.

"여기에 헬렌 카르텔 보스가 있다는 거죠?"

"그래. 알아둬, 보스 이름은 린이야. 세련된 사람이고 말은 그럭저럭 통하는 인물인데 나랑 지향점이 너무 달라서 같은 무리로는 살 수 없을 거라는 생각이 드네."

"어떻게 다른데요?"

"우리가 백이 섞인 흑이면 여기는 그냥 암흑이라고 보면 돼. 세상에 있는 온갖 나쁜 산업들에는 다 관여해. 그리고 세계정부 사람이든 계명성국 사람이든 거슬리는 사람이면 죽이는 것도 마다하지 않아."

레드캣은 린이 보낸 초대장을 로비의 경비에게 보여줬고 둘은 타워에 들어섰다.

"그런 집단의 보스면 엄청 무섭게 생겼을 것 같은데요."

"미남이야. 우아해. 우리나라 예술작품에도 조예가 깊어."

"그렇군요."

엘리베이터에 탄 둘은 어느새 가장 높은 층에 도달했고 도착했다는 벨이 울리고 문이 열리자 붉은 카펫이 둘을 맞이했다. 미술품이 즐비한 방의 카펫을 따라 걷자 목재 문이 있었다. 레드캣은 그 문을 두드렸다. 안에서 들어오라는 소리가 들렸다. 희성은 문을 열었고 레드캣과 함께 들어갔다. 방의 저편에 있는 고급스러운 커다란 책상에는 젊은 남자가 앉아있었다. 그 남자는 책상 앞 응접 테이블에 앉더니 희성과 레드캣에게 앉으라는 손짓을 했다. 린이라는 헬렌 카르텔 보스였다.

"린, 미안했어. 우리 카르텔원이 될 아이를 너희가 납치해서 눈이 돌았었나 봐 내가."

"계명성국의 편을 들어주려고 그런 것은 아니고?"

앉자마자 베슬거리며 린에게 미안하다는 말을 건넨 레드캣에게 린은 정곡을 찌르는 질문을 했다. 레드캣은 순간 눈빛이 돌변하고 표정이 굳었지만 짐작했던 질문이라 금방 평온을 찾고 대답했다.

"계명성국이나 세계정부나 우리에게는 다 똑같은 고객인걸. 편들 것도 없지. 다만 들어보니까 베어가 너무 얄밉긴 했어. 계명성국 대통령의 과거를 털어내질 않나 인질을 잡아서 계약서에 서명하라고 종용하질 않나. 예의를 중시하는 나로서는 영 이해할 수가 없는 행동들이야."

"베어에게는 그럴만한 사정이 있었던 거네. 계명성국이 언제까지나 그 상태로 있을 수는 없지 않은가. 나 또한 베어의 뜻을 들어주는 게 맞다고 생각해서 동조한 거였네. 그런데 자네가 그 대통령 아들이라는 녀석을 감싸느라 우리 애들에게 상해를 입히고 우리 계획까지 아주 물 먹여버렸어."

"미안해. 근데 그때 그 인질이 우리 카르텔이었다니까. 걔가 얘야. 내가 증명하려고 오늘 같이 데려온 거잖아. 어쩌면 얘도 우리도 사과 받아야 하는 입장이라니까."

린은 날카로운 눈으로 희성을 둘러봤고 희성은 따가운 시선이 부담스러워 린의 사무실을 둘러보며 헛기침을 했다. 린은 턱을 괴고 고개를 갸웃거리더니 물었다.

"그때 그 인질이 맞는 것 같네. 근데 이 친구는 왜 너희 일락 카르텔로 들어가서 아버지와 다른 길을 가려 하는 거지? 계명성국 대통령이 마피아에 적대적인 것은 매우 유명한데."

"원래 미술하는 애인데 계명성국이 답답하대. 그래서 우리 카르텔로 오겠다고 하길래 내가 흔쾌히 받아줬지. 아버지랑 아들이랑 반대입장에 섰으니 계명성국에 분열도 일어나고 그럼 세계정부가 계명성국에 접근하기도 쉬워지잖아."

린은 레드캣의 이야기를 듣고 이내 표정이 풀렸다. 자신이 직접 눈으로 희성이 자신 앞에 앉아 있는 것도 확인했으니 더 두고 볼 것도 없었다. 레드캣의 말은 전부 사실이었다. 린은 일락 카르텔로부터 계명성국의 예술작품을 계속 사들여야 했기 때문에 굳이 레드캣과 척질 생각은 없었다. 이번에도 두 번 다시 자신들의 계획을 방해하지 말라고 경고성으로 부른 것이었다. 린과 레드캣은 유희성을 사이에 두고 지난 교섭장에서의 일을 퉁치게 되었다. 베어가 이 사실을 알면 분명 린에게 크게 화를 낼 일이었지만 린은 희성에 관한 이야기가 레드캣과 충분히 화해해도 좋을 이유라고 생각했다.

레드캣도 린이 지난 일을 더 이상 언급하지 않겠다고 하자 긴장을 풀었다. 사실 레드캣은 린의 사무실이 위협적으로 느껴졌고 불편했다. 여지껏 방문해본 적도 거의 없었다. 헬렌 카르텔과 일락 카르텔은 돈이 아니면 서로 마주할 일이 없을 만큼 분위기가 판이하게 달랐고 가치관도 달랐다. 그래서 태생적으로 서로를 경계했다. 옛날부터 헬렌 카르텔이 계명성국에 진출하려고 하면 토종 세력인 일락 카르텔이 자신들의 시장을 침투한다는 것을 명목으로 항상 시장에서 퇴출시켰기 때문에 지금껏 헬렌 카르텔은 계명성국을 손에 넣어보지 못했다. 이 점이 두 카르텔의 관계를 계속 답보상태로 만들었다.

바다를 마시는 새벽별

본론 후 외교를 위한 어색하고 꾸며진 친근한 대화까지 마무리하고 레드캣과 희성은 본국으로 돌아가야 한다며 일어났다. 린은 즐거운 대화였으며 또 방문해달라며 인사치레의 말을 하며 멀리 나가지는 않겠다고 자신의 사무실에서 둘을 배웅했다. 레드캣도 바라던 바였다. 나오지 말라고 하고 희성과 함께 사무실 밖으로 나왔다. 레드캣은 문밖에 나와 문을 닫은 뒤 땀 닦는 시늉을 하며 드디어 끝났다고 소곤소곤 희성에게 말했다. 희성도 숨을 크게 들이마셨다.

그렇게 꼭대기 층에서 엘리베이터를 타고 1층으로 내려와 둘은 로비 소파 근처에서 다음 일정을 생각하며 잠시 멈춰있었다. 이때 건물 밖에서부터 버버리 체크 무늬 원피스를 입은 여성이 들어와 경비 앞에 서 있는 것을 희성은 목격했다.

"세세님, 오셨습니까. 보스께로 안내해 드릴 테니 이쪽으로 오십시오."

경비는 초대장 확인도 없이 여성을 엘리베이터 앞으로 안내하려 했다. 희성은 그런 모습을 보고 헬렌 카르텔의 여성 마피아인가 싶었다. 그리고는 자신도 모르게 세세라는 여성을 눈여겨 지켜봤다. 엘리베이터를 타기 위해 레드캣과 희성의 옆을 지나치던 세세는 희성의 시선을 느끼고 고개를 돌렸다.

"혹시 저를 아시는 분이신지…"

"아름다우셔서 봤어요. 죄송합니다. 혹시 여기 마피아입니까?"

"아뇨, 그럼 이만."

엘리베이터가 도착했고, 마피아가 아니라며 지나쳐가는 세세라는 여성은 검은 머리칼에 눈빛은 고요하고 빨간 물을 먹은 듯한 입술 때문인지 이미지가 붉어 보였다. 희성은 세세와 두 눈을 마주친 순간에 세세의 왼쪽 귀에 있는 금과 다이아몬드로 되어 보이는 돌고래 모양 피어싱을 봤다. 붉은 입술에 돌고래 피어싱. 그날 이후 희성은 세세를 그렇게 기억했다. 세세를 지나치고 로비에서 나와 세계정부를 다시 둘러볼 때도 희성은 세세를 잊지 않고 이따금씩 떠올렸다. 마피아가 아니면 무엇이길래 헬렌 카르텔 보스를 초대장도 없이 보러 갔던 걸까. 투명하게 아름다

윘던 이미지의 세세임에도 정체는 불투명하게도 알 수 없다고 생각했다. 문득 눈에 들어온 오른쪽 손목에 새겨진 'Same direction'을 다시 어루만지며 희성은 세계 정부를 레드캣과 함께 조금 더 경험하고, 그리고 계명성국으로 돌아갔다.

*

엘리베이터가 최상층에 위치하고, 엘리베이터 문이 열리자 세세는 사뿐히 내려 린의 사무실로 향했다. 사무실로 보이는 곳 앞에서 목재 문을 두드리자 안에서 들어오라는 소리가 들렸다. 들어가니 린이 일어선 채 환해진 얼굴로 반갑게 세세를 맞았다.

"세세, 오늘은 어쩐 일로 왔는가! 안 본 사이 더 아름다워진 것 같구려."

"린, 오랜만이죠. 오늘은 베어의 명령으로 오게 됐어요."

세세는 린의 에스코트로 편하게 응접 테이블 의자에 앉았다. 린은 "술? 차?"라고 물으며 세세에게 마실 것을 가져다주겠다고 했다. 세세는 와인 한잔할 수 있냐고 린에게 되물었고 린은 사무실 내 와인 셀러에서 고급스러워 보이는 와인 한 병을 꺼내 와인잔 두 개와 함께 가져왔다. 곧 와인이 와인잔들에 따라졌고 세세와 린은 붉은색의 와인을 즐기며 잠깐의 부드러운 침묵을 즐겼다. 얼마 후 은은한 눈빛으로 세세를 바라보던 린이 먼저 입을 열었다.

"그래, 베어가 무슨 일 때문에 새벽의 예언자를 내게 보냈지?"

"미안하지만 오늘은 경고성 메시지예요 린. 며칠 전 린이 걱정할 만한 걸 느꼈어요."

"헬렌 카르텔에 대한 예언인가 보군."

세세의 돌고래 피어싱이 린 뒤로 들어오는 빛을 받아 반짝 빛났다. 돌고래는 신의 소리를 듣는다는 세상의 전설이 있다. 세세의 귓바퀴에서 작은 다이아를 감싸고 있는 돌고래처럼 세세는 어렴풋하지만, 미래를 알 수 있는 능력을 가진 사람이었다. 이 점을 베어가 높이 사 자신의 사자로 기용하고 조언자 위치에 세세를 두고 있었다. 세세는 베어와 베어의 주변인들의 미래가 떠오르면 이에 대해 전달하고 조언하는 역할을 하고 있었다. 이번 방문은 세세가 헬렌 카르텔에 대한 예언이 떠올랐고 세세의 이야기를 들은 베어가 내용이 불길하다는 생각이 들어 린에게 전하기 위해 세세를 보낸 것이었다. 린은 세세의 예언을 깊게 믿는 사람이었기 때문에 세세의 경고를 결코 가볍게 들을 수 없었다. 세세와 린은 다시 침묵에 잠겼다. 세세는 어떻게 말해야 좋을지 생각할 시간이 필요했고 린은 세세가 무슨 말을 하든 절망하지 않을 마음의 준비가 필요했다. 얼마 지나지 않아 다시 이야기가 이어졌다. 이번에 먼저 말을 꺼낸 것은 세세였다.

"헬렌 카르텔이 세상의 원성을 많이 듣는 모습이 그려져요."

"우리가 암흑가에서 일하는데 그런 원성을 듣는 것이 하루 이틀 일인가."

"그런데 지금까지의 악명과는 달리 이번에는 진짜 헬렌 카르텔에 타격을 주는 목소리들이에요. 조심해요. 린."

"어떤 사건이 일어나기라도 하는 건가?"

"그건 모르겠어요. 그냥 조금씩 세상의 공기가 변해가는 게 느껴지네요."

세세와 린은 앞에 놓인 와인을 홀짝 마셨다. 와인은 입에 머금고 있으면 좋은 향이 났고 맛은 쌉싸름하면서도 달았다. 세세는 문득 와인의 맛에 감탄하며 린이 와인을 보는 안목이 좋다고 생각했다. 세세도 예언을 할 때 무언가가 명확히 보이는 것은 아니었다. 그저 느꼈고 중요하다고 생각되는 장면들이 떠올랐다. 이것을 예언이 전해지는 사람에게 잘 전달되기 위해서는 대화 중간 중간에 생각할 시간이 필요했다. 그래서 린과 세세의 대화는 침묵과 대화가 반복되었다. 와인은 침묵의 시간에 좋은 친구가 되어주었다. 세세는 더 강한 표현을 해야 하는데 자신의 이야기를 잘 들어주는 린이 어떤 반응을 보일지 예상이 갔기 때문에 에둘러 표현하려고 노력했다. 베어의 전언으로는 린의 반응을 신경 쓰지 말고 세세가 느끼는 대로 표현하라고 했지만 말이다.

"린, 이런 말 꺼내도 될지 모르겠지만 헬렌 카르텔이 근시일내 많이 위태로워질지도 모르겠어요."

"무슨 말인가 세세?"

"원성을 많이 듣게 될 것이며 그걸 이겨내지 못하고 끝내 해체될 거예요…"

세세가 느끼는 대로 표현을 해 버렸다. 세세의 예상대로 역시 린은 무겁게 받아들였다. 린의 평생이 녹아있는 헬렌 카르텔이었기 때문에 그런 반응은 당연했다. 세세는 자신이 좋게 생각하는 린의 절망감을 그의 옆에서 느끼고 싶지 않았다. 다행히 세세는 헬렌 카르텔에게 조언할 수 있는 예언도 가지고 있었다. 어두운 표정으로 와인만 마시는 린을 보며 세세는 말을 이어갔다.

"방법이 있어요. 린, 나쁜 짓을 줄여요. 사람들을 상해하고 착취하는 일을 관두고 세상에 이로운 일을 하는 데 목적을 두고 집중해보세요."

"그렇게 하면 별 탈이 없는 건가."

"헬렌 카르텔이 어둠을 걷고 태양 아래 서게 되면 심판은 받게 되겠지만 카르텔원이 헤어질 일은 없을 거예요. 하지만 그 어둠이 정확히 무엇인지 나는 모르고 태양 역시 무엇인지 나는 몰라요. 다만 내 짐작에 어둠이 암흑가 사업과 관련이 있을 것 같아서 전하는 말이에요."

"어둠을 걷고 태양 아래 서라… 하하, 나에게 너무 어려운 조건이네만."

"부디 제 조언이 린의 소중한 것을 지키는 결과를 가져오길 바라요."

"고맙네, 세세. 분명 좋은 조언이 될걸세."

린은 세세에게 진심으로 고마워했다. 세세는 자신의 무거운 마음이 조금 가벼워질 수 있는 결과를 가져오길 바랐다. 베어가 명령한 예언을 전하고 헬렌 카르텔 본부에서 나온 세세는 차를 타고 도시의 중심가로 향했다. 린을 만나러 올 때면 항상 방문하는 도심의 테라스가 예쁜 카페에서 이 도시의 지나다니는 사람들을 보며 아인슈페너를 한 잔 마시고 싶었기 때문이다.

"아인슈페너 한 잔 나왔습니다. 맛있게 드세요."

하얀 크림이 잔뜩 올라가 있는 아인슈페너는 먹음직스러워 보였다. 세세는 잔을 들고 카페테라스로 향했다. 테라스에 테이블은 많았으나 사람은 없었다. 넓고 고급스러운 디자인의 카페라 인기가 있을 법도 한데 올 때마다 이곳은 사람이 없었다. 이 카페뿐만 아니라 도시의 어떤 상점도 사람이 드물었다. 계명성국 사람들이 보면 놀랄만한 풍경이지만 세세는 그러려니 했다. 세세의 도시나 이 도시나 별반 다른 것이 없다고 생각했기 때문이다. 세세는 테라스에서 가장 빛이 잘 드는 테이블에 앉아 자신이 했던 예언을 생각하며 무미건조한 표정으로 여유를 즐겼다.

카페 밖에는 멋진 건물들과 기하학적인 모양의 동상들, 큰 가로수가 우거진 광장이 보였다. 그 사이로 도시의 사람들이 빠르게 지나쳐갔다. 사람들은 모두 무채색 옷을 즐겨 입었으며 무덤덤한 표정으로 앞만 보고 걸어 다녔다. 손목시계를 보더니 더 빠르게 뛰는 사람도 있었다. 어딘가에는 한 직장인이 자신의 넥타이가 자신의 목을 조르기라도 하는 듯 일그러진 표정을 하고 걷고 있기도 했다. 세세는 자신도 워낙 웃음이 없는 사람이었지만 이 도시의 풍경은 가히 웃음기라고는 없는 회색빛이라도 해도 좋을법하다고 생각했다. 코웃음을 치며 아인슈페너를 한 모금 마셨다. 부드럽고 달달했다. 눈앞에 보이는 풍경을 보고 건조해졌던 가슴이 조금 촉촉해지는 것 같았다.

세세는 열심히 일하면서도 감정이 납작해져 없다시피 한 도시의 사람들의 모습을 딱하게 여겼다. 공허하고 외로운 사람들처럼 보였다. 세세 또한 그런 사람들 중 하나라고 생각했기 때문에 더욱 공감하고 있었는지도 모른다. 세계정부라는 세상은 마치 낡은 기계에 무리하게 기름칠을 해서 부드럽게 돌리듯 너무 평온하면서도 언제 제도가 고장 날지 몰라 위태롭게 느껴지기도 했다. 그렇게 생각하며 아인슈페너로 다시 시선을 내렸는데 세세는 갑자기 또 예언을 받게 된 것 같았다.

"태풍의 눈…"

시선을 내려 아인슈페너에 올려진 크림을 봤는데 태풍의 눈이 갑자기 떠올랐다. 태풍의 눈이라는 단어를 떠올리기 무섭게 세세의 머리에는 여러 가지 장면이 파노라마처럼 스쳐 지나갔다. 거짓말에 분노하는 사람들, 피켓, 시위대, 자유를 외치는 목소리, 해방운동… 세세는 보통 근미래를 봤다. 지금 세세에게 전해진 이 예언은 근미래에 이루어질 내용일 것이다. 그러나 세세의 상식으로는 있을 수 없는 일이었다. 제도는 안착되어 기계처럼 돌아가고 있고 사람들은 쉽게 어떤 사건에 몰입할 열정조차 없이 무미건조하고 평온하게 살고 있었다. 예언에서 보였던 사람들을 분노하게 한 거짓말이 무엇인지도 세세는 몰랐다. 다만 지금의 이 도시의 평온함은 태풍에 눈 속에 있는 것과 같은 격이구나 그 사실만 알 수 있었다. 세세는 세계정부에 대한 알 수 없는 예언을 마음속에 새기고 다시 아인슈페너를 들고 한 모금 마시며 불의의 사건으로 세계정부에까지 흘러들어오게 된 자신의 과거를 회상했다.

세세의 원래 이름은 박세희로 계명성국에서 태어난 사람이었다. 10대 중반까지는 계명성국에 살았었다. 계명성국의 대중음악을 좋아하는 평범한 학생이었는데 어느 날 갑자기 미래를 보는 능력을 가지게 되었다. 예언처럼 머릿속에 그려지는 그림이 있으면 그 그림이 실제로 보이는 지역에 가서 풍경을 보고 오곤 했다.

계명성국을 떠나게 된 그날에도 예언을 따라 어떤 해안 도시로 갔다. 꿈에서 어떤 남자가 그 해안 도시로 오라고 자꾸 불렀기 때문이다. 세희는 그곳에서 몰래 계명성국에 들어와 지내다가 이를 검거하려는 계명성국 형사와 국내 마피아 양쪽으로부터 쫓기는 세계정부 사람을 구하게 되었다. 다 포기하고 죽으려고 하는 사람마냥 신발을 벗고 절벽에 서서 바다를 보고 있었다. 남자가 절벽 끝에 다다르자 세희는 남자를 향해 소리치며 달려갔고 남자를 뒤에서 꼭 안고 힘껏 당겼다. 남자는 고개만 뒤로 돌려 물었다.

"내가 여기서 죽으려는 거 어떻게 알았어…?"

세희는 남자의 얼굴을 볼 정신도 없이 온 힘을 다해 남자를 끌어당기며 말했다.

"아저씨를 꿈에서 봤어요. 죽으려는 거 말리라는 건지 자꾸 나왔어요. 그러니까 그만하고 이쪽으로 와요 제발."

남자는 세희의 말을 듣고 몸을 던지려는 방향의 힘을 뺐다. 세희는 꼭 안고 힘껏 남자를 당겨 남자가 절벽 밑으로 떨어질 뻔한 상황을 모면했다. 남자는 정신 나간 듯 웃으며 세희에게 물었다.

"너… 예지능력 있니, 혹시?"

"예?"

"내가 여기서 예지능력이 있는 사람으로부터 구해진다는 예언을 들었거든!"

남자는 텅 빈 듯 공허하면서도 절실한 눈빛으로 세희의 양 어깨를 잡고 흔들었다. 이 사람이다 하는 확신에 찬 목소리였다.

"넌 나랑 가자. 너는 앞으로의 일을 도모하는데 나한테 필요한 사람이야."

"가긴 어딜 가요. 저 집에 갈래요!"

이상한 낌새를 느낀 세희는 남자를 뿌리치고 뒤돌아 도망가려 했다. 남자를 살리느라 힘을 다 빼서 달릴 힘이 없는 세희는 빠르게 걸으며 자리를 옮겼다. 남자는 세희를 따라왔다. 세희는 남자가 다가오는 기척이 들리자 무서워 남은 체력을 쏟아 달렸다. 그러나 얼마 가지 않아 세희는 바닥으로 고꾸라졌다. 남자가 따라 달려와 알 수 없는 약을 세희의 등에 주사했기 때문이었다. 세희는 희미해져 가는 의식을 붙잡고 지금의 주소와 눈앞의 풍경을 기억했다. 바다… 바다… 바다… 눈앞에 보이는 것은 아무리 마셔도 줄지 않을 것 같은 끝없는 바다뿐이었다.

그렇게 현재 세계정부의 수뇌부 베어의 사자가 되어 보호받는다고 해야 할지 감시받는다고 해야할지 모르는 상태로 지내고 있다. 세세가 세희일 때 구했던 그 남자는 바로 지금 세세와 가장 가깝게 지내는 베어였다. 처음 납치될 당시 세희는 베어를 끔찍이 싫어했다. 사실 세세인 지금도 싫어한다. 하지만 베어가 자신의 일이 끝나면 자신을 계명성국으로 돌려보내 주겠다고 약속했고, 아무것도 모르고 세계정부로 건너온 세희를 베어가 물심양면으로 도왔기 때문에 세희는 불모지에서 살기 위해서라도 베어와 소통해야 했다. 그렇게 베어의 옆에서 계명성국으로 돌아갈 날을 기다린 지가 10년이 넘어갔다.

아인슈페너를 어느새 다 마신 세세는 카페에서 일어나 읽고 싶은 책을 사기 위해 근처 서점으로 향했다. 층고가 높고 사방이 책으로 뒤덮인 서점이었다. 신간 서적 코너를 맴돌던 세세는 '10년의 강산'이라는 제목의 책을 발견했다. 짧은 에세이가 첨부된 사진집이었다. 배경은 계명성국이었다. 세세가 잡은 그 책은 암거래로 들어온 계명성국 발 서적이었던 것이다. 세세는 자신이 떠난 지난 10년 동안 계명성국이 어떻게 변했을지 궁금했다. 책을 폈다. 너무나도 그립고 생각만 해도 눈물이 날 것 같은 고향의 풍경이었다. 사랑하는 사람과 여행하는 이야기의 에세이는 세세의 가족을 떠올리게 해 세세를 울컥하게 했다. 세계정부에 들어와 라우더를 복용하며 감정을 누르고 살았던 세세임에도 지금의 눈물을 억누를 수는 없었다.

세세는 계명성국발 서적을 모아 놓은 섹션에 가서 시와 소설, 에세이를 둘러보기 시작했다. 향수병이 갑자기 올라와 계명성국에 대한 어떤 것이라도 지금 보지 않으면 가슴이 터져 미칠 것 같았다. '엄마'라는 시집을 잡고 서서 읽다가 그 자리에서 눈물이 터질 것 같아 빠르게 카운터에서 구매하고는 서점을 나왔다. 세세는 차에 타 산 시집을 조수석에 두고 눈을 감고 심호흡을 했다. 눈물을 참고 싶어서였다. 10년을 참았는데 여기서 울면 다 포기하고 집에도 못 돌아갈 것 같았다. 세세는 마음을 가다듬고 차를 몰고 가며 어릴 때 좋아하던 계명성국의 가요를 틀고 흥얼거렸다. 꿈 많고 가족과 친구들과 어울리며 행복했던 어린 시절 계명성국의 세희를 추억하는 데에 그때 그 시절 가요만큼 좋은 것이 없었기 때문이다.

06   행복의 순간들

✳

대통령 경호팀으로서 교섭장에서의 일련의 사건이 끝나고, 정신은 피로를 풀 겸 어머니 생신 기간에 며칠 휴가를 받아 고향인 수도로 향했다. 형사 시험에 합격해 임용된 후 처음으로 보내는 휴가였다. 정신은 고향 집에 들어가기 전에 어머니 생신 선물을 골랐다. 꽃다발과 스카프였다. 예쁜 편지지에 편지를 쓰는 것도 잊지 않았다. 물건을 사느라 잠깐 둘러본 고향은 여전히 소박하고 따뜻한 곳이었다. 마피아수사과에 들어가는 것에 성공한 후 고향에 돌아와 부모님을 만나 뵙고 이 사실을 전할 생각을 하니 뿌듯했고 어서 빨리 집에 들어가고 싶은 정신이었다. 크고 작은 상점이 즐비한 대로변을 지나 오르막과 내리막을 오르내리고 골목을 몇 차례 돌아 드디어 집에 도착한 정신은 목을 한번 가다듬고 사 온 꽃다발을 품에 안은 채 대문의 초인종을 눌렀다.

"누구세요?"

"엄마, 저예요. 정신이."

"정신이? 잠깐만 기다려 금방 열어줄게!"

대문이 열리고 집의 현관문에서 정신의 어머니가 하늘하늘한 홈웨어 원피스에 얇은 숄을 걸치고 슬리퍼 바람으로 달려 나왔다. 정신은 대문을 닫고 마당 안으로 들어와 자신에게로 달려오는 어머니를 꼭 껴안았다. 정신의 어머니도 정신을 꼭 안았다. 그렇게 껴안은 둘은 곧 몸을 떼고 싱글벙글한 표정으로 서로의 얼굴을 보며 안부를 물었다.

"헤헤, 보고 싶었어요. 엄마."

"어이구, 우리 아들. 운동을 열심히 했나, 어쩐지 어깨가 더 넓어진 것 같네. 갑자기 여긴 어쩐 일이야."

"엄마랑 아빠가 보고 싶어서 와 버렸죠! 며칠 휴가 냈어요."

"그래, 이야기는 집에 들어가서 하자. 덥다 어서 들어가자!"

한여름의 푹푹 찌는 저녁이었다. 정신의 어머니는 정신을 집 안으로 이끌었고 정신은 자신의 왼손에 들고 등 뒤로 숨기고 있던 꽃다발을 어머니께 건넸다. 빨강과 핑크, 흰색이 조화를 이루고 있는 꽃다발을 받은 어머니는 집으로 들어가다 멈춰 서서는 너무 예쁘다며 집에 들어가면 꽃병에 담아 테이블에 올려야겠다고 말했다. 정신은 그러면 좋겠다고 화답했다. 그렇게 꽃다발 선물 때문에 잠시 멈춰있는데 현관문이 다시 열렸다. 이번에는 정신의 아버지였다.

"두 사람 다 빨리 들어와! 둘만 이야기할 생각이야? 나도 정신이 반갑다고!"

"아 미안 여보, 지금 가!"

정신의 어머니는 정신의 손을 잡고 집으로 향했다. 정신은 어쩔 수 없다는 미소를 지으며 어머니의 끌어당김에 몸을 맡겼다.

정신은 집에 들어서자마자 현관 앞에 서 있는 아버지를 와락 안았다. 정신의 아버지도 정신이 매우 반가운 듯 했다. 정신의 등을 두드려주며 정신이 집에 돌아온 것을 환영했다. 집은 어머니가 식사 준비를 하고 있었는지 주방에 불이 켜진 채 맛있는 냄새가 났고 다이닝룸에는 벌써 수저와 물이 놓여 있었다. 아버지는 정신에게 식사를 했냐고 물은 뒤 아직 식사 전이라는 정신의 수저와 물도 테이블에 놓았다. 정신은 손을 씻고 주방으로 들어가 어머니의 식사준비를 도왔다.

저녁 식사는 쌀국수에 만두였다. 정신이 올 줄 모르고 두 내외가 그냥 간단하게 먹으려고 했다고 했다. 정신은 그것도 좋았다. 최근 교섭장에서의 일련의 사건이 떠올라 무력감에 스트레스를 받으면서 지내던 정신에게 부모님이 계신 집은 치유의 공간과 같았다. 스트레스를 이겨내고자 함인지 언제부턴가 어머니의 음식을 먹

바다를 마시는 새벽별

고 싶던 차에 부모님과 함께 식탁에 앉으니 목구멍에 기름칠한 듯 쌀국수가 술술 잘 넘어갔다. 천천히 먹으라고 걱정하는 어머니에게 정신은 헤헤 웃으며 너무 맛있어서 그런다고 안심시켰다.

"한 그릇 더 주세요. 엄마!"

정신은 만두와 쌀국수를 바닥낼 기세로 먹었다. 정신의 아버지는 정신에게 자신의 몫도 나눠주며 정신이 먹는 모습을 뿌듯하게 지켜봤다. 당신의 아들이 맛있게 먹는 것만 보면 당신이 먹지 않아도 배가 부른 아버지였다. 아버지는 정신이 수도를 떠난 후 어떤 일을 하고 지내는지 궁금했다. 그간에는 전화를 하고 싶어도 낮에는 아들이 항상 바빠서 통화하기가 어려웠고 밤에는 아들이 피곤에 찌들어 일찍 잠들어버려서 통화할 수 없었기 때문이다. 형사 시험에 붙은 것까지는 아는데 정확히 어떤 부서에서 어떻게 근무하고 있는지 몰랐다. 아버지는 아들이 원하던 마피아를 소탕하는 업무를 하게 됐는지도 궁금했다. 그래서 허겁지겁 식사를 하는 정신을 보며 부드럽게 물어봤다.

"정신아, 수도를 떠나서 간 직장은 어때?"

"좋아요!"

우걱우걱 씹으며 고개를 들어 아버지를 보고는 입꼬리를 잔뜩 올리는 정신이었다. 온몸으로 지금의 직장이 좋다는 표현을 하는 것이었다.

"아 아빠, 말씀 못 드렸는데 저 드디어 마피아수사과에 들어갔어요."

"그래? 너 원래 거기 가고 싶어 했잖니. 어때 좀 할 만한 것 같아?"

아버지는 반가운 기색이었다. 아들이 원하는 것을 일차적으로는 이뤘구나 싶었다.

"마피아를 잡기 위해서 바다 위에서 근무하기 시작했어요. 아직 국경선을 확실히 넘은 적은 없지만, 국경선 주변에서 경계근무를 해요. 아마 진짜 사건이 일어나면 국경선을 넘는 일도 있을 거래요. 그래서 기대도 하고 긴장도 하고 그러면서 지내고 있어요."

"그래도 혼자 간 게 아니라 수호랑 같이 갔으니까 아빠는 좀 안심이 된다."

"아빠! 제가 수호 형한테 기대는 게 아니라 수호 형을 제가 챙긴다니까요!"

정신은 수호가 있어 든든하다는 아버지에게 자신이 수호를 돌보고 있다며 애교스럽게 큰소리를 쳤다. 아버지는 그런 아들이 귀엽다는 듯 껄껄 웃었다.

"수호는 의젓하고 차분하고 꼼꼼하잖아. 지금 몸은 네가 더 날렵할지 몰라도 현장경험 쌓다 보면 수호가 아주 든든할 거야. 아빠는 너 대학 시절에 수호가 우리 집에 놀러 올 때면 그렇게 좋을 수가 없었는데 이렇게 우리 아들이랑 같은 길을 걷게 되어서 얼마나 더 좋은지 몰라. 나중에는 휴가 같이 나와서 수호도 우리 집에 데려와."

"예. 아빠가 그런 말씀 하셨다는 거 알면 수호 형도 좋아할 거예요. 그리고 사실 요즘 수호 형이랑 같이 있어서 그나마 버티는 것 같다는 생각이 들긴 해요. 근무가 아무리 힘들어도 수호 형이랑 자취방에서 하루를 마무리하면서 대화하면 그 피로가 눈 녹듯이 사라져요. 그러니 아버지 말대로 든든한 수호 형이랑 같이 있으니까 걱정 안 하셔도 돼요."

정신의 말은 진심에서 우러나온 말이었다. 시보 시절부터 수호와 한 집에서 같이 살던 정신은 낮이면 근무지에서, 밤이면 집에서 수호와 함께 시간을 보냈다. 정신의 아버지의 말대로 차분한 수호와 함께 밤에 누워 대화를 하노라면 정신은 자신의 고민이 더 이상 고민이 아니게 느껴졌고 내일을 위해 힘을 더 낼 수 있을 것 같았다. 교섭장에서의 총격전을 겪은 후 스트레스에 시달리던 정신은 밤마다 수호에게 형사가 된 것에 대한 회의가 들지는 않는지 물었다. 수호는 그 질문에 대답하지 않았지만 정신에게 제대로 된 길을 걷는 것이 중요하다고 말해주었다. 밤마다 수호는 그렇게 정신의 마음을 달래주었다.

"이번에도 수호 형이랑 같이 나올 걸 그랬나 봐요. 아빠랑 얘기하다 보니까 새삼 고맙기도 하고 보고 싶네요."

"하하, 정신이는 좋은 친구를 뒀구나."

그렇게 정신은 부모님과 평소 자신의 생활에 대해 이런저런 대화를 하며 배부르게 식사를 마쳤다. 이날의 저녁은 정신과 가족에게 반갑고 행복한 저녁 식사 시간이 되었다.

식사 후 정신은 다음 날인 어머니의 생신을 축하할 케이크를 사러 가겠다며 옷을 걸치고 집 밖 거리로 나왔다. 그리고 빵집이 모여 있는 수도의 상점가로 향했다. 저녁 식사 시간이 지난 거리는 한산했다. 한산하지만 가게 곳곳에는 사람들이 들어가 쇼핑하고 있었고 따뜻한 색의 빛을 내뿜는 가로등 아래 벤치에는 연인, 친구, 혹은 가족이 앉아 여름밤 바람을 쐬며 대화를 나누고 있었다.

정신은 맛있고 예쁜 케이크를 파는 것으로 유명한, 테라스가 예쁜 카페에 들어가 어머니의 생일을 축하할 케이크를 샀다. 생크림에 딸기가 잔뜩 올라간 케이크였다. 비쌌지만 그 값을 매겨도 충분할 만큼 예뻤다. 어머니가 좋아하실 것 같아 정신도 기분이 좋았다. 정신은 케이크를 사고 그냥 돌아가려다 한 번쯤 앉아서 도시의 풍경을 구경하고 싶던 테라스가 한산했고, 테라스 밖 밤 풍경이 너무 예뻐서 조금 앉아있다 가기로 했다. 정신은 커피 중 크림이 잔뜩 올라간 아인슈페너를 가장 좋아했다. 그래서 아인슈페너를 한 잔 시켰다.

"아인슈페너 한 잔 나왔습니다! 맛있게 드세요!"

점원의 경쾌한 호출이 들리자 정신은 아인슈페너를 한 손에 들고 와 테라스에서 가장 야경이 잘 보이는 곳에 앉았다. 여름이었지만 밤바람이 불어 테라스가 열려 있어도 다행히 덥지 않았다. 정신은 선물할 케이크와 아인슈페너를 테이블 위에 올려두고 다리를 꼬고 턱을 괴고 앉아 도시의 야경을 감상했다.

낮은 건물, 긴 가로등, 꽃을 가꾸어 놓은 화단, 늦은 밤이지만 사람들이 방문하는 예쁜 조명의 상점들이 보였다. 상점 사이에 놓인 거리에는 사람들이 삼삼오오

무리를 지어 걸어가고 있었다. 옆 사람을 보며 미소를 짓기도 하고 깔깔 웃기도 하면서 지나가는 여자들, 무리를 지어 자전거를 타고 지나가는 동호회원들, 어깨동무하고 친구에게 장난을 치기도 하며 걷는 소년들, 술에 취해 비틀대면서도 서로에게 고맙다고 꾸벅 절하면서 말하는 넥타이를 맨 직장인들… 정신의 자리에서는 참 많은 계명성국의 사람들이 지나가는 것이 보였다. 사람들은 어려운 나라 상황 속에서도 주변 사람들을 소중하게 생각하며 따뜻함을 나누고 사는 것 같았다. 정신처럼 말이다. 정신은 미소를 지으며 아인슈페너를 한 모금 마셨다. 달콤했다. 정신의 눈에 보이는 풍경과 아인슈페너의 부드러운 맛이 더해져 정신의 마음에 평온함을 줬다.

정신은 무선 이어폰을 꺼내 음악을 듣기로 했다. 정신은 통기타 가게를 하는 아버지의 영향을 받아 어릴 적부터 음악을 좋아했다. 장르는 가리지 않았지만 아버지 탓인지 어쿠스틱 기타 소리를 가장 좋아했다. 그런 정신에게는 특이한 징크스가 있었는데 음악 리스트를 따르지 않고 랜덤 재생을 해서 듣던 노래 중 드물지만, 괜히 꽂히는 노래의 가사가 항상 자신의 일이 되어 돌아온다는 것이었다. 더 간단히 말하자면 들리는 노래의 가사가 자신의 미래를 예견하는 것 같은 일이 종종 있었다는 것이다. 그래서 정신은 랜덤재생을 하며 노래를 듣는 것을 종종 즐기게 되었다. 이날도 예쁜 풍경을 보며 왠지 음악을 듣고 싶어져 음악 리스트를 열었다.

정신이 고른 첫 곡은 어쿠스틱 기타선율이 아름다운 곡이었다. 내가 당신을 얼마나 사랑하는지 당신은 아는지 묻는 가사의 곡이었다. 멀리 보이는 사랑스러운 자신의 고향 풍경에 눈앞에는 아인슈페너 한잔, 귀에 들리는 것은 시와 같은 가사, 정신은 이 시간에 녹아들었다. 그러면서도 앞으로 근무하며 목도하게 될 세계정부를 떠올리며 불현듯 무거운 마음이 들었다. 정신은 왜 행복한 시간에 일과 관련한 걱정을 떠올리게 되었는지 몰랐다. 어쩌면 너무 행복할 때 오히려 쓸데없는 걱정이 떠오른다는 말이 맞는지도 모르겠다고 생각했다.

정신은 교섭장에서 마주한 헬렌 카르텔을 세계정부의 대표적인 모습이라고 여겼다. 세계정부는 분명 무자비하고 잔인한 곳일 것이다. 그런 세계정부의 실체는 어떤 것일지 궁금했고 앞으로 마피아수사과의 일원으로서 헬렌 카르텔과 같은 집단을 마주할 자신의 길이 어떻게 전개될지 궁금했다. 그렇게 무거운 침묵 속에서 아인슈페너를 몇 모금 홀짝이고 있는 정신의 귀에는 어느새 계명성국의 팝 발라드가 들려왔다.

'새벽별과 같이 빛나는 당신의 눈빛

아프고 외로웠던 그대 눈물 내가 닦아줄게요

내 품으로 돌아와 웃음을 되찾아요

우리 사이엔 만나지 못한 시간이 있어

내가 이제 잡을게요 사랑하는 그대여

여기서 당신을 또 잃진 않을래

몇 번이고 그대를 안을래'

언젠가 느꼈던 그 알 수 없는 느낌이 들었다. 이런 느낌이 들 때면 정신은 노래를 유심히 들어야 했다. 그 노래처럼 될 것 같은 예감이 들기 때문이었다. 가사를 보려고 휴대폰을 들어 확인해보니 계명성국 팝 차트에서 가장 높은 순위에 있는 'Take back my love'이라는 사랑 노래였다. 역시 좋아하는 기타소리와 피아노소리가 어우러져 듣기 좋았다. 정신은 이 노래를 반복 재생하기로 했다. 어느새 바닥이 보이는 아인슈페너 잔을 들고 다른 한 손에는 케이크를 들고 카운터로 가 컵을 반납한 후 정신은 집으로 향했다. 집에 가는 길에 보이는 사람들의 따뜻한 풍경을 마음에 담으며 'Take back my love'를 계속 들었다. 정신은 가사가 자신의 삶에 어떤 모양으로 착 붙을지는 알 수 없었다. 다만 노래 제목처럼, 그리고 가사처럼 잃어버린 사랑을 되돌리는 것이라면 좋은 일이 아닐까 마냥 생각할 뿐이었다. 어쨌든 계명성국 수도의 밤은 정신의 귀에 울려 퍼지는 아름다운 노래와 어우러져 눈이 부시도록 아름다웠다.

*

고향 수도에서의 뜻깊은 휴가를 보낸 정신은 다시 해안 도시로 돌아와 마피아 수사과에서 근무를 시작했다. 옆자리 동료 수호는 정신에게 고향에 잘 다녀왔냐고 해사하게 인사했다. 그리고 하루만 더 지나면 주말이니 오늘은 빡세게 근무하자는 말도 건넸다.

이날은 수호와 함께 마피아가 연루된 암시장 거래조사목록을 둘러보는 날이었다. 간단한 안부 인사를 끝낸 둘은 함께 조사내용을 읽어보았다.

"서적, 영상물, 미술품뿐만 아니라 마약, 총기, 위조지폐, 멸종위기 동물, 심지어 사람도 납치해가네. 이 새끼들. 생각보다 연관된 지하산업의 규모가 더 커."

"형, 그런데 예술품 거래 이외의 산업들은 다 헬렌 카르텔이라고 적혀 있는데? 헬렌 카르텔이 마피아 카르텔 중 가장 규모가 큰가 보구만. 그런데 왜 세계정부는 헬렌 카르텔 같은 해로운 암흑집단을 그냥 내버려 두는 거지?"

"카르텔이 관리하는 제품의 수요가 있으니까 사라지지 않는 거겠지."

"예술품은 반면 일락 카르텔이라고 많이 적혀있네. 예술품 거래의 대부분은 일락 카르텔이 차지하고 있나 봐."

"그래 지난번에 우리를 도와줬지만 일락 카르텔도 이런 암시장 규모의 한 부분에 자리 잡고 있음을 배제할 수 없어. 우리가 잡아야 할 대상이야."

정신과 수호는 두꺼운 분량의 암거래 조사내용을 읽고 분노하느라 뜨거워진 머리를 식히기 위해 커피를 내렸다. 진한 아메리카노였다. 정신은 냉장고에서 얼음

바다를 마시는 새벽별

을 꺼내와 커피머신으로 내린 아메리카노 두 잔에 넣었다. 둘은 마주 본 채 커피잔을 맥주잔처럼 들고 건배하듯 쨍 부딪힌 후 커피를 마시며 다시 대화를 이어갔다.

"헬렌 카르텔은 정말 우리가 쳐부숴야 하는 존재구나. 더 부지런히 움직여야 하겠네."

"응. 정신아, 오늘 이거 다 읽고 정리해서 강찬 형이랑 고은이한테도 전달해주자."

정신과 수호는 헬렌 카르텔과 일락 카르텔, 그리고 다른 카르텔들이 얽힌 계명성국 내 사건 일지도 가져와 읽기 시작했다. 계명성국에 직접적으로 관여하는 카르텔은 헬렌 카르텔, 일락 카르텔 둘 뿐이었다. 다른 카르텔들은 암시장 내에서 일락 카르텔에게 예술품을 사 가는 것이 전부였다. 헬렌 카르텔이 일락 카르텔에 물품을 공급하는 거래를 독점하고 있었던 것이다. 이는 헬렌 카르텔이 세계정부 수뇌부인 베어의 도움과 자신들의 무력으로 다른 세계정부 내 카르텔을 눌러 얻은 거래 독점권이었다. 정신과 수호는 헬렌 카르텔이 왜 거래를 독점하고 있는지 그 사실을 짐작하지는 못했지만, 헬렌 카르텔이 계명성국을 멍들게 하고 있는 주범이라는 것은 인지하게 되었다.

그래서 이들은 이날 근무하는 내내 헬렌 카르텔에 대한 정보를 찾아보고 읽었다. 지피지기면 백전백승이라는 말처럼 헬렌 카르텔을 부수기 위해서는 정보가 많이 필요했다. 하지만 퇴근 전까지 헬렌 카르텔에 대한 정보를 모으고 모았어도 큰 성과는 거두지 못했다. 현재 마피아수사과 정보 데이터베이스에는 헬렌 카르텔의 범죄 기록만 잔뜩 있을 뿐이었다. 어디에 본부가 위치하고 있는지, 보스 린이 어떤 사람인지, 규모는 얼마나 되는지 모두 미지수였다. 그것은 헬렌 카르텔과 연루되어 자주 등장하는 일락 카르텔도 마찬가지였다. 마피아수사과는 좀 더 카르텔들과 부딪히며 정보를 얻을 필요가 있었다.

퇴근하지 않고 남아 수사과에서 카르텔 정보들과 씨름을 하던 정신과 수호는 어느 순간이 되자 더 이상 수사과 내 자료 중 긁어모을 것이 더 남아있지 않다고 판단했다. 그래서 주말이 지난 후 같은 팀 강찬과 고은, 그리고 수사과 전체에 오늘 정신과 수호가 알게 된 정보를 전달하기 위한 문서를 작성한 후 퇴근해 수사과 건물 밖으로 나왔다. 돌아가는 길에 해안도로 옆 편의점에서 캔맥주 포스터를 본 정신은 수호에게 한잔하고 돌아가자고 말했고 수호는 정신의 제안을 수락했다.

캔맥주를 사서 마실 곳을 찾아 해안도로 아래 바닷가를 향해 걸어간 정신과 수호는 그 가운데 한여름이라 늦게 떨어지고 있는 해를 바라보았다. 노을의 붉은 빛이 하늘을 물들이고 바다를 적시고 있었다. 바다가 가까운 해안선 바로 앞 넓고 납작한 바위에 자리를 잡은 정신과 수호는 방금 냉장고에서 꺼내 가져온 차가운 맥주 캔을 시원하게 땄다. 수호는 정신과 건배를 하고 오늘 수고한 자신을 토닥이며 한 모금 마셨다. 반면 정신은 기록에 적힌 헬렌 패밀리의 만행에 분노해 속이 다 타들어 갔는지 맥주를 벌컥벌컥 들이켰다. 그렇게 바다 내음을 맡고 피어오르는 노을을 보며 맥주를 마시니 둘의 기분은 조금 나아지는 듯 했다. 수호는 맥주를 홀짝이며 정신에게 고향에 다녀온 이야기를 물었다.

"집에 가니까 어땠어? 부모님이 걱정 많이 안 하셔?"

"말도 마 형. 우리 아빠는 형이랑 같이 있으면 걱정 안 하시겠대."

"하하, 감사한 말이네. 수도는 여전하지?"

"응. 사람들은 여전히 활기차고 거리는 반짝반짝 빛나. 따뜻한 곳이야."

"나도 가고 싶다 고향에. 그런데 가면 부모님이 걱정하면서 이것저것 물어보실 것 같아서 못 가겠어."

"맞아, 형 부모님은 옛날에 라우더 연구로 세계정부 땅을 밟아본 적이 있다고 했지."

"응. 그래서 세계정부가 얼마나 험한 곳인지 알고 계셔. 마피아 쪽도 그렇고. 난 지금 정말 괜찮은데 부모님이 걱정하시는 것을 잠재울 만큼의 말주변도 없어서 말야.”

“그래도 한번 다녀와 형. 다녀오면 힘도 나고 좋아. 가족이 되게 힘이 돼. 수도 풍경도 마음이 평온해지는 데에 도움 되고.”

수호는 끄덕이며 말없이 맥주를 홀짝였다. 정신은 노을이 반쯤 진 바다 수평선을 보고는 바위에서 일어나 바다 가까이 갔다. 그리고 바닥에 있는 매끈매끈한 돌멩이를 하나 쥐고 바다를 향해 던졌다. 물수제비를 뜨고 싶었는데 파도가 일어 돌멩이는 그냥 바닷속으로 빠졌다. 정신은 피식 웃고는 바다 바로 앞에 그대로 쪼그려 앉았다. 바닷물이 파도의 리듬에 맞춰 정신이 쪼그려 앉은 모래 위로 드나들어 정신의 발끝에 닿을 듯 말 듯 했다. 수호는 자신의 앞에 쪼그려 앉은 정신을 향해 장난스레 물었다.

“정신아, 수도에 가서 예쁜 여자는 못 봤어?”

정신은 쪼그려 앉은 채 고개만 뒤로 돌려 그게 무슨 소리냐는 듯 쳐다봤다. 그리고는 다시 바다를 향해 고개를 돌리고 작은 돌 몇 개를 주워 포물선을 그리듯 가볍게 던졌다. 돌은 퐁당퐁당 소리를 내며 바닷물에 빠져들어 갔다. 정신은 수호에게 심드렁하게 대답했다.

“예쁜 여자? 많았지. 커플도 많더라. 엄청 사이 좋아 보였어 다들.”

“너도 괜찮은 여자 한 명 잡고 번호라도 물어보지 그랬어.”

“물어보고 싶은 마음도 아니었고 한 눈에 그러고 싶은 사람도 없었어.”

“한눈에 반하지 않더라도 얘기하다 보면 좋아질 수도 있잖아.”

“형, 내 이상적인 사랑은 그런 게 아냐. 한 눈에 반하고 빠져들어 버리는 게 내가 원하는 사랑인걸.”

“에휴, 나정신 언제 연애할래.”

수호는 피식 웃으며 이번에는 맥주를 홀짝이지 않고 들이켰다. 맥주가 달게 느껴졌다. 젊은 정신과 수호에게 연애 이야기는 어쨌든 즐겁고 유쾌한 이야기였다.

"형, 형은 모든 것을 다 주고 싶을 만큼 진짜 사랑했던 적이 있어?"

"나? 있지 그럼."

수호는 눈을 감고 지난날의 사랑을 떠올렸다. 좋은 추억이 있는지 입가에는 미소가 그려졌다. 정신은 쪼그려 앉았던 자세를 그냥 바닥에 앉아버리는 자세로 바꾼 뒤 아빠다리를 하고 수평선을 멀리 바라봤다. 노을은 여전히 붉게 바다를 덧칠하고 있었다.

"형, 나는 그래본 적이 없는 것 같아. 요즘 그런 생각이 들더라구."

"넌 대학 시절에도 너 좋다는 사람 다 마다하고 연애 안 했잖아. 네가 느낌이 안 온다면서 말야."

"난 그 느낌 같은 걸 중요하게 생각하는 사람인가 봐. 마음에 안 와닿으면 만나기가 어렵더라고."

"넌 이상형이 뭔데?"

"나? 지혜롭고 마음이 강한 여자."

"그렇구나."

"형 이상형은 뭔데?"

"난 너랑 반대야. 여리고 지켜주고 싶은 여자."

"형 전 여자친구도 그랬어?"

"아니, 엄청 셌어."

수호는 전 여자친구를 떠올리며 너털웃음을 지었다. 정신은 문득 뒤를 돌아보니 웃으며 맥주캔을 들고 노을을 바라보는 수호의 모습이 마치 그림처럼 아름답고 느꼈다. 그래서 고향에서 찍으려고 들고 갔다가 가방에서 미처 꺼내놓지 못한 폴라로이드 카메라를 꺼내기로 했다. 정신은 대화를 멈춘 채 먼 바다를 지그시 바라보고 있는 수호를 앵글에 담았다. 사진은 오래 지나지 않아 인화되어 나왔고 정신은 가방에 있던 네임펜을 꺼내 사진 아래 흰 부분에 그날의 날짜와 '노을에 푹 빠진 정수호'라는 메시지도 적었다.

"형, 선물이야."

"야, 언제 찍었어. 보자!"

수호는 정신이 찍은 사진이 마음에 드는 눈치였다. 다만 함께 온 이 자리에서 자신 혼자 찍힌 사진은 의미가 조금 퇴색되는 것 같다고 생각했다.

"나정신, 그러지 말고 같이 찍자!"

"이거 폴라로이드 카메라라서 셀카 찍기 힘든데?"

"뭐 어때, 같이 찍어야 의미가 있지. 자 줘봐!"

수호는 바다와 노을을 등지고 앉아 정신을 끌어당겨 자신의 옆에 앉힌 뒤 정신의 폴라로이드 카메라를 들어 앵글에 둘의 얼굴이 나오게 했다. 둘은 함께 사진을 찍을 때면 장난스럽게 말하던 '숲속을 샅샅이'라는 문장을 이번에도 말하며 입꼬리를 잔뜩 당겼다. 수호가 셔터를 누르고 노을 속의 두 사람은 붉게 물들여져 사진에 담겼다. 우습게도 인화된 사진을 보니 두 사람은 정중앙에 있지 않고 한쪽에 비스듬히 찍혀 있었다. 수호는 완벽하진 않지만 함께 있음에 의의를 두자며 사진에 만족했다. 정신도 수호의 말에 끄덕이며 이번에도 사진 아래에 날짜와 메시지를 적었다.

'계명성국에서 최고로 잘생긴 정의의 형사들'

정신은 이번 사진도 수호에게 선물했다. 수호는 정신이 적은 메시지가 부담스럽다며 핀잔을 줬지만, 사진을 역시 고맙게 받았다. 받은 사진을 물끄러미 바라보니 둘의 표정이 참 짓궂다고 느끼며 언제까지고 이 우정을 계속할 수 있었으면 좋겠다고 생각했다. 정신은 카메라를 가방에 넣고는 자리에서 일어나 맥주캔을 손으로 찌그러뜨렸다. 그리고는 엉덩이를 털며 아직 앉아있는 수호를 향해 "형, 이제 가자!"라고 말했다. 어느새 날은 해가 수평선 아래로 떨어지고 가로등이 켜진 어둑어둑한 밤이 되어있었다. 수호는 사진 두 장을 지갑 안에 넣고 다 먹은 맥주캔을 챙겨 바위에서 일어났다. 그렇게 앉아있던 자리에서 해안도로 쪽으로 나가기 위해 두 사람이 뒤로 돌았을 때, 이들의 시야 안에 들어오는 또 다른 두 사람이 있었다.

"어, 고은 누나랑 강찬 형이네. 불러볼까?"

해안도로를 함께 걷고 있는 고은과 강찬이었다. 퇴근 후 수사과 근처에서 시간을 보내다 산책을 하고 있는 듯 했다.

"부르지 마. 둘이 데이트하는 것 같아 보이는데."

"아냐 저 사람들이랑 눈 마주친 것 같아. 고은 누나!"

두 사람은 정신이 손을 흔들며 부르자 정신과 수호를 알아본 건지 먼발치에서 역시 손을 흔들며 인사했다. 수호는 두 사람에게 어서 데이트하러 가보라는 듯 손짓을 했다. 고은은 그런 수호를 보며 '풋'하고 웃음을 터뜨렸다. 아쉽지만 정신 일행과 고은 일행이 금방 마주하기에는 위치하고 있는 거리가 멀었고 어차피 각자 갈 길이 있었기 때문에 네 사람은 먼 거리에서의 인사를 끝낸 후 천천히 엇갈려 갔다.

*

"정신이랑 수호랑 해안가에서 바람 좀 쐬다 가려고 했나 본데."

"그러게. 이제 돌아가려는 것 같아 보이던데 여기로 올라올 때까지 기다릴 걸 그랬나?"

"오빠, 수호 손짓 못 봤어? 빨리 가라잖아. 데이트하라고."

"그랬어?"

수호와 정신과 멀어져가며 고은과 강찬은 둘의 이야기를 했다. 고은은 수호가 고은 일행을 어서 보내려고 한 것이 두고두고 웃을 만큼 재밌었다. 데이트하는 것을 방해하고 싶어 하지 않는 수호의 마음이 고맙기도 했다.

"고은아, 오늘 우리 집 안 갈래?"

"오빠 집? 가서 뭐할 건데?"

"오늘 퇴근하고 카페에서 커피랑 케이크만 먹었지 아무것도 못 먹었잖아. 저녁 먹자. 내가 요즘 푹 빠진 통새우 파스타 해줄게. 그리고 노트북으로 영화 볼까? 영화 장르는 네가 고르고."

고은은 당연히 강찬의 제안에 수락할 참이었지만 짐짓 고민하는 체를 해 보았다. 그런 고은을 보고 강찬의 얼굴에서는 베시시 웃음이 피어올랐다. 연기를 잘 못하는 고은이 고민하는 체를 하는 걸 당연히 눈치 챘던 것이다. 그냥 강찬의 눈에는 고은이 마냥 귀여워만 보였다.

"갈거지?"

시원하게 싱긋 웃은 채 물어보는 강찬을 보며 고은은 고민하는 체를 하다가도 어쩔 수 없이 무장해제를 할 수 밖에 없었다.

"좋아, 오빠 요리 잘 못하지만 그래도 내가 오늘은 한번 먹어보겠어."

"아자! 그럼 영화는? 밥만 먹고 갈 거야?"

"영화는…"

"안 볼 거야?"

"로맨스로 보자."

강찬은 고은의 수락이 기쁜 나머지 한 팔로 고은을 감싸 안고 해안도로를 내달리기 시작했다. 얼떨결에 함께 뛰게 된 고은은 상황도 웃기고 신난 강찬이 사랑스러워 밝은 소리의 웃음을 터뜨렸다.

*

"도착!"

"오빠 집 비밀번호 아직 그대로야?"

"그럼, 네 생일 내 생일 붙여 놓은 게 비밀번호지."

강찬의 손가락으로 여섯 자리의 숫자가 눌려지고 도어락이 돌아가는 소리와 함께 문이 열렸다. 문이 열리자 강찬의 집이 한눈에 들어왔다. 그중 가장 먼저 눈에 들어온 것은 현관 통로에 널브러져 있는 티셔츠였다. 왜 티셔츠가 통로에 있냐고 물어보려던 고은은 원래 그러려니 하며 그냥 말없이 티셔츠를 주워 강찬의 세탁 바구니에 집어넣었다. 평소 강찬네 집에 자주 놀러 오는 고은이었기 때문에 강찬의 집에서 무슨 물건이 어디에 있는지는 잘 알고 있었다.

거실에 들어서니 강찬의 가족사진과 고은과 함께 찍은 사진이 TV장 위에 올려져 있었다. 거실 테이블에는 튤립 일곱 송이가 화병에 담겨 있고 소설책 몇 권이 놓여있었다. 소파에는 개어놓지 않은 얇은 담요와 쿠션이 엉켜져 있었다. 고은은 이번에는 담요를 개어 소파 한쪽 귀퉁이에 놓아두었다. 쿠션도 담요와 함께 올려두었다. 부엌에 들어가서도 고은은 이것저것 정리하기 시작했다. 강찬의 집에 오면 항상 하는 일과와 같았다. 강찬은 분명 좋은 사람이고 수사과에서 능력 있는 사람이었지만 정리와 같은 집안일은 원체 잘 못했다. 강찬은 고은에게 집안일이란 잘하려고 노력해도 잘 되지 않는 분야라고 말했다.

"오빠. 빨래는 세게 털어서 펴서 널어놓으라고 말했지!"

"건조기를 사야 돼."

"건조기가 문제가 아니라니까. 이 집에 건조기 놓을 데가 어디 있어. 정말! 그리고 청소기도 적어도 일주일에 두 번은 돌리라고 했잖아!"

"무선 청소기를 사야 해."

"아이참, 기구 탓 하지 말라니까. 오빠 집안일을 해야 쾌적한 환경에서 사는 거야."

"잘 안되네. 고은아 내버려 둬. 내가 할게!"

고은에게 내버려두라고 말하면서 강찬은 침실로 들어가 침대에 있는 옷가지들을 주워 세탁실로 가지고 들어가 세탁 바구니에 넣었다. 고은은 그사이 냉장고를 열어 반찬 상태를 확인했다. 다행히 냉장고 안은 괜찮았다. 강찬이 집안일을 다 못한다고는 하지만 그나마 잘하는 것이 요리였기에 부엌은 무사했던 것이다. 강찬은 침실을 자기 나름대로 다 치우고는 부엌으로 와 요리 준비를 시작했다.

"고은아, 너는 거실 소파에 앉아서 TV보고 있어. 내가 맛있는 거 해줄게."

강찬은 팔을 걷어붙이고 개수대 앞에 서서 냉동 새우를 씻었다. 그리고는 냉장고에서 파스타 소스를, 찬장에서는 파스타면을 꺼냈다. 적당한 크기의 냄비를 찾아 가스레인지에 물을 올렸다. 다른 재료들도 도마에 올려 칼로 손질했다. 부엌에서 맛있는 소리가 들리기 시작하자 고은도 마음을 놓고 집을 구경하기 시작했다. 항상 오는 곳이지만 올 때마다 구경하고 싶어지는 곳이었다. 중간에 변한 것이 있나 체크하는 것도 있었다.

강찬의 취미방에는 고은과 함께 했던 방탈출을 기념하는 폴라로이드 사진이 벽에 가득 붙어있었다. 고은은 길을 잘 찾고 기억하는 능력이 있었고 강찬과 고은 둘 다 수사를 오래 하다 보니 수수께끼 같은 문제를 푸는 데에는 이골이 난 상태였기에 시중의 방탈출은 둘에게 정말 손쉬운 놀이와 같았다. 쉬는 날이면 수도까지 가 방탈출 카페에 방문해 탈출 시간 기록을 세우며 하나하나 격파해 나갔다. 방 하나를 탈출할 때마다 기념으로 폴라로이드를 한 장씩 받을 수 있었고 그 사진을 강찬의 방에 모아놓은 것이었다.

방탈출 폴라로이드 사진이 붙은 벽면 옆에는 서핑보드가 몇 개 놓여 있었다. 운동을 좋아하는 강찬이 수사과 배치 이후 해안 도시에서 근무하게 되며 새롭게 얻은 취미활동이었다. 고은은 물을 무서워하기 때문에 함께 하지 못하지만 강찬이 서핑하는 모습을 보는 것은 좋아했다. 바다 위에서 자유로워 보여 부럽기도 했다.

서핑보드가 놓인 벽 반대쪽 벽에는 찬장이 있었는데 그 안에는 강찬이 근무하면서 받은 표창, 상장, 트로피 같은 것들이 진열되어 있었다. 강찬이 형사에 임용된 후 얼마나 열심히, 그리고 능률 있게 일했는지 알 수 있는 증거였다. 고은은 강찬의 집에 오면 항상 이 찬장 속 자랑스러운 것들을 바라보며 내 남자가 이렇게 멋진 사람이었구나! 새삼 깨닫고는 했다.

"고은아, 파스타 다 됐어. 식탁으로 와."

취미방을 둘러보던 고은은 강찬이 부르는 소리에 부엌 식탁으로 향했다. 식탁은 깔끔하게 세팅되어 있었다. 강찬의 요리는 치즈를 갈아 올려놓은, 새우가 잔뜩 들어간 토마토 파스타였다. 눈으로 보기에도 벌써 먹음직스러워 보였다. 고은과 강찬은 마주 보고 앉아 강찬이 미리 따 놓은 화이트 와인과 함께 파스타를 먹었다. 고은은 강찬의 파스타가 매우 만족스러웠다. 이 해안 도시의 고은이 가장 좋아하는 레스토랑에서 파는 것만큼 맛있다고 생각했다.

"이만하면 차고은한테 장가갈 수 있겠지?"

맛있게 먹는 고은을 사랑스러운 눈빛으로 바라보던 강찬은 무심한 척 장난스럽게 고은에게 결혼 이야기를 꺼냈다. 고은은 활짝 웃으며 엄지를 치켜들어 강찬에게 보여주었다. 강찬은 시원한 미소를 보이며 팔을 뻗어 맞은편 고은의 머리를 쓰다듬었다.

"고은아 우리 결혼하면 집안일 분배는 어떻게 할까?"

강찬의 질문에 고은은 고개를 갸우뚱하고는 볼멘소리로 말했다.

"내가 봤을 땐 집안일 다 내 몫일 것 같아. 청소하고 정리하는 법을 가르쳐줘도 오빠 잘 못하잖아."

"나 요리 이만큼 잘하니까 부엌은 나한테 맡겨도 될 것 같지?"

강찬은 고은의 핀잔에도 굴하지 않고 자신이 잘하는 부분을 고은에게 어필했다. 고은은 강찬의 말이 어이가 없으면서도 눈을 반짝이며 바라보는 강찬이 어쩔 수 없다는 듯 강찬의 말에 동의했다. 고은이 봐도 강찬은 요리에는 재주가 있었다.

바다를 마시는 새벽별

강찬과 살면서 강찬의 요리를 계속 먹을 수 있다는 건 고은에게 결혼의 좋은 사유가 될 수 있을 것 같았다.

"근데 누가 결혼해준대?"

"아이, 왜 그래 고은아. 우리 이야기 다 끝난 거야 이건."

큰 덩치에 어울리지 않는 애교를 부리며 고은을 은근슬쩍 결혼 얘기로 유도하는 강찬이 고은은 밉지 않았다. 오히려 사랑스러웠다. 할 수만 있다면 언제까지고 이렇게 함께 있고 싶었다. 그리고 그 방법이 결혼이라면 얼마든지 할 의사도 있었다. 하지만 마피아수사과로 들어 온 이상 하나의 실적은 내고 결혼이라는 것을 하고 싶었다. 강찬의 표창과 상장이 잔뜩 든 찬장을 보며 생각했다. 이런 남자와 결혼할 만큼의 커리어를 자신도 쌓고 싶다고 말이다. 그래서 그런 성과를 하나라도 내기 전까지는 고은은 결혼을 미루고 싶었다. 강찬도 그 사실을 예전부터 알고 있었기에 고은이 자신의 프러포즈를 진심으로 수락할 때까지 마냥 기다리고 있던 것이다.

강찬이 대접한 맛있는 식사가 끝나고 둘은 싱크대에 같이 서 설거지를 했다. 고은이 세제로 그릇을 닦으면 강찬이 그 그릇을 흐르는 물에 씻고 행주로 닦은 뒤 정리했다. 이렇게 서서 함께 설거지를 하니 둘은 정말 결혼을 한 것 같은 기분이 들었다. 강찬 또한 언제까지고 이렇게 고은과 함께 하고 싶다고 생각했다. 가까이 서서 함께 즐거운 이야기를 하며 같은 일을 하고 같은 곳을 바라보고 있는 느낌이 다정했고 사랑하는 감정을 나누는 것 같아 좋았다.

설거지까지 끝낸 둘은 편한 옷으로 갈아입고 침실로 들어가 침대에 올라간 후 강찬의 노트북을 켰다. 그리고 어떤 영화를 볼지 골랐다. 고은이 로맨스를 보자고 말했기 때문에 로맨스 카테고리에서 영화를 찾았다. 강찬은 액션이 가미된 로맨틱 코미디를 보고 싶어 했고 고은은 눈물 유발 요소가 섞인 로맨스를 보고 싶어 했다. 둘의 의견이 갈렸지만, 선택은 고은의 몫이었기 때문에 고은이 보고 싶어 하는 영화가 선택되었다. 강찬은 고은을 한 팔로 감싸 안아 눕고 고은은 강찬의 품에 안긴 채 노트북으로 영화를 보기 시작했다.

영화는 행복한 나날을 보내던 남자주인공과 여자주인공이 여자주인공의 시한 부 선고 이후 이별에 대한 의견 대립으로 갈등을 겪는 내용이었다. 영화의 중간 부분에서는 여자주인공이 시한부임을 알게 되자 남자주인공에게 자신이 곧 죽는다는 사실을 알리지 않은 채 거짓말을 하며 이별을 종용하는 내용이 나왔다. 강찬은 그 내용이 마음에 들지 않아 굳은 표정을 하고 보며 자신의 품에 안긴 고은에게 말했다.

"너 만약에 이런 일이 생겨도 주인공 여자처럼 하면 진짜 가만 안 둔다."

고은은 고개를 올려 강찬을 보며 이런 일이 왜 생기느냐고 묻는 표정을 하더니 다시 노트북 화면을 보면서 강찬에게 더욱 깊게 안겼다. 그러면서 장난스레 속삭였다.

"할 건데?"

강찬은 어깨를 안고 있던 팔을 고은의 목으로 옮긴 후 목을 끌어안으며 장난을 쳤다. 영화처럼 그러면 정말 화낼 거라는 마음을 강찬 나름대로 표현하는 것이었다. 고은은 유리구슬이 굴러가는 듯한 웃음소리를 내며 목에 감긴 팔을 풀려고 안간힘을 썼다. 영화는 계속 흘러갔지만 둘은 갑자기 장난이 걸려 몸을 서로 엉켜갔고 웃음소리는 끊이지 않았다.

그렇게 둘은 장난을 치다 중요한 장면이 나오자 다시 영화에 집중했고 그 후 얼마나 지났을까. 영화의 결말은 결국 여자주인공이 남자주인공의 도움으로 시한부를 극복하고 삶을 다시 되찾게 되어 둘이 행복한 미래를 그리게 된다는 내용에 다다랐다. 강찬은 어느새 눈물이 그렁그렁하게 맺힌 채로 영화를 감상하다 엔딩크레딧이 올라가자 고은에게 이 감동을 전하고 싶어 안고 있던 고은을 내려다봤다. 그런데 품에 안긴 고은은 영화를 어디까지 봤는지 모르게 어느새 새근새근 잠들어

바다를 마시는 새벽별

있었다.

　강찬은 자신에게 안겨 세상모르게 잠들어있는 고은을 바라보며 창문 틈 사이로 들어오는 별빛 가운데 다짐했다. 이 여자를 앞으로 평생 지키고 아끼고 사랑하면서 살아가겠다고 말이다. 사랑이 가득한 눈빛으로 지그시 바라보다 얼굴을 가리는 고은의 연갈색 머리카락을 귀 뒤로 넘겨주며 강찬은 사랑한다는 말을 속삭였다. 고은은 들리지 않는 듯 했지만 고은에게 사랑한다는 말을 할 수 있다는 것만으로도 강찬은 좋았다. 떠 있는 별이 천천히 움직이고 달이 해를 만나 자취를 감추려 할 때까지 강찬은 그 자리 그대로 고은을 안은 채 고은의 자는 얼굴을 바라봤다. 깨지 않을 만큼의 가벼운 키스도 이따금씩 하곤 했다.

　시간이 얼마나 흘렀을까. 별빛이 들어오던 창은 어느새 하얀 해가 떠오른 세상 속에서 햇살을 가득 받아들이고 있었다. 고은은 햇살이 눈을 덮는 바람에 눈이 부셔 눈을 떴다. 영화를 다 보지 못하고 잔 듯 노트북에는 엔딩크레딧 끝까지 올라온 채로 멈춰있는 영화가 그대로 켜져 있었고 고은 옆에는 고은을 안은 채로 세상모르고 자고 있는 강찬이 있었다.

　"잠만보…"

　고은은 장난스러운 표정을 하더니 옆으로 누워 곯아떨어져 자는 강찬을 바라봤다. 손가락으로 강찬의 코를 콕, 콕 만져보기도 하고 강찬의 부드러운 머리카락을 조심스레 쓰다듬기도 했다. 어젯밤의 비밀을 모르는 고은은 어제 둘 다 영화를 끝까지 못 본 것 같으니 나중에 이 영화를 다시 봐야겠다고 생각했다. 햇살이 이렇게 잔뜩 방 안으로 들어오는데도 잠에 빠져 일어나지 못하는 강찬이 잠꾸러기라고 생각하면서도 강찬의 사랑스러운 모습에 고은은 그날 아침 내내 잠에서 깨지 못하는 강찬의 얼굴에서 눈을 떼지 못했다.

07 위기의 서막

✳

마피아수사과가 위치한 해안 도시에도 어느새 한여름이 다 가고 선선한 가을이 찾아오고 있었다. 코끝에서 차가운 공기가 느껴졌다. 그동안 카르텔들을 잡기 위해 부단히 노력하던 마피아 수사과는 암거래 장면을 적발해 거래를 막거나 계명성국 해상에 있는 카르텔의 배를 추적하고 쫓는 등 소기의 성과들을 거두며 조금씩 마피아 조직 소탕에 가까워지고 있었다.

그러던 어느 날 마피아수사과에 제보가 들어왔다. 해경의 제보였다. 이야기인즉슨 해상국경선 근처 위치한 무인도에 빛이 보여 들어가 봤더니 누군가 집을 세워둔 것을 발견했고, 들어가 보니 집 안에는 아무도 없고 가구들도 사용 흔적 없이 매우 깨끗했다고 했다. 해경은 이 점을 수상하게 여기고 혹시 이곳이 카르텔 간의 거래장소가 아닐까 하는 의심이 들어 마피아수사과를 찾아온 것이었다.

"말한 지점의 레이더망을 내가 지금부터 더 눈여겨볼게."

"응, 고은아 부탁해. 그리고 정신아, 수호야, 우리도 무인도에 정박하는 배의 흔적이 나타나면 이 지점을 정탐할 수 있게 지금 준비를 해두자."

"강찬 형, 그냥 지금 저 무인도로 가서 집을 수색해보는 게 좋지 않을까?"

"마피아와 관련된 것인지 아닌지도 모르는데 섣불리 누구의 집인지도 모르는 낯선 집을 수색할 순 없어. 의심스러운 배가 정박할 때까지 기다렸다가 바로 출동하자. 제보가 진짜라면 거래 현장을 잡을 수 있을 거야."

"그래도 해경들처럼 집을 수색해보기라도 하자. 뭐가 있는지는 우리도 알아야 할 것 아냐."

강찬과 정신이 수색을 이유로 실랑이를 벌이고 있는데 중년의 형사가 다가와 둘에게 말을 건넸다.

"그건 대통령 경호팀 자네들이 가지 말고 우리 국경 수비대팀이 가 볼게. 자네들은 수사과 내에서 같은 팀 고은이 계속 백업해주고 무슨 일 생길 것 같으면 출동해줘."

"형사님…"

"안에 뭐가 있는지 훑고 오면 된다는 거지? 샅샅이 둘러보고 올 테니 너무 걱정 마."

"누군가 있으면 무리하지 마시고 그냥 마주치지 말고 돌아와 주세요. 우리가 집을 발견했다는 것을 알면 그 장소를 버리고 달아날지도 모르니까요."

이날부터 고은은 해상 레이더망을 의심스러운 눈으로 보기 시작했고 다른 팀 형사들은 교대로 제보가 들어 온 무인도 곁 바다를 맴돌며 순찰했다. 형사들은 순찰하고 돌아올 때면 고은에게 섬 바닷가에서 배가 오간 흔적이 있다고 말했고 고은은 이 사실을 자신이 발견하지 못한 점을 들어 자신이 레이더망을 보고 있는 시간이 아닌 아주 늦은 밤에 무인도 집의 주인이 섬을 오가거나 레이더망에 걸리지 않는 아주 작은 배로 움직인다는 사실을 추측하게 되었다.

다른 팀의 순찰 결과 아무것도 발견된 것이 없다는 무인도집에서 무슨 일이 벌어지는지 고은의 팀과 마피아수사과는 반드시 알아내야 했다. 결국 수사과에서 고은과 한 팀으로 근무하는 강찬, 수호, 정신은 고은의 요청에 의해 무인도집의 주인을 찾기 위한 야간근무를 하기로 했다. 고은이 야간에 레이더망에서 무인도 근처의 배를 발견하면 곧장 출동하기 위한 만발의 준비가 되어 있었다.

그러던 어느 날 밤, 고은이 보고 있는 레이더망에 배 한 척이 잡혔다. 표시된 점의 크기를 보니 큰 규모의 배 같았다. 무인도 근처를 의심하고 집중해서 레이더로 보기 시작한 후 여태껏 레이더망 히스토리에 한 번도 기록된 적 없었던 무인도 근처에서 처음으로 큰 규모의 배의 흔적을 잡게 된 것이다. 고은의 팀은 다음 날 아침까지 다른 수사과 형사들을 기다릴 수 없었다. 무인도에서 무슨 일이 일어나고 있는지 확인하기 위해 고은은 수사과에서 통신으로 백업하기로 하고, 강찬과 수호, 정신은 간단한 무장을 한 채 작은 보트를 타고 조용히 문제의 무인도로 향했다.

*

"빅베이비랬나? 이런 큰 거래에 대표로 부하들을 데리고 나올 정도면 그 몇 달 새에 꽤 많이 컸나 본데."

제임스는 헬렌 카르텔과 일락 카르텔 간의 협상을 위해 허름한 목재 테이블에 앉아 희성을 보며 입꼬리를 한쪽만 올린 채 이죽이면서 말했다.

"내가 너랑 이런 자리에서 마주하게 될 줄은 몰랐지만 거래는 거래니까. 깔끔하게 가자."

자신을 납치했던 제임스와 거래 장소에서 마주하게 된 것이 매우 불쾌하고 불편했던 희성이지만 카르텔의 일이었기 때문에 마음을 억누르고 거래를 계속 진행했다.

"돈은 제대로 가져왔나?"

"그러는 물건은 제대로 가져왔겠지? 종류는 뭐야?"

"AK-47, AR-15, M16. 수류탄이랑 방탄조끼도 가능한 수량만큼 가져왔다."

"총의 수량은 금액만큼 다 챙겨온 거 확실하지?"

"배에 한가득 싣고 온 거 너희도 봤잖아."

"그럼 우리 거래 조건이 DAP니까 그 물건들을 다 이 창고에 가져와 줘. 거래 조건을 어기고 그냥 해안가에 다 던져버리고 가면 우리는 이 창고까지 그 물건들을 다 옮길 수가 없어."

(*DAP: Delivered At Place, 수출자가 지정한 배에 물건을 싣고 수입자의 창고까지 물건을 가져다주는 것을 조건으로 하는 거래방식.)

"어련하시겠어. 거래 조건에 따른 약속이니 그러지. 대신 계명성국 형사들이 튀어나올지 모르니 주변 경계 잘하고 있으라고. 요즘 그놈들 때문에 거래 파토가 십상이야."

거래 물품은 총기와 방어구였다. 예술품을 팔아 막대한 세계정부 화폐를 손에 쥔 일락 카르텔이 헬렌 카르텔로부터 무기를 대량 구매하고 있었다. 혹시 언젠가 계명성국을 지키기 위해 일어날지도 모르는 세계정부와의 전쟁을 대비하려는 레드캣의 우려와 혜안으로 시작된 거래였다. 제임스는 부하들을 시켜 큰 배에서 총기들을 내려 무인도에 있는 집 지하창고에 한 자루 한 자루 적재시켰다. 창고에 쌓이는 것을 보니 굉장히 많은 양이었다. 이렇게 몇 번 더 거래를 하면 일락 카르텔 전원을 무장시킬 수도 있을 것 같았다.

"너희 근데 왜 이렇게 무기를 많이 사대는 거냐?"

"언젠가 계명성국과 전쟁할지도 모르니까 모은다는 보스의 말씀."

희성은 제임스가 총을 모으는 이유를 묻자 마음에도 없는 말로 둘러댔다. 총기를 모으는 이유가 세계정부와의 전쟁임을 알게 되면 더 이상 무기를 공급받을 수 없을 것이기에 본 이유는 절대로 비밀에 부쳐야 했다.

많은 헬렌 카르텔의 인원으로 시간이 오래 걸리지 않아 무기를 거의 다 창고에 옮길 수 있었다. 제임스는 깔끔한 거래에 좋은 기분을 즐기며 손가락으로 지하창고 테이블을 톡톡 치며 다리를 꼬고 앉아 있었다. 그러던 중 헬렌 카르텔의 사람 한 명이 제임스에게 귓속말로 어떤 소식을 전했다. 제임스는 좋았던 기분이 팍 상해버린 듯 일그러진 표정으로 테이블을 주먹으로 내리쳤다.

"형사 새끼들, 또 왔네."

"형사?"

"부하가 총 옮기다 봤는데 방금 섬 해안가에 배를 정박하고 내렸다는군. 덩치가 커서 레이더에 잡힌 우리 배를 찾고 있기라도 한가 본데."

희성은 편하게 앉아있다 제임스의 이야기를 듣고 황급히 일어났다. 허공으로 사다리가 설치된 문이 열린 지하창고를 빠져나가 문을 닫고 입구를 숨길 준비를 해야 했다.

"몇 명인데."

"세 명. 여기 어차피 너희 사람도 많고 너희 구역인데 죽여도 상관없으면 그냥 죽여 버려."

"아니, 죽였다가는 괜히 일이 커져. 여기에 있는 물건들만 잘 숨기면 돼."

"너희 어쩌다가 여기까지 들킨 거냐? 계명성국 땅에서 꽤 먼 곳이라서 레이더 망에 안 잡히던 곳인데."

제임스는 어이없다는 듯 희성을 비웃었다. 그리고 손짓을 해 부하들을 모두 지하창고에서 빼기 시작했다. 자신도 지하창고에서 벗어나려 했다.

"제임스, 안 도와주고 그냥 가?"

"야, 빅베이비. 우리 거래는 끝났어. 우린 창고에 인도만 해주면 가는 거야. 나도 쓸데없이 다른 카르텔의 영역에서 피곤한 싸움에 휘말리고 싶진 않다고. 다만 저 형사 새끼들은 오늘 꼭 죽여주면 고맙겠어."

제임스는 지하창고 사다리를 올라가 희성에게 거래가 종료되었다고 말하고는 집의 출구를 향해 내달린 뒤 먼발치로 순식간에 사라졌다. 희성도 부하들을 모두 지하창고 밖으로 내보낸 뒤 마지막으로 지하창고에서 나와 입구를 두꺼운 석판과 카펫으로 숨겼다. 부하들을 모두 섬 밖으로 작은 배를 타고 뿔뿔이 나가게 지시한 후 자신도 집 뒤쪽 해안가에 묶여있는 배를 타고 섬 밖으로 탈출하려 했다.

"누구야! 멈추고 손들어!"

어쩐지 귀찮아질 것 같은 소리가 들렸다. 희성이 배를 향해 내달리다 귀가 울리는 소리가 들린 곳으로 고개를 돌려보니 한 남자가 희성을 향해 권총을 겨눈 채 서 있었다. 대치한 둘은 멀지 않은 거리라 희성은 남자의 얼굴이 보였다. 언젠가 아버지의 저택에서 자신과 그림에 대해 이야기하며 웃음을 나눴던 정수호였다. 수호도 자신이 경계하고 있는 남자가 다름 아닌 유희성임을 보자마자 알 수 있었다.

"여긴 어떻게… 또 납치당하신 겁니까?"

희성이 또 카르텔의 일에 휘말려서 위기에 봉착한 것인지 아니면 카르텔과 한통속이기라도 한 건지 혼란이 왔다. 왜 의심스러운 무인도에 대통령의 아들인 유희성이 있는지 수호는 쉽게 짐작이 가지 않았다.

"오랜만이에요 정수호 형사님."

혼란에 빠져 수호가 긴장을 잠시 늦춘 사이에 희성은 허리춤에 있던 총을 단숨에 꺼내 수호에게 겨눴다. 그렇게 수호와 희성은 서로 총을 겨눈 자세를 취하게 되었다. 희성은 수호를 그냥 쏴버리고 배를 타고 떠나버릴까 고민했다. 하지만 교섭장에서 자신을 구하기 위해 위험을 무릅쓰던 수호의 의지가 있었기에 자신이 지금 이 자리에 서 있을 수 있다는 생각이 들었다. 가능하면 쏘고 싶지 않았다. 어떻게 하면 수호가 자신을 잡으려는 의지를 버리고 자신의 시야 밖으로 사라질 수 있는지, 혹은 자신이 배를 타고 가도록 내버려 둘 수 있는지 희성은 간절하게 알고 싶었다.

수호는 자신에게 총을 겨누고 있는 희성을 보고 그제야 상황을 파악하게 되었다. 희성이 모종의 이유로 현재 암흑세계에 발을 들여놓게 된 것이구나. 하고 말이다. 희성이 왜 자신에게 총을 겨누는 위치에 있게 됐는지 수호는 알고 싶었다. 암흑세계를 주름잡는 카르텔들과 관련된 일이라면 희성을 체포할 명분도 있었다. 수호는 가까운 거리에서 대치하고 있는 희성에게 외쳤다.

"어째서 제게 총을 겨누시는 겁니까!"

희성은 난감하다는 표정으로 수호에게 대답했다.

"미안해요, 형사님. 나 이제 카르텔을 위해 일해요."

수호는 희성의 말이 이해가 가지 않았다. 대통령의 아들이 할 수 없는 선택이라고 생각했다.

"어째섭니까! 나라를 위해 헌신하는 아버지가 계신데도 이런 잘못된 선택을 하시다뇨!"

"이것도 계명성국을 위한 거예요!"

"암흑세계에 발을 들여서 손을 더럽히는 것이 나라를 위한 희성님의 행동입니까?"

"계명성국에 필요한 것은 자유와 힘이에요. 그게 없어서 우리가 고립되어 살고 세계정부로부터 억압받으면서 사는 거라구요. 나는 그 두 개가 있는 곳으로 왔을 뿐이에요."

"그런…"

"교섭장에서의 사건 기억나죠? 그때 마피아수사과에서 아무것도 하지 못한 채 저와 아버지를 죽일 뻔한 거 잊진 않으셨겠죠? 나는 그때처럼 개죽음 당할 위험에 두 번 다시 빠지지 않을 거예요. 나는 앞으로 내가 지켜요."

"그럼 앞으로 계명성국과 대치하기라도 하신다는 겁니까?"

"대치하지 않아요. 나는 나대로 나라를 위해 움직일 뿐이에요. 암흑세계에 손을 더럽힌다고 혹자가 말하겠지만 남의 말이 뭐가 그렇게 중요하겠어요. 나는 그저 아버지와 같은 길을 걷고 있어요."

희성은 대치하면서도 왼손으로 총을 쥔 오른손 손목의 문신을 어루만졌다. 카르텔에 입성한 후 의지가 흔들릴 때마다 문신을 어루만지면 꼭 아버지에게 위로받는 것 같아 자주 하게 된 버릇이었다. 희성은 계속 수호와 대치하고 있고 싶지 않아 서서히 배가 있는 곳으로 뒷걸음치기 시작했다. 그러면서 수호에게 먹혀들지 않을 제안을 했다.

"형사님도 마피아가 되어보는 건 어때요? 무력하고 나약한 형사집단은 마피아를 잡을 수도 없고 우리나라를 지키는 데 결코 도움이 되지 못할 거예요."

수호는 희성의 말을 듣고는 멀어져가는 희성을 그냥 지켜만 봤다. 교섭장에서 유일호 부자를 지키지 못했던 일이 수호에게도 무력감을 느끼게 했던 사건이고 자존심에 상처를 입은 사건이었기 때문이다. 아무 말도 하지 못하고 회의감에 휩싸여 희성이 뒷걸음질하며 가는 것을 보고만 있는데 그러던 중 무전기를 낀 귀에서 고은의 다급한 통신이 들려왔다.

"세 사람 모두 섬에서 빨리 조용히 나와! 섬 근처로 출처를 알 수 없는 큰 배들이 몰려와요! 몇 분 뒤면 섬에 정박할 거야!"

제임스가 퇴장하면서 일락 카르텔에 전언을 한 모양이었다. 일락 카르텔 인원들을 태우고 온 배들이 섬에 정박하려 했다. 희성도 역시 카르텔에서 온 통신을 듣고 동료들이 섬 근처에 왔음을 알게 되었다. 희성은 수호에게 소리쳤다.

"형사님! 빨리 도망가요. 더 이상 여기 있으면 안 돼요. 죽어요!"

수호는 먼 거리의 희성을 낙담한 눈빛으로 응시하고는 등을 돌려 자신의 배가 있는 곳으로 달려가기 시작했다. 희성은 수호의 뒷모습을 바라보며 카르텔을 향한 무전으로 자신은 아무 일도 없었고, 섬에서 낯선 사람을 아무도 만나지 않았다고 말하며 섬에 들이닥칠 카르텔 인원들을 안심시켰다. 그리고 수호가 달려간 방향을 천천히 따라가 섬에 들어왔던 형사 세 명이 배를 타고 무사히 떠나는 것을 멀리서 바라봤다. 희성은 이로써 수호와 서로 목숨을 구해준 사이가 되었다고 생각했다.

*

무인도 탈출 후 강찬의 팀 4명은 무인도에서의 일에 놀랐다. 그리고 확신을 가지고 무인도 수색 계획을 세우기 시작했다. 강찬, 수호, 정신이 섬에 정박하자 마치 쫓아내기 위해서인 듯 섬을 향해 몰려오던 함선들을 보며 그 무인도에는 분명 무엇인가가 숨겨져 있다고 판단한 것이다. 그 와중 수호는 또다시 마피아에게 진 것에 대해 허탈감과 절망감을 느끼고 있었다. 대통령 아들인 유희성까지 카르텔에 있는 것을 보고 형사를 선택한 자신이 옳은 것인지 언젠가부터 의심했던 그 마음이 수면 위로 올라오기 시작했다.

"형, 무슨 일 있어?"

"아냐 정신아. 그냥 생각이 좀 많아져서."

"항상 차분하고 평온해 보였던 형답지 않네."

"우리 형사들이 마피아를 정말 소탕할 수 있을지 회의가 들어."

"형, 섬에서 무슨 일 있었어?"

"대통령 아드님을 만났어."

"누구? 유희성?"

수호는 끄덕였다. 정신은 놀란 눈치였다.

"유희성 씨가 왜 거기 있어?"

"그 섬을 점유하고 있는 카르텔의 일원이 된 것 같아."

"대통령 아들이? 왜?"

"자유와 힘을 찾으러 갔대. 계명성국에 없는 게 그 두 개라는 생각이 든대."

"뭐? 그렇다고 카르텔에 들어가?"

"그런데 정신아, 무섭게도 나 요즘 우리 과 사건들 생각하면 그 말이 좀 와닿더라."

"아무리 그래도 그렇지. 자기 위치도 있는데 마피아가 된단 말야? 완전 사고뭉치잖아. 형도 그 말에 너무 휘둘리지 마!"

정신은 고개를 가로저으며 희성을 사고뭉치라고 말했다. 수호는 그래도 희성의 선택이 마냥 틀린 것인가에 대한 의문을 해소할 수 없었다.

강찬의 팀 4명은 낮에 정비를 하고 다시 무인도로 향했다. 이번에는 섬을 제대로 탐사하기 위해 지리 감각이 뛰어난 고은도 함께였다. 강찬 팀은 지난번처럼 섬에 도착한 후 이번에는 고은의 선두로 미로 같은 숲을 잘 빠져나와 섬 중앙 공터에 위치한 오두막을 발견하게 되었다. 강찬 팀 넷은 오두막으로 들어가 이상한 점이 없는지 살펴보기 시작했다. 대충 둘러보면 그냥 방이 몇 개 있는 작은 오두막이었다. 마치 사람이 살고 있는 것처럼 가구가 다 놓여 있었다.

고은은 집을 유심히 둘러보다 어느 지점의 바닥이 이상하게 비어 있는 느낌이 든다는 것을 알게 되었다.

"오빠 여기 이상해. 바닥이 텅 빈 것처럼 가벼운 느낌이 나."

그곳은 오두막의 안방이었다. 다른 사람들도 안방에 들어서자마자 바닥이 가볍다는 느낌이 드는 것을 느꼈다. 강찬은 안방 지점 바닥이 이상하다는 이야기를 듣고 안방의 가구들을 힘으로 밀어내며 치우기 시작했다. 강찬이 힘을 들여 마지막으로 침대를 치우자 그 자리에 사람이 한명 서 있을 만한 작은 크기의 카펫이 깔려 있음을 발견할 수 있었다. 고은은 바로 그 카펫을 휙 걷어 올렸다. 그 아래에는 회색 석판이 있었다. 작아서 들릴 줄 알고 고은이 들려고 해봤지만, 너무 무거워 들수 없었다. 그것을 본 강찬이 바로 다가와 작은 석판도 번쩍 들어 올렸다. 그것은 지하로 가는 문이었다. 석판을 드니 아래로 내려가는 사다리가 보였다. 비밀창고를 드디어 찾은 것이었다.

강찬 팀 네 사람은 안방 아래 비밀창고로 사다리를 타고 천천히 내려갔다. 비밀창고는 암거래로 쌓아 놓은 무기로 가득 차 있었다.

"AK-47, AR-15, M16, 5.7… 군인들이 무장할 때 쓰는 무기들이 대부분이네."

"수류탄과 방탄복도 이곳저곳에 던져져 있어."

네 사람은 이곳에 무기를 쟁여 놓은 규모를 확인하고는 경악을 금치 못했으며 그 중 수호는 무기창고 한 구석 테이블 위에서 무역 거래 명세서를 발견하게 되었다. 그리고 이 무기들이 모두 명세서에 적힌 일락 카르텔의 소유임을 알게 되었다.

수호는 유희성이 일락 카르텔에 소속되어 있음을 명세서를 통해 추측하게 되었고 이런 규모의 무기를 가진 희성의 카르텔을 마피아수사과가 이길 수 있을까에 대한 의문을 던지게 되었다. 생각보다 더 큰 규모로 수사를 해야 할 것임을 직감하며 암흑세계 무리를 소탕하는 것에 대한 무력감을 느꼈다.

강찬 팀 네 사람은 무기창고가 있는 무인도에서 수사과 건물로 돌아와 대통령까지 부르는 회의를 소집했다. 상황이 생각보다 심각하다고 느꼈기 때문이다.

"국내 마피아 카르텔인 일락 카르텔이 몇 명이 무장하는지도 모를 만큼 많은 양의 무기를 모은 것을 발견했습니다. 이렇게 무기를 모으는 이유가 만약에라도 국가 전복을 위한 것이라면 내전이 일어날 만큼 위험한 상황입니다."

"이번에 무기를 모은 카르텔 이름이 일락 카르텔이라고 했습니까?"

상황을 보고 받은 유일호는 비통에 잠겼다. 일락 카르텔이라고 하면 희성이 떠나기 전 편지에 남긴 이름의 카르텔이었고, 무인도에서의 수호의 목격담으로 희성이 카르텔에 속해 이런 총기류 밀반입에 가담했음을 알게 되어 마피아수사과에 너무 송구스럽고 부끄러운 생각이 들었다. 또한 한동안 보지 못했던 희성이 무사히 지내고 있다는 것을 알게 되어 다행스러우면서도 상황으로 인해 보지 못하는 현실에 몹시 슬퍼했다.

일호는 무기창고가 계명성국에 위험하다고 판단하여 국방부에 전언을 넣기 위해 수행원에게 말을 건넸다.

"마피아수사과의 국경수비대팀과 협업해 계명성국의 군인들이 비밀창고의 무기를 다 수거하도록 하게."

일호의 지시내용을 함께 들은 후, 비밀창고의 무기들만 계명성국이 다 수거하면 그래도 계명성국의 국방이 위태로워지지는 않을 것이라 생각해서 회의장에 모인 사람들은 한숨 돌렸다고 생각했다. 그렇게 수거 명령을 내리고 대통령과 네 명의 형사들은 마피아수사과 회의실에서 침묵에 잠긴 채 비밀창고에서 카르텔의 무기가 완전히 수거되기만을 기다렸다. 명령을 한 후 시간이 좀 지나 회의실 안으로 대통령 수행원이 들어왔다. 그런데 어쩐지 표정이 좋지 않았다.

"대통령님…"

"무슨 일인가."

수행원은 일호에게 말을 꺼내기를 주저하고 있었다. 일호는 무슨 말인지 알고 싶어 어서 말하라는 손짓을 했다.

"형사님들이 말씀하신 집이 모두 불타고 없습니다…"

"뭐라고?"

청천벽력과 같은 말이었다. 어젯밤에 있던 그 집이 오늘 낮에 불에 타 사라져 버렸다는 말이었다. 강찬 팀 네 사람은 일락 카르텔의 일 처리 속도에 놀라지 않을 수 없었다. 그러나 이것만 해도 놀라운데 수행원은 일호에게 더한 이야기를 하기 시작했다.

"그리고 불탄 집 사이를 헤집고 바닥 아래 지하창고로 내려가는 사다리를 찾았습니다만…"

"말해보게."

"창고가 개미 한 마리 보이지 않고 텅 비어 있었습니다."

국경수비대팀과 군인들이 무인도에 도착했을 때는 이미 오두막이 불타 사라진 뒤였고, 그 아래 지하창고는 아무것도 없었다는 양 텅 비어 있었다는 것이다. 일락 카르텔이 무기를 은닉한 비밀 장소가 형사들에게 들킨 것을 알고 오두막을 다 태워버린 후 무기를 챙겨 섬을 떠난 것이었다. 그들은 아마 무기를 보관하고 축적할 새로운 비밀 장소를 다시 찾을 것이다.

일락 카르텔의 움직임은 강찬 팀이 따라갈 수 없을 만큼 빨랐다. 앞으로도 이런 식이라면 마피아수사과는 일락 카르텔의 거래와 활동을 결코 추적할 수 없을 것이다. 수호는 "형사님도 마피아가 되시는 게 어때요?"라고 묻던 희성의 말이 자꾸 떠올랐다. 수호는 힘의 우열 차이가 너무 나니 그냥 힘이 있는 곳에서 나라를 위해 일해보라는 희성의 말이 마냥 틀린 것이 아니라는 것이 이번 사건을 통해 입증되는 것 같다고 생각하며 머리를 식히러 회의실 밖으로 나갔다.

일호는 희성이 도대체 어떤 집단으로 들어간 것인지 가늠이 가질 않았다. 일락 카르텔이라고 하는 곳에 들어가서 머무른다는 것인데 그 카르텔이 계명성국에 대해 어떤 입장을 취하는지 알 수 없었다. 정말 계명성국의 군인과 카르텔 간의 전면전이 들어가야 할 경우 자신은 아들에 대해 어떤 입장을 취해야 하는지도 의문이었다. 일호가 희성을 생각하며 회의실에 앉아 머리를 쥐고 고뇌에 잠겨 있을 때, 고은이 다가와 종이컵에 탄 차를 내밀었다. 머리를 맑게 해준다는 페퍼민트 차였다.

"아, 고마워요."

"대통령님. 지금은 좀 고민스러우셔도 저희와 함께 일을 풀어나가려고 하신다면 곧 고민도 해소되실 겁니다. 힘내세요."

고은은 희성의 문제와 나라의 문제로 고민하는 일호를 위로했다. 고은이 타 준 페퍼민트 차가 유독 따뜻하고 다정하게 느껴지는 일호였다.

수행원의 이야기로 인했던 잠깐의 쉬는 시간이 끝나고 무기가 사라진 이후의 대책을 위한 회의가 다시 시작되고 일호는 다시 한번 힘을 내 회의에 참여했다. 강찬 팀 네 사람도 회의장에서 온 힘을 다해 카르텔을 소탕할 방법에 대해 고민하고 발언했다.

*

일호는 수사과 회의를 끝내고 나오면서 고은에게 넌지시 저녁 식사를 제안했다. 페퍼민트 차가 마음 안정에 큰 도움이 되었다며 고마운 마음에 식사를 대접하고 싶다는 내용이었다. 그러나 사실 일호의 마음은 수십 년 만에 찾은 딸 고은과

바다를 마시는 새벽별

따로 만나 식사를 하고 싶었고 대화도 나누고 싶어 제안한 것이었다. 고은은 갑작스러운 대통령의 제안이 의아한 눈치였지만 곧 부드러운 표정을 지으며 일호의 제안을 기쁘게 수락했다.

일호는 처음으로 맞는 고은과의 둘만의 자리가 소중했다. 그래서 마피아수사과가 위치한 해안 도시에서 가장 멋진, 그래서 고은이 가장 좋아하는 레스토랑에서 저녁을 대접하기로 했다.

"마음에 들어요?"

"네! 제가 즐겨 방문하는 곳이에요. 좋은 곳에 데려와 주셔서 감사합니다."

고은과 일호는 고층 건물에 위치한 레스토랑에 들어와 해안 도시의 야경이 보이는 창가에 앉았다. 일호는 고은에게 오기 전 이곳에서 식사를 해도 괜찮을지 물어봤고 고은은 만족스럽다며 일호에게 고마움을 표현했다. 둘은 이곳 레스토랑에서 셰프 특선 디너 코스요리를 선사 받게 되었다. 대통령이 대통령의 거처 수도가 아닌 외곽 해안 도시의 본인 가게에 방문한 것을 알게 된 셰프가 기쁜 마음에 메뉴에 없는 요리를 선사하기로 한 것이다. 일호는 본인이 좋아하는 화이트와인도 주문해 고은과 식전에 마시기로 했다.

"대통령님 화이트 와인 좋아하세요?"

"네. 차고은 형사도 좋아하나요?"

"네! 저는 화이트와인이 덜 독하게 느껴지고 더 달게 느껴져서 좋아해요."

일호는 고은의 말에 미소를 지으며 둘의 잔에 와인을 따랐다. 일호도 고은과 비슷한 이유로 화이트와인을 좋아했다. 그래서 식전주로 종종 즐겼다. 둘은 달콤한 와인을 마시며 요리가 나오기 전에 이야기를 나누게 되었다.

"대통령님, 이렇게까지 제게 베풀지 않으셔도 괜찮으신데… 너무 영광이라 몸 둘 바를 모르겠습니다."

"아니에요. 차고은 형사가 아까 준 차가 내게 엄청 큰 힘이 되었습니다."

"그냥 티백으로 우린 차인걸요."

"종류가 페퍼민트라 특히 좋았습니다."

"지난번 대통령님의 저택에서 페퍼민트차를 내리시는 걸 보고 드린 거긴 하지만… 제가 좋아해서 페퍼민트를 선택한 것도 있어요!"

"아무쪼록 따뜻한 배려 감사했습니다. 그리고 지난번 교섭장에서 나와 우리 희성이를 구하기 위해 고군분투한 것에 대해서도 감사 인사를 드리고 싶었어요. 지금은 차고은 형사와 둘이서 식사를 하지만 곧 대통령 경호팀 모두와 식사하고 싶군요."

"식사 자리를 마련해주시면 팀원들도 정말 좋아할 거예요."

대화하고 있다 보니 코스요리가 나오기 시작했다. 첫 접시는 샐러드였다. 고은은 포크로 샐러드를 집으려 했지만 잘 집히지 않아 헛 포크질을 했다. 고은은 이럴 때 젓가락이 있으면 좋겠다고 생각했다. 그때 일호가 웨이터를 불렀다.

"여기 젓가락은 없습니까?"

"있습니다, 대통령님."

"그럼 젓가락도 좀 가져다주시겠습니까?"

"예. 얼마든지요."

웨이터는 주방으로 들어가 젓가락 두 쌍을 가져왔다. 고은은 자신이 샐러드를 잘 집지 못하는 것을 보고 일호가 웨이터에게 굳이 젓가락을 요청하게 한 것 같아 미안했다.

"대통령님, 제가 포크질을 잘 못해서 젓가락까지 요청해 주시네요."

"아, 하하. 아뇨. 제가 평소 레스토랑 같은 곳에서 잘하는 요청입니다. 저도 샐러드 같은 건 먹을 때마다 항상 젓가락으로 먹고 싶다고 생각하곤 하거든요. 포크로는 잘 안 집히니까요."

"정말요? 저랑 똑같은 생각을 하셨네요! 저도 방금 이럴 때 젓가락이 있었으면 좋겠다고 생각했어요."

고은은 손뼉을 짝 치며 대통령과 같은 생각을 한 것에 기뻐했다. 실제로 일호도 평소 젓가락으로 식사를 하는 것이 익숙해 포크로 잘 집을 수 없는 음식이 나오면 젓가락을 요청해 먹곤 했던 것이다. 일호는 자신의 딸임을 알고 마주하자 자신과 비슷한 점이 보이기 시작하는 고은을 식사 내내 부드러운 마음으로 지켜보았다.

일호가 들어보니 고은은 뛰어난 관찰능력과 공간지각능력을 살려 마피아수사과에서 지도를 그리는 일을 맡고 있다고 했다. 육지와 바다의 지형지물을 파악하는 것에 능수능란했으며 관련 서적과 조사자료 등을 활용해 한 번도 가본 적 없는 세계정부의 영토를 그리는 일도 작은 프로젝트로 하고 있었다. 이런 점은 일호가 젊은 시절 세상을 누빌 때 중요하게 사용하던 특기와 일치했으며 자신의 아들 희성의 아름다운 그림을 그려내는 데에 활용하는 뛰어난 관찰력도 고은의 능력과 비슷했다. 일호는 고은이 자신을 닮고 나아가 자신의 아들과도 닮았다고 생각했다.

"대통령님, 같이 앉아계신 여성분은 친척분이신가요?"

"아, 아니에요. 저는 대통령님이 지시하는 작전을 수행하는 형사입니다."

"그러시군요. 굉장히 닮으셔서 친척분인 줄 알았습니다. 그럼 맛있게 드십시오."

음식을 가져다주러 온 셰프가 요리를 건네며 고은과 일호의 얼굴을 번갈아 보더니 닮았다는 이야기를 하고는 돌아갔다. 고은은 그리고 보니 대통령과 자신이 꽤 닮았다는 생각이 들었다. 평소 어디 가면 자신의 어머니를 닮았다는 이야기를 많이 듣고 평소 어머니로부터 아버지와는 전혀 닮지 않았다는 이야기를 많이 들었다. 그래서 자신의 아버지뻘 되는 남자와 닮았다는 이야기를 듣는 것이 익숙하지도 않고 살면서 그런 적도 없는데 대통령과 식사하며 그런 이야기를 듣게 되어 감회가 새로웠다.

"그러고 보니 대통령님, 아드님이랑도 많이 닮으셨어요."

"그렇죠. 세상을 떠난 안사람보다 나를 더 많이 닮았어요. 눈이며 입매며…"

"눈 부분이 정말 많이 닮으셨어요. 쌍꺼풀 없이 길고 큰 눈이요."

"우리 아들도 나의 그 부분을 닮아서 마음에 든다고 하더군요. 그런데 차고은 형사, 차고은 형사도 나랑 눈이 많이 닮은 것 같아요."

"저도 쌍꺼풀이 없고 큰 눈이긴 한데, 셰프님 말처럼 저희가 정말 닮았나요. 대통령님?"

"그렇게 말하지 않습니까. 닮았어요. 정말 가족이라고 해도 좋을 만큼…"

일호는 고은이 자신을 닮았다는 사실을 애초부터 알고 있었다. 딸인 것을 몰랐던 처음 만났을 때부터 고은이 묘하게 희성과 닮았다고 생각한 적이 있었던 것이다. 일호는 자신과 닮았냐고 묻는 고은의 말에 그렇다고 대답하며 자신도 모르게 쓸쓸하고 슬픈 표정을 지었다. 처음부터 우리가 가족이었으면 어땠을까 하는 말이 일호의 입가에 맴돌았다. 결코 지금 식사 중에 꺼낼 수 있는 말이 아니었다.

고은은 일호와 닮았지만 고은의 어머니인 유정과도 확실히 많이 닮아 있었다. 외모도 성격도 마주 앉아 보고 있으면 유정이 생각났다. 일호는 마치 이 자리에 일호가 온 마음 가득히 사랑했던 젊은 날의 유정과 함께 앉아있는 것 같다는 생각이 들었다. 타고난 연갈색의 긴 머리와 가지런한 초승달 모양의 눈썹, 립스틱을 바르지 않아도 연분홍색을 띠는 입술은 일호가 유정이 아름답다고 생각하게 했던 특징이었는데 그것을 고은 역시 그대로 빼다 박은 모습이었다.

"어머니는 안녕하신가요…"

"네. 안 그래도 대통령님과 요즘 자주 뵙는다고 자랑삼아 말씀드렸어요!"

딸이 자신과 자주 만나는 것을 안다면 유정은 과연 어떤 반응을 보일까. 일호는 유정이 자신에 대해 어떤 생각을 하고 있는지 헤어진 이후 줄곧 알 수 없었다. 어떤 오해가 있었고 왜 이별하게 되었는지 정확한 자초지종을 언젠가는 만나서 들어야 했다.

"나를 자주 본다고 했군요. 뭐라고 하시던가요?"

"대통령님이 마음 쓰고 있는 것을 잘 헤아려드리고 힘들어하실 때 잘 감싸드리라고 하셨어요. 높으신 분이라고 어려워 말고 딸이 없는 분이니 딸처럼 살갑게 하라는 말씀도 하셨구요. 대통령님, 저 어머니 말씀처럼 잘하고 있나요?"

포크와 나이프를 양손에 들고 고개를 갸우뚱한 채 묻고 있는 고은은 일호의 깊고 쓰린 마음을 알 턱이 없었다. 그저 해맑게 자신이 딸처럼 잘하고 있냐고 농담 삼아 묻는 고은에게 본인이 일호의 딸임을 왜 모르고 살고 있느냐고 묻고 싶었다. 유정이 왜 고은의 아버지인 일호를 숨기면서 고은을 키웠는지도 이해할 수 없었다.

일호가 아는 유정이라면 일호에게 해가 될 것 같은 선택을 하지 않기 위해 자신의 희생을 선택 했을 것이다. 그래서 베어의 간계에 휘둘렸고 결국 일호의 아이를 가졌음에도 일호 몰래 곁을 떠나는 선택을 했을 것이다. 하지만 아무리 그래도 유정은 언젠가 둘의 아이가 일호를 찾아올 수 있는 여지는 남겼어야 했다고 생각했다. 이번 마피아수사과 결성이 아니었다면, 베어의 실언이 아니었다면, 고은이 우연히 자신 아버지의 호랑이라는 별명을 말하지 않았다면, 일호가 고은의 어머니의 이름을 묻지 않았다면 고은과 일호는 영영 부녀 사이임을 알 수 없었을 것이다. 일호는 와인잔 아랫부분에 손가락을 대고 와인잔을 살짝 흔들면서 시선을 고은에게 두지 못하고 테이블 아래로 내린 채 물었다.

"차고은 형사, 만약 차고은 형사에게 아버지와 남동생이 있다면 어떨 것 같아요?"

고기를 썰어 야무지게 먹던 고은은 대통령의 질문이 의아하고 난감해 순간 포크를 내려놓고 자신의 몸 오른쪽 와인잔에 담긴 화이트와인을 한 모금 마셨다. 아버지가 살아계시리라는 그런 생각을 안 해본 것은 아니지만 어디까지나 이뤄지지 않을 꿈과 같은 이야기였기 때문이다. 대통령의 질문의 의중을 알 수는 없었지만, 고은은 담담하고 솔직하게 말하기로 했다. 솔직하게 말해도 무리가 없을 생각이기

144

도 했기에 대답을 꺼리지 않기로 한 것이다.

"그런 생각을 많이 하면서 살았습니다. 어릴 때는 어머니께서 아버지가 호랑이라고 하면서 저를 키우셨으니 저는 언젠가 그 호랑이 아버지가 저를 찾아올 거라고 믿으면서 자라왔으니까요. 하지만 제가 어느 정도 자란 후 어머니께서 저희 아버지가 돌아가셨다는 것을 말씀하신 순간부터 저는 항상 제 곁에서 숨 쉬는 것 같았던 아버지를 보내드렸습니다. 계시는 것에 대한 가정이라는 것을 안 하게 되었어요. 어머니를 통해 자신의 대의를 위해 멋지게 살다가 장렬하게 돌아가신 아버지의 역사를 들으며 저는 본 적 없는 아버지를 추억하게 되었어요."

"그렇군요…"

"아버지가 살아계신다는 가정이 제게는 사실 많이 무거워요. 가져본 적이 없는 간절한 존재거든요. 그래도 만약 살아계시다면 정말 기쁠 것 같아요. 그리고 저를 왜 서른이 다 되어가는 이 나이까지 찾지 않았는지 원망할지도 몰라요. 사연이 있다면 그 사연을 꼭 알고 말 거예요."

"원망…"

"또 제가 지금 사랑하는 사람을 만나 결혼까지 약속해버린 상황이거든요. 근데 결혼식장에 들어갈 때 손을 잡아줄 아버지가 안 계세요. 만약 아버지가 계신다면 손을 잡아달라고 할 거구요. 남동생까지 있다면 남동생은 나와 달리 아버지와 함께 어떤 삶을 살아왔었는지 물어볼 거예요. 그래도 남동생은 만난다면 마냥 귀여워할 것만 같아요."

고은의 결혼할 사람이 있다는 말에 일호는 마음이 일렁였다. 평생 보살펴주지 못한 자신의 딸이 언젠지도 모르게 이만큼 장성해서 가정을 꾸릴 준비까지 되어 있다는 사실이 감격스럽게 느껴지기도 했다.

"결혼할 사람이 있다구요."

"네! 대통령님도 알고 계신 사람이에요. 같은 팀 최강찬 형사가 제 남자친구입니다.”

　최강찬 형사. 일호가 작전 수행 시 마피아수사과에서 가장 신임하고 있는 형사였다. 그 남자가 고은의 남편이 될 사람이라면 괜찮을 것 같다고 일호는 생각했다. 그리고 가능하다면 강찬의 평소 생활이나 성격 같은 세세한 부분까지 알고 싶었다. 자신의 딸의 결혼생활은 유정과 자신의 사랑처럼 잘못되어서는 안 된다고 생각했기 때문이었다. 일호는 고은의 행복을 진심으로 바랐다.

　“만약 결혼식까지 아버지 대신 손잡아 줄 사람을 못 찾으면… 내가 차고은 형사 손 잡아줘도 될까요…?”

　“예? 대통령님이요?”

　고은은 과분한 이야기에 손사래를 치려했으나 맞은편에 앉아 눈시울이 붉어진 채 말을 꺼내는 대통령의 눈빛이 너무나 외롭고 쓸쓸해 보여 그럴 수 없었다. 자신에게 과도하게 베푸는 친절, 불편한 알 수 없는 질문들, 자신을 바라보며 눈시울을 붉히는 대통령의 태도까지 고은은 사실 궁금한 것이 많았다. 하지만 대통령의 행동이 나쁜 의도가 아닌 것을 알고 있었으므로 오늘 하루 힘겨웠던 자신과 대통령에게 한 번 너그러워져서 대통령에게 기분 좋은 대답을 주기로 했다.

　“그래주시면 감사하죠 대통령님. 제게 이렇게 따뜻한 마음을 베풀어주셔서 감사합니다.”

　은은한 미소를 지으며 자신의 간절한 제안에 승낙하는 고은을 보며 마음을 숨기지 못한 채 눈물짓는 일호는 자신이 진심으로 고은을 딸로 받아들이고 있음을 느꼈다. 일호는 언젠가 가까운 시일 내 고은에게 자신이 아버지임을 밝혀야겠다고 생각했다. 고은에게 자신의 정체를 밝히고 자신의 연인이었던 유정과도 다시 만나고 싶었다. 아니, 만나야 했다. 일호는 오랜 시간 잃어버렸던 자신의 또 다른 가족을 되찾아야만 했기 때문이다.

08 함께 있음에도 불안한 마음

✳

"수호 형, 요즘도 기분 안 좋아?"

수호와 정신은 해안 도시에 있는 자신들의 아파트에 머무르고 있었다. 정신은 무인도에서의 무기 저장창고 발견 이후 줄곧 기분이 다운되어 있는 수호를 걱정했다. 수호는 괜찮다며 신경 쓰지 말라고 말했지만 정작 수호의 표정을 보면 신경 쓰지 않을 수 없었다. 정신은 수호가 기분전환을 해서 사건 이전의 미소를 되찾기를 바랐다. 그래서 수호와 좋은 시간을 보내기로 마음먹고 수호가 평소 좋아했던 어쿠스틱 기타를 연주하는 가수의 콘서트를 몰래 예매했다. 정신도 아버지가 커버 연주를 즐겨해 익숙한 가수였다.

"형, 내가 어제 이지한 콘서트 티켓팅 성공해서 내일 공연 표 두 장이나 생겼다! 같이 가자!"

정신의 제안에 수호는 옆 목에 손을 가져다 대고는 고개를 저었다. 피곤하다는 표현이었다.

"다른 사람이랑 가 정신아. 난 안 갈래…"

"뭐? 안 돼 형. 형이랑 같이 가려고 내가 진짜 힘들게 구한 표란 말야. 무려 이지한이라고 이지한! 가서 좋은 음악 듣고 기분전환 좀 하자고. 요즘 형답지 않게 너무 축 처져있잖아."

"난 평소와 똑같다고 생각했는데… 처져 보여?"

"완전 그래 보여. 작전 날 무인도에서 대통령 아들 봤다더니 그거 때문에 그러는 거야?"

정신이 질문하자 침대에 누워 말없이 천장만 바라보는 수호를 정신은 바로 옆 침대에서 모로 누워 빤히 지켜봤다. 수호에게 그날 이후 무슨 일이 생긴 것 같기는 하다는 생각이 들었다.

"지금 물어봐도 대답 안 해주는 거지?"

"대답할 것도 없지 뭐. 아무 일도 없었어. 그냥 그날 이후 생각이 좀 많아졌을 뿐이야."

"유희성 씨가 들어갔다는 마피아 카르텔에 대한 생각인 거지?"

수호는 속을 들킨 듯 놀란 표정을 한 채 고개를 옆으로 돌려 계속 모로 누워 있는 정신에게 시선을 향했다. 현재 수호가 가지게 된 생각에 대해 이것이 단순히 일시적인 것인지 아님 어떤 큰 변화를 마주하게 된 것인지 수호조차도 알 수 없었기에 자신의 생각을 입 밖으로 내지 않고 그저 자신의 마음을 읽어주길 바라면서 자신을 걱정하는 정신을 바라볼 뿐이었다.

정신은 더 이상 묻지 않기로 했다. 수호의 꾹 닫혀버린 입과 마음을 열 수 있는 방법은 무턱대고 하는 질문이 아니라 다른 어떤 것이라야 했다. 정신은 다시 이지한 콘서트 이야기를 꺼내며 장난기 어린 표정으로 수호를 닦달했다.

"형, 나 이거 티켓팅 한다고 초시계 켜 놓고 했어. 수강신청 때도 이 짓은 안 했다고. 그리고 형 안 가면 나 같이 가고 싶은 사람도 없단 말야. 그러니까 내일 이지한 보러 가자!"

어느새 수호의 침대로 넘어와 수호의 팔을 잡고 애교를 부리며 조르는 정신이었다. 수호는 자신의 마음을 읽고 질문한 정신의 눈치에 놀라며 두 손을 들어 졌다는 시늉을 했다.

"야… 운전은 네가 할 거야?"

"운전? 당연하지! 수도에 있는 콘서트장까지 가는데 운전 내가 하지!"

"갈 때, 올 때 다 네가 운전해?"

"응!"

"콜."

"어? 갈 거야? 갈 거지? 가는 거다!"

수호는 정신의 말대로 콘서트장에 갈 테니 그만 떨어지라고 정신을 밀어냈다. 정신은 침대 밑으로 굴러떨어졌다. 그러면서도 뭐가 그리 좋은지 만면에 웃음을 띠고 수호에게서 시선을 뗄 줄 몰랐다. 바닥에서 그러고 있던 정신은 이번에는 자신의 침대에 올라가 정자세로 누운 뒤 눈을 감았다. 그러면서 해야 할 일을 끝냈으니 잠을 자겠다고 말했다. 수호는 일어나 방의 불을 끄고 두 침대 사이에 있는 작은 탁자위의 전등 스위치를 돌려 전등 빛도 약하게 낮췄다. 정신은 금방 잠들어버리고 수호만 베개를 등에 대고 침대에 앉아 휴대폰을 봤다. 일락 카르텔에 대한 기사나 자료를 찾아보고 있던 것이었다. 그날 밤의 절반이 다 갈 때까지 수호는 그렇게 있었다.

다음 날 수호와 정신은 출근해 늘 하던 대로 마피아수사과의 조사자료에서 카르텔들의 흔적을 찾아 뒤를 추적하는 일을 했다. 큰 수확은 없었고 조금씩 실마리를 찾아가는 중이었다. 그렇게 근무를 하니 어느새 퇴근 시간이 다가왔다. 정신은 수사과장에게 오늘 수호와 일이 있어 조금 일찍 나가보겠다고 말하며 수호를 데리고 수사과에서 나왔다. 둘은 곧 정신이 운전하는 차에 앉아 콘서트장이 있는 수도로 향했다.

"형은 머리를 좀 식혀야 해. 일도 너무 열심히 하면 몸 상해. 마피아, 카르텔 이런 거 다 잊어버리고 오늘은 좋은 음악만 듣자고."

"그래, 그러자. 고마워 정신아."

정신은 운전하며 카오디오로 음악을 켰다. 이날 콘서트의 주인공인 이지한의 노래가 나왔다. 이지한은 수호가 대학 시절부터 좋아하던 가수였다. 음유시인이라는 별명에 맞게 이지한은 자신의 이야기를 가사로 써 노래하는 가수였고 수호는

바다를 마시는 새벽별

그 가사에 심취해 대학 생활의 고생을 씻곤 했던 것이다. 졸업하고 형사가 된 이후에는 바빠서 노래를 잊고 지냈던 터라 수호는 그동안 어떤 신곡이 나왔는지 궁금하기도 했다. 콘서트장에 도착할 때까지 둘은 이지한의 노래를 듣고 또 들었다.

너무 이르지도 늦지도 않은 시간에 콘서트장에 도착한 둘은 공연을 보기 위해 본인들의 자리를 찾아 앉았다. 사람들로 콘서트장이 빼곡했다. 이지한이 신곡을 낸 후 처음으로 하는 콘서트여서 그런 듯했다. 수호는 앉기 전 둘의 좌석에 놓여있는 팔 길이만 한 크기의 플래카드를 발견했다.

"'결혼해줘 이지한'이라니. 이게 뭐야?"

"원래 콘서트하면 관객들이 이런 플래카드 이벤트 해주잖아."

"우리가 굳이 이런 내용의 플래카드까지 들어줘야 하는 거야? 심지어 결혼해줘?"

"그냥 재미지 형. 가지고 있다가 올릴 때 되면 들어주자."

쑥스러운 내용이 적힌 플래카드를 수호는 부담스러워했고 정신은 재미있다는 듯 웃으며 무릎 위에 올려두었다. 오래 지나지 않아 콘서트가 시작되었고, 둘은 금방 음악 속에 빠져들기 시작했다. 정신은 몸을 양옆으로 기울이며 음악을 눈감고 들었고 수호는 무대 위에서 당당하게 자신의 이야기를 노래하는 이지한을 빛나는 눈으로 지켜봤다. 둘은 공연을 보다 보니 음악의 감동에 취해 처음 볼 때 우습게 생각했던 '결혼해줘 이지한'이라는 플래카드를 저절로 들 것만 같았다.

"여러분 공연 재밌게 즐겨주고 계신가요? 자, 그럼 다음 곡은 저의 신곡인데요. 이지한 작사 작곡의 '검은 새벽별' 들려드리겠습니다! 요즘 우리의 현실에 대해 생각하면서 쓴 곡이니 잘 들어봐 주세요."

이지한은 공연을 잘 즐기고 있는지 확인하면서 신곡이라며 다음 곡을 소개했다. 수호와 정신은 한 번도 들어본 적이 없어 더욱 기대하면서 공연에 집중했다. 이지한은 기타를 새로 조율하고 마이크를 고쳐 세우더니 신곡 '검은 새벽별'을 부르기 시작했다.

'밤이 세상을 가득 채우는 시간에 떠 있는 검은색의 샛별

그 별의 이름을 나는 몰라요

그 별은 눈에 보이지 않아서 우리의 기도를 들을 수 없어요

그래도 항상 어둠 속에서 내 머리 위를 비춰주죠

나는 그 별이 좋아요

어둠이 세상을 삼키려는 때 빛을 그리는 검은색의 샛별

그 별의 이름을 나는 알 수 없어요

그 별은 눈에 보이지 않아서 우리의 축복을 받을 수 없어요

하지만 암흑 속에서도 우리의 길을 비춰주죠

나는 그 별을 사랑해요'

호소력 짙은 이지한의 목소리와 잔잔한 어쿠스틱 기타 연주가 잘 어우러진 노래였다. 노래가 끝나고 조명이 잠시 꺼진 사이에 행사관계자가 관객들에게 플래카드를 들어달라고 요청했고, 수호와 정신은 이지한의 노래에 감동 받은 마음을 가지고 힘껏 '결혼해줘 이지한'이라는 플래카드를 머리 위로 들어 올렸다.

"하하, 감사합니다. 저기 남자분 두 분도 저한테 결혼해달라는 플래카드를 용감하게 들어주시네요. 죄송하게도 저는 현재 사랑하는 사람이 있지만 여러분의 프로포즈를 거절하지 않고 달게 감사히 받아 가겠습니다!"

무대 위에서 잠깐 쉬는 시간을 가지기로 한 이지한은 눈에 보이는 플래카드 이벤트에 감동하듯 웃으며 말하기 시작했고, 이어 신곡 '검은 새벽별'에 대해서도 이야기하기 시작했다.

"제가 '검은 새벽별'이라는 노래를 쓰게 된 데에는 예술로 먹고사는 사람이라는

배경이 있기 때문입니다. 이런 말 하면 기사가 날 것 같긴 한데… 저는 저의 음악을 세상에 널리 퍼뜨려주는 마피아들에 대한 노래를 쓰고 싶었어요. 현재 계명성국에서 예술산업에 종사하시는 많은 분들이 알고 계시듯 우리의 작품들은 세계정부 시장에서 수요가 크죠. 우리 내수시장에서 만들고 즐기는 것을 넘어서 세상 전체에 우리의 영혼을, 삶을 보여줄 수 있다는 건 참 다행스럽고 감사한 일인 것 같아요. 어려운 국가 상황에도 길을 개척해서 계속 세계에 우리의 이야기를 전할 수 있도록 해주는 국내 마피아의 노고를 알아주고 싶었습니다. 우리 계명성국의 아름다움이 계속해서 세계로 뻗어나갈 수 있길!"

그렇게 이야기를 끝낸 이지한은 계속해서 다른 노래를 들려주었다. 수호와 정신은 마피아수사과의 형사로서 잠깐의 이지한의 이야기를 결코 가볍게 들을 수 없었다. 둘은 공연의 열기 속에 있었지만 '검은 새벽별' 소개 이후에는 음악을 완벽하게 즐기지 못하고 일 생각과 뒤섞인 채 음악을 듣게 되었다.

그렇게 두 시간의 콘서트가 끝나고 둘은 공연장에서 나와 차를 탔다. 정신이 운전해서 가며 둘은 이야기를 나눴다. 수호는 이야기를 나누는 와중에 조수석에서 보이는 잎이 붉고 노랗게 물든 가로수를 감상했다. 어느새 가을이 완연했다. 수호는 풍경을 보며 정신에게 기분전환을 시켜줘 고맙다고 말했다. 콘서트에서 들은 노래들이 다 좋았고 플래카드 이벤트도 좋은 추억이 될 것 같다고 했다. 정신도 콘서트가 의미 있고 좋았다고 말하며 웃었다.

"이런 음악을 세계시장에 내 파는 마피아도 그럴듯한 일을 하고 있는 게 아닐까."

"난 절대 그렇게 생각 안 해."

수호가 이지한의 '검은 새벽별'을 이야기하며 마피아를 바라보는 이지한의 시각에 넌지시 동의하자 정신은 발끈하며 반대했다.

"지금 계명성국이 워낙 난세라 국내 마피아조차 계명성국을 빛내고 있는 지경인 거지."

"빛? 무슨 물건을 사고파는지도 제대로 잡히지 않는 암시장에서 거래하는 마피아 녀석들을 빛이라고 하기엔 너무 관대한 거 아냐?"

"현재 계명성국 예술계에서 마피아와 암시장은 필요악이야."

"그냥 악이야 형. 예술품도 정부의 주도로 제대로 된 무역로를 개설해서 거래해야 해. 그게 안 되면 내수시장에서만 거래하는 한이 있더라도 암시장 거래를 해서 암흑가의 부를 늘리게 해서는 안 돼. 총기 사서 모아놓은 거 봐."

"그 사람들도 나라를 위해서 일하고 있는 걸지도 몰라. 실제로 그러고 있다고 지난번에 마주친 유희성 씨도 그랬어."

"형! 형은 그 말을 믿어?"

둘은 마피아에 대한 의견이 좁혀지지 않았고 방금 아름다운 공연을 봐서 좋았던 기분이 의견 대립 때문에 조금 나빠졌다. 둘은 더 이상 말을 하지 않고 차에 몸을 맡긴 채 해안 도시의 바다가 보일 때까지 갔다.

집에 돌아와 둘은 몸을 씻은 뒤 간단하게 집을 정리했다. 수호는 부엌에 쌓인 그릇을 설거지했고 정신은 조용히 베란다로 가 널어놓은 빨래를 개어 옷장에 넣었다. 둘은 집안일을 하는 와중에도 말 한마디 하지 않았다. 정신은 이지한과 수호와 같은 생각을 하는 사람이 많아서 마피아가 더욱 득세하게 되면 어떻게 하면 좋을지에 대해 고민했고 수호는 마피아의 힘없이 계명성국이 정말 온전히 서 있을 수 있는지에 대한 의문을 가졌다.

둘은 각자 하던 집안일을 끝내고 하루를 마무리하기 위해 침대로 향했다. 그러다 수호가 먼저 침묵을 끝내고 말을 꺼냈다.

"어쨌든 정신이 너랑 나는 계명성국을 위하는 사람들이잖아. 의견은 조율하면 되는 거고, 이렇게 별일 아닌 걸로 말 안 하고 있지는 말자."

"…그래, 형. 오늘 좋은 공연 보고 왔잖아. 공연의 여운을 즐기자."

수호의 말에 정신도 동의했다. 이렇게 말 안하고 다투고 있어 봐야 아무런 좋은 일도 일어나지 않는다는 것을 두 사람 모두 알고 있었던 것이다. 둘은 풀어진 분위기에서 공연에서 느꼈던 감동을 나누며 웃고 이야기를 나눴다. 침대에 몸을 기대어 나누는 즐거운 대화는 분위기를 다시 평화롭고 편안하게 만들었다.

"형 대학 때도 이지한 진짜 좋아했잖아. 막 우상인 형이라면서!"

"너는 우상인 연예인 없었냐? 좀 많이 좋아할 수도 있지!"

둘은 그렇게 둘만의 재미있는 이야기로 밤을 지새웠고 마피아 이야기로 각을 세웠던 마음의 어두운 흔적도 부드럽게 지워나갔다.

*

고은과 강찬도 정신과 수호처럼 기분전환을 할 겸 좋은 시간을 보냈다. 둘은 출퇴근 때마다 길가에 낙엽이 붉게 물든 것을 지켜보며 언젠가 주말에는 가을에 젖은 해안 도시의 풍경을 온몸으로 느껴봐야겠다 싶었다. 그래서 어느 날 함께 해안 도시와 다른 도시를 잇는 큰 산에 오르기로 했다. 그렇게 주말 앞의 바빴던 날들이 가고 등산을 약속한 주말이 되어 고은과 강찬은 산자락 아래에서 등반을 준비했다. 둘은 몇 시간을 올라야 하는 등산 코스를 파악하기 위해 등반 시작점에 있는 안내판을 읽었다. 힘든 여정이 될 것임을 예감한 강찬은 고은에게 농담 반 진담 반으로 말했다.

"차고은, 손 안 잡아준다. 각자도생해서 열심히 올라가는 거야."

"걱정 마 오빠. 잡아준다고 말해도 안 잡을 거야. 오빠보다 내가 더 가벼워서 아마 잘 올라갈걸?"

고은은 씩씩하게 강찬의 말에 대답했다. 둘은 정상에서 먹을 음식을 담은 큰 배낭을 멘 채 등산을 시작했다. 강찬이 앞장서고 고은이 뒤를 따랐다. 강찬은 고은이

오르다 다칠까봐 앞서가면서도 계속 뒤돌아봤고 고은은 체력이 약해 숨을 헐떡대며 강찬의 뒤를 따라 올라왔다. 그래도 넘어지거나 멈추지 않고 잘 따라왔다. 어느 정도 등산을 한 이후에는 몸이 가벼워 강찬보다 더 잘 올라가는 구간도 마주하게 되었다. 신나게 산을 타는 고은을 바라보며 강찬은 고은에게 말했다.

"그래, 차고은 너는 바다보다 땅이 더 잘 어울려."

갑자기 바다보다 땅이 잘 어울린다니, 강찬의 말이 왠지 의미심장하게 들렸지만, 고은은 강찬의 말을 장난삼아 들으며 재치 있게 받아쳤다.

"땅이든 바다든 원래 다 내 세상이지. 오빠 따라오기나 해!"

길을 올라가다 강찬이 더 앞서게 된 구간 중 길이 위험하게 가파른 곳이 있었다. 고은은 가파른 길이 익숙하지 못해 잘 올라가지 못했다. 강찬은 그런 고은을 당겨주기 위해 손을 내밀었다. 하지만 고은은 강찬이 내미는 손을 잡지 않았다. 양손을 땅에 짚고 가는 한이 있어도 자신의 힘으로 가고 싶었던 것이다. 고은은 배낭을 멘 채 낑낑대면서도 가파른 길을 힘껏 올랐다. 고은은 그렇게 산을 오르면서 단 한 번도 강찬의 도움을 받지 않았다. 그러면서도 주변을 둘러볼 여유를 가졌다.

"저기 다람쥐다 오빠!"

"그러게. 사람이 와도 도망가지 않고 저기 저러고 있네."

오르다보니 길 앞 먼발치에 다람쥐가 서서 고은과 강찬을 빤히 바라보았다. 다람쥐는 손에 도토리인지 뭔지 알 수 없는 작은 열매를 쥐고 있었다. 고은과 강찬은 다람쥐가 너무 귀여워 휴대폰을 꺼내 사진을 찍고 역시 반대편에서 물끄러미 지켜봤다. 잡을 수 있다면 한번 잡아보고 싶은데 잡힐 리가 없다는 것을 알아 가까이 다가가지는 않았다. 다람쥐는 그 자리에 잠깐 서 있더니 다시 숲속으로 사라져버렸다.

"아쉽다. 한 번쯤은 쓰다듬어 보고 싶어."

"잘 보고 다니면 이 산에 다람쥐 말고도 산짐승 되게 많아 고은아."

"곰 이런 애들도 있어?"

"그건… 없지. 있으면 큰일 나."

"에이… 어, 오빠! 저기 노루다!"

잎이 붉게 물든 나무와 아직 푸른 소나무 사이로 새끼처럼 보이는 작은 노루가 한 마리 보였다. 사람을 위해 설치된 약수터에서 물을 마시러 등산로 근처로 나온 모양이었다. 고은은 이번에도 휴대폰으로 사진을 찍으며 멀리서 지켜봤다. 강찬은 동물을 무서워하지도 않고 가까이 다가가고 싶어 하는 고은을 근거리에서 지켜줬다. 고은을 보며 어쩔 수 없다는 듯 웃으며 둘의 앞에 있는 동물들에 대해 설명해주기도 했다. 그러면서 고은이 물에서 헤매는 것과 달리 산에서는 좋은 컨디션으로 즐기고 있는 것을 느끼며 말없이 생각에 잠기기도 했다.

긴 시간이 걸려 고은과 강찬은 결국 정상에 올라섰다. 둘은 배낭에 메고 왔던 컵라면과 김밥을 먹으며 산 아래 바다 도시의 풍경을 봤다. 눈에 다 담기지 않을 만큼 넓었고 바다 표면은 빛을 받아 반짝였다. 고은은 누군가의 도움을 받지 않고 올라온 것이 기뻤고 산 정상의 공기가 좋아 상쾌했으며 먹고 있는 음식들이 맛있어 즐거웠다. 강찬은 그런 고은을 바라보더니 시선을 광활한 바다에 두고 단 한 번도 말하지 않은 자신이 최근 가졌던 솔직한 마음을 허심탄회하게 꺼냈다.

"고은아, 너 형사 그만둬."

강찬의 말에 고은이 놀라 젓가락을 내려놓았다.

"갑자기 그게 무슨 말이야?"

"내 말 듣고 그만두자 고은아."

"갑자기 왜?"

고은은 기쁨에 잔뜩 부풀어 오른 가슴이 푹 꺼지는 듯 했다. 갑자기 강찬이 무슨 이야기를 하는 것인지 알 수 없었다. 자신이 작전 수행 때 뭔가 잘못한 것이 있었는지 반추해보았으나 떠오르는 것이 없었다.

"내가 일하면서 뭐 못한 거 있었어?"

"아니야. 그런 거 아냐."

강찬은 저 멀리 보이는 바다를 손가락으로 가리켰다.

"너는 저 바다가 안 어울려 고은아. 네가 숨기지만 사실 너 배 탈 때마다 고생하잖아."

"그걸로 팀에 피해준 거 없잖아."

"배 타는 걸 피하다 보니까 현장에 자주 못 나가고 백업만 하잖아."

"최근에 무인도 정찰 나갔을 땐 같이 갔잖아."

"그땐 배 타는 시간이 짧았잖아. 그리고 그것도 분명 너 힘들어했어."

힘들어했다고 하지만 뱃멀미 정도의 긴장으로 팀 작전 수행에 지장을 줄 만큼은 아니었다. 강찬이 그런 자신의 상태를 다 알고 있었다는 것에 대해 이 남자가 얼마나 자신을 많이 신경 쓰고 있는지 고은은 새삼 느꼈다.

"내가 물 공포증이 있다는 것 때문에 지금 이렇게 갑자기 형사를 관두라고 엄포를 놓는다고?"

"그냥 나만 수사과에서 일할 테니까 너는 너 하고 싶은 거 해. 여행가 하고 싶어 했다고 했잖아. 내가 열심히 일해서 해로든 육로든 다 뚫어놓을테니까 여행가 그거 해."

"무슨 일 있는 거야 오빠? 갑자기 왜 이렇게 불편하게 만드는 건지 모르겠어."

고은은 고개를 갸웃거리며 강찬에게 물었고 강찬은 시선을 발아래에 둔 채 두 손을 깍지 끼고 무릎에 두며 말했다.

"안 좋은 예감이 들어. 뒤를 파헤치면 파헤칠수록 세계정부랑 마피아 카르텔들의 의중을 모르겠어."

"모르는 걸 계속 파헤쳐서 소탕까지 하는 게 우리 수사과의 임무잖아."

강찬은 두 손으로 얼굴을 감싸 쥐고 마른세수를 하며 말을 이었다.

"이전이랑 달리 총을 들고 전면전을 해야 할지도 몰라. 최근에 우리가 비밀 창고에서 무기를 잔뜩 찾았잖아. 나는 그게 너무 불길해. 계속 너를 여기에 두면 네가 다칠 것만 같아."

"오빠랑 같이 있잖아. 우리 서로 지키면서 잘 해왔잖아. 갑자기 자신이 없어진 거야?"

고은은 별일 아니라는 듯 강찬을 토닥이려 했지만 강찬은 그런 고은의 노력에도 불안한 표정을 감추지도 풀지도 않았다.

"언젠가 해상에서 다쳐서 우리가 구했던 마피아 놈 둘이 있었어. 그중 한 녀석이 하는 말로는 우리 계명성국과 세계정부가 대치한 지 백 년이 넘어가서 세계정부가 많이 약이 오른 상태래. 앞으로는 치졸하고 과격하게 물리적으로 압박하는 방법을 써서라도 계명성국을 흡수하려고 할 거라고 하더라. 이번 총기류 적발 사건은 그 예고편인 것 같다는 생각이 들어. 게다가 우리는 심지어 그 무기들을 수거하지도 못했지. 조만간 언젠가 어딘가에서 분명 사용될 무기들이라는 뜻이야."

"그렇다고 나 혼자 팀에서 도망가듯 빠져서 여행이나 하고 다니라고? 어떻게 그런 말을 해. 우리가 수사과에서 이때까지 같이 한 세월이 있는데."

고은은 발끈했다. 강찬은 그런 고은을 설득하기 위해 찬찬히 설명했다.

"지금 우리가 수사하고 있는 세상은 장난이 아냐 고은아. 해상에선 마피아들끼리 거래하다가 총 맞고 죽어 나가는 것은 일상다반사고, 암시장에서는 틈만 나면 헬렌 카르텔 놈들이 뿌리는 라우더가 나타났다가 사라지기를 반복해. 헬렌 카르텔로부터 대통령 암살 경고장을 받기도 했고 심지어 대통령 아들 유희성은 지금 일락 카르텔의 일원이야. 우리가 아무리 발버둥쳐도 아무것도 해결할 수 없을지도 몰라."

고은은 현실을 이야기하며 불안해하는 강찬을 달랬다.

"오빠. 오빠가 말하는 이 힘든 현실, 혼자 짊어지려고 하지 마. 지금까지 같이 해왔잖아."

강찬은 고은의 이야기를 듣고는 고은의 하얗고 부드러운 손을 잡았다.

"고은아, 나는 무슨 이유에서든 너를 잃게 되면 살 수 없을 거야. 그런 위험을 애초에 막고 싶어."

"나도 그래. 오빠를 잃으면 나도 없어. 그 마음 왜 모르겠어."

고은은 자신의 손을 잡고 있는 강찬의 손에 자신의 다른 손을 포갰다. 자신의 손을 감싸는 강찬의 손등은 크고 거칠고 따뜻했다.

"오빠, 나는 물 공포증이 있지만 넓고 아름다운 바다를 사랑하고 품에 안고 싶다고 생각해. 그래서 이 해안 도시와 마피아수사과를 떠나고 싶지 않아. 난 관둘 생각이 없어. 오빠 곁에서 계명성국 존속에 힘쓸 거야."

강찬은 고은의 말을 듣고는 다른 한 손으로 자신의 머리를 짚으며 말했다.

"네가 작전 중 죽기라도 한다면 나는 견딜 수 없을 거야. 진심이야 고은아."

고은은 강찬의 손등에 포갠 손을 꽉 쥐었다. 절대 그럴 일 없다는 뜻이기도 했으며 강찬을 강하게 사랑한다는 표현이기도 했다.

"난 작전을 하다 죽더라도 영혼만은 오빠의 곁에서 오빠를 끝까지 지킬 거야. 질기도록 오빠를 떠나지 않을 거야. 무슨 말인지 이해해?"

둘은 서로를 바라보던 시선을 돌려 산 정상 아래 끝을 모르는 바다를 바라보았다. 결국 고은은 강찬의 조언을 듣지 않을 것이고 둘은 마피아수사과에서 계속 세계정부와 마피아 카르텔들을 추적할 것이다. 그 끝에 무엇이 있을지 알 수 없었다. 그저 자신이 선택한 길을 믿으며 걷는 것만이 삶의 이유였고 서로를 지킬 수 있는 방법이었다. 둘은 걱정하는 일들이 다 해소되고 계명성국과 둘의 앞길에 밝은 빛이 깃들기를 바랄 뿐이었다.

09 위협이 시작되다

✳

헬렌 카르텔의 차가운 도시, 세상은 늦가을이었지만 이 도시는 초겨울과 같은 날씨였다. 세세는 차 밖으로 도시를 바라보며 방문할 때마다 한기가 잔뜩 느껴지는 도시에 적응하려 해도 적응이 잘되지 않는다고 생각했다. 베어의 수행원이 운전하는 차에 탄 세세와 베어는 린이 있는 헬렌 카르텔 본부로 향하는 중이었다. 베어가 린에게 요청할 것이 있어서 방문하는 것이었다. 본부에 도착하자 경비는 베어와 세세를 금방 알아보고는 경례를 했다. 그리고는 로비층 안쪽에 있는 엘리베이터를 손수 잡아주었다.

최상층에 올라가 카펫을 따라 걸으며 눈앞에 보이는 목재 문을 두드리니 방 안으로부터 들어오라는 소리가 들렸다. 문을 열고 들어가니 고풍스러운 장식과 예술품으로 꾸며져 있는 린의 사무실이 있었다. 린은 베어와 세세를 반갑게 맞아주었다.

"두 사람 다 앉게. 와인 괜찮나 베어?"

"아무거나 줘. 마시는 건 아무래도 좋아."

베어는 급해 보이는 표정으로 자리에 앉았고 린은 그런 베어의 태도에 개의치 않고 미소를 머금고 천천히 와인을 한 잔씩 따랐다. 붉은색의 와인이 투명한 와인잔에 담기고 린은 세세를 향해 와인잔을 조용히 밀어서 건넸다. 세세는 고맙다는 눈짓을 하고는 입에 한 모금 머금었다. 와인의 맛을 느끼며 올 때마다 느끼지만 린의 와인을 보는 안목이 좋다고 생각했다. 그러나 옆에 앉은 베어는 세세와 달리 린에게 받은 와인을 즐길 새도 없이 단숨에 들이켰다. 린은 놀라 베어에게 물었다.

"베어, 혹시 무슨 일이 있어서 찾아온 건가?"

"아, 아냐. 그냥 계획하는 일이 있는데 너무 흥분되어서 말야."

베어는 린의 허락도 받지 않고 와인병을 들어 자신의 와인잔에 콸콸 따랐다. 와인잔에 담아야 할 적정량을 넘어 과도하게 많은 와인을 담은 베어는 다시 그 와인을 벌컥벌컥 마시기 시작했다. 원래 베어는 평소 우아하고 예의를 차리는 것을 중요하게 생각하는 사람이지만 어딘가에 꽂혀 생각에 빠져버리면 자신의 야만적인 모습을 주체하지 못하고 마구 행동하는 사람이었다. 지금과 같은 예의 차리지 않는 태도를 보일 때면 보통 베어는 흥분한 상태였으며 이 경우 라우더에 관한 일이나 계명성국에 대한 일을 만들곤 했다. 두 가지 다 세세가 싫어하는 일이었기 때문에 세세는 지금의 베어가 절대 곱게 보이지 않았다.

"베어, 그렇게 마시다가는 와인이 금방 다 떨어져 버릴걸세."

"린, 요청하고 싶은 내용이 있어."

"뭐지?"

"일락 카르텔이 계명성국 시장에 라우더를 푸는 것을 조건으로 자네 헬렌 카르텔이 일락 카르텔로부터 예술품을 사들인다는 조건을 하나 걸어줘. 이제 드디어 계명성국에도 라우더를 풀 때가 온 것 같아."

세세는 베어가 또 간교한 꾀를 부려 계명성국을 압박할 계획을 세웠음을 알게 되었다. 와인잔을 들어 와인을 한 모금 마시면서 베어와 린의 대화를 주의 깊게 듣기 시작했다.

"라우더를 그런 방식으로 계명성국에까지 퍼뜨릴 필요가 있겠나?"

린은 잔인하고 무자비했지만 계명성국의 예술품을 사랑했다. 그렇기에 라우더로 물들여져 감정을 잃고 예술적 영감을 잃는 계명성국의 모습은 보고 싶지 않아 했다.

"린, 당신마저도 그런 말을 하는구나. 나는 백년전쟁을 치르는 동안 조금의 성과도 없이 세계정부 내 지역부흥운동을 두려워하면서 계명성국을 내버려둔 세계정부의 늙은 수뇌부들을 이해할 수 없었어. 계명성국을 수복하면 세계정부 곳곳에서 불만이 터져나와 지역부흥운동이 전개될 거라고? 우린 라우더가 있는데 그게 말이나 돼? 하지만 이젠 나와 당신으로 세대교체가 되었다고 봐도 괜찮잖아. 멍청한 늙은이들의 말은 뒤로 밀어버리자고. 좀 더 공격적으로 해서 계명성국을 흡수해보자 린."

베어는 비열한 웃음을 터뜨리며 린에게 말했다. 이번에는 대규모로 움직일 계획인 것 같았다. 린은 베어의 방법이 세계정부에 예술품을 공급하는 데 악영향을 주게 될 것이라고 생각했다. 린은 그냥 지금처럼 거래하고 지금처럼 사는 그런 평화로움이 좋았다. 그래서 굳이 베어의 요청을 들어주고 싶지 않았다.

"베어, 그 요청은 거절해야겠네. 굳이 그렇게 해야 할 이유를 모르겠어. 자네가 계명성국을 손에 넣고 싶어 하는 건 알지만 억지로 하면 안 되네. 세계정부의 고위인사들도 괜히 계명성국을 안 건드린 게 아니네."

베어는 린의 거절에 깊은 분노를 느꼈다. 자신이 독점계약권을 줘 세계정부 내에서 계명성국의 예술품을 거의 독점하다시피 판매하고 있는 헬렌 카르텔의 보스가 하늘 같은 자신의 명령을 거절했다고 생각했기 때문이었다. 베어는 와인잔에 세 번째 와인을 따랐다. 이번에는 거의 넘칠 만큼 찰랑찰랑하게 와인을 담았다. 그리고는 와인잔의 반을 꿀꺽꿀꺽 마셨다. 린은 베어가 화가 나 와인을 들이켜는 것을 알고는 손을 모은 채 조용히 베어를 지켜만 봤다. 베어는 다시 한번 와인을 들이켰다. 그렇게 와인잔에 반 남은 와인도 단숨에 사라져버렸다. 베어는 와인잔을 세게 내려놓은 뒤 입꼬리 한쪽을 올린 채 광기가 어린 눈으로 린에게 말했다.

"린, 내가 너희 카르텔에 어떤 혜택을 주고 있는지 잊지는 않았겠지? 그게 영원하고 싶으면 어떻게 하면 될까?"

린은 베어의 광기 어린 눈빛을 보고는 지금 베어의 말들이 농담이 아님을 알았다. 베어는 무슨 일이 있어도 자신의 생각대로 행동하고 마는 사람이었다. 그 생각이 주변을 희생시키고 이용하는 일이더라도 말이다.

"내 요청, 아니 명령을 듣지 않는다면 세계정부에서 부여한 예술품 독점계약권을 파기하겠어. 그리고 다른 카르텔에게 넘겨버릴 거야. 너희는 두 번 다시 계명성국의 일락 카르텔과 거래할 수 없겠지. 그리고 망해가는 거야. 다른 카르텔들처럼 암흑가에서 더러운 짓만 일삼으며 사는 거지. 린 어때? 괜찮은 결과지?"

"베어… 자네…"

"그러니까 그런 미래를 겪고 싶지 않다면 내 말 똑똑히 잘 들어. 일락 카르텔에게 우리랑 계속 거래하고 싶으면 라우더를 풀라고 해. 그렇지 않으면 거래는 없다고 강하게 말해."

"일락 카르텔이 거절할걸세."

"그럼 별수 있어? 일락 카르텔이 거절하면 헬렌 카르텔이 자체적으로 계명성국 암시장에 들어가는 거야. 금전적 지원은 얼마든지 해줄 테니 직접 계명성국 암시장에서 라우더를 풀어. 알아들어?"

베어는 라우더가 자신의 연구로 인해 더 강해졌다며, 이 라우더만 계명성국에 뿌려지면 자신의 나라가 되는 것은 시간문제라며 깔깔 웃었다. 세세는 그런 베어를 바라보며 베어가 드디어 미쳤다고 생각했다. 계명성국을 향한 집착은 징그럽게 소름 끼쳤다. 린은 베어의 협박에 아무 말도 할 수 없는 자신을 한심하게 바라보았다. 명예로움을 중시하는 대규모의 헬렌 카르텔이 언제부턴가 베어의 악취 나는 악행을 돕는 사병 조직이 된 것만 같아 씁쓸했다.

베어는 헬렌 카르텔을 이용해 라우더를 풀 간계를 그렇게 실행한 뒤 세세와 세계정부의 수도로 돌아와 세계정부의 군대를 활용해 국경선 경계를 강화하고 계명성국 군대의 심리를 압박할 계획 또한 세웠다. 전천후로 계명성국을 압박하려는 것이었다. 세세는 갑자기 베어가 이러는 이유를 알 수 없었다. 언제나 계명성국을 수복하고 싶어 했지만 이렇게 무지막지한 방법은 이용한 적이 없었다.

라우더에 어떤 변화가 생긴 것이 분명했다. 베어가 계명성국에 라우더를 뿌리고 싶어 안달난 사람처럼 보였기 때문이다. 세세는 자신이 고향을 잃는 것에 가장 큰 영향을 미친 베어가 치를 떨 만큼 싫었다. 하지만 계명성국이 걱정되었고 자신이 할 수 있는 일은 없을지 베어의 곁에 머물면서 찾아낼 수밖에 없었다. 세세는 가장 의심이 가는 라우더에 대한 정보를 찾기 위해 베어의 저택으로 가 베어의 서재로 향했다. 베어의 서재에는 해부학에 관련한 서적이 한가득 놓여 있었다. 특히 중복되어 눈에 들어오는 것은 뇌과학에 관련된 자료였다.

"뇌과학… 이게 라우더랑 무슨 관련이 생긴 거지?"

세세는 순간 무서운 생각이 머리를 스쳐 지나갔지만 너무 끔찍해 무시해버렸다. 그저 베어의 책들과 책상에 있는 서류들을 뒤져보며 라우더에 대한 의문을 쌓아가기 시작했다.

"세세, 뭐 하는 거야?"

세세가 베어의 서재의 책들을 둘러보고 있을 때 베어가 나타나 문에 기대서서 세세를 불렀다. 아마 자신의 계획이 잘 진행되고 있는지 기분이 다시 좋아 보이는 베어였다. 세세는 베어의 등장에 깜짝 놀랐지만 놀라지 않은 척 베어에게 아무 일도 아니라고 말했다.

"기분 전환으로 책을 읽고 싶은데 베어라면 좋은 책을 많이 가지고 있을 것 같아서. 허락 없이 들어와서 구경한 거 미안해."

"세세라면 언제든지 괜찮지!"

베어는 입을 크게 벌리고 웃으며 말했다. 그러나 웃음은 잠깐이었다.

"그런데 세세. 너무 많은 것을 알려고 하면 안 되는 거야. 알지?"

베어는 순간 싸늘해진 표정으로 세세를 은근히 협박했다. 세세가 무언가를 알려 한다면 불쾌할 것이라는 뜻이었다. 세세는 지금처럼 가끔 베어가 무언가에 미친 채 말을 할 때면 두려웠다. 하지만 세세가 보고 있는 자료들 중에 어떤 중요한 자료가 있었음을 나타내기도 하는 말이기도 했다. 세세는 뇌과학에 대한 자료들을 머리에 새기며 베어의 서재를 천천히 떠났다. 베어는 그런 세세가 서재에서 나간

이후에도 문에 그대로 기대서서 아무 말 없이 세세의 뒷모습을 바라만 봤다.

*

"린, 늦은 밤에 전화해서 미안해요."

"아닐세 세세. 나도 마음이 썩 좋지 않아 잠들지 못하고 있었다네."

세세는 그날 밤 자신의 아파트에 돌아와 린에게 전화를 했다. 린은 세세의 전화를 받고는 긴 한숨을 쉬었다.

"린. 계명성국에 라우더를 풀지 않도록 도와줘요. 라우더가 뭔가 이상하게 변한 것 같아요."

"갑자기 그게 무슨 말이지?"

세세는 린에게 베어의 서재에서 봤던 자료들에 대해 이야기 했다. 그 자료들이 무엇을 의미하는지는 명확히 알 수 없었지만 라우더가 사람에게 이상한 영향을 끼치도록 변화하고 있다는 것만은 감각적으로 알 수 있었다.

"세세. 그렇다고 해도 우리가 베어의 말을 거역할 수 있는 방법은 없다네."

"린이 이때까지 키워 온 헬렌 카르텔을 망하게 하지 않기 위해서요? 그래서 계명성국 사람들을 고통 속에 빠뜨려요?

"미안하네 세세. 자네가 계명성국 출신임을 알아서 도와주고 싶은데 우리는 예술품 독점권을 다른 카르텔에 빼앗기면 다시 손을 더럽히기만 하며 살아야 한다네."

"린…"

"대신 다른 방법으로 도와줄 방법을 찾아보겠네. 세세. 자네도 지금부터는 베어의 곁에서 더 많은 것을 알아내고 지혜롭게 대처해야 할걸세."

세세는 린의 말이 절망적이었지만 마지막으로 린에게 부탁을 했다.

"나에게서 등을 돌리지만 말아줘요."

린은 조용하고 다정하게 말했다.

"그럴 거라네. 언제나 나는 당신을 사랑하는… 당신의 친구일 거니까."

세세는 린과의 통화를 끊은 뒤, 팔짱을 끼고 창가에서 세계정부 수도의 야경을 바라보았다. 아무 생각 없이 바라본다면 아름다울 풍경이었다. 그러나 세세의 눈에는 밤에 빛나고 있는 세계정부의 모든 불빛이 다 자신을 감시하는 눈처럼 느껴졌다. 베어로 인해 계명성국으로 아직도 돌아가고 있지 못하는 자신의 모습이 처량하고 슬펐다. 하지만 세세는 슬픔에 빠져있을 수만은 없었다. 베어의 세계정부로부터 공격을 받게 될 계명성국을 도와줄 수 있는 방법을 세세는 찾을 수 있을 것이었다. 더 영민하고 지혜롭게 움직여 계명성국 사람들을 도와야 했다. 세세는 울컥하는 마음을 다잡고 고생한 하루를 뒤로하며 잠자리에 들었다.

아마 이날부터였을 것이다. 세세는 이후 자주 같은 꿈을 반복해서 꾸기 시작했다. 꿈에서는 바다가 넓게 보였고 바다 옆에는 세세가 꿈에서 아무리 그리려고 해도 그려지지 않던 계명성국의 고향이 보였다. 어떤 날은 그 바다에서 발을 담그고 있고, 어떤 날에는 고향의 거리에서 뛰놀기도 했다. 이 꿈은 행복했다. 그러나 꿈이 끝날 때까지 행복하지는 않았다. 꿈에서 행복하게 놀고 있노라면 언제나 이름 모를 남자가 나타났다.

"저기요… 가지 마세요… 제발…"

세세는 이유를 알 수 없지만, 눈에 보이는 남자를 계속 불렀다. 곁에 계속 두고 싶고 떠나보내고 싶지 않았다. 하지만 애원을 하며 불러도 남자는 자신을 바라보다 이내 몸을 돌리고 어딘가로 떠났다. 만나려고 아무리 달려가 봐도 거리는 전혀 좁혀지지 않았다. 세세는 항상 떠나는 남자가 보고 싶어 엉엉 울었다.

그렇게 이 꿈에서 깨어날 때면 언제나 세세는 눈물범벅인 채였다. 왜 이런 눈물 나는 꿈을 꾸게 되는지는 몰랐다. 그저 언젠가 꿈속의 남자를 정말 마주치면 절대 놓치지 않고 꼭 잡으라는 이야기가 아닐까 추측할 뿐이었다. 세세는 이 꿈들이 결코 그냥 지나갈 이야기가 되지는 않을 것이라 예감하며 침대에서 일어났다.

*

어느 쌀쌀한 날, 헬렌 카르텔의 제임스가 계명성국의 해안 도시로 밀입국했다. 해안 도시에 있는 일락 카르텔 본부에 찾아온 것이었다. 제임스는 일락 카르텔 본부 건물로 들어오자마자 큰 소리로 무례하게 레드캣을 찾았다. 레드캣은 그 소리를 듣고 직접 사무실에서 나와 제임스를 맞이했다. 희성도 레드캣과 함께였다. 레드캣은 제임스를 자신의 사무실로 안내했다. 레드캣을 따라 사무실로 향하며 제임스는 희성에게 말했다.

"이봐 빅베이비, 지난번 총기들은 안 들키고 잘 처리했냐?"

"지금 우리 카르텔 걱정해주는 거야 제임스? 걱정하지 마. 우리가 알아서 해."

"하하, 어련하시겠어. 다시는 얼빵하게 거래장소 들키지 말라고 하는 말이야."

제임스와 희성은 서로를 보며 으르렁댔다.

"자, 두 사람 다 그만하고 자리에 앉지."

레드캣을 필두로 사무실에 들어온 셋은 사무실 중앙에 있는 회의 테이블 앞에 앉았다. 레드캣은 무례하게 찾아온 제임스를 보고는 이를 꽉 깨물고 웃으며 방문의 이유를 물었다.

"제임스. 무슨 일로 여기까지 온 거지?"

제임스는 의자에 등을 한가득 기대고는 눈을 동그랗게 뜨고 레드캣에게 말했다.

"보스의 명령이 있어서 왔지. 너희한테 통보해야 할 일이 생겨서 말야."

레드캣은 왠지 안 좋은 예감이 들었지만 내색하지 않고 제임스에게 물었다.

"그게 뭐지?"

"우리 카르텔도 원하지는 않는데 윗선 명령이야. 라우더를 계명성국 암시장에 푸는데 협력하지 않으면 앞으로 예술작품 거래는 없다는 게 보스의 전언이다."

레드캣은 올 것이 왔다고 생각하며 확실하게 자신의 의사를 전달했다.

"결코 그럴 일을 없을 거야 제임스. 물건 거래가 중단되는 일이 생길지라도 우리는 라우더 거래 안 해. 계명성국에 배포하는 일은 절대 없을 거야."

제임스는 어쩔 수 없다는 듯 머리를 짚고 고개를 저으며 말을 이었다.

"레드캣, 그러면 우리도 피곤해져. 일락 카르텔이 계명성국 암시장에 라우더를 안 풀면 우리 헬렌 카르텔이 직접 개입할 거란 말야."

"뭐? 무슨 수로 너희가 우리 시장에 들어온다는 거지?"

"힘으로 해서 안되는 게 어딨어? 레드캣, 바보냐?"

제임스는 앉아서 한껏 비웃었다. 그리고는 상황이 이러니 그냥 군말하지 않고 헬렌 카르텔의 이야기를 따라줬으면 좋겠다고 말했다. 레드캣은 제임스를 노려보며 정색한 채로 단칼에 거절했다.

"이봐, 일락 카르텔이 우리 시장을 지키지 못할 것 같아? 웃기지 마. 너희 헬렌 카르텔 뒤에 누가 있는지 아는데 그놈 생각처럼은 안될 거다."

베어. 레드캣의 말에 희성은 지난번 교섭장에서 자신의 아버지를 압박하던 그 남자를 떠올렸다. 과연 라우더를 계명성국에 퍼뜨려서 어쩔 셈인지 짐작조차 가지 않았다. 다만 계명성국과 세계정부를 두고 상황이 이상하게 돌아가기 시작했음을 느낄 뿐이었다.

제임스가 이야기를 마쳤으니 돌아가겠다며 일어났고 레드캣은 의외로 제임스를 순순히 보내주었다. 희성은 제임스를 잡아두고서라도 헬렌 카르텔의 계획을 무산시켰어야 했다고 주장했지만 레드캣은 그런 희성을 말렸다.

"헬렌 카르텔과 우리는 아직 전력 차이가 너무 나. 과도하게 척지면 안 돼. 그리고 아직 상황이 어떻게 돌아가는지 잘 모르니까 더 지켜보고 움직여도 늦지 않아.

그러니까 빅베이비, 서두르지 마."

이날 이후 레드캣은 암시장에 카르텔 인원을 더 풀어 라우더 단속에 나서기 시작했다. 라우더가 아직 많이 퍼져있는 것은 아니었지만 헬렌 카르텔이 손을 쓰기 시작한 건지 곳곳에서 라우더가 보였다. 레드캣이 라우더를 거래하는 가게를 엄벌하고 라우더 거래 장소를 잡는 등 갖은 노력을 했으나 완벽하게 라우더를 봉쇄할 수는 없었다. 암시장 곳곳에서 라우더를 거래하는 소식들이 들려왔다. 국가 고립에 절망하고 사는 몇몇 계명성국 사람들이 라우더를 복용하는 일이 생겨나기 시작했기 때문이었다.

*

"강찬 형, 요즘 암시장에서 라우더를 거래하는 사람들이 생겨나고 있어."

"알아. 원래 암시장에서도 라우더는 없다시피 했는데 갑자기 이게 무슨 일인지 모르겠어."

수호가 사건 목록에서 라우더 거래 건을 모아 한꺼번에 보고는 강찬에게 전달했다. 강찬은 어리둥절해하며 사건 목록을 살펴봤다.

"보나마나 카르텔 짓이겠지. 또 얼마나 돈을 받아먹고 이 짓을 하는 걸까?"

수호와 강찬의 말에 정신이 발끈하며 카르텔을 언급했다. 그러자 고은이 정신의 말을 받았다.

"카르텔이 라우더로 돈을 벌 수 있었다면 진작 퍼졌겠지. 뭔가 다른 이유가 있는 것 같지 않아?"

고은의 말을 들은 강찬은 사건 목록을 살펴본 후 잠복근무에 대한 이야기를 꺼냈다.

"암거래가 잘 일어나는 가게가 몇 군데 있는데 여기를 좀 다녀봐야 할 것 같아."

강찬의 말에 따라 강찬팀 넷은 암거래가 잘 일어나는 가게 중 한 곳을 지정해 잠복근무를 하게 되었다. 이들이 지정한 가게는 물담배를 판매하는 가게였다. 해안 도시의 할렘가에 위치한 가게였는데 몇 번이고 불법 물건을 거래하다 적발되어 현재 폐업 위기에 놓인 가게였다. 허름하고 어두운 가게에 들어선 넷은 사람들이 테이블에 앉아 물담배를 뻐끔뻐끔 피우는 것을 목격하게 되었다. 특이한 약물로 만든 물담배는 사람들로부터 내뿜어질 때마다 고유의 향을 내었고 나머지 셋보다 몸이 약한 편이었던 고은은 물담배 연기 때문에 환각 현상이 일어나는 것처럼 느껴지기까지 했다.

네 사람은 담배를 피는 척하고 앉아 몰래 코와 입을 막고 가게를 둘러보았다. 모든 것이 수상해 보였지만 딱히 적발할 수 있는 거리가 있진 않았다. 그러던 중 가게 주인은 물담배를 피지 않는 강찬팀 네 사람을 유심히 지켜보기 시작했다. 그래서 네 사람은 의심을 피하기 위해 물담배를 입에 대기 시작했다. 고은은 한모금 필 때마다 취하는 것 같아 멈추고 싶었지만 가게 주인의 의심스러운 눈초리를 피하기 위해 계속해서 필 수밖에 없었다.

그렇게 고은의 정신이 몽롱해져 올 때쯤 누군가 무리를 이끌고 가게로 들어왔다. 가게 주인은 강찬 팀에 주던 시선을 거두고 가게로 들어오는 남자 중 높은 위치로 보이는 남자에게 예의를 갖췄다.

"저 놈은… 헬렌 카르텔 놈?"

수호는 가게에 들어온 남자를 단박에 알아봤다. 교섭장에서 희성을 납치해 붙잡고 있던 헬렌 카르텔의 남자였다. 수호는 이 남자의 이름이 제임스라는 것을 알지는 못했지만, 그때 교섭장에서 제임스의 행동을 보고 무자비하고 위험한 사람이라는 것은 알고 있었다.

제임스는 가게에 들어와 가게 주인에게 물건을 건넸다. 그리고 어쩐지 대가로 아무것도 받는 것 없는데도 그냥 돌아서 가게 밖으로 나가려고 했다. 강찬 팀은 카르텔의 급작스러운 퇴장 예감에 당장 자리를 박차고 일어나 제임스 일당에게로 달려갔다. 그러자 제임스 일당은 마피아답게 약삭빠르게 강찬 팀을 알아차리고는 문을 거세게 박차고 나갔다. 강찬 일행은 찢어져 마피아들을 검거하기로 하고 각자 흩어졌다.

*

"거기 서!"

고은은 처음 대보는 물담배에 취해 정신이 아찔하면서도 눈에 보이는 마피아를 잡기 위해 달리고 또 달렸다. 누구든 잡으려고 달리다 보니 눈앞에 있는 마피아가 이번 카르텔 일당의 두목 제임스인지도 몰랐다. 고은은 완력으로 제임스를 이겨낼 방법이 없었기 때문에 팀원 중 누군가와 함께 협력해야 했지만, 정신없이 범인들을 검거하려다 보니 모두 흩어지고 혼자 남게 되었다.

"아 씨."

"막다른 골목이야. 항복하고 순순히 수갑을 차라구."

막다른 골목이 나오자 제임스는 달리는 것을 멈추고 벽을 등지고 섰다. 따라온 고은과 대치하는 자세가 되었다. 고은은 공포탄만 든 총을 제임스에게 겨눴다. 진짜 총알이 들지 않았다는 사실을 고은은 알고 있었기에 사실 두려웠지만 내색할 수 없었다. 제임스는 진짜 총알이 든 총이라고 생각했기에 두 손을 하늘 위로 들었다.

"어? 너는…"

손을 든 제임스가 시선을 고은의 얼굴에 두더니 갑자기 눈을 빛내며 징그럽게 웃었다. 고은은 자신의 총이 공포탄 총임을 알게 된 것인가 싶어 움찔했다.

"움… 움직이지 마! 움직이면 쏜다!"

제임스는 두 손을 든 채로 슬금슬금 고은에게로 걸어 나왔다. 고은은 총을 겨눈 채로 뒷걸음질 치며 계속해서 경고 멘트를 날렸다. 그런 고은의 말을 듣기나 하는지 제임스는 가까이 와 고은의 얼굴을 빤히 바라보았다. 그리고는 싱긋 웃었다.

"이거… 호랑이의 딸이잖아? 왕건이가 붙었구만!"

제임스는 고은의 총이 무섭지도 않은 듯 손을 뻗어 덥석 고은의 팔을 잡았다. 고은은 팔을 쳐내고 호신술로 제임스를 제압하려 했다. 그러나 제임스는 유연한 몸놀림으로 호신술을 모두 피해내고 사뿐히 고은의 뒤에 섰다. 그리고 고은의 목을 두꺼운 팔로 죄기 시작했다.

"내 이름은 제임스야. 헬렌 카르텔 사람이고. 개인적으로는 호랑이를 싫어해."

고은은 갑작스러운 공격에 정신을 잃어가면서도 물었다.

"날… 어쩔 셈이지?"

"넌 호랑이 놈의 딸이니까 베어와 보스에게 선물이 될 것 같아서. 나랑 같이 가줬으면 해."

"호랑이…?"

고은은 의식이 멀어져가면서도 제임스의 호랑이라는 말에 어릴 적 어머니가 자신에게 호랑이의 딸이라며 장난을 쳤던 것을 문득 떠올렸다. 왜 그 말이 떠오르는지는 알 수 없었지만, 어머니가 활짝 웃으며 장난을 치던 모습이 자꾸 눈앞에 그려졌다. 어머니가 따뜻하게 고은을 보며 웃고 있었다. 고은은 조금씩, 조금씩 의식을 잃어갔다.

툭- 정신을 잃은 고은을 제임스가 한 손으로 들쳐 메었다. 그리고 제임스는 다른 한 손으로 어딘가에 전화를 했다. 그러자 오랜 시간이 지나지 않아 검은 밴 한 대가 제임스의 앞으로 왔고 제임스는 고은을 차에 던지고는 자신도 옆에 탔다. 차 문이 닫히고 밴은 계명성국의 어두운 거리 사이로 유유히 사라져갔다.

10   절망

✳

카르텔 끄나풀 중 한 명을 잡고 팀원들과 함께 수사과로 복귀하기 위해 가게 앞에 서 있는 강찬 곁으로 수호와 정신이 차례로 돌아왔다.

"고은이는 아직이네."

"고은이 찾아보고 올까?"

"아냐, 내가 찾아볼게. 이놈 좀 잘 잡아줘. 앞으로 우리 정보원이야."

강찬은 수호에게 잡은 끄나풀을 맡고 고은이 달려갔던 방향을 따라 거리를 뒤지기 시작했다. 그런데 어두운 골목을 몇 군데 돌아다녀 봐도 고은의 흔적은 없었다. 강찬은 순간 무서운 생각이 들었다. 강찬은 미친 듯이 달리며 둘러본 곳을 또 둘러보고 둘러봤다.

그동안 수호가 잡고 있는 끄나풀에게는 전화가 왔다.

"전화 오는데? 받아."

정신은 끄나풀의 주머니에서 울리는 휴대폰을 꺼내 끄나풀의 귀에 대 주었다.

"예 제임스 형님, 리키입니다. 예, 예…"

"예"라는 대답만 하며 아무 말 없이 고개를 끄덕이는 리키라는 끄나풀은 통화 때문인지 얼굴이 조금 밝아진 채로 전화를 끊었다.

"뭐야, 무슨 일이야?"

정신이 분위기가 바뀐 리키를 다그쳤다. 리키는 목 근육을 풀 듯 고개를 양옆으로 돌리더니 수갑을 찬 손을 쫙 편 채 비웃음을 입가에 머금으며 정신과 수호에게 말했다.

"얘들아, 너희 날 놓아줘야겠는데?"

"이 새끼 지금 무슨 소릴 하는 거야?"

"닥치고, 동료를 살리고 싶으면 순순히 이 수갑 푸는 게 좋을 거야."

"무슨 말이냐고 묻잖아!"

정신의 분노에 리키는 재밌다는 듯 씨익 웃었다.

"너희 팀의 여자 형사를 제임스 형님이 잡아 지금 본부로 데려가는 중이라고 한다. 여자를 살리고 싶으면 잡은 헬렌 카르텔원을 다 놓아주고 조용히 돌아가라는 제임스 형님의 전언이 방금 있었다."

"지금 뭐라고 했어…"

고은을 찾기 위한 순찰을 마치고 막 문제의 가게 앞으로 돌아온 강찬은 먼발치서 걸어오다 고은에 대한 리키의 이야기를 모두 듣게 되었다. 리키는 강찬과 수호, 정신을 차례로 둘러보며 통화 내용에 대한 말을 이었다.

"더 정확히 제임스 형님의 전언을 전해줄까? '우리가 차고은을 데리고 있다. 정말 차고은이 무사하길 바란다면 앞으로 헬렌 카르텔의 계명성국 진출 건에 개입하지 마라.'

"어떻게 이런 일이…"

"그러니 앞으로 이 골목에 들어오는 것도 발길을 끊도록 해. 자 수갑 풀어."

리키는 수갑 열쇠를 가진 강찬에게 손목을 내밀어 수갑을 풀라고 말했다. 강찬은 중요한 정보원이라고 생각했던 끄나풀을 풀어주는 것이 과연 옳은 일인지 망설였다. 그러나 강찬에게 여지는 없었다. 헬렌 카르텔이 고은을 잡고 있다면 잡혀있는 고은의 안전을 위해 제임스의 끄나풀을 풀어줄 수밖에 없었다.

"형!"

"강찬 형! 잠깐만!"

수호와 정신은 강찬이 열쇠를 든 채 리키가 찬 수갑의 열쇠 구멍에 맞추려고 하는 것을 보고 섣불리 그래서는 안 된다고 소리쳤다. 그러나 강찬의 귀에는 아무 소리도 들리지 않았다. 리키를 풀어주기 전 강찬은 리키를 노려보며 말했다.

"고은이 털끝 하나 건들지 않겠다고 약속해."

"네가 지금 여기서 나를 안 건드리면 그 여자도 별일 없지 않을까?"

"돌아가면 전해. 앞으로 이 골목에 헬렌 카르텔을 방해하기 위해 무장한 채로 들어오는 일은 없을 거라고. 그러니 차고은을 빠른 시일 내에 우리에게 돌려달라고."

"그러지."

강찬은 리키의 수갑을 풀었다. 리키는 손목을 이리저리 돌려보고는 자유로워진 몸을 우두득우두득 꺾어가며 풀었다. 강찬 팀과 용건이 끝난 리키는 암시장을 빠져나가는 방향으로 몸을 돌려 걸어갔다. 강찬은 자신을 벗어나 걸어가는 리키를 잡지 못하고 그저 가는 방향을 멀찍이 지켜보기만 했다.

"근데 있잖아?"

도망에 성공해 멀리 떨어진 채 얼굴이 보일까 말까 하는 위치에서 리키는 계속 앞을 보고 걷지 않고 할 말이 있다는 듯 강찬 쪽으로 몸을 돌려 뒷걸음으로 걸었다. 그러면서 강찬과 수호, 정신을 향해 소리쳤다.

"그 여자, 아까 들었는데 호랑이 딸이라는데?"

리키는 그 사실이 흥미롭다는 듯 말했고 강찬 팀 셋은 호랑이의 딸이라는 것이 무슨 의미인지 알 수 없었기에 그냥 듣고만 있을 뿐이었다.

"그래서 아마 그 여자 죽을지도 몰라! 우리 카르텔에는 그 아버지 호랑이의 안티가 많거든!"

섬뜩한 이야기를 남기고 리키는 다시 앞을 보고 달리기 시작해 금방 자취를 감췄다. 손끝 하나 건드리지 않는다는 전제로 풀어준 것인데 죽을지도 모른다는 끔찍한 이야기를 남기고 도망간 리키를 진작에 굳은 마음으로 잡아두지 못한 것을 강찬은 후회했다. 강찬은 지난번 등산에서 고은에게 형사를 그만두라고 처음 말했을 때 고은이 뭐라고 하든 좀 더 강하게 형사를 관두라고 말했어야 했다고 생각했다. 불안하던 느낌이 현실이 되어 돌아오자 강찬은 정신을 제대로 차릴 수 없었다. 그래서 리키를 풀어주는 오류도 범하고 현재는 속없이 길바닥에 쭈그려 앉아 머리를 짚고 있었다. 수호와 정신은 그 거리에 자포자기하고 앉아있는 강찬을 온 마음으로 위로했다.

강찬 팀 셋은 암시장에서 철수한 후 마피아수사과에 돌아와 밤을 지새웠다. 고은을 구할 방법을 찾아야만 했기 때문이다. 하지만 수사과 자료에는 헬렌 카르텔의 본거지에 대한 정보가 거의 없었다. 배나 기차를 타고 국경선을 넘어야 한다는 정도가 정보의 전부였다. 고은이 어디에 잡혀 있는지조차 알 수 없다는 사실을 뼈저리게 느끼는 강찬은 어떤 방법을 쓰든 그 정보를 알아내야겠다고 생각했다.

아침이 되자 수사과장이 사무실로 출근했다. 강찬은 수사과장의 사무실로 들어가 수사과장의 가슴을 뒤집어 놓는 발언을 했다.

"차고은 형사가 간밤에 헬렌 카르텔에 납치되었습니다."

"뭐? 갑자기 그게 무슨 말이야!"

"그러니 저희 팀은 차고은 형사의 안위를 위해 향후 암거래 수사에 참여하지 않겠습니다."

"뭐? 최 형사 팀이 빠지면 누구보고 그 자리를 메우라는 거지? 너무 무책임한 것 아닌가!"

"이것이 차고은 형사를 건드리지 않겠다는 것에 대한 상대편의 조건이었습니다."

"공격적으로 동료를 찾을 생각을 해야지, 꼬리 내리고 얌전히 있겠다는 거야?"

"제가 잘못 움직였다가 고은이가 다치게 되는 것이 무섭습니다…"

"한심한 놈…"

수사과장은 강찬에게 강찬 팀이 수사에서 빠질 수는 없다고 말했다. 강찬은 수사과장이 뭐라고 말하든 자신이 해야 할 일만 머리에 떠올릴 뿐이었다. 강찬은 수호와 정신에게 적어도 며칠간은 암시장에서 마피아를 쫓는 일을 멈추겠다고 말했다. 그리고 자신은 최소한의 무장을 한 채로 수사과에서 나와 지난밤 사건이 벌어졌던 암시장의 그 가게로 조용히 향했다.

강찬은 가게로 들어가 그날 카운터에 서 있던 주인에게 조용히 다가갔다.

"사장님. 어제 여기서 수사하다가 헬렌 카르텔이랑 이상한 거래 하는 거 봤어요."

주인은 강찬이 형사인 것을 금방 알아채고는 일이 뭔가 귀찮아졌음을 파악했다. 몇 번째고 단속에 걸리는 가게였으니 주인은 이번에도 암거래가 걸렸구나 생각하며 고개를 푹 숙인 채 순순히 손목을 내밀었다. 그러나 강찬은 주인의 손목에 수갑을 채우는 대신 주인에게 평소의 강찬답지 않은 제안을 했다.

"이번 한 번은 눈감아 줄 테니까 지금부터 내가 묻는 말에 전부 대답해요."

주인은 내어놓은 손목을 내려놓고 말없이 강찬의 눈을 바라보며 끄덕였다. 그러겠다는 긍정의 표현이었다. 강찬은 주머니에서 수첩과 펜을 꺼내 들고 질문하기 시작했다.

"질문할게요. 어제 방문한 사람들 중 인사하던 사람의 이름은 뭐죠?"

"제임스."

"헬렌 카르텔의 보스 이름은 뭔가요?"

"린"

"헬렌 카르텔 본부는 어디 위치해 있죠?"

"여기서 기차 타고 가면 도착하는 세계정부의 얼음대륙. 그 대륙의 가장 큰 도시 내 중심가에 위치한 타워가 본부에요."

"헬렌 카르텔의 규모는?"

"그건 몰라요. 세계정부 곳곳에 조직원이 뻗어져 있어 엄청 많다는 것 정도?"

"계명성국 시장에 라우더를 누가 공급하는 거죠?"

"헬렌 카르텔. 그런데 헬렌 카르텔 자의는 아닌 것 같고 세계정부 수뇌부 중 누군가 우리나라에 라우더를 퍼뜨리는 것을 원한다고 제임스가 그랬어요."

"라우더를 왜 퍼뜨리는 것 같아요?"

"나야 모르죠. 라우더는 그냥 기분 전환하는 약으로 알고 있는데 어쩌면 그게 다가 아닐지도…"

라우더를 왜 퍼뜨리려고 하는지는 주인도 몰랐다. 강찬은 라우더를 퍼뜨리는 이유, 이 점이 시원하게 해소되지 않아 답답했다. 하지만 멈추지 않고 다른 질문도 계속했다.

"원래 헬렌 카르텔이 우리 시장에서 활동을 했었나요?"

"아뇨. 원래는 일락 카르텔이 독점이었죠. 헬렌 카르텔이 들어오려고 한 적은 몇 번 있었는데 그럴 때마다 일락 카르텔이 쫓아냈어요."

"그런데 갑자기 헬렌 카르텔이랑 거래를 하는 이유가 뭐예요?"

"라우더 풀어주면 돈도 많이 준다고 그러고, 평소와 달리 일락 카르텔도 제지하지 않네요. 헬렌 카르텔 보스가 뭔 술수를 썼나?"

"그래요… 그런데 사장님 헬렌 카르텔 본부 가 본 적 있어요?"

강찬은 헬렌 카르텔 본부까지 가서라도 고은을 구하고 말겠다는 심산이었다. 주인에게 헬렌 카르텔 본부까지 가 본적이 있냐고 묻자 주인은 어이없다는 듯 코웃음을 쳤다.

"참나, 내가 그냥 한낱 시민인데 거기가 어디라고 가보겠어요. 국경선도 넘어야 하고 세계정부 내에서도 계명성국인임을 들키지 않으면서 가야 해요. 아마 가짜 신분증 같은 것도 필요할 걸요?"

강찬은 이후 몇 가지를 더 물어보고는 가게를 떴다. 헬렌 카르텔 본부가 위치한 대륙의 이름과 도시의 이름, 건물의 위치 등을 상세하게 물어봐 기록했다. 주인은 본인도 정확하게 아는 것이 아니라고 했지만 아무래도 좋았다. 이만큼이라도 알 수 있어 다행이라고 생각했다. 하지만 계명성국 국경선을 넘어 헬렌 카르텔 본부까지 가는 것이 생각보다 쉽지 않을 것이라고 생각했다. 주인의 말처럼 가짜 신분증, 가짜 통장 같은 것들이 필요했다.

조사를 마치고 집으로 돌아온 강찬은 이틀간 집에 돌아오지 않아 피곤에 찌든 몸을 샤워실에서 따뜻한 물로 녹였다. 그리고 수사를 할 때 입고 갔던 점퍼를 거실의 테이블 곁으로 가지고 와 조사한 수첩을 꺼냈다. 고은이 헬렌 카르텔 본부에 있으리라는 추측만으로 본부로 쳐들어갈 계획을 세우고 있는 강찬이었다. 무모하다고 생각할 수도 있겠지만 강찬에게는 다른 방법이 없었다. 어떻게 하면 방해 없이 헬렌 카르텔 본부까지 가서 고은을 데려올 수 있을지 고민할 뿐이었다.

강찬은 문득 고은이 보고 싶어 테이블에서 일어나 TV장 위 사진 앞으로 갔다. 고은과 강찬이 벚꽃축제에서 야작토끼 휴대폰 고리를 얼굴 곁에 각자 들고 활짝 웃으며 찍은 사진이었다. 강찬은 사진을 보며 고은의 맑은 웃음이 지금 당장 간절하게 보고 싶었다. 이어 취미 방으로 들어가 벽에 붙은 폴라로이드 사진들을 봤다. 타이머 앞에서 방탈출 테마에 맞게 화이트보드를 꾸미며 가슴 앞에 들고 사이좋게 찍은 사진들이 강찬 눈앞에 잔뜩 놓여있었다. 그 위에는 포스트잇으로 '또 가자!' 라고 붙여놓은 강찬이 여지껏 몰랐던 고은의 흔적이 있었다.

가라앉은 마음을 달래기 위해 차라리 잠들어야겠다고 생각하며 침실로 들어갔다. 그러자 침대 위에서 고은과 함께 노트북을 두고 영화를 보던 장면이 떠올랐다. 강찬은 이 순간 고은이 너무나도 그리웠다. 반드시 구해내겠다고 다짐하며 차오르는 눈물을 꾹 참고 눈을 두 손으로 꾹꾹 눌러 닦아냈다. 강찬은 등산을 갔을 때 고은이 형사를 관두도록 만들지 않은 것을 몇 번이고 후회했다. 그리고 그곳에서 죽어서도 강찬의 곁을 지킬 것이라고 말하던 고은이 떠올라 일렁이는 눈물을 참지 못하고 큰 손으로 두 눈을 가린 채 오열하고 말았다. 그렇게 강찬에게 눈물과 후회의 밤이 찾아왔고 온통 고은을 품었던 가슴은 파랗게 멍들어가고 있었다.

*

고은은 순간 눈을 크게 떴다. 제임스라는 남자에게 목을 졸려 기절하는 꿈을 꿨다. 호랑이의 딸이라서 잡아간다며 처음 듣는 이야기들을 늘어놓아 불편한 꿈이었다. 고은은 푹신한 침대에서 누운 채로 고개를 돌려 주위를 살펴보았다. 아파트처럼 보였는데 애석하게도 고은이 처음 보는 낯선 풍경이었다. 고은이 꿈이라고 여겼던 장면들도 어쩌면 꿈이 아닐지도 몰랐다. 낯선 침대에서 몸을 일으키려고 하자 문밖에서 젊은 여자의 목소리가 들렸다.

"일어나지마. 제임스는 극악무도해서 진짜 죽일 각오로 네 목을 졸랐을거야. 더 쉬어야 해."

문밖에서 걸어 들어오는 여자는 가련한 이미지였다. 하얀 피부에 물을 머금은 듯한 붉은 입술, 귀에 걸린 동그랗게 몸을 말고 있는 돌고래 모양의 피어싱이 귀여웠다. 초겨울을 느끼게 하는 날씨에 맞게 얇은 베이지색 스웨터를 입고 있었다. 여려 보이는 외모와 달리 단단한 목소리를 가지고 있었다.

"당신은 누구세요?"

"난 세세. 널 간호하고 돌보는 역할을 맡았어. 우리 친구뻘인 것 같으니 너도 그냥 말 편하게 해."

고은은 지끈거리는 머리를 부여잡고 세세에게 물었다.

"여긴 어디…"

"세계정부. 너 제임스한테 납치당했어. 호랑이의 딸이라는 이유로."

"그 싸움이 꿈이 아니었다니… 도대체 그 호랑이의 딸이라는 게 뭔데!"

"그건 차차 알게 될 거야. 그나저나 너 대단하다. 제임스랑 1대1로 대치할 생각을 다 하고. 제임스는 웬만한 사람은 감당할 수 없는 인간병기야."

세세는 정 없이 말하면서도 침대 옆 의자에 앉아 고은의 땀을 정성스럽게 닦아주었다. 고은은 세세의 손길을 가만히 받고 있었다. 그때 아파트의 초인종이 몇 번 중복해서 시끄럽게 울렸다. 세세는 한숨을 쉬더니 일어나 현관으로 향했고 곧 현관문이 열리는 소리가 들렸다. 거칠거칠한 목소리의 남자가 들어오는 기척이 있었다.

"오! 세세! 드디어 그 여자가 깨어났구먼."

"제임스, 너무 거칠게 다루지는 마. 아직 회복이 덜 되었어."

검은 코트 복장의 제임스가 불쑥 고은이 누워있는 방으로 고개를 내밀었다. 차가운 인상에 섬뜩하게 웃는 제임스는 고은에게로 성큼성큼 다가왔다. 세세는 걱정이 된다는 표정을 한 채 제임스의 뒤를 따라 들어왔다.

"하이 베이비, 깨어났으니 이제 네가 먹어야 할 게 있어."

제임스가 손바닥에 올려둔 것은 작은 알약이었다. 고은은 이 알약이 마피아수사과가 박멸하고자 했던 라우더라는 것을 사진을 본 적이 있어 금방 알아차렸다. 감정이 메마르며 다른 부작용도 있을지 알 수 없는 약을 절대 먹고 싶지 않았다. 고은은 고개를 돌려 약을 거부하는 의사를 보였다. 그러자 제임스는 우악스럽게 고은의 머리를 잡았다.

"먹어."

언젠가 고은의 목을 죄었던 것처럼 위협적으로 고은의 양 볼을 한 손으로 잡았다. 고은은 무서웠지만 제임스가 주는 약을 먹으면 왠지 다시는 계명성국으로 돌아갈 수 없을 것 같아 죽을 각오로 약을 거부했다. 제임스는 고은의 입을 강제로 벌려 약을 밀어 넣었다. 고은은 제임스의 악력에 잡힌 팔과 볼, 턱이 아파 몸을 버둥거리면서도 결코 약을 삼키지 않았다. 제임스는 고은의 저항에 피식 웃으며 얼굴을 잡은 손을 허리춤으로 옮기더니 권총을 꺼냈다. 그리고 고은의 관자놀이에 가져다댔다. 고은은 약을 문 채로 움직임을 멈췄다.

"삼켜. 안 삼키면 쏴 죽일 거야."

제임스는 농담이 아니라는 듯 총알을 장전했다. 차가운 금속음이 들리고 이제 방아쇠만 당기면 총알이 고은의 관자놀이를 관통하게 되는 상황으로까지 치달았다.

"차고은, 그냥 먹어. 여기서 죽고 싶어?"

세세가 불안한 표정을 한 채 고은에게 말했다. 세세는 이러다 제임스가 정말 고은을 쏴버릴 수도 있다고 생각했다. 고은은 세세의 말에 제임스가 농담으로 하는 말이 아님을 깨닫고 어쩔 수 없이 약을 삼켰다. 고은의 입을 강제로 벌려 약이 있는지 없는지 확인한 제임스는 코트 자락을 휘날리며 벌떡 일어나더니 들어왔던 현관으로 향했다.

"이봐 세세. 좀 귀찮겠지만 저 여자가 매일 라우더를 꼬박꼬박 먹는지 좀 봐줘. 내가 이렇게 항상 올 수 없으니까 말야."

"제임스, 항상 느끼는 거지만 너는 남자에게든 여자에게든 너무 거칠어. 좀 부드럽게 대해줄 순 없어?"

"총을 드니까 바로 삼키잖아. 이게 제일 잘 듣는 방법이니까 어쩔 수 없어."

제임스는 세세에게 손을 들어 인사를 한 후 현관 밖으로 사라졌다. 세세는 오싹한 제임스의 한기를 밀어내고 싶어 아파트의 온도를 더 올렸다. 방으로 돌아가니 고은이 화장실에서 입에 손가락을 밀어 넣고 토하고 있었다. 약을 뱉어내기 위해 노력하고 있는 것이었다. 그러나 그런 노력이 소용없기라도 하다는 듯 알약은 고은의 입 밖으로 다시는 나오지 않았다. 세세는 고은에게로 와 고은의 등을 두드려 주며 말했다.

"그래봐야 소용없어. 앞으로 매일 먹게 될 거니까."

"라우더를 먹으면 무슨 일이 생기는 거지?"

"그것도 겪어보면 알게 돼. 걱정 마. 네가 대화하고 있는 나도 라우더가 개발된 이후 매일 먹고 있으니까. 미치거나 죽거나 그런 건 아냐. 오히려 안 먹으면 제임스한테 죽는 거야."

"왜 나한테 라우더를 먹이려는 거야?"

"몰라. 약을 업그레이드 시켰으니 한번 써보고 싶다는 베어의 명령이야."

고은은 창백한 피부에 붉은 입술을 가진 세세라는 여자가 자신을 도와주는 조력자인지 자신을 감시하는 감시자인지 알 수 없었다. 감시자 치고는 고은에게 하는 행동이 따뜻하고 부드러웠다.

"이봐, 약 먹으니까 불안하거나 두려운 마음이 좀 잦아들지 않았어?"

세세가 세면대에서 입을 헹구고 나오는 고은에게 물었다. 고은은 그러고 보니 자신에게 두려움과 공포가 잦아들었다는 것을 알게 되었다. 고은은 부정적인 감정 대신 이성적인 생각이 자신의 머리에 많이 차지하게 되었음을 깨달았다. 이상했다.

"이게 라우더 효과라도 되는 거야?"

"그래. 부정적인 감정이 가슴 속 깊은 곳으로 숨어버려. 그리고 이성적인 사고가 수면 위로 올라오지. 대신 기쁨을 느끼는 부분도 같이 숨어버려서 그냥 무미건조한 사람이 되는거야."

"그럼 사랑 같은 걸 느끼지 못해?"

"감정이라는 것이 사그라지는 거니까 그럴지도 모르겠네."

"세계정부 사람들은 라우더를 다 먹어?"

"응. 본인들이 원해서 먹는 경우도 많아. 그리고 라우더를 복용하지 않으면 직업을 주지 않기 때문에 생계를 유지하려면 억지로라도 먹어야 해."

"그럼 세계정부 사람들은 사랑을 안 해?"

"사랑을 하지. 그런데 계명성국 사람들이 하듯 그런 사랑은 아냐. 더 이성적이고 맺고 끊음이 있어."

"냉정해지는 거구나."

"그러려나. 나도 라우더 개발자가 사람들에게 정확히 라우더를 통해 뭘 얻게 하는지 잘 몰라. 라우더 개발자는 또라이거든."

"알아. 베어랬지? 형사 동료한테 라우더 개발자에 대해 들었어. 작전 수행하다 본 적도 있고."

그 베어가 고은을 이용해 일호를 압박하려고 하고 있다는 것을 세세는 고은에게 말하지 않았다. 세세는 일호와 고은 간의 관계의 비밀을 고은이 알게 되는 것은 조금 더 이후의 일이 될 것 같다고 생각했다. 세세는 대화 주제를 전환하고자 고은에게 물었다.

"몸 아직도 아파?"

"아니, 많이 괜찮아졌어. 누워있는 동안 좀 좋아졌나 봐."

"그럼 고은아, 아파트 밖으로 나가보자. 도시 구경시켜줄게."

"이름까지 친근하게 부르네. 이렇게까지 해주는 이유가 뭐야?"

"그냥. 너나 나나 이 아파트에만 머물러 있는 건 답답하잖아. 좀 더 유연하게 살자."

고은은 세세의 옷을 빌려 입고 나가기로 했다. 고은은 세세의 카멜색 코트를 입었고 세세는 자신의 흰색 무스탕을 입었다. 둘은 아파트를 나서 세계정부 수도의 중심가로 나갔다. 세세의 아파트는 중심가에서도 가장 번화가에 위치해 있었기 때문에 주변 상점으로 나가는 것이 어렵지 않았다. 세세는 번화가로 들어가 자신이 자주 방문하는 카페에서 커피를 주문했다.

"난 아인슈페너, 고은이 넌 뭐 마실래?"

"난 아이스 카라멜 마끼아또."

세세는 자신의 아인슈페너 한 잔과 고은의 카라멜 마끼아또 한 잔을 시켰다. 세세는 고은과 커피를 마시면서 거리를 거닐기 위해 테이크아웃으로 주문했다. 고은은 커피를 기다리며 무채색으로 꾸며진 충고가 높은 카페를 고개를 돌리면서 구경했다. 모던하고 깔끔한 인테리어라는 생각이 들었다. 널찍한 것 치고 사람도 많이 없어 쾌적하게 이용할 수 있겠구나 싶었다.

"넓은 것 치고 사람이 없어서 신기하지?"

"응. 세계정부 사람들은 카페 오는 걸 안 좋아해?"

"아니. 커피 안 좋아하는 사람은 드물지. 다만 이 시간에는 각자 직장에서 일하느라 카페에 잘 들르지 못하는 거야. 주말에는 그래도 사람 꽤 많아."

"그렇구나…"

고은이 세세의 말을 듣고 끄덕이고 있을 무렵 주문한 커피가 나왔다.

"아인슈페너 한 잔, 카라멜 마끼아또 한 잔 나왔습니다. 맛있게 드세요."

고은은 커피를 주면서도 무표정한 카페 점원의 표정을 보며 여러모로 계명성국의 분위기와는 정말 다르다고 생각했다. 둘은 커피를 들고 가게 밖 거리로 나왔다. 여러 가지 가게가 많았지만 정작 가게 안의 손님은 드물었다. 카페가 있는 상점가를 벗어나 가로수가 있는 거리로 나오니 일 때문에 길을 오가는 직장인들이 보였다. 서류 가방을 들고 넥타이를 맨 채 종종걸음으로 거리를 지나다녔다. 가로수가 있는 거리를 걸어 벤치와 조형물이 있는 광장으로 나오니 커다란 전광판에서는 세계정부 중앙 방송국 발 뉴스가 나오고 있었다. 고은에게는 이 모든 것이 새로웠다. 다들 바빠 보이고 쉬고 있는 사람이 없는, 여유가 느껴지지 않는 도시가 신기했다. 세세는 아인슈페너를 한 입 마시고는 고은의 어깨에 손을 올리고 말했다.

"신기하지? 나도 처음엔 그랬어."

"처음엔? 세세 너는 그럼…"

"맞아. 나도 계명성국에서 잡혀 왔어. 열여섯인가 열일곱에."

고은은 태연하게 자신의 과거를 말하는 세세에 놀랐다. 세세는 그런 고은의 시선에 관심 없다는 듯 저벅저벅 앞으로 걸어가 광장의 벤치에 자리를 잡고 앉았다. 그리고는 고개를 들고 우거진 침엽수들을 바라보며 아인슈페너를 마셨다. 고은은 앉아있는 세세에게로 다가와 벤치 앞에 선 채로 불어오는 바람을 느끼며 카라멜 마끼아또를 마셨다.

"난 벌써 여기 10년도 넘게 살았어. 베어가 세계정부 지도자층에 올라간 후 라우더가 세계에 퍼지게 되면서 그때부턴 라우더까지 먹고 있어. 난 라우더 때문에 눈물을 잃어버렸지만, 고향을 생각하면 늘 사무치고 그리워. 계명성국에 살던 때가 꿈같아."

"세세…"

"있잖아, 어쩌면 우리 같은 배를 탈지도 모르겠어. 너도나도 계명성국으로 꼭 돌아가고 싶으니 말야."

"도대체 계명성국과 세계정부 사이에 무슨 일이 일어나고 있는 거야?"

"그걸 세계정부 쪽에 잡혀 살고 있는 우리가 이제부터 알아내야 하는 거지. 다만 내가 아는 바로는 라우더가 뭔가 이상하다는 것. 지금 계명성국 암시장에 퍼지고 있고 너한테도 먹이고 있는 건 베어가 최근 개발한 신약이야. 그 약이 무슨 효과가 있는지 알아내야 해. 그리고 베어는 세계정부 수뇌부와 카르텔들을 조종해 계명성국을 전천후로 압박할 생각이야, 그 작전들을 잘 지켜보고 있다가 계명성국에 알릴 수 있는 방법을 찾아야 해."

"너 계명성국 쪽에 연락 가능한 사람 있어?"

"감시 때문에 어렵지만… 있어."

세세는 다리를 꼬고 앉아 달콤쌉쓸한 커피를 마셨다.

"일락 카르텔… 그 사람들이 어떤 의중인지는 모르겠지만 그 사람들은 어쨌든 계명성국 사람들이니까."

"일락 카르텔이면 지난번 우리를 도와준 조직인데…"

"나랏일에는 눈에 불을 켜고 달려드는 것 같긴 해. 그 사람들을 활용해야 해. 차고은, 너 나랑 손잡고 잘 해낼 자신 있어?"

"나 이래 봬도 계명성국 형사야. 걱정 마. 믿을만한 동료가 될 거야."

"우리의 고향으로 반드시 돌아가자. 그것만 생각하며 사는 거야."

고은은 세세로부터 앞으로 세상에 무슨 일이 닥치게 될지 들으며 비장함을 느꼈다. 그러면서 고은은 커피를 잡지 않은 한 손에 들고 있는 토끼모양의 휴대폰 고리를 바라보며 강찬을 생각했다. 그리고 강찬과의 연결고리인 마냥 토끼를 손에 꼭 쥔 채 두 눈을 감았다. 반드시 사랑하는 사람을 다시 만날 수 있길 기도하며 마음을 다잡았다. 광장에 있는 고은과 세세를 휘감은 바람이 차가웠다. 둘은 옷깃을 여미며 빈 커피잔을 쥔 채 광장을 떠났다. 온기를 가진 둘이 떠난 텅 빈 광장에는 중앙 전광판에서 나오는 무미건조한 방송 소리만이 넓게 메아리치고 있었다.

*

일호는 형사 한 명이 헬렌 카르텔에 납치되었다는 비보를 듣고 바로 마피아수사과로 방문했다. 부디 그렇지 않길 바랐지만, 마피아수사과 내에 보이지 않는 고은의 모습에 누가 납치된 것인지 어렴풋이 짐작할 수 있었다.

"대통령님… 대통령 경호팀의 차고은 형사가 잠복수사를 하다 헬렌 카르텔에 납치당했습니다…"

상황 보고를 담당하는 강찬이 어두운 표정을 한 채 일호에게 보고했다. 상황을 보며 짐작은 하고 있었지만, 실제 강찬의 입으로 듣게 된 고은의 이야기는 일호의 정신을 어지럽게 했다. 함께 웃으며 식사를 한 것이 엊그제 같은데 갑자기 자신의 곁을 또 떠난 자식을 이렇게 아무 대처방안 없이 손 놓은 채 보고 있을 수만은 없었다. 일호는 비통한 분위기에서 긴 침묵을 깨고 말했다.

"내 모든 것을 걸고 차고은 형사를 되찾을 것입니다."

마피아수사과 형사들은 대통령이 결연한 의지를 보이자 함께 무거운 마음을 가졌다.

"대통령님, 저 또한 제 모든 것을 걸고 차고은 형사를 구할 것입니다."

강찬이 일호의 말을 듣고는 자신 또한 결연한 의지가 있음을 피력했다. 일호는 그런 강찬을 바라봤다. 그 순간 일호는 평소의 본인답지 않게 못난 생각이 자꾸 피어오름을 느꼈다. 내 딸은 겪지 않아도 될 고초를 겪고 있는데 왜 내 딸에게 사랑을 맹세한 네 놈은 한 몸 편하게 내 앞에 보이고 있느냐는 말이 목구멍 끝까지 차올랐다. 일호의 옆에서 침통한 표정을 한 채 아무 말 없이 서 있는 강찬을 보니 일호는 부아가 치밀었다. 일호는 자신도 모르는 사이에 날이 선 말을 강찬에게 던지고 있었다.

"최강찬 형사, 차고은 형사와 결혼을 약속한 사이라죠."

"네… 평생을 함께하기로 약속한 사이입니다."

"심지어 평생을 함께하겠다고 약속한 사이면서 어떻게 사랑하는 여자가 곤경에 처한 것도 모를 수가 있는 거죠?"

"…"

"차고은 형사가 당신을 얼마나 믿고 의지하고 있는지는 잘 알지요?"

"…"

"지금 상황에 자신이 부끄러워 할 말이 없나 보군요. 공명에 눈이 멀어 사랑하는 사람을 지키지 못했으니."

평소 일호답지 않게 강찬이 아플 만한 무례한 말을 던지는 것을 보고 수사과 형사 모두 머뭇거리며 일호를 제지하려고 했다. 그때 수호가 나서서 더 심해질 일호의 폭언을 막았다.

"대통령님, 공명에 눈이 멀었다뇨…! 저희 팀 모두가 받아들이기 힘든 상황입니다. 부디 그만하십시오…"

일호는 딸을 강탈당한 것에 대한 차오르는 분노를 표출할 길이 없어 이를 꽉 깨물고 주먹으로 자신의 가슴을 치기 시작했다. 얼굴은 화가 가득 찬 모양으로 벌겋게 달아올랐다. 평소 어려운 상황에도 의연하고 차분한 대통령의 모습이었기에 수사과는 지금의 대통령 모습이 대통령답지 않고 낯설다고 느꼈다. 강찬은 그럼에도 무심결에 대통령을 향해 낮은 목소리로 말했다.

"대통령님, 죄송합니다. 면목이 없습니다…"

일호는 그 말에 마침내 참았던 분노가 터져 강찬의 죄송하다는 말이 끝나기 무섭게 강찬의 멱살을 두 손으로 잡고 말았다.

"자네가… 자네가 정말 나한테 미안하면 이러면 안 되는 거 아닌가? 지금이라도 당장 적의 중심지로 뛰어들어도 모자랄 판에…!"

강찬은 놀랄 법도 했지만 아무 말 없이 일호의 만행을 묵묵히 받아들이고 있었다. 그런 강찬을 잡고 있는 일호는 이미 이성을 잃은 상태였다. 수호와 정신은 일호를 뜯어말리면서도 왜 일호가 강찬에게 이렇게까지 하는지 영문을 몰랐다. 수호는 강찬을 잡고 마구 흔드는 일호를 달랬다.

"이러시면 안 됩니다. 대통령님! 차고은 형사는 저희가 수사과 절차에 따라 구하는 방법을…"

"수사과 절차? 그런 걸 찾아보고 기다리다가 차고은 형사가 죽으면 어떡할 거죠?"

"그건…"

"차고은… 그 아이 내 딸이란 말입니다."

"예?"

"차고은 형사, 나 유일호의 딸이라고…! 수사과 절차를 구할 것도 없이 나를 마음껏 활용해도 좋으니 내 딸을 한시 빨리 되돌려 놓아주세요.”

“대통령님… 갑자기 그게 무슨…”

“못 알아듣습니까? 딸을 되찾아달라는 말입니다!”

일호는 차분하게 자신의 말을 응수하던 수호와 결국 마음속 솔직한 대화를 나누더니 강찬의 멱살을 잡고 있던 손을 떼고는 그 두 손으로 얼굴을 감싸 쥐었다. 순식간에 고은이 자신의 딸임을 마피아수사과에 폭로해버린 것이다. 그러나 일호는 자신이 평생을 쌓아온 평판과 명성도 딸의 일에는 결코 견줄 수 없다는 사실을 그 순간 깨달았다. 강찬은 일호의 ‘내 딸’이라는 표현에 적잖아 놀라 어안이 벙벙했다. 고은에게 그런 이야기를 들은 적이 없어 지금의 상황을 쉽게 받아들일 수 없었다. 그런 강찬에게 일호가 간절함을 담아 말했다.

“최강찬 형사. 내가 무슨 방법을 써서라도 자네를 돕겠네. 내 딸을 살려주게.”

그 순간 강찬은 아무래도 좋았다. 대통령이 고은의 아버지인지 아닌지는 강찬이 알 바가 아니었다. 그저 자신의 고은구출작전을 돕는 사람이라면 누구든 감사히 받아들일 것이었다. 강찬은 정신을 차리고 눈앞의 일호에게 간곡히 부탁했다.

“대통령님, 고은이를 구하기 위해서는 계명성국의 국경선을 넘어 세계정부로 갈 수 있는 방법이 필요합니다.”

“고은이가 어디 있는지는 아는가?”

“헬렌 카르텔의 본부에 있을 것이라고 짐작하고 있습니다.”

“그 본부는 어디에 있는지 알고 있는가?”

“예. 제가 알고 있는 정보를 따라가 헬렌 카르텔 본부를 찾고 본부에 잠입해 고은이를 찾아봐야 할 것 같습니다.”

일호는 자신을 향해 눈빛을 빛내는 절박한 강찬을 다시 한번 믿고 싶었다.

“그런 것이라면 걱정 말게. 내가 양국의 국경선을 넘을 수 있는 방법을 알려주고 도와주겠네.”

"저 하나뿐만 아니라 저희 팀 세 명 모두 본부에 잠입할 수 있도록 도와주십시오."

"그러지."

강찬은 수호와 정신의 작전 수행도 가능할 수 있게 처리해 줄 것을 요청했고 일호는 수락했다. 그때부터 대통령 경호팀 셋은 차고은을 구출하기 위한 팀으로 새롭게 구성되어 일호의 지원을 받게 되었다.

"지금부터 고은이를 구할 때까지 무슨 일이 있어도 작전이 우선일세. 나도 그럴 거고 자네도 그래야 하네."

일호가 강찬의 양팔 바깥 부분을 두 손으로 꽉 잡고 당부했다. 강찬은 일호의 말에 강하게 끄덕이며 비장한 표정을 지었다. 강찬은 일호가 물심양면으로 돕겠다고 말한 것에 깊은 감사를 느꼈다. 고은과 일호의 부녀 인연이 고은을 간절히 원하는 자신을 돕고 있는 것이라고 생각하며 고은을 위해, 일호를 위해, 그리고 자신을 위해 전력으로 작전에 임할 것을 다짐했다.

"헬렌 카르텔이 있는 곳은 세계정부 얼음대륙의 가장 큰 도시라고 합니다. 그 도시의 가장 큰 타워가 헬렌 카르텔의 본부이고요. 지금부터 헬렌 카르텔 본부 잠입 작전에 대한 작전을 세워봅시다."

"세계정부의 얼음대륙이라면 우리 계명성국 북쪽의 육상국경선을 넘어서면 바로 있는 도시에서 동서 간 횡단 열차를 타면 되네. 기차를 타기까지의 교통편은 내가 지원해주지. 그리고 내 오랜 친구에게 부탁해 자네들이 국경선을 넘어 기차를 탈 수 있게 세계정부 신분증과 통장을 개설해 주겠네."

일호는 본부로 향하는 교통편 지원을 약속했다. 다행히 일호에게는 젊은 날 지역부흥운동을 할 때 가까워졌던 반세계정부파의 친구들이 있었기에 세계정부에 잠입하기 위한 신분증과 통장을 만드는 것이 어려운 일이 아니었다. 강찬 팀 자력으로는 절대 할 수 없는 일들이었다.

"그리고 불편함 없이 적을 제거할 수 있는 무기가 필요합니다. 또 공격용 무기 이외에도 본부에 잠입하는 데 도움이 될 만한 도구들이 필요합니다."

"걱정 말게. 계명성국군에서 실제로 적진을 돌파할 때 사용하는 무기와 도구들을 모두 지원하지. 군수물자에 대해서도 금전적 지원에 대해서도 전혀 아끼지 않겠네."

"감사합니다, 대통령님. 제 목숨을 걸고 고은이를 구해내겠습니다."

일호는 강찬에게 최상의 지원을 약속했고 강찬은 목숨을 걸고 고은을 구해낼 것을 약속했다. 강찬 팀은 일호의 지원 약속을 받아내자마자 본부에 잠입할 계획을 세웠다. 그리고 필요한 물품들을 일호에게 전달해 길지 않은 시간 내에 물품들을 수사과로 받았다. 현재 수사과에 있는 모두에게는 지체할 시간이 없었던 것이다.

일호의 지시를 받은 수행원이 세계정부 신분증과 통장을 가져올 때까지 강찬 팀은 일각이 흐르는 것에 초조해하며 기다렸고 해가 바다 수평선 아래로 떨어지기 시작할 무렵이 되자 신분증을 받을 수 있었다.

"최대한 빨리 만들어서 보내드린다고 전하셨습니다."

"고맙네. 친구에게도 서둘러줘서 고맙다고 연락을 넣어야겠군."

임무를 완수한 수행원의 등을 토닥여주던 일호는 강찬 팀을 향해 말했다.

"이제 준비는 다 끝났습니다. 여러분이 반드시 임무를 완수할 것임을 나는 믿기로 했습니다. 반드시 고은이를 데려와 주세요."

"예!"

일호는 우렁찬 대답을 하는 강찬 팀의 손을 한 번씩 잡아주었다. 마지막으로 강찬의 손을 잡으며 일호는 말을 덧붙였다.

"자네가 내 딸이 사랑하는 남자라면 분명 훌륭한 남자 일거라고 나는 믿는다네. 부디 몸 건강히 내 딸과 함께 돌아와 주게."

"예, 그러겠습니다. 대통령님."

강찬 팀은 일호와의 인사 후 받은 무기들을 챙겨 마피아수사과와 일호를 뒤로 하고 수사과 건물 밖으로 나왔다. 그리고 건물 밖에서 대기하고 있던 일호의 전용 차를 타고 국경선까지 간 후 일호의 수행원이 몰래 손 써놓은 곳을 통해 국경을 넘 었다. 국경을 넘은 뒤에는 일호의 오랜 친구가 만들어 보내 준 세계정부 신분증과 통장으로 서부로 가는 열차를 탔다. 이 모든 절차는 그리 오래 걸리지 않았다.

"강찬 형, 고은 누나를 이번 잠입에서 바로 구할 수 있을까?"

"그러려고 노력해야지. 고은이가 본부에 있는지 없는지 알아보는 게 우선이 야."

"이제 점점 추워질 거야. 옷 잘 챙겨 입고 일단 푹 자."

"수호 형이랑 강찬 형도 몸 너무 축내지 말고 잘 챙겨."

"정신이 너도."

강찬 팀 셋은 열차에서 몸을 웅크리며 짧은 잠을 청했다. 이들은 고은을 구하러 가는 길이 쉽지만은 않으리라고 예감했지만 그래도 어떻게 해서든 고은을 구할 방 법은 있다고 믿으며 열차와 함께 대륙 서부의 대도시로 향했다.

11 새로운 만남

열차가 며칠을 갔을까, 익숙하지 않은 추위가 강찬 팀이 탄 열차를 감쌌다. 셋은 추위를 견디기 위해 미리 챙겨온 두꺼운 옷으로 갈아입었다. 그러다 보니 어느새 타고 있던 열차가 헬렌 카르텔 도시의 정거장에 도착하고 있었다. 셋은 다른 사람들의 눈에 띄지 않게 열차에서 조용히 내렸다.

헬렌 카르텔의 도시는 춥고 공허한 기분이 드는 곳이었다. 강찬은 처음 보는 거대한 건물의 숲에서 혼란을 겪지 않기 위해 부단히 애를 썼다. 수호와 정신은 넓은 길이 도처에 있음에도 그 길 위를 걷는 사람이 많지 않은 것에 대해 신기해했다. 세 사람은 헬렌 카르텔 본부에 대한 위치를 정확히 알기 위해 길 가의 상점에 들어가 본부 건물에 대해 물어보고자 했다. 상점에서 글라스로 된 위스키를 주문한 셋은 얼음이 가득 담긴 위스키를 마시면서 카운터에 서서 컵들을 정리하는 주인에게 질문했다.

"주인장, 이 도시에서 가장 큰 건물은 어디에 있습니까?"

"거긴 왜요?"

"관광객인데 한번 가보고 싶어 그럽니다."

"관광…?"

컵을 닦던 가게 주인이 이상하다는 눈초리로 강찬을 봤다. 곁에 있던 수호는 주인의 의심하는 표정을 알아챘고 수습하기 위해 강찬을 가로막은 뒤 말을 둘러댔다.

"아하하, 우리는 여행작가거든요! 세계정부 유명 도시들을 돌아다니면서 작성한답니다."

"아, 직업이 여행작가… 관광이라길래 직업이 주어지지 않은 채 배회하는 정부 권역 밖 사람인 줄 알았습니다."

여행작가라는 말에 가게 주인은 긴장을 늦췄고, 다시 손으로 시선을 옮겨 부드럽게 투명한 컵들을 닦았다. 수호는 자신들에게서 시선을 거둔 주인에게 다시 한 번 물었다.

"꼭 가보고 싶어서 그러는데 여기서 가장 높은 건물은 어디에 있는지 아십니까?"

주인은 너무 당연한 질문이라는 듯 심드렁한 표정으로 통유리창 밖 한 지점을 가리켰다.

"다리 건너보이는 저기 저 타워죠. 그런데 당신들 저기 출입하는 건 아마 안 될 겁니다. 건물이 통째로 헬렌 카르텔의 본거지로 사용되거든요."

"그렇군요… 혹시 저 건물 말고 또 헬렌 카르텔이 사용하는 건물이 있나요?"

"내가 알기론 없어요. 그 사람들 저 타워에 모여 일해요."

"감사합니다. 주인장. 잔돈은 됐습니다."

세 사람은 이야기를 듣고는 위스키잔을 조용히 내려놓은 뒤 위스키 가격을 가게 주인에게 지불하고는 가게의 문을 힘차게 밀고 나왔다. 그리고 세 사람은 타워로 향하기 위해 택시가 다니는 대로변으로 바삐 걸었다. 이런 세 사람의 주위로는 이들과 같이 목적을 향해 앞만 보며 바쁘게 걸어 다니는 사람들이 지나다녔다. 셋은 드물게 지나다니는 사람들 사이에 서서 다리 건너 보이는 높은 타워를 바라보았다.

"저 타워에 헬렌 카르텔 놈들이 모여있다는 말인 거지?"

"응. 고은이도 헬렌 카르텔이 납치해 갔으니 분명 저기에 있을 거야."

"형들, 일단 택시를 잡아서 저 타워 근처로 가보자."

정신이 대로변에서 손을 흔들어 택시를 잡았다. 택시는 세 사람의 앞에 섰다. 강찬이 조수석에 타고 수호와 정신이 뒷좌석에 탔다. 세 사람은 택시가 목적지에 도착할 때까지 각자의 자리에서 창밖을 바라보며 잠시 세계정부의 풍경을 감상했다. 택시는 길을 따라가다 강을 가로지르는 큰 다리를 건넜다. 다리 아래의 강물은 도시의 추위에 얇게 얼어있었다. 다리를 건너 건너편으로 택시가 진입하자 거대한 헬렌 카르텔의 타워는 한눈에 들어오지 않을 만큼 가까워지고 있었다. 세 사람은 타워가 가까워지는 동안 고은을 구하기 위한 의지를 다시금 다졌고 적의 본거지로 들어가기 위한 긴장 상태를 유지했다. 택시는 멈추지 않고 시원하게 달려 어느새 멀리서만 보이던 타워의 바로 앞에 도착했다.

"기사님, 감사합니다."

강찬은 택시 기사에게 비용을 지불하고는 택시에서 내렸다. 뒷좌석의 두 사람도 각자 양쪽 문으로 내렸다. 세 사람은 눈앞에 높이 서 있는 헬렌 카르텔의 타워를 올려다봤다. 목을 아무리 뒤로 젖혀도 최상층이 어딘지 보이지 않았다. 세 사람은 타워 입구로 들어가기 위해 걸었다. 하지만 로비에 들어서자 경비가 달려 나와 세 사람의 앞길을 막았다.

"이봐요, 어디서 오신 분들입니까?"

"여행작가인데요, 건물을 좀 구경하고 건물 사람들과도 인터뷰를 하고 싶어서 방문했습니다."

수호는 경비에게 신분을 둘러대며 건물 안으로 들여보내 줄 수는 없냐고 물었다. 경비는 예상보다 더 완고했다.

"절대 들어가실 수 없습니다. 이 건물은 보스께서 아무나 들이지 말라고 지시하신 곳입니다."

정신은 수호의 옆에서 경비의 말을 듣고는 경비들이 있는 로비를 거쳐서 건물에 들어가기는 쉽지 않을 것이라 판단했다. 그래서 자신은 건물 밖으로 나가 건물 주위를 돌며 들어갈 수 있는 길이 있지는 않은지 파악하기로 했다. 정신은 수호와 강찬에게 자신의 계획을 전달하고는 먼저 로비를 지나서 건물 밖으로 나왔다. 남은 둘은 계속해서 경비를 상대로 건물에 들어가기 위한 실랑이를 벌이기로 했다.

"이렇게 돌다 보면 다른 입구가 하나 정도는 있을 것 같은데…"

정신은 타워에서 나와 날카로운 시선으로 건물 주위를 둘러보았다. 하지만 건물을 주의 깊게 보며 한 바퀴, 두 바퀴 돌아봐도 건물 안으로 통하는 다른 입구가 있어 보이지는 않았다. 다시 로비로 들어가는 입구까지 돌아온 정신은 상황을 보기 위해 유리문 너머로 로비를 지켜봤다. 정신과 수호는 변함없이 로비에 머물며 경비와 계속 대치하고 있었다. 이러다 경비가 건물의 다른 조직원들을 부르기라도 하면 일이 복잡해질 것이라고 생각한 정신은 두 사람을 말리기 위해 건물로 들어가려고 했다. 이때 정신의 눈에 건물 앞에 검은색 세단 한 대가 부드럽게 서는 것이 들어왔다. 그리고 그 안에서는 고급스러운 연분홍색 원피스를 입은 긴 생머리의 한 여자가 내렸다.

"고마워요. 근처에서 편히 쉬고 있다가 내가 부르면 다시 데리러 와줘요."

"예, 세세님."

여자는 기사에게 말을 건네고는 차 문을 닫았다. 그리고 건물 입구로 또각또각 걸어왔다. 정신이 봤을 때 주변에 경호원 같아 보이는 사람은 한 명도 없었다. 정신은 순간 번뜩이는 생각으로 이 여자를 이용해 헬렌 카르텔 건물로 들어가야겠다는 작심을 했다. 마침 입구 바로 앞에 서 있던 정신은 그 계획을 실행하기 위해 자신을 향해 걸어오는 여자, 세세의 손목을 순간 휙 낚아챘다.

"뛰어!"

그리고는 세세를 데리고 건물 옆 골목으로 전속력으로 달렸다. 졸지에 세세는 영문도 모른 채 손목이 잡힌 채 달리게 되었다. 세세는 신변에 위협이 되는 상황이라는 생각이 들어 주변에 도와달라고 소리를 질렀고 차를 몰고 떠나려던 세세의 운전기사가 그 상황을 목격했다. 세세의 목소리를 듣고 헬렌 카르텔의 건물 안에서도 경비들이 달려 나왔다. 수호와 강찬은 이 상황에도 밖으로 달려 나가지 않는 경비와 여전히 대치하고 있었지만, 갑자기 로비층이 분주해진 것을 보며 상황판단을 하기 시작했다.

"이 상황을 보니 아마 정신이가 밖에서 무슨 일을 저지른 거 같은데."

"강찬 형, 내 생각도 그래. 나정신… 성공해라."

두 사람은 경비의 발을 묶고 정신에게서 눈을 돌리게 하기 위해 이들 나름대로의 방법으로 로비에서 계속 타워로 진입하려는 시도를 했다. 경비는 끈질긴 두 사람에 곰이 아프다는 시늉을 하더니 결국 다른 일에는 참견하지 못하고 두 사람에게만 계속 집중했다.

밖에서는 정신과 세세가 계속 달리고 있었다. 정신은 언젠가부터 자신들의 뒤를 따라오는 경비들을 느끼고는 어딘가로 몸을 피해야겠다고 생각했다. 그래서 달리다가 두 사람이 겨우 마주 보고 서 있을 수 있을 만한 어두운 건물 사이의 골목으로 숨어 들어갔다. 바로 옆으로 경비들이 전속력으로 달리며 골목을 스쳐 지나갔다. 정신과 세세는 가쁜 숨을 내쉬면서 골목 안에서 마주 본 채 대치했다.

"당신… 뭐야…"

세세는 숨을 쉬기 힘들다는 듯 가슴 가운데를 꽉 쥔 채 정신의 얼굴을 노려보며 말했다.

"미안! 저 타워에 꼭 들어가야 할 이유가 있어서. 좀 도와줘야겠어."

정신은 숨을 헐떡이면서도 세세를 향해 싱긋 웃어 보였다. 그러면서 골목 양쪽을 둘러보며 경계를 늦추지 않았다. 손은 아직 세세의 손목을 잡고 있는 상태였다. 세세는 꽉 잡혀있는 자신의 손목을 보다 다시 자신과 마주하고 있는 정신의 얼굴을 봤다. 정신은 세세를 놓아줄 생각이 없어 보였다.

그렇게 두 사람의 헐떡이는 숨이 좀 잦아들 무렵, 세세는 분명 처음 만나 낯설지만, 결코 낯설지 않은 것 같은 정신의 얼굴을 곧 알아볼 수 있었다. 눈앞의 정신은 바로 세세가 항상 먼발치서만 보고 만나지 못해 가슴이 아파 눈물을 펑펑 흘리던 꿈속의 그 남자였다. 그 남자가 갑자기 현실이 되어 나타나 지금 세세의 눈앞에 있었던 것이다. 세세는 순간 놀라서 정신에게 잡히지 않은 손으로 입을 가리고 눈을 동그랗게 뜬 채로 정신에게 말했다.

"너… 너 어디서 왔어."

정신은 입으로는 다정한 미소를 지은 채로, 눈빛에는 목표를 향한 강한 의지를 담아 세세에게 대답했다.

"그건 알 거 없어. 있잖아, 나를 헬렌 카르텔의 타워 안으로 데려다줘. 그럼 놓아줄게."

"거긴 왜 들어가려고 하는 건데?"

"최근에 동료가 헬렌 카르텔 놈들한테 억울하게 납치됐어. 구해야 해."

"설마… 그 동료, 계명성국 여자야?"

정신은 세세의 갑작스러운 질문에 말없이 세세의 눈을 그냥 물끄러미 바라보았다. 그렇게 서로의 의중을 파악하기 위해 눈빛만 주고받는 찰나의 시간이 지나고, 정신은 끝내 세세의 말이 맞는다는 듯 얕게 끄덕였다. 세세가 알기로는 헬렌 카르텔이 납치해 온 계명성국 여자라면 지금 세세의 아파트에 있는 계명성국 형사 차고은 말고는 없었다. 세세는 눈앞의 이 남자도 고은처럼 계명성국의 형사라는 사실을 곧 짐작할 수 있었다. 꿈속에서 그토록 그리던 남자가 계명성국의 형사였다니, 세세는 이 남자가 자신을 세계정부로부터 구해줄 사람일 지도 모르겠다는 예감이 들었다. 하지만 자신의 이야기를 하기 전, 우선 세세는 이 남자가 알고 있는 정보를 정정해줘야 할 필요가 있었다.

"타워에는 네가 구하려는 그 여자 없어."

"뭐?"

"차고은이 그 여자지? 이미 헬렌 카르텔을 떠나 세계정부에서 군림하는 베어라는 사람의 감시하에 있어."

"너 고은 누나를 어떻게 알아?"

"아무튼 여긴 없어. 그리고 세계정부는, 심지어 이 헬렌 카르텔의 도시는 지금 준비도 제대로 안 된 네 상황에서 섣불리 드나들 곳이 아냐. 위험하니까 어서 계명성국으로 돌아가."

정신은 고은을 알고 있다는 세세의 말을 주의 깊게 듣기 시작했다. 세세를 통해 고은이 이곳이 아니라 다른 곳에 있다는 사실을 알게 된 정신은 이 사실을 동료들에게 빨리 알려야겠다고 생각했다.

"그럼 고은 누나는 어디에 있다는 건데."

"세계정부 수도의 지금 내가 머무는 아파트에 있어. 그런데 너희가 생각 없이 마구 들쑤시면 또 어딘가로 빼돌려지게 될 거야. 그러니까 확실히 구할 수 있을 때가 아니면 함부로 현장에 덤비지 마. 고은이를 위해서라도 그렇게 해야 해."

"넌 도대체 뭐야. 세계정부 사람이야?"

세세는 자신의 손목을 계속 세게 잡고 있는 정신의 손을 신경 쓰지도 않은 채 그 잡힌 손목을 들어 손으로 정신의 얼굴을 살포시 어루만졌다. 꿈에서 항상 그러고 싶었는데 정말 이 남자와 마주 본 채로 그러고 있으니 괜히 뜨거운 눈물이 고였다.

"나는 세세, 계명성국 이름은 박세희. 10여 년 전에 베어에게 납치당해 지금껏 이곳에 살고 있어. 네가 언제부턴가 계속 밤마다 꿈에 나왔어. 꿈에서처럼 날 두고 떠나지 말고 부디 나를 여기서 좀 구해줘…"

세세의 고인 눈물이 어느새 눈에 가득 차 뺨을 타고 흘러내렸다. 정신은 세세에게 이끌리듯 자신의 얼굴을 어루만지는 세세의 손에 자신의 손을 포개어 잡았다. 이야기를 들으니 자신의 얼굴을 보며 눈물을 흘리는 이 아름다운 여성이 참으로 가엾게 느껴졌다. 말없이 서로를 바라보는 동안 왼쪽 귓바퀴에서 빛나는 돌고래 모양의 피어싱이 정신의 눈에 들어왔다. 정신은 포개어 잡은 손을 떼 세세의 왼쪽 귀에 그 손을 가져다 댔다. 그리고 부드럽게 쓰다듬어 주었다.

"계명성국 사람이었구나…"

"그래…"

"결국 너도 내가 구해야 할 사람인거군."

정신은 굳은 얼굴을 한 채로 말하며 가슴에 가득 찼던 눈물을 터뜨린 세세를 바라보았다. 정신 또한 마음의 짐이 한껏 더 무거워진 듯한 모습이었다. 세세는 돌고래가 있는 귀를 쓰다듬어 주고 있는 정신에게 목이 메인 채 미소 지으며 말했다.

"내 귀에 있는 돌고래 봤구나. 돌고래가 바닷속에서 신의 목소리를 듣는다는 계명성국의 전설 알아? 그것처럼 난 어렴풋하지만, 미래를 볼 수 있어. 그래서 사실 오늘 우리가 만났다고 해서 당장 내가 널 따라 계명성국으로 갈 수 없다는 걸 난 알아. 슬프지만 다음을 기약해야 해. 그래도 부디 나를 포기하지 않고 계속 잡아줄래…? 그럼 나도 이 지옥 같은 세상에서 도망칠 수 있을 것 같아…"

세세는 절박한 마음이 차올라 다시 두 눈에 눈물을 가득 채웠고 세세가 두 눈을 꼭 감자 두 뺨은 눈물이 넘쳐흘러 뜨겁게 젖어갔다.

"그럴 거야… 이름이 세희랬지. 잊지 않고 너를 다시 계명성국에 되돌려 놓을게."

"잠깐만! 넌 이름이 뭐야…?"

"나? 나는 나정신."

둘은 서로를 잊지 않으려는 듯 서로의 이름을 부르고 되뇌었다. 이때 둘이 마주 보고 서 있는 골목 한쪽에서 경비가 나타나 둘을 발견하고는 주변 경비들을 부르기 위해 소리치기 시작했다. 세세는 놀라 정신에게 다급하게 말했다.

"도망가 정신아! 잡히면 안 돼!"

"울지 말고."라며 세세의 얼굴을 꼭 감싸고 두 엄지로 눈물을 쓱 닦아 준 정신이 황급하게 반대편 골목 밖으로 달려 나갔다. 세세는 골목을 벗어나서 사라져가는 정신의 뒷모습을 그 자리에 서서 아련하게 지켜보았다.

"세세님, 무사하십니까?"

"난 괜찮으니까 아저씨… 저 남자 쫓지 말아요."

"예? 세세님을 붙잡고 이 골목까지 끌고 온 남자입니다. 잡아서 본때를 보여줘 야…"

"제발 그만! 그만 해요… 내 말 듣고 저 남자 그냥 보내줘요."

"세세님…"

"그리고 돌아가도 린에게 오늘의 일은 비밀로 해주세요. 린이 유별나게 걱정할 거예요. 걱정 끼치고 싶지 않아요."

"아… 네, 세세님!"

세세의 곁에 있던 경비가 호루라기를 불고 손짓을 하자 경비들은 정신을 쫓는 것을 멈추고 원래 있던 타워로 돌아갔다. 세세도 붉어진 눈을 가리기 위해 화장을 고친 후 다시 타워로 돌아와 린을 만나러 갔다. 세세가 타워에 돌아왔을 때는 수호 와 강찬도 어느새 사라지고 없는 상태였다. 골목을 나와 도망가던 정신이 동료들 과 함께 계명성국으로 돌아가기 위해 잊지 않고 타워로 돌아와 수호와 강찬을 데 리고 간 것이었다.

정신은 동료들을 데리고 바쁘게 타워를 떠나면서 둘에게 세세에 대한 이야기를 꺼냈다. 그리고 고은이 베어의 감시를 받고 있기 때문에 세계정부 수도의 세세의 아파트에 머무르고 있음을 알게 되었다고 말해주었다. 강찬은 고은의 납치가 카르 텔 간의 일이 아니라 세계정부가 관여한 사건임을 알게 되어 더욱 깊은 상심에 잠 긴 채 정신의 이야기를 들었다. 수호 또한 헬렌 카르텔 본부까지 힘들게 헛걸음을 한 자신들의 팀을 돌아보며 무력감에 빠져가고 있었다. 정신만이 이날 만난 세세 를 떠올리며 세세를 반드시 구해내겠다는 일념으로 작전에 대한 의지를 불태우고 있었다.

12 　　　　　　　　　　　　　　　또 다른 헤어짐

✳

　세계정부를 벗어나 수사과로 돌아온 강찬 팀 세 사람은 적과 한번 부딪혀보지도 못하고 아무 성과 없이 돌아온 것에 대해 감출 수 없는 부끄러움을 느꼈다. 그 중 정수호는 팀의 정보력 부족에 크게 낙담하고 형사 일 전체에 대한 회의감에 빠져 있었다.

　"형, 기운내자. 다시 세계정부로 침투해서 고은 누나를 구할 수 있는 날이 분명 올 거야."

　"그런 날이 정말 올까…?"

　"당연하지! 이번에 다녀온 덕분에 고은 누나가 어디 있는지 알 수 있었잖아. 다음번에 반드시 고은 누나를 되찾아오면 돼."

　자신의 자리에 멍하니 앉아있는 수호에게 정신이 다가와 위로했다. 하지만 정신의 희망 어린 말에도 수호의 이미 지하를 뚫고 들어간 자존감을 되돌리는 것에는 역부족이었다. 수호는 정신의 말을 듣고서도 웃는 기색 하나 없이 우울한 표정을 짓고 있었다.

　"형, 오늘 몇 시에 들어갈 거야? 내가 장 좀 봐서 맛있는 거 해줄까?"

　정신이 수호에게 집에 언제 들어갈지 물었다. 수호는 오늘만큼은 혼자만의 시간을 보내고 싶다는 마음이 컸기 때문에 정신과 함께 돌아가고 싶지 않았다.

　"정신아, 오늘은 먼저 들어가. 나 오늘은 밖에서 좀 시간 보내다가 들어갈게."

　"어… 그럼 그렇게 해, 형."

　이 외에도 몇 가지의 짧은 이야기를 제외하고는 정신과 수호는 하루 종일 대화

바다를 마시는 새벽별

없이 근무했다. 그렇게 시간이 흘러 해가 지고 퇴근 시간은 다가왔다. 당직을 서는 사람들을 제외한 수사과의 형사들은 퇴근 시간에 맞춰 수사과 건물에서 하나둘 빠져나가기 시작했다. 강찬은 당직, 정신은 곧바로 퇴근 대열에 합류했고 수호는 혼자 있는 시간을 가지기 위해 정신보다 조금 늦게 건물을 빠져나왔다.

수호는 언젠가 정신과 함께 노을이 진 바다를 바라보고 폴라로이드 사진을 찍었던 해안가를 홀로 거닐며 캔맥주를 마시기로 했다. 해안 도로 근처 편의점에서 차가운 맥주를 한 캔 사 들고 나온 뒤 해안 도로 아래로 내려가 바위와 돌이 많은 해안가를 걷기 시작했다. 쌀쌀한 날씨였기 때문에 바다에서 불어오는 바람이 몸을 매섭게 스쳐 지나갔다. 수호는 느껴지는 추위에 옷깃을 여미며 계속 저벅저벅 해안가를 걸었다. 얼마나 걸었을까, 주위는 한적하고 날은 어두워진 채 가로등 빛만 높은 곳에서 환하게 수호가 있는 곳을 비추고 있었다. 아무도 없이 수호만 덩그러니 놓여 있는 것 같았던 그때, 반대쪽 해안가 멀지 않은 곳에서도 누군가 혼자 걸어오고 있었다.

"유… 희성?"

수호가 반대편에서 걸어오는 남자를 자세히 바라보았더니 그 남자는 다름 아닌 대통령의 아들, 유희성이었다. 반대편 희성 쪽에서도 비슷한 타이밍에 수호를 알아본 것 같았다. 하지만 희성은 걸어오는 발걸음을 돌리지 않고 그대로 수호를 향해 걷는 속도를 빠르게도, 늦추지도 않으면서 태연스럽게 걸어왔다. 수호는 무장하지 않은 상태에서도 희성과의 전투를 준비했다. 주먹을 쥐고 무도 자세를 취한 수호는 그 자세를 유지하며 희성이 자기 앞으로 가까이 설 때까지 기다렸다. 그런데 그 모습을 본 희성은 걸어오면서도 파안대소하며 수호에게 말했다.

"이봐요 형사님, 여기서 맨손으로 나한테 싸움 걸면 꼼짝없이 바로 황천길 가는 거예요. 알아요?"

"희성님이 카르텔 조직원인 이상 저는 희성님을 검거해야 할 의무가 있습니다.”

희성의 으름장에도 수호는 자세를 풀지 않았고 오히려 앞으로 달려 나갈 기세로 희성을 노려봤다. 희성은 유쾌하면서도 난감하다는 표정으로 양손을 살짝 들며 항복 자세를 취한 뒤 잔뜩 긴장하고 있는 수호를 설득했다.

“난 지금 정수호 형사님이랑 싸우고 싶지 않은데요. 우리 얘기 좀 합시다. 잠시 휴전해요. 우리.”

수호는 이야기가 하고 싶다며 진심으로 다가오는 희성의 말에 전투를 준비하던 자세를 조금 누그러뜨렸다. 두 손을 든 채 걸어오던 희성은 어느새 수호의 앞에 코앞까지 다가와 섰다. 바로 희성을 때려눕히려고 한다면 그럴 수 있는 거리였다. 하지만 수호는 쥐고 있던 주먹에 힘을 풀고는 내려놓았다. 최근 헬렌 카르텔과의 일로 만감이 교차하던 수호의 상황이 무의식적으로 희성과의 대면에 영향을 끼치기라도 한 것인지 아니면 희성에 대한 인간적인 호감이 있었기 때문인지는 알 수 없었다.

“우리 좀 걸어요.”

희성이 수호에게 함께 걷자고 제안했다. 수호는 끄덕였다. 그렇게 조용히 희성을 따라 걷다 문득 말을 꺼냈다.

“… 왜 수도가 아니라 이 해안 도시에 계신 겁니까?”

“내가 속한 일락 카르텔이 본거지로 삼고 있는 곳이 이 도시예요. 공교롭게도 우리를 잡기 위해 고생하시는 형사님의 마피아수사과랑 같은 도시네요. 그러다 보니 우연히라도 이렇게 해안가를 걷다 형사님을 다 만나고, 좋네요.”

“대체 왜 일락 카르텔로 들어가신 겁니까?”

“말했잖아요. 내 나름대로 나라를 위하기 때문에 선택한 길이라고. 이거 봐요, ‘Same direction’이라는 이 문신. 우린 같은 방향을 걷고 있는 거라니까요?”

“그게 무슨… 어떻게 서로 대치하는 마피아랑 형사가 같은 길을 걸을 수 있죠?”

“우린 공동의 적이 있으니까요. 세계정부라는…”

세계정부라는 단어에 수호는 다시 헬렌 카르텔과의 일들이 생각나 기분이 순식간에 가라앉았다. 희성 또한 세계정부를 입에 올릴 때는 어두운 표정을 감추지 않았다.

"최근 라우더 거래 적발 건 많아지지 않았어요?"

"그걸 어떻게…"

"세계정부의 헬렌 카르텔이 우리에게 거래 제안을 했었거든요. 정확히 말하면 제안이라기보다는 협박에 가까웠지만."

희성은 상황이 장난이 아닌 것을 알리는 듯 낮은 목소리로 수호에게 대답했다. 수호는 처음 듣는 이야기에 내용을 더 알고 싶어 희성에게 질문을 하기 시작했다.

"라우더를 계명성국 시장에 풀어달라고 하던가요?"

"네. 시키는 대로 라우더를 퍼뜨리지 않으면 우리 카르텔과 향후 어떤 물건도 거래하지 않겠다고 꽤 강하게 말했어요."

"그래서 일락 카르텔은 어떻게 하기로 했습니까?"

"당연히 우리 보스 레드캣이 일언지하에 거절했죠. 계명성국에는 라우더가 필요 없다고요. 헬렌 카르텔과 거래를 하지 않는 한이 있어도 계명성국인 다수가 라우더를 복용하는 일은 없을 거라고 하면서 찾아온 헬렌 카르텔 사람들을 쫓아냈습니다."

수호는 일락 카르텔이 라우더를 거절한 이유가 설마 나라를 위해서일 것이라고는 생각하지 못하고 희성에게 그 이유를 물었다.

"라우더를 거래하면 막대한 돈을 벌 수 있었을 텐데요. 거절한 이유가 뭡니까?"

희성은 웃음을 터뜨리곤 대답했다.

"정수호 형사님, 혹시 바보에요? 아무리 명목적으로는 우리 일락 카르텔이 영리 목적의 단체라고는 하지만 나라를 팔아먹으면서까지 돈을 긁어모으는 단체는 절대 아니라구요. 당연히 계명성국을 세계정부로부터 지키기 위해서 거래를 거절한 거죠."

희성의 일갈에 수호는 말을 잇지 못하고 머뭇거렸다. 그러다 지난번 무인도에서의 사건이 생각났다. 그 사건도 의문점이 많았다.

"지난번 무인도에서 총기류 모아둔 것 적발된 적 있었죠? 지금은 희성님이 다 빼돌린 것 같지만… 그렇게 무기를 모아두는 이유는 뭡니까?"

희성은 답답한 현실에 숨을 크게 내쉬며 길의 끝 어딘가의 먼 곳을 응시한 채 말했다.

"당연히 세계정부와의 전쟁에 대비하기 위해서죠. 백년전쟁이 정말 백 년을 넘어버린 순간부터 더 위협적이고 무섭게 우리에게 접근하고 있어요. 경제적 봉쇄, 무기를 이용한 전면전 등 우리를 쓰러뜨릴 수 있는 것이라면 무엇이든 가리지 않을 태세예요. 우리 카르텔은 세계정부의 카르텔과 소통하며 세계정부가 어떻게 우리를 공격하는지 미리 알아내고 거기에 대한 방어책을 세우고 있는 겁니다."

수호는 혼란스러움을 느꼈다. 자신들이 소탕하기 위해 노력하고 있는 카르텔이 자신들과 같은 정의를 추구하고 있다는 것을 인정하지 않을 수 없었기 때문이다. 수호는 자신이 무엇을 위해 마피아수사과에 존재하고 있는지 이유를 알 수 없는 지경에 이르렀다.

"마피아인지 의적인지 모르겠군요."

"난 그 점이 좋아서 일락 카르텔에 들어온 거예요. 나라를 위해 힘쓰면서도 개인의 욕망을 채우는 것에 주저하지 않죠."

수호는 허탈한 웃음을 지었다.

"무엇을 위해 마피아수사과에 있었는지, 대체 무엇을 쫓고 있었는지 회의가 듭니다."

"형사님 기운 내요. 그렇게 세상의 비밀을 알아가는 거죠…"

희성이 수호의 어깨에 손을 올려 토닥였다. 수호는 그런 희성 쪽으로 고개를 돌

바다를 마시는 새벽별

렸다.

"카르텔 들어가서 살고 있는 거, 만족합니까?"

"가끔 지저분하고 나쁜 짓을 하는 것 같은 생각이 들 때도 있지만 대의명분을 따지자면 네, 만족해요. 분명 미치는 영향력도 있구요."

"부럽네요. 자신이 가진 뜻을 관철하는 일을 하며 만족감을 느낄 수 있어서요."

희성은 수호의 이야기에 조금 놀라며 곰곰이 듣더니 수호에게 넌지시 제안을 했다.

"형사님. 일락 카르텔로 들어오는 건 어때요? 우리랑 같이 일해요."

"형사인 저보고 지금 마피아가 되라는 말입니까?"

"나는 심지어 현직 대통령의 아들이에요. 형사님도 안될 것 없죠. 형사님 능력, 일락 카르텔에서 써먹읍시다."

"…"

"지금 당장 결정하라는 이야기 아니에요. 아직 제안한 지 5분도 안 되었으니까."

무섭게 노려보는 수호에게 희성은 배시시 웃으며 두 손을 흔들었다. 그러더니 자신의 외투 주머니에서 명함 한 장을 꺼냈다.

"이거 내 명함이니까 언제든 연락해요. 카르텔의 일원이 될 생각이든, 정보를 캐내기 위함이든 다 환영할 테니까. 난 형사님 왠지 그냥 좋아요."

수호가 희성의 명함을 받지 않자 희성은 수호의 주머니에 명함을 직접 넣었다. 그리고는 걷던 해안가 옆 해안 도로 위로 날렵하게 올라갔다. 해안 도로에 올라서서는 수호를 향해 손을 흔들었다.

"형사님! 그럼 또 봐요! 꼭 연락해요!"

우두커니 서서 희성이 떠난 자리를 지켜보던 수호는 생각에 잠겼다. 무엇이 자신이 진짜로 원하는 정의인지 혼란이 왔기 때문이다. 생각을 하다 문득 주머니에 있는 희성의 명함이 생각나 그것을 꺼내 희성의 전화번호를 읽었다. 수호는 언젠가 진짜 이 번호에 전화를 해야 할 순간이 올지도 모르겠다고 생각했다. 그렇게 생각에 잠긴 채 홀로 남은 해안가를 조금 더 걷던 수호는 뿌리가 뽑혀 흔들리는 마음을 은연중에 깨달으며 먼저 퇴근한 정신이 있을 집으로 돌아갔다.

*

다음 날 어쩐지 수호는 몸이 안 좋다며 수사과로 출근하지 않았다. 아침에 출근 준비를 하고 집에서 나서면서도 수호를 걱정하던 정신은 근무 중에도 수호 생각으로 인해 일에 집중하지 못했다. 평소답지 않은 수호였다. 대화를 붙이려 해도 말도 많이 하지 않고 대화를 해도 눈을 마주치지 않으려 했다. 정신은 수호가 뭔가를 숨기는 것만 같다고 생각했다. 어서 집에 돌아가서 수호에게 대체 간밤에 무슨 일이 있었기에 그러느냐고 물어보고 싶었다. 그래서 정신은 퇴근하자마자 부랴부랴 집으로 향했다. 수호가 집에서 아파 누워있었기에 집에 가는 길에 죽도 한 그릇 사기로 했다.

그렇게 아파트에 도착한 정신은 문을 열고 들어갔고 집이 무언가 이상함을 느꼈다. 입구에 선 채 집을 다 둘러보지 않았는데도 왠지 너무 휑하다는 기분이 들었다.

"수호 형? 아직도 누워있어?"

현관에서 불러도 대답이 없었다. 신발을 벗고 들어가 보니 침대에 누워 있어야 할 수호는 자리에 없었다. 두 사람의 침대 사이 테이블에 올라와 있던 수호의 작은 물건들도 어쩐지 다 치워진 상태였다. 물건이 왜 사라졌는지 이유를 금방 파악하지 못한 정신은 수호가 청소를 하고 밖에 바람을 쐬러 나갔구나 생각하고는 드레스룸에 들어가 옷을 갈아입기 위해 옷장을 열었다. 그런데 열어보니 수호의 옷가지가 거의 남아있지 않고 텅 비어 있었다. 정신은 당황스러움과 설마 하는 마음으로 수호의 캐리어가 있는지 살펴보기 위해 베란다로 나갔다. 그러나 그곳에 수호의 캐리어는 없었다. 수호는 정신이 낮에 수사과에서 근무하는 사이 짐을 챙겨 집을 나간 것이다. 정신은 자신의 눈앞에 닥친 상황을 이해할 수 없었다. 수호가 떠났다고? 도대체 왜? 의문만이 정신의 머리를 가득 채웠다. 그때 정신은 침대 사이 테이블에서 명함 하나를 발견했다.

"일락? 빅베이비?"

일락이라는 이름의 회사의 빅베이비라는 사람의 명함이었다. 일락… 일락… 눈앞의 단어를 입으로 되뇌면서 어쩐지 익숙한 듯한 이름을 머릿속 기억의 조각들과 맞춰보기 시작했다. 하지만 아무리 생각해도 떠오르는 것은 일락 카르텔이라는 이름이었다. 떠오르는 것을 거부하고 다른 것을 생각하려 노력해 봐도 명함의 단어와 퍼즐이 맞춰지는 또 다른 단어는 카르텔이라는 단어뿐이었다.

"형이 이 명함은 어떻게 가지고 있었던 거지?"

수호는 충격에 떨리는 손으로 휴대폰을 들어 명함에 적힌 전화번호를 눌렀다. 누가 받을지 알 수 없었지만, 통화를 하면 수호의 행방을 알 수 있을 것만 같았다. 통화연결음이 반복되어 울리며 쿵쾅쿵쾅 뛰는 정신의 가슴을 더욱더 졸이게 했다. 긴장감 가득한 통화대기 시간이 지나고 곧 어떤 남자의 목소리가 들렸다.

"네, 일락 카르텔의 빅베이비입니다."

"여…보세요?"

빅베이비라는 사람이 전화를 받았다. 정신은 이 사람이 수호의 행방을 아는 사람인지 묻고 싶었다.

"저 실례지만 친구가 남기고 간 명함을 보고 전화드렸는데요."

"친구 누구?"

"정수호라고…"

"아! 정수호 형사님, 알지 알지."

빅베이비는 사람은 수호의 이름을 듣더니 환한 목소리로 반갑게 전화를 받았다.

정신은 일락 카르텔 사람이 왜 수호의 이름을 반갑게 받아들이는지 알고 싶었다.

"수호 형이랑 무슨 사이시죠?"

"직장 동료요. 정수호 형사님 지금 이쪽에 있어요."

"네?"

"같이 살던 분이 있다고 들었는데 그분이 전화주신 모양이죠? 명함을 남기고 왔으니 혹시 그 친구로부터 연락이 온다면 상황을 설명해달라고 정수호 형사님이 그랬거든요. 근데 뭐, 이젠 형사도 아닌가."

"수호 형이 그쪽에 있고 심지어 형사가 아니라뇨! 지금 무슨 말들을 하고 있는 겁니까?"

"정수호 씨 오늘부로 일락 카르텔 사람이에요. 본인 의지로 나에게 찾아왔어요. 카르텔 사람으로 일해보고 싶다면서요."

믿을 수 없는 이야기였다. 자신과 갖은 고생을 하며 쟁취한 형사라는 직업을 쉽게 포기할 리 없다고 생각했다.

"그럴 리 없어…"

"지금 통화하고 있는 난 유희성이에요. 우리 만난 적 있는 것 같은데, 기억나죠?"

"유희성이면 변절하고 마피아가 된 그 대통령 아들…!"

"변절이라고 말하면 억울하지만 큰 틀은 맞네요. 최근에 우연히 정수호 씨와 만난 일이 있었어요. 그때 우리 카르텔로 들어오는 것을 설득했고 수호 씨가 그 설득에 응한 겁니다."

"형이 왜 당신의 설득에 응하죠?"

"계속 실패만 반복하는 형사 생활에 회의가 든다더군요. 나라를 위해 제대로 일해보고 싶어서 왔다고 했습니다."

"그럼 지금 나라를 위하는 길이 마피아라는 말인가요?"

바다를 마시는 새벽별

"네, 현실은 그렇죠. 우리가 물밑에서 하는 작업들이 많으니까요. 아마 이름이 나정신 형사님이었죠? 형사님, 형사님도 한계가 느껴지면 언제든 우리 카르텔로 들어오세요. 정수호 씨의 친한 친구이기도 하고, 마피아수사과에서 근무하신 분이니 경력을 인정해 채용할 수도 있습니다."

"말도 안 되는 소리 집어치우시죠."

"그런 반응은 참 아쉽네요."

"다 필요 없고, 수호 형에게 지금 돌아오면 용서할 테니 돌아오라고 전해줘요."

"전하기는 하죠. 돌아갈지는 모르겠지만."

정신은 이 말을 끝으로 유희성과의 통화를 끝냈다. 정신은 수호가 변심해 카르텔로 들어갔다는 사실을 듣고서도 믿기가 어려웠다. 한 발자국 씩 앞으로 나가고 있는 수사과였는데 어떤 절망감을 느꼈기에 수호가 떠날 마음을 먹은 것인지 알 수 없었다. 반이 텅 비어버린 아파트를 돌아보며 수호의 빈자리를 오롯이 느꼈다. 정신은 놀란 마음을 가다듬으며 지금의 이 상황을 같은 팀 강찬에게도 알려야 한다고 생각했다. 그래서 다시 휴대폰을 들어 이번에는 강찬의 번호를 눌렀다. 통화 연결음이 몇 번 울리지 않아 강찬이 전화를 받았고 정신은 침통한 목소리로 강찬에게 수호의 이야기를 전하기 시작했다.

*

일락 카르텔 본부에서는 희성이 데려온 정수호라는 새로운 인물 영입을 위해 착실하게 준비작업을 수행하고 있었다. 희성의 방문 때처럼 수호에게도 훈련과 교육이 필요했다. 수호는 자신의 지난날들을 돌아봤을 때 어떤 교육이든 잘 해낼 자신이 있었고 실제로도 잘 해내고 있었다.

"수호 씨, 얼마 전 나한테 전화가 한 통 왔었어요."

예술품에 관련된 교육을 맡은 희성이 수업을 잠시 쉬는 동안 수호에게 정신에 대한 이야기를 꺼냈다.

"무슨 전화죠?"

"수호 씨랑 같이 살던 형사님한테서 온 건데 우리가 만날 일이 없어 빨리 말을 전하지 못했네요."

수호는 희성의 이야기를 듣고는 머리를 쓸어 넘기며 한숨을 쉬었다. 그리고는 두 손을 깍지 끼고 테이블 위에 걸쳐둔 채 턱을 괴고는 물었다.

"그래서 둘이 무슨 이야기를 나눴나요?"

"나는 수호 씨에 대한 상황 설명을 했고 형사님은 화를 냈죠."

"나에 대해 뭐라고 한 것은 없었나요?"

"수호 씨에게 다시 형사님 곁으로 돌아오면 용서해 줄 테니 돌아오라는 말을 전해달라고 했어요."

"그랬군요…"

"전화한 형사님한테도 카르텔로 들어오라는 제안을 했는데 단칼에 거절하더군요."

"그 친구는 그런 친구입니다. 절대 응하지 않을 거예요."

"엄청 가깝게 지내던 사이 같은데 못 봐서 아쉽지 않은가요? 하기야, 나는 이일 때문에 아버지랑 생이별한 사람이니 둘의 사이가 어떻든 간에 나보다 더하지는 않겠군요."

"마음이 무척 쓰리죠. 그래도 나나 정신이나 계명성국을 위해 일하는 사람들이니 언젠가는 만날 날이 오지 않을까요."

"그래도 형사랑 마피아 사이라서 쉽지는 않을 거예요."

"네…"

"아무튼 빨리 카르텔 일을 배워서 나랑 같이 현장 나가고 그럽시다."

희성은 자신의 맞은편에 앉은 수호를 바라보며 정신의 이야기로 속상할 것 같은 기분을 풀어주려는 듯 장난스러운 미소를 지었다. 수호도 희성의 미소에 답변하듯 역시 작은 미소를 보냈다. 그리고는 자신을 바라보고 있는 희성에게 질문을 했다.

"빅베이비, 매일 교육과 훈련이 끝나면 자유시간을 가져도 됩니까?"

"그럼요."

"그럼 본부가 위치한 해안 도시의 어디든 돌아다녀도 괜찮습니까?"

"당연하죠."

"제가 어디를 다니든 누구를 만나든 카르텔에서는 터치하지 않습니까?"

"카르텔에 해가 되는 일이라면 제재하겠지만… 그런 것만 아니라면 별로 신경쓰지 않을 것 같은데요?"

"예…"

대답을 들은 수호는 의연한 표정으로 어떤 결심을 한 듯 두 손을 맞잡은 채 깍지를 힘껏 꼈다. 희성은 수호의 행동에 영문을 몰라 고개를 갸웃하더니 다시 일어나 프로젝터 앞에서 수호에게 교육을 하기 시작했다. 수호도 다시 펜을 들고 교육에 몰입했다.

*

정신은 수호가 떠난 뒤 수호가 없는 시간들을 보내며 수호의 빈자리를 많이 느꼈다. 집에 돌아오면 침대 위에 웅크리고 앉은 채 생각에 잠겨 밤을 지새우는 날도 많았다. 복작복작하게 느껴졌던 아파트가 수호가 떠난 뒤에는 너무나도 휑하게 느껴졌다.

그즈음 그런 정신에게 이상한 일이 생기기 시작했다. 우울함에 빠져 식사를 거르는 날이 많아지기 시작하자 종종 현관 문고리에 음식이 걸려있기도 했고 정신의 차 앞 유리에 인쇄된 글씨로 좋은 시나 명언이 적혀있는 예쁜 엽서가 꽂혀 있기도 했다. 어느 날은 수사과 사무실에 정신의 이름으로 발신자 익명의 꽃이 핀 선인장이 배달되어 오기도 했다. 정신은 손바닥만 한 작은 선인장을 수사과 자신의 책상에 올려두고 매일 돌봐주었다. 선인장을 가꿀 때만큼은 수호가 떠난 현실을 떠올리지 않고 마음 편히 지낼 수 있었다.

그리고 정신에게는 퇴근 후 또 다른 일과가 생겼다. 수호가 떠난 후 답답한 마음에 어딘가 기도할 곳이 필요하다고 느꼈다. 그래서 언제부턴가 해안 도시에 위치한 작은 규모의 성당에 종종 들르게 되었다. 자신의 마음을 어딘가에 전한다는 마음으로 앉아 기도하고 있노라면 힘든 마음이 가시는 것 같고 누군가에게 위로받는 것 같았다.

이날도 근무를 마치고 성당에 가기로 마음먹은 날이었다. 차 보닛 위에 올려져 있는 누가 줬는지 모르는 동그란 초콜릿 세트를 챙겨 차에 탔다. 정신은 조수석에 내려놓은 초콜릿을 보며 '누가 줬을까'라는 생각을 문득 했지만 이내 지워버렸다. 누가 줬든 그다지 큰 관심이 가지 않았다. 그저 요즘은 수호에 대한 생각, 일에 대한 생각으로 머리가 가득 찬 상태였다. 무심결에 초콜릿을 하나 까서 입에 쏙 넣었다. 달콤한 초콜릿이 입 안을 감싸고돌아 정신을 기분 좋게 만들었다. 누가 줬는지는 모르겠지만 참 고맙다고 생각했다. 그러다 초콜릿을 좋아하던 자신에게 너무 많이 먹으면 건강에 나쁘다고 핀잔을 주던 수호가 문득 생각났다. 지금 수호가 있었다면 또 그런 말을 했을 것 같았다. 정신은 잃어버린 수호를 추억하며 쓸쓸한 마음을 품은 채 성당을 향해 계속해서 차를 몰았다.

성당에 도착해 본당에 들어서자 정신 이외에는 아무도 없이 조용했다. 미사 시간이 지나고 나서 방문했기 때문이었다. 정신은 항상 방문할 때면 미사 시간을 피해서 왔다. 조용히 성당의 분위기를 느끼며 깊이 생각하고 싶었기 때문이다. 도착한 후 본당에 들어가 제단 앞의 가장 앞좌석에 자리를 잡고 앉았다. 그리고 눈을 감고 하루를 돌아보며 마음을 가라앉히기 시작했다. 그렇게 눈을 감고 생각에 잠겨있는데 본당 뒤쪽에서 어떤 인기척이 느껴졌다. 수녀님이라도 들어오셨나 싶어 뒤를 돌아 둘러보았지만 느낌과 달리 아무도 없었다. 정신은 자신의 예민함 때문에 없는 기척이 느껴지기라도 하는 것인가 싶었고 다시 고개를 앞으로 돌려 옆에 서 있는 성모마리아상과 제단 뒤에 걸려있는 예수상을 바라보았다. 보고 있자니 이날따라 마음이 많이 먹먹해져 오는 것 같았다.

"수호 형…"

언젠가부터 너무나도 하고 싶었던 마음에서 차오르는 말이었다. 정신은 본당에 앉아 수호의 이름을 목소리를 내며 불렀다. 아무 말 없이 몇 번이고 이름만 불렀다. 그럴수록 수호에 대한 그리운 마음이 커져 눈물이 터져 나올 것만 같았다.

"수호 형, 왜 나를 떠난 거야? 형이 진짜로 원하는 게 우리가 함께하는 것이 아니었던 거야? 왜 떠난 거야… 왜…"

아무리 불러 봐도 본당에는 정신의 목소리가 메아리치기만 할 뿐 아무 대답도 들리지 않았다. 그 점이 정신을 더욱 슬프게 했다. 그 순간 출구가 있는 본당 뒤편에서 다시 스르륵 하고 옷자락이 쓸리는 소리와 인기척이 느껴졌다. 정신은 다시 뒤를 돌아보았고 누군가 출구 옆 기둥 뒤편으로 재빨리 숨으며 정신의 시야에서 벗어났다. 사람을 직접 보지 못한 정신은 그럼에도 혹시나 누가 있을지도 모른다는 생각을 하게 되었지만 아무래도 좋다고 생각했다. 정신은 마음 깊숙이 맺혀 있는 수호의 이름을 다시 불렀다.

"형… 기억나? 우리 졸업하면서 했던 이야기들. 열심히 살면서 계명성국을 지켜내겠다고 했잖아. 우리 형사 시험 합격했을 때는 생각나? 드디어 우리가 꿈꾸던 일을 할 수 있게 되었다고 좋아했잖아. 또 수사과 들어갔을 때는 기억나? 승진 포인트 쌓는다고 갖은 고생 다 하다가 들어가게 되었다고 너무 기뻐했잖아. 이 추억을 다 배신하고 일락 카르텔로 그렇게 가버린 거야? 그렇게까지 해서 형이 하고자 하는 게 뭔데…

정신은 마음이 먹먹해져 말을 멈췄다. 그리고 마음을 가다듬고는 다시 입을 열었다.

"돌아와 형… 다시 시작해도 괜찮으니까 돌아와. 떠난 것 가지고 화내지 않을게. 형이 그런 선택을 했던 것도 다 이해할게. 그러니까 돌아와… 이렇게 보지를 못하니까 꼭 형이 죽은 사람이라도 된 것 같잖아…"

정신은 한 손으로 두 눈을 가리고 참았던 눈물을 터뜨렸다. 그 시간, 기둥 뒤에 숨어서 정신의 이야기를 듣던 한 사람도 어느새 눈시울이 붉어진 채 서 있었다. 정신에게로 다가가고 싶어도 다가갈 수 없는 처지가 되어버린 사람이었다.

"형, 보고 싶어. 형이 너무 그리워… 다시 볼 수 있었으면 좋겠어… 그러니까 제발 다시 돌아와 줘…"

다시 정신의 먼발치 뒤에서 인기척이 느껴졌다. 이번에는 분명 사람이 있다고 생각할 만큼의 소리였다. 소리를 듣고는 정신이 눈물을 대충 닦으며 휙 하고 재빨리 뒤를 돌아봤다. 이번에는 뒤편의 남자도 더 이상 기둥 뒤로 숨지 않고 정신과 마주 보고 섰다. 정신과 뒤편의 남자는 서로의 얼굴을 확인하자마자 각자의 자리에서 목 놓아 오열하고 말았다. 뒤편의 남자는 정신을 떠난 후에도 정신의 곁을 항상 맴돌며 지켜봤던 수호였던 것이다. 음식을 챙겨준 것도, 엽서들을 선물한 것도, 수사과에 선인장을 선물한 것도, 이날 초콜릿을 차에 두고 간 것도 모두 수호였다. 게다가 수호는 정신이 성당에 방문하는 날이면 항상 본당 뒤편에 서서 저 앞자리에 앉아 기도하고 있는 정신을 지켜보고 있었다.

"형! 형… 이리 와… 형 너무 보고 싶었어…"

정신은 너무 기뻐 본당 뒤편 수호에게로 빠른 걸음으로 달려가려고 했다. 그러자 수호가 다급하게 소리쳤다.

"다가오지 마! 다가오지 마…"

"왜 그래 형… 왜 가까이 가지도 못하게 해…"

다가가려다 걸음을 멈춘 정신은 쏟아지는 눈물을 두 주먹으로 닦으며 수호에게서 시선을 떼지 않고 말했다. 수호는 그런 정신을 보고 눈시울이 붉어진 채 화를 냈다.

"야, 나정신! 너는 나 없으면 못 사냐? 왜 그딴 식으로 살고 있는 거야! 이래서는 널 떠나도 진짜 네 곁을 떠날 수가 없잖아!"

"여지껏 내 곁을 맴돌면서 챙겨줬던 것도 다 형이지…"

"제발 나 없이도 잘 살아 멍청아. 나는 너고 뭐고 내가 생각하는 방법으로 정의를 실현하기 위해 떠난 거야. 너도 나처럼 이기적으로 살란 말이야!"

"어떻게 그래 형, 형이 어떤 세상을 원하는지는 내가 제일 잘 알고 내가 어떤 세상을 원하는지는 내 곁에 있던 형이 제일 잘 아는데. 그게 같은 길인 걸 아는데 지금 군이 위험한 샛길로 가려는 형을 어떻게 그냥 보고 있으란 말이야!"

"샛길 아냐. 나정신, 내 길도 결국 네 길이랑 같은 길이야. 그걸 알고 간 거야."

"뭐?"

"일락 카르텔도 세계정부에 대항하고 계명성국을 위해 일해. 공개적으로 그러지 못하는 사연이 있긴 하지만 결국 수사과가 이루고자 하는 목적과 같은 길을 선택한 곳이라고."

"난 이해 못해."

"이해 못해도 어쩔 수 없어. 그게 진실이니까. 그러니까 허튼 생각 하지 말고 수사과에서 네 일 열심히 하고, 네 몸 잘 챙기고, 내 생각 그만하고, 다시 진짜 나정신으로 돌아와. 내가 더 이상 너를 신경 안 써도 되게."

수호는 자신의 말을 끝내고는 매정하게 뒤를 돌아 본당 밖으로 몸을 향했다. 정신은 선 채로 계속 수호의 이름을 부르며 울부짖었다. 뒤돌아선 채 잠깐 머뭇거리던 수호가 정말 본당 밖을 향해 몸을 움직이자 정신은 수호를 잡기 위해 긴 의자 사이를 지나 통로를 내달렸다. 그러나 그때는 수호가 이미 재빠르게 자리를 떠난 후였다. 정신은 먼발치에서밖에 보지 못한 수호를 생각하며 떠난 수호를 잡지 못한 현실에 숨이 막혀 가슴을 마구 때렸다. 그러나 수호가 말하는 같은 길을 걷고 있다는 말이 이해가 가지 않았지만, 수호 나름대로 떠날만한 이유가 있었음을 알 수 있었다.

정신은 다시 본당 제단 방향으로 돌아 두 손을 모으고 진심을 담아 기도했다. 그리고는 어떤 결심을 한 듯 본당을 빠져나와 차에 탔다. 차에 타고 보니 정신 좌석 앞유리의 와이퍼에 한 장의 폴라로이드 사진이 꽂혀있는 것이 보였다. 정신은 다시 차에서 내려 와이퍼에 꽂힌 사진을 뺐다. 그 사진은 언젠가 수호와 정신이 함께 사이좋게 해안가에서 찍은 사진이었다. 사진 아래에는 정신의 글씨로 '계명성국에서 최고로 잘생긴 정의의 형사들'이라는 문구가 적혀 있었다. 수호가 본당을 떠나면서 정신에게 두고 간 것이었다. 정신은 사진을 보고는 슬프다 못해 쓴웃음을 터뜨렸다. 그리고는 사진을 자신의 안주머니에 넣고 나서 다시 차에 탔다. 다시 아파트를 향해 가며 정신은 수호가 가고자 하는 길에 대해 생각했다.

"세계정부에 대항해 계명성국을 지키려고 하는 일락 카르텔에 들어갔다…"

그 말인즉슨 수호가 원하는 것은 세계정부 격파라는 뜻이었다. 결국 수호와 정신의 정의에 대한 생각은 분명 달랐지만 현재 계명성국 상황에서 가고자 하는 길은 같았다. 정신은 그 점을 상기하며 다시 자신의 마음을 가다듬었다. 수호와 다시 해후할 수 있는 방법을 어쩌면 찾을 수 있을 것 같았다. 같은 방향을 향해 달려 나가는 것. 그것이 지금의 현실을 이기고 정신이 할 수 있는 최선의 방법이었다.

13 　　　　　　　　　　　　 다시 세계정부로

*

　수호를 성당에서 만난 그날 밤부터 정신은 신비로운 꿈을 꾸기 시작했다. 언젠가 만났던 세세가 꿈에 생생하게 떠오르기 시작한 것이다. 처음에는 세세가 아주 먼발치에서 정신을 향해 좇아오기만 하고 정신은 그러기 싫으면서도 세세를 피해 달아나는 모습이었다. 그러나 언제부턴가 조금씩 꿈이 변하더니 이젠 어느새 가까워진 세세가 정신에게 다가오라고 손짓하는 모습이 되었다. 정신이 세세의 손짓을 따라 세세에게로 걸어가면 세세는 그 자리에서 작은 손으로 꼭 잡은 정신의 손을 자신의 얼굴에 대고 말없이 눈물을 흘리고는 했다. 그러면 정신은 처연하게 우는 세세를 토닥이며 달래주곤 했다. 세세와 정신을 보여주는 꿈속 장면에서 배경은 항상 낯선 풍경이었으며 정신은 이 풍경이 아마 가본 적 없는 세계정부 어느 지역의 장면이 아닐까 추측할 뿐이었다.

　정신은 이런 꿈을 꾸는 날이면 항상 수사과에 출근해서도 세세 생각으로 가득했다. 왜 이렇게 자신이 세세의 꿈을 자주 꾸게 되는지 그 이유를 알 수 없었다. 그저 꿈을 계기로 세세를 계명성국으로 되찾아와야겠다는 생각을 더 강하게 가지게 되었을 뿐이었다. 그러다 여느 때처럼 세세의 꿈을 꾼 어느 날, 정신은 세세에 대한 궁금증으로 수사과 데이터베이스에서 세세의 본명인 박세희라는 이름을 검색해보게 되었다. 나이가 대략 자신과 비슷하다고 판단하여 데이터를 추려보니 세세의 얼굴과 비슷한 사진이 등록된 데이터를 금방 발견할 수 있었다. 찾아본 세세의 데이터는 세세가 계명성국을 떠난 시기라고 했던 10여 년 전에 업데이트가 멈춰있었다.

"박세희? 지금 누구를 찾아보고 있는 거야?"

강찬이었다. 정신이 집중해서 수사과 데이터베이스를 뒤지고 있는 것을 보고는 어느새 곁에 와서 보고 있었던 것이다.

"지난번 헬렌 카르텔 본부 갔을 때 말한 적 있지? 세세라고. 그 사람 계명성국 이름이 박세희야. 요즘 자꾸 생각이 나서 찾아보고 있었어."

"데이터가 정말 10년 전에 멈췄네."

"그 무렵에 잡혀갔다고 했으니까…"

"휴… 이 사람도 우리가 구해야 할 사람 중 한명인거네. 고은이처럼."

"응. 세희도 내가 그래 주길 바라고 있어."

정신은 세세의 데이터를 훑어보며 자신이 세세를 구하는 데에 유용할 정보가 없을지 둘러보았다. 그러나 세세가 과거 계명성국의 수도에 거주하고 있었다는 사실 이외에는 그렇다 할 정보가 없었다. 그 당시의 세세는 그저 평범하고 예쁜 학생이었다. 이런 아이가 어쩌다가 세계정부에까지 잡혀가게 된 것인지 생각하며 정신은 세세를 진심으로 안타까워했다. 정신은 세세의 주소를 눈여겨보다 이번에는 그 주소지에 한번 찾아가 보기로 마음을 먹었다. 세세와 연관이 있는 가족이라던가 누군가 아직 그 자리에 살고 있을 것 같았기 때문이다. 정신은 외근을 나간다고 수사과장에 결재를 올리고는 수사과 건물 밖으로 나와 차를 몰고 수도에 있는 세세의 주소지로 향했다.

세세의 주소지를 따라 도착한 곳에는 아담하고 예쁜 주택이 있었다. 별빛과 가까이 지내는 도시의 집답게 세세의 집 넓은 창문에서도 밤이면 별빛이 보일 것 같았다. 정신은 옷매무새를 가다듬고는 예쁜 집의 초인종을 눌렀다.

"누구세요."

"안녕하십니까, 형사 나정신이라고 합니다."

"무슨 일이시죠."

"10여 년 전 박세희 씨 실종 사건을 조사하러 나왔습니다."

"예? 세희요?"

세세의 이름을 말하자 집 안에서 다급한 발걸음으로 누군가가 달려 나왔다. 짧은 머리를 한 중년의 여성이었다. 그 여성의 뒤에는 머리가 하얗게 세어가고 있는 중년의 남성도 함께 있었다.

"박세희 씨가 옛날에 이곳에 살았다는 정보가 있어서 혹시나 이야기를 들어볼 수 있는 가족분이 계신가 해서 나왔습니다."

"형사분들이 아직도 우리 세희를 잊지 않고 있었다니⋯ 어서 들어오세요."

정신의 이야기를 듣고는 세세의 어머니로 보이는 여성이 정신에게 집 안으로 들어오라고 말했다. 정신은 두 사람에게 가볍게 목례를 하고는 신발을 벗고 집 안으로 들어갔다. 들어가 보니 집 안에는 온통 세세의 사진이 가득했다. 벽에는 세세와 부모님이 함께 한 가족사진이, 집 선반 곳곳에는 당시 학생으로 보이는 밝게 웃고 있는 세세의 독사진들이 있었다. 집 한켠에는 세세의 방도 아직 그대로 남아있었다. 세세가 베어에게 잡혀 계명성국을 떠난 후에도 세세의 부모님이 세세를 잊지 못해 세세가 머물렀던 흔적을 지우지 않았던 것이다.

"세희 씨는 실종되기 전에 어떤 사람이었나요?"

"세희는 언제나 밝고 따뜻한 아이였어요. 어려운 사람을 도와주는 것을 기쁘게 생각하는 착한 아이였구요. 가끔 딸아이 혼자 있을 때면 멍하니 하늘을 보며 혼잣말을 할 때도 있었지만 대수롭지 않은 정도였어요. 세희에게는 아무런 문제가 없었어요."

"그렇습니까⋯ 세희 씨가 실종되는 날에는 특이한 점은 없었나요?"

"이상하게도 갑자기 수도와 가까운 해안 도시로 가봐야 한다며 이른 저녁에 나갔어요. 그런데 그때 무슨 일이 일어났던 거예요⋯ 그때 가지 말라고 말렸어야 했는데⋯"

정신은 그 해안 도시가 자신이 머무르고 있는 해안 도시인지 확인하기 위해 도시의 이름을 말했고 세세의 부모님은 그 도시가 맞다며 끄덕였다. 세세의 어머니는 어느새 눈시울이 붉어진 채 손수건으로 눈물을 훔쳐냈고 세세의 아버지는 그런 아내의 어깨를 감싸 안은 채 토닥였다.

"세희를 한 번만이라도 다시 볼 수 있다면… 그렇다면 난 뭐라도 하겠어요."

"어머님… 반드시 다시 볼 수 있을 겁니다."

"하지만 벌써 딸아이가 떠난 지 10년이 넘었는걸요. 다시 볼 수 있다는 희망의 끈을 놓지 않고 살아왔지만 정말 딸이 돌아올 수 있으리라는 기대는 버리고 살게 됐어요."

"사실 오늘 어머님 아버님을 뵈러 온 이유가 있습니다."

"예…?"

정신은 눈물을 닦아내고 있는 세세의 어머니의 눈을 바라보며 말했다.

"제가 최근에 세계정부에 파견되어 작전을 수행할 때 우연히 세희 씨를 만났습니다."

"…!"

세세의 부모님은 그 말이 믿기지 않는 듯 놀란 얼굴로 정신을 바라보더니 이내 세세가 살아있다는 소식에 기뻐 집에 낯선 정신이 있음에도 체면을 차리지 않고 서로의 몸을 붙잡은 채 오열하며 눈물을 한껏 쏟아냈다. 그러면서도 정신에게 딸의 안부를 물었다.

"우리 딸이 살아있습니까? 몸은 아픈 곳 없이 잘 지내고 있습니까?"

"예. 그곳에서 저와 함께 달렸을 정도로 몸에는 별다른 탈 없이 지내고 있는 것 같습니다."

"세상에… 세희가 그 먼 세계정부 땅에서 살고 있다니… 어쩌면 좋아 내 딸…"

정신은 자신을 잊지 말고 구하러 와 달라던 세세의 따뜻한 손과 눈물을 기억하며 세세의 부모님에게 자신의 뜻을 밝혔다.

"세희 씨가 그곳에 이토록 오랜 시간 잡혀 있었던 것을 이제 알았으니 구해내서 계명성국으로 돌아오게 하는 일만 남았습니다. 제가 그렇게 만들 겁니다. 어머님 아버님도 더 이상 눈물 흘리실 일 없게 만들 겁니다. 부디 너무 마음 졸이지 마시고 기다려주세요."

정신의 이야기에 세세의 어머니는 소리 내어 우는 것을 그칠 줄 몰랐다. 정신은 세세의 부모님에게 이날 이후에도 자주 집에 방문해도 괜찮겠냐고 물었고 세세의 아버지는 흔쾌히 그러라고 고개를 끄덕였다. 정신은 그렇게 세세의 집에 조금 더 머무르다가 둘의 눈물이 조금 잦아들 때 즈음 집 밖으로 나왔다. 꿈에서라도 세세를 만난다면 당신의 부모님을 만나 당신이 무사히 살아있다는 것을 알려드리고 왔노라고 말하고 싶었다. 정신은 현관 앞까지 나온 세세의 부모님에게 꾸벅 인사를 드리고는 다시 차를 탔다. 그리고 해안 도시를 향해 차를 몰았다. 카오디오에서는 요즘 정신이 즐겨듣는 'Take back my love'이 흘러나왔다.

'새벽별과 같이 빛나는 당신의 눈빛
아프고 외로웠던 그대 눈물 내가 닦아줄게요
내 품으로 돌아와 웃음을 되찾아요
우리 사이엔 만나지 못한 시간이 있어
내가 이제 잡을게요 사랑하는 그대여
여기서 당신을 또 잃진 않을래
몇 번이고 그대를 안을래'

그날 밤 정신의 꿈에는 세세가 다시 나왔다. 하지만 이젠 더 이상 꿈에서 세세가 울지 않았다. 대신 바다가 보이는 풍경 속에서 정신의 가까이에 앉아 바다 내음을 맡고 있는 세세가 있었다. 정신이 그런 세세에게 손을 내밀자 세세가 웃으며 정신의 손을 잡아주었다. 그렇게 잡은 세세의 손은 따뜻했다. 그러다 세세는 바로 곁에 앉은 정신의 귀에 자신의 손을 대고 귓속말하기 시작했다. 그러면서 말하는 것은 다름 아닌 세세가 있는 아파트의 주소였다. 세세는 세계정부 수도의 이름을 말하며 아파트의 주소를 상세히 읊었다. 정신은 이게 꿈인지 아닌지 알 수 없는 상태가 되어 세세의 귓속말을 귀담아들었다.

아침이 되어 눈을 떴을 때 역시나 간밤의 꿈은 생생하게 정신의 머릿속에서 재생되고 있었다. 세세가 말했던 주소까지 글자 하나 빼먹지 않고 기억하고 있었다. 세세를 반드시 찾겠다는 일념이 만든 허상인지 정말 세세가 머무르는 곳을 알려준 것인지 정신은 사실 알 수 없었다. 하지만 정신은 꿈속의 세세의 귓속말이 그냥 지나칠 수 없는 이야기라고 여겼다. 반드시 정신이 찾아가봐야 할 장소임에는 틀림없었다. 정신은 밤마다 꿈속에 자신을 만나러 왔던 세세를 기억하며 아직 머리에 남아있는 아파트의 주소를 침대 맡의 눈에 보이는 메모지에 꼼꼼히 적어두었다.

*

수사과 사무실에서는 강찬이 고민에 잠겨있었다. 고은을 되찾기 위한 작전을 계획하기 위해 돌아보니 어느새 팀이 와해될 위기에 처해 있었기 때문이다. 갑자기 비어버린 수호와 고은의 빈자리를 어떻게 해야 좋을지 도무지 알 수 없었다.

한편 그 와중에도 정신은 꿈에서 세세가 불러준 주소를 수사과에 나와 검색해보고 있었다. 그러자 정말 놀랍게도 꿈에서 세세가 말한 아파트 이름이 모니터에 떠올랐다. 정신은 꿈에서 정보를 얻은 이 신비로운 경험에 감탄하고 놀랄 새도 없이 강찬에게 달려가 자신이 검색한 주소에 대해 이야기했다. 강찬은 지푸라기라도 잡는 심정으로 어디든 찾아가 봐야 한다고 생각했기 때문에 정신의 이야기 또한 흘려듣지 않고 신중하게 들었다. 강찬은 정신이 찾은 아파트에 대해 정신만큼의 확신은 없었지만 어디든 고은이 있다고 여겨지는 장소가 있다면 가볼 생각이었다. 그래서 강찬과 정신은 정신의 모니터에 띄워 놓은 그 아파트를 수색하는 작전을 수행하기로 마음먹었다. 그래서 강찬은 염치없다고, 느꼈지만 이번 작전에도 대통령의 도움이 필요하다고 생각했기 때문에 만나 뵙기 죄송한 마음을 누르고 일호의 집무실로 향해 일호를 만나러 가기로 했다.

일호가 있는 건물에 도착해 수행원의 안내에 따라 집무실 안으로 들어가니 뒤에 책이 잔뜩 꽂힌 책꽂이들이 보이는 책상 자리에 일호가 앉아있었다. 일호는 강찬이 들어오자 고은의 일로 걱정이 되어 굳은 표정을 지으면서도 목소리만큼은 온화하게 강찬을 맞이했다.

"자네 왔는가."

"대통령님, 고은이를 구하러 다시 작전을 나가봐야 할 것 같습니다."

"그래, 지난번 작전 이후 자네가 나를 다시 찾아오지 않아서 걱정하던 차였네."

"이번에도 저희를 도와주실 수 있으십니까?"

"말했지 않은가, 모든 지원을 아끼지 않겠다고."

"이번에는 두 명분의 지원만 해주시면 됩니다."

"그게 무슨 말이지?"

강찬은 팀의 한 명이 카르텔 쪽으로 빠져나갔음을 일호에게 설명했다. 말하면서도 리더로서 스스로가 부끄러워져 목소리가 점점 작아짐을 느꼈다. 일호는 수호의 이야기를 듣고 침통한 표정을 지었다.

"정수호 형사는 젊을 적 나와 함께 일하던 내 친구의 자식인데 그 친구는 또 왜 그런 선택을 하게 되었는지… 참 유감이군."

"분명 그 친구도 자신이 생각하는 정의가 있는 친구니 작은 이해타산에 눈이 멀어 한 선택은 아닐 겁니다."

"그래서… 둘이서 고은이를 구하는 작전을 나가겠다는 건가?"

"예. 어차피 전면전이 아니라 고은이를 구출하는 게 목적이니 팀원의 수가 적어도 괜찮습니다."

강찬의 호언장담과 달리 강찬의 말을 들은 일호는 고개를 가로저었다.

"그건 자네 생각이지. 세계정부 수도로 침투한다는 것은 생각보다 더 위험하고 난관이 많을 거라네. 작전을 두 사람이서 하다가 한 사람이 잡히거나 다치기라도 하면 그다음엔 어쩔 생각인가."

"그건…"

"잠깐만 기다려보게."

일호가 강찬에게 기다리라고 하고는 밖에 서 있는 수행원을 불렀다. 그리고 지금 당장 외부에 작전을 나갈 수 있는 요원이 몇 명 있는지 물었다.

"두 명입니다. 대통령님."

"그렇담 그 두 명이라도 이 친구에게 붙여줘야 할 것 같군. 그 둘을 불러줄 수 있나?"

"예! 바로 연락하겠습니다."

강찬은 대통령의 갑작스러운 팀원 충원에 적잖아 당황스러웠다. 한 번도 같이 일해보지 않아 손발이 맞지 않을 것 같아 부담스러웠기 때문이었다.

"대통령님… 이렇게 갑자기 새로운 인원은…"

"손발이 맞지 않을까 걱정인 거지? 괜찮네. 자네의 지휘에 전적으로 따르라고 하겠네. 내가 보내는 요원들이 분명 자네에게 큰 도움이 될걸세."

일호는 강찬의 원활한 임무 수행을 위해 국가기관의 요원을 강찬 팀에 끝내 투입했다. 그렇게 강찬은 다시 수사과로 향하면서 돌아오는 자신의 차 뒷좌석에 앉아있는 낯선 요원 둘과 함께 제대로 일할 수 있을지에 대한 불안감을 쉽게 떨칠 수 없었다. 그래도 같은 팀으로 근무하게 되었으니 작전 기간 동안이라도 가깝게 지

바다를 마시는 새벽별

내야겠다고 생각해 수사과에 돌아와 정신을 만나자마자 강찬은 데려온 두 명과 정신을 회의실에 모아두고 통성명을 하기로 했다.

"최강찬 형사입니다. 팀의 리더입니다."

"나정신 형사에요. 적의 심리를 파악하는데 재주가 있습니다."

"고진수 요원이요. 총의 모델에 상관없이 사격 실력이 좋소."

"강이진 요원입니다. 빨리 움직일 수 있고 매복에 능해요."

강찬이 보기에 고진수와 강이진의 특기가 강찬 팀의 작전에 적합하다고 생각되었고 이 둘이 팀에 임하는 자세도 늠름했다. 통성명을 하면서 면면을 보니 어쩌면 좋은 팀이 될 수 있을 것도 같았다. 강찬은 이렇게 된 마당에 하루라도 빨리 적진에 침입해서 고은을 데려오기 위해 작전 계획을 짜고 싶었다. 그래서 서로의 이름을 알고 이야기를 나누게 되기 시작하자마자 작전에 대한 이야기를 꺼내기 시작했다.

"이제 작전에 대해 이야기를 나눠봅시다. 이번 작전도 지난번과 동일하게 차고은 구출 작전입니다."

"강찬 형, 나도 구하고 싶은 사람이 있어. 지금 고은 누나와 함께 있다면 같이 구할 생각이야."

"그래. 지난번 만났다던 박세희 씨 말이지? 좋아. 하지만 우리의 1차 목표는 어디까지나 차고은 한 명인거야. 여유부리면 안 돼."

"그럼 차고은이라는 사람의 탈환이 우리의 목표인 거요?"

"네. 고진수 요원은 이런 구출 작전을 벌인 적이 있습니까?"

"많지요. 적진에서 인질 빼 오기는 전문입니다."

"강이진 요원은요?"

"저도 자신 있습니다!"

"다행이네요. 저는 여러분을 믿고 작전을 나가고 싶습니다. 부디 서로에게 좋은

228

시너지를 주는 팀이 되었으면 좋겠어요."

강찬은 하던 말을 마무리 짓고는 회의실 프로젝터를 켜 정신이 찾은 주소의 아파트의 로드뷰를 켰다.

"이곳이 우리가 이번에 갈 작전지입니다. 이곳에 인질이 있다면 바로 구출해서 돌아오면 되고 인질이 없다면 그냥 돌아오는 겁니다."

"그럼 인질이 있는지 없는지 확실하지가 않은 건가요?"

강이진이 강찬에게 갸우뚱하며 물었다. 강찬은 그 말에 무겁게 끄덕였다.

"네. 지금 어디에도 차고은 형사에 대한 확실한 정보라는 것은 없어요. 어디라도 차고은 형사가 있으리라는 예측이 드는 곳은 다 가보는 것이 나의 작전에 대한 생각입니다. 수고스럽더라도 양해해주세요."

"그럼 적진에 더 조용히 들어가서 장소 파악부터 해야겠구만. 안 그래요?"

고진수가 매복하듯 들어가서 인질이 있는지 확인부터 하자는 의견을 냈다.

"그래야죠. 전면전은 피하는 겁니다. 우리 넷이면 세계정부 측과 전력 차이가 많이 나니까요."

강찬의 대답에 정신이 자신의 말을 덧붙였다.

"그리고 저 장소에 차고은 형사가 있으리라는 확신이 제게 있습니다. 저를 믿고 작전 수행에 임해주시면 됩니다."

이야기를 끝낸 새로운 강찬 팀은 머무르던 회의실에서 나와 대통령이 보내준 무기들을 장비하고 그 밖의 필요한 것들을 챙기면서 작전 수행에 대한 준비를 마쳤다. 그리고 저녁이 되자 모두 수사과에서 나와 지난번 작전 시 열차를 이용한 것과는 달리 배를 이용하기 위해 항구로 향했다. 네 사람은 항구에 서서 차가운 겨울 바람을 맞으며 배를 기다렸다. 일렁이는 파도를 바라보며 생각에 잠긴 채 하염없이 배를 기다렸다. 그러자 어느새 약속한 시간에 맞춰 세계정부 바다로 들어가기 위한 대통령 제공의 은밀한 배가 도착했고 네 사람은 그 배를 타고 바다 건너 도

바다를 마시는 새벽별

시, 세계정부의 수도로 향했다.

"고진수 요원, 강이진 요원은 작전으로 세계정부에 자주 드나듭니까?"

"아뇨. 어디까지나 국내와 인근 해역에서 움직이는 것이 우리의 일입니다."

"그럼 이런 밀항선을 타는 것도 익숙하지는 않으신 거군요."

"네. 최 형사님과 나 형사님은 자주 드나드십니까?"

"우리도 이번 작전 때문에 오가기 시작한 거지 익숙하지는 않습니다."

강찬과 이진이 배에 탄 후 세계정부로의 작전 파견에 대한 이야기를 나눴다. 정신이 옆에서 말을 거들었다.

"세계정부에 내리시면 풍경에 깜짝 놀라실 겁니다. 계명성국이랑 정말 달라요."

"그렇소? 우리 수도 같을 거라고 생각했는데."

"전혀 달라요. 사람 냄새가 잘 느껴지지 않는 곳이에요. 다 깔끔하게 정돈되어 있는 차가운 기계도시 같은 곳이랄까?"

"별로 달갑지는 않을 곳이구만."

진수가 손을 깍지 끼고 뒤통수에 댄 채 배의 벽에 기댔다. 정신의 말을 듣고는 고개를 저으며 지금 상상되는 세계정부의 모습이 별로 마음에 안 든다는 눈치를 보냈다.

"수도에 도달하면 바로 아파트로 향하는 겁니다."

"네. 지체하지 말고 바로 가죠."

"저도 동의해요."

"잘 해봅시다."

네 사람은 세계정부에서의 작전에 대한 의지를 각자 다지며 끝을 모르게 넓고 깊은 바다 위에서 고요하고 은밀하게 밤을 보냈다.

그렇게 목적지를 향한 긴 여정을 마침내 끝나고, 강찬이 로드뷰로 보여줬던 바로 그 아파트가 이윽고 네 사람의 눈앞에 있었다.

"저는 밖에서 적이 들어오지 않는지 숨어서 지켜보고 있을게요."

"나도 반대쪽 건물 옥상으로 올라가서 인질이 있는 호실을 멀리서 엄호하고 있겠소."

이진과 진수는 아파트 건물 밖에서 강찬과 정신의 작전 수행을 지원하기로 하고 각자의 자리로 흩어졌다. 강찬과 정신은 아파트로 들어가 엘리베이터를 타고 정신이 꿈에서 들었던 그 호실로 향했다. 두 사람은 고은을 만날 수 있을까 하는 기대감과 적진에 들어와 있다는 긴장감에 가슴이 두근거렸다. 어느새 두 사람은 호실 앞에 도착했고, 강찬은 긴장이 가득한 손끝으로 초인종을 눌렀다. 초인종이 울리자 집 안에서 인기척이 들렸다. 하지만 안쪽에서 문을 바로 열지는 않았다. 문 바깥쪽의 강찬과 정신을 경계하는 것 같았다. 그러다 갑자기 문이 벌컥 열렸다.

"강찬 오빠…?"

문을 박차고 나온 것은 정말로 고은이었다. 강찬은 고은이 보이자마자 그대로 고은을 꽉 껴안았다. 고은도 그런 강찬을 절대 놓치지 않으려는 듯 두 팔 가득히 강찬을 안았다. 그러고는 세 사람은 황급히 아파트 안으로 들어갔다.

"고은 누나, 세세는 어딨어?"

정신이 아파트 안에서 다급하게 고은에게 물었다.

"세세? 세세는 지금 아파트 근처 카페에 있어. 기분 전환도 할 겸 좋아하는 커피를 마시겠다면서."

정신은 고은에게 그 카페가 어디에 있는지 물어보고는 옷자락을 휘날리며 아파트 밖으로 바로 빠져나왔다. 정신은 세세를 빨리 찾아서 고은과 함께 데려가겠다는 생각뿐이었다. 그렇게 정신이 떠난 아파트에는 강찬과 고은 둘만 남았고 둘은 서로를 애달프게 바라보았다.

"고은아… 너를 찾아서 내가 이 알 수 없는 세상을 헤맸어."

"너무 보고 싶었어… 근데 여기 위험하니까 정신이 오면 데리고 얼른 떠나."

고은이 슬프고 위태로운 표정으로 강찬에게 대뜸 떠나라는 말을 했다. 강찬은 고은의 양어깨를 잡고 말했다.

"너 없인 안 떠나. 너 데리러 온 거야."

"나 못 가 오빠… 지금은 때가 아냐. 나도 너무 가고 싶어… 그런데 오빠가 위험해져서 안 돼."

고은의 이해할 수 없는 이야기로 아파트에는 순간 침묵만이 흘렀다. 마치 강찬과 고은의 사이에도 알 수 없는 거리가 생겨난 것만 같았다.

14   내 눈 앞에 그대가 있음에도
나는 아무것도 할 수 없었네

한 편, 아파트 밖으로 나와 세세를 찾으러 간 정신은 아파트 앞의 거리를 달려 나와 고은이 알려준 테라스가 예쁜 2층 건물에 있는 카페까지 순식간에 도착했다. 정신은 도착하자마자 카페의 유리문을 밀고 들어가 세세가 있는지 주위를 살폈다. 그렇게 둘러보고 있자니 눈앞에 세세가 보였다. 따뜻하고 포근한 소재의 크림색 옷을 입고 있는 세세는 바깥 풍경은 보고 싶으면서도 겨울의 차가운 바람은 느끼고 싶지 않았는지 밖에 나가지 않고 테라스 쪽 창가에 앉아 어떤 감상에 젖은 채 물끄러미 밖을 바라보고 있었다. 세세의 앞에는 조금 먹은 듯한 아인슈페너가 보였다.

"세희야!"

세세는 세희라는 이름이 이제 더 이상 익숙하지 않은 이름인지 정신이 가까이서 불러도 돌아보지 않았다. 정신은 그런 세세에게로 다가가 세세의 어깨에 살짝 손을 올렸다. 그제서야 세세는 정신에게로 고개를 돌렸고, 생각지도 않았던 정신을 보자 눈을 동그랗게 뜬 채 입을 가리며 깜짝 놀랐다.

"정신이가 여길 어떻게…"

놀라는 세세를 보며 정신은 입가에 미소를 짓고는 앉아있는 세세의 손을 잡았다.

"세희야, 내가 반드시 구하러 오겠다고 했지? 어서 가자."

세세는 마치 꿈처럼 반갑고 기쁜 마음에 손에 이끌려 정신을 따라 일어나는 듯 싶더니 이내 마음을 추스르고는 다른 손으로 정신을 잡아 세운 채 말했다.

바다를 마시는 새벽별

"잠깐만, 정신아. 여긴 보는 눈이 많으니 여기서 날 세희라고 부르면 안 돼. 세세라고 불러줘. 그리고 잠깐 이쪽으로 와 봐."

세세는 정신이 덥석 잡은 손을 다시 고쳐 잡고 카페 구석의 아무도 보지 않을 것 같은 공간으로 정신을 이끌었다.

"세세…"

"쉿, 세희든 세세든 너무 크게 부르면 안 돼. 내 주변에는 항상 베어가 부리는 감시자가 있다고 봐야 하거든…"

"알겠어…"

"그나저나 여긴 어떻게 온 거야!"

"널 구하러 왔어."

"내가 여기 있는 줄은 어떻게 알고!"

정신은 자신에게 벌어졌던 초현실적인 이야기를 세세에게 해도 좋을지 고민이 되었지만, 사실대로 말하기로 했다. 같은 초현실적인 이야기로 이따금 미래를 볼 수 있다는 세세의 이야기 또한 믿기 때문이었다.

"요즘 내 꿈에 네가 자주 나와."

"꿈…"

세세는 정신의 입에서 꿈이라는 이야기가 나오자 정신과 마주 보던 고개를 약간 숙인 채 생각에 잠겼다. 정신은 계속 말을 이었다.

"그 꿈에서 네가 항상 울면서 내 곁에 다가오지 못하더니 어느 순간부터는 다가와 내 곁에 머물더라. 손도 꼭 잡고 마주 보며 같이 미소 짓기도 했어. 그렇게 바다가 보이는 자리에 앉아 풍경을 감상하는 나날이 계속되더라."

"똑같네…"

세세는 의문스러운 말을 한 뒤에 다시 고개를 들어 눈앞 정신의 얼굴을 쓰다듬기 시작했다.

"그렇게 함께 시간을 보내던 어느 날, 네가 귓속말로 이곳의 주소를 알려줬어. 꿈을 깨서도 너무 생생하고 정확하게 기억하게 되더라. 난 이게 네가 부르는 게 맞다는 생각을 했어. 그래서 이렇게 여기까지 왔고."

"정신아…!"

세세는 까치발을 들어 정신의 목을 와락 끌어안았다. 그리고는 울먹이는 목소리로 정신에게 이야기했다.

"내 귀의 돌고래가 우리를 도와줬나 봐. 나도 항상 같은 꿈을 꿔왔어. 너를 잡으려고 아무리 달려도 잡히지 않아서 울던 밤이 계속됐었어. 그러다 언제부턴가 너를 가까이에서 보고 곁에 머물 수 있었어. 최근의 어느 날 밤에는 내가 머무르고 있는 장소에 대해 귓속말을 한 거고."

"그럼 우리의 꿈이 연결되기라도 한 거야?"

"응. 우리의 꿈이 어떻게 하나가 되어 연결될 수 있었는지는 모르겠어. 이건 내게 미래를 알려주는 신께서 우리를 도왔다고밖에 생각할 수 없어…"

"그럼 우리가 이렇게 만났으니 더 이상 꿈은 우리를 도와주지 않게 될까?"

"몰라… 다만 이렇게 만나게 해주셨으니 이번에 함께 떠나라는 뜻이었을 텐데…"

세세는 말을 잇다가 걸리는 것이 있다는 듯 말꼬리를 흐렸다. 세세는 정신을 안고 있던 팔을 풀고 다시 마주 선 채 정신의 양팔을 감싸 쥐었다.

"정신아. 이건 예언 같은 것이 아닌 내 의지인데…"

"뭔데?"

"이번에는 같이 떠날 수가 없겠어."

"갑자기 무슨 소리야…"

정신은 세세의 발언에 그러지 말라는 듯 고개를 저으며 무슨 소리냐고 되물었다. 세세는 정신의 눈을 똑바로 응시하며 말을 이었다.

"고은이가… 상태가 안 좋아. 고은이는 아마 지금 너희와 이 도시를 떠날 수 없을 거야."

"고은 누나가 왜."

정신은 세세의 갑작스런 이야기에 들뜬 마음이 가라앉아 무거운 목소리를 한 채 세세에게 물었다. 세세는 정신의 팔을 잡고 있던 손을 내려놓고는 팔짱을 낀 채 턱에 손을 괴고는 말했다.

"최근 라우더 업그레이드 버전 신약이 개발됐어. 고은이가 이곳에 잡혀 온 이후로는 계속 베어가 그 약을 강제 복용시켰고. 그런데 그 약에 무슨 문제가 있는 것 같아. 베어가 고은이 뿐만 아니라 지역 곳곳에 이 약을 시험 삼아 반강제적으로 퍼뜨리고 있는데 모두 고은이 같다면 상황은 정말 심각하다고 봐야 할 거야."

세세의 말에 정신이 깜짝 놀라 물었다.

"라우더를 강제 복용시켰다고? 너는 그걸 곁에서 지켜만 본거야?"

"여기 머물면서 베어의 명령을 거부하는 것은 당장 죽겠다는 뜻과 같아. 헬렌 카르텔의 제임스가 계속 고은이에게 나타나 위협을 가했어. 그래서 고은이도 나도 어쩔 수 없이 받아들일 수밖에 없었어."

"그래서 지금 고은 누나는 어떤 상태야."

"이상해. 무슨 이유에서인지는 몰라도 너무 쉽게 세계정부 측에 생각을 간파당하고 일상 전반을 그들로부터 감시당해. 지금 같이 머무르고 있지도 않은 제임스가 멀리서도 고은이가 뭘 하는지 모두 알고 있었어. 무엇을 보는지, 무엇을 듣는지, 무엇을 하는지, 심지어 어떤 생각을 하고 있는지까지 말야."

"그런… 그런 감시가 가능해?"

"예전에 베어의 행동을 보고 라우더가 의심스러워서 베어의 서재에 들어가 본 적이 있어. 그때 다량으로 발견했던 것이 뇌과학에 관한 책이었어. 그게 지금 고은이의 증상과 들어맞는 것 같아. 분명 고은이는 지금 라우더의 영향 때문에 고통받고 있는 거야."

"그럼 고은 누나는 어디에 있든 생각과 행동 전반을 감시당하게 된다는 거야?"

"유효거리가 얼마나 되는지는 모르겠지만… 지금 너희와 같이 행동을 해서 이 곳을 떠나는 것은 분명 위험해. 떠나는 길에 베어의 명령으로 헬렌 카르텔이 고은 이의 생각을 읽어 들이닥칠 거니까. 고은이는 너희와 함께 가는 길을 선택하지 않 을 거야."

"하지만 너는 우리랑 같이 갈 수 있잖아."

"정신아. 나 떠나면 고은이는 어쩌고. 걔, 이 차가운 세상에서 지금 기댈 사람 나밖에 없어. 나는 고은이랑 함께 있다가 떠나야 해. 고은이가 지금 떠나겠다고 마 음을 먹으면 함께 하겠지만 그렇지 않다고 하면 역시 고은이와 함께 이곳에 남을 거야."

"세세…"

"이번에도 너랑 나는 기적처럼 만났는데 또 같이 갈 수 없게 되었네. 우리 왜 이 러니 정말."

세세는 팔짱을 낀 채로 고개를 갸웃하며 이해해달라는 눈빛을 보내며 슬픈 미 소를 지었다. 정신은 굳은 결심을 한 세세를 말리지 못한 채 그저 눈앞의 세세를 천천히 안았다. 꿈에서도 안지 못한 세세를 한 품에 안으니 진짜 이 여자가 내 곁 에 있다는 것을 새삼 느끼게 되었다. 세세의 샴푸 향을 맡으며 너무나 염치없지만, 이 시간이 영영 가지 않았으면 좋겠다고 생각했다. 세세도 그런 정신의 품 안에서 눈을 감고 아무 말도 하지 않았다. 둘은 그렇게 시간이 가도록 말없이 안고 있었다. 그러다 세세가 다시 품 안에서 이야기를 하기 시작했다.

"정신아, 새로운 라우더가 지금 고은이에게만 적용되는 것이 아냐. 세상 전반의 이름 모를 사람들에게까지 적용되고 있어. 이 사실을 반드시 세상에 알려야 해. 프 라이버시를 침해하는 심각한 효과가 그 약에 있으니 복용을 중지하라고 말야. 그리고 베어가 어떤 끔찍한 짓을 벌이고 있는지도 힘을 모아서 함께 밝혀내야 해."

"세상에 베어의 만행과 라우더의 흑막을 밝혀내라…"

"응. 나 언젠가 미래를 본 적이 있어. 세상 사람들이 거짓말에 분노하고 그 거짓말에서 벗어나면서 세상을 다시 일으키려고 모두가 노력하는 미래였어. 그게 정말 일어날 수 있는 일일까 생각했는데… 어쩌면 바로 지금인 것 같아. 그러니 사람들에게 라우더에 대한 이 사실을 널리 알려줘. 분명 고은이처럼 고통 받고 있는 사람이 더 있을 거야. 그리고 그런 사람들의 힘이 모이면 언젠가 우리가 탈출하는 데에도 분명 도움이 될 거야."

"응, 알았어."

그렇게 세세와 정신이 꼭 안은 채 대화를 하고 있는 사이, 정적을 깨듯 갑자기 누군가 카페 안으로 들어와 애틋한 둘을 방해했다.

"세세! 세세 어딨죠?"

세세는 자신을 부르는 소리에 놀라 정신을 숨기고는 황급히 자신을 부르는 남자에게로 걸어 나갔다. 세세를 부른 것은 다름 아닌 베어의 수하였다. 세세는 베어의 수하를 발견하고는 옷매무새를 만지고 머리를 가다듬으며 아무렇지도 않게 자신을 부른 이유를 물었다.

"무슨 일이지?"

"베어님의 부름입니다. 차고은 씨와 함께 베어님의 저택으로 와달라고 하셨습니다."

그러더니 베어의 수하는 말이 끝나기 무섭게 뒤에서 사람을 몇 명 더 데리고 나와 세세를 강제로 붙잡으려 했다. 보고 있던 정신은 너무 놀라 세세에게로 달려 나가려고 했고 세세는 혹시라도 정신이 그럴까 봐 정신이 자신을 구하러 나오지 못하게 오히려 괜찮다는 듯 더 당당하게 베어의 수하에게 말했다.

"베어의 집으로 가는 게 별일도 아닌데 내 발로 걸어갈 수는 없겠나?"

"거부할 경우엔 잡아서라도 데려오라고 말씀하셨습니다만… 순순히 가시겠다고 한다면 저희도 거칠게 할 생각은 없습니다."

"그래, 그럼."

세세는 치맛자락을 휘날리며 당당하게 수하들을 제치고 카페 밖으로 나갔다. 카페 밖에는 안이 보이지 않는 검은 리무진이 대기하고 있었다. 세세는 카페에 숨어 있는 정신을 결코 수하들에게 들키지 않으려는 듯, 아무 일도 없었다는 듯이 할 수 있는 한 가장 도도한 모습으로 리무진을 탔고 그렇게 서로 안녕이라는 말도 없이 정신이 있는 카페에서 정신과 점점 멀어져 갔다. 카페에 숨어 있던 정신은 세세가 떠난 후 카페에서 나가 세세가 떠난 자리를 안타깝게 지켜보았다.

정신은 이날 라우더의 이상한 증상과 베어의 끝을 모르는 야망, 계명성국을 넘어선 세상의 위기를 세세와의 대화를 통해 알게 되었다. 정신은 세세와 고은을 구할 수 있는 날은 반드시 올 것이라고 믿었다. 다만 아무런 손 쓸 틈도 없이 세세를 베어 일당에 빼앗긴 정신의 절망감처럼 강찬 또한 고은과의 이야기를 통해 함께 갈 수 있다는 희망이 깨진 채 낙담할 것 같다는 생각에 정신은 마음이 무겁고 씁쓸했다.

이제 지체하지 않고 돌아가야 했다. 팀원들에게 돌아가야 했고, 계명성국으로 돌아가야 했다. 돌아가서 라우더의 비밀을 세상에 어떻게 폭로할지 정신은 생각해내야 했다. 그것이 세세를 다시 만날 수 있는 분명한 길이었기 때문이다.

*

정신이 카페에서 세세를 만나는 동안 세세의 아파트에서는 고은과 강찬이 감격스러운 해후를 하고 있었다. 그러나 오래 지나지 않아 둘은 갑작스러운 고은의 발언으로 인해 대치하게 되었다.

"오빠 여기 위험하니까 정신이 오면 어서 떠나."

"그게 무슨 말이야…"

강찬은 고은의 말을 이해할 수 없었다. 어떻게 해왔는지도 모를 갖은 노력 끝에 드디어 함께 떠날 수 있는 상황을 만들었음에도 고은이 떠나지 않겠다고 하자 강찬은 말을 잇지 못하고 그냥 고은을 원망스럽게 바라만 봤다.

"요즘 나 몸이 좀 이상해."

"그러니까 어서 계명성국으로 돌아가서 치료도 하고 그러자."

"그런 몸이 아니라! 나 사실 요즘 라우더 먹고 있어 오빠."

"뭐? 그걸 왜 먹어! 뭔 줄 알고!"

강찬은 몸이 이상하다는 고은의 이야기에 걱정하다가 라우더 이야기가 나오자 화가 나 고은에게 소리치고 말았다. 하지만 고은은 강찬의 그런 반응에도 침착하게 계속해서 말을 이어 나갔다.

"어쩔 수 없었어. 안 먹으면 헬렌 카르텔 사람들이 날 죽이겠다고 했어. 내가 안 먹었으면 나뿐만 아니라 같이 사는 세세도 위험했을 거야."

"세세? 박세희 씨? 혹시 그 사람도 너처럼 라우더를 먹어?"

"응. 그런데 정확히는 우리 서로 다른 약을 먹어. 세세나 다른 세계정부 사람들은 구형, 베어가 정한 특정 인물들이랑 나는 신형."

"구형, 신형 그건 또 무슨 소리야. 대체 왜 갑자기 그런 이야기를 하는 건데 차고은…"

다그치는 강찬의 말에도 고은은 해야 할 이야기를 계속 이었다.

"그런데 신형을 먹는 사람들한테 이상한 증상이 있는 것 같아. 구형은 그냥 감정만 죽이는 약처럼 보이는데 신형은 감정을 죽이는 것 이상으로 다른 일이 일어나."

"말해봐, 그게 뭔지."

고은은 손으로 입술을 문지르며 믿기 힘들어 말로 꺼내기 힘들다는 듯한 표정을 지었다. 강찬은 그런 고은을 바라보며 고은이 말하기까지 기다렸다.

"이게 정말 사실인지는 나 믿기지 않는데… 생각이 읽히고 있는 것 같아 오빠."

"생각이 읽혀? 그게 말이나 돼?"

"나도 이게 사실인지 의심스러워. 하지만 세계정부에서 지내는 지난 시간 동안 벌어진 일들을 생각하면 이 생각밖에 할 수 없어."

"대체 무슨 일이 있었던 거야…"

강찬은 이야기를 하며 불안해하는 고은을 와락 안았다. 고은은 강찬의 품 안에서 무서운 것이 사라져가는 듯함을 느끼며 참아왔던 울음을 터뜨렸다.

"나 라우더 먹은 이후로는 감정이 제어되어서 눈물이 잘 안 나와. 지금 이렇게 울면서도 눈물이 안 나와서 미치겠어…"

목소리로는 엉엉 울면서도 눈물이 흐르지 않는 고은은 표출되지 못해 해소되지 않는 눈물이라는 감정에 가슴이 답답해 강찬의 등의 옷깃을 꽉 잡고 더 목 놓아 서럽게 울었다. 강찬은 이게 무슨 일인가 싶으면서도 상황이 좋지 않게 느껴져 불안해졌다. 그러면서 손으로는 고은의 등을 어루만져주며 고은을 달래주었다. 그리고 고은에게 무슨 일이 있었던 것인지 다시 물어보았다. 고은은 그간에 쌓인 것을 풀듯 계속 울음을 터뜨리며 이야기하기 시작했다.

"생각이 읽혀. 내가 뭘 하든 이 사람들은 다 알고 있어."

"그래… 어떻게 읽히는데."

"내가 어딜 가든지 누군가 따라붙어. 내가 뭘 보든 제임스는 다 알고 가끔 그 사실을 나에게 알리기까지 해. 내가 어떤 생각을 하면 그 생각을 읽기라도 한다는 듯 헬렌 카르텔 사람들이 나와서 생각에 대응하는 행동을 해."

"그런…"

고은은 안겨있다 말고 강찬의 품에서 갑자기 벗어나 강찬을 멀리 세우고는 말했다.

"여기 있으면 오빠도 위험해. 내가 오빠랑 같이 있는 걸 이 사람들이 알 거야."

"몰라, 고은아… 모를 거야."

"오빠는 지금 나를 안 믿는 거지! 그럼 안 돼…"

"믿어 고은아, 널 믿어…"

"그럼 내 말 듣고 어서 떠나. 곧 제임스가 들이닥칠 거야."

고은이 느끼는 바로는 제임스 또는 세계정부의 몇몇 사람들이 자신을 읽고 있는 것이 분명했다. 누구를 만나든 다 알고 있었고 무엇을 하는지도, 그 사람과의 자리를 편하게 생각하는지 아닌지까지 알 정도였다. 제임스를 마음속으로 두려워했던 날이나 증오했던 날이면 그다음 날에 여지없이 제임스가 고은에게 전화를 해 그 생각을 읊으며 고은을 비웃곤 했다.

"고은아, 전화."

탁자에 올려두었던 고은의 전화가 아파트의 분위기를 전환시키듯 갑자기 시끄럽게 울렸다.

"이것 봐. 제임스야."

고은은 휴대폰의 화면을 강찬에게 보여주며 전화를 건 사람이 제임스임을 알려주었다. 강찬은 제임스가 왜 고은에게 이 타이밍에 전화를 하는지 의아했다. 설마 정말 고은의 생각과 시야를 읽고 자신이 아파트에 있는 것을 알기라도 하는 것인지 의심하게 되었다.

"어, 제임스. 아니, 나 혼자 있어."

휴대폰 밖으로 제임스의 목소리가 새어 나왔다. 강찬은 통화 소리를 듣기 위해 귀를 기울여봤지만 잘 들리지는 않았다. 고은은 굳은 표정으로 제임스의 말을 듣고 있기만 했다. 처음에는 강찬이 있음을 들키지 않기 위해 둘러대는 말을 몇 번 하더니 얼마 지나지 않아 두려움에 휩싸인 표정으로 아무 말 없이 휴대폰을 귀에 댄 채 들고 있기만 했다. 강찬은 그런 고은을 보며 무언가 상황이 이상하게 돌아가고 있음을 느꼈다. 길지 않은 통화가 끝나고 고은은 차분한 표정으로 휴대폰을 탁자 위에 내려놓았다. 휴대폰에 걸린 강찬과 함께 샀던 야작토끼 휴대폰 고리가 창밖에서 들어오는 빛에 반사되어 반짝였다. 강찬은 제임스의 감시를 받는 고은의 상황을 이렇게 직접 목격하자 반드시 고은을 데리고 계명성국으로 돌아가야겠다는 생각을 더 강하게 하게 되었다. 그러나 고은은 달랐다.

"봤지, 오빠? 제임스 일당이 지금 오빠가 아파트에 있는 것도 알고 있어. 그거 알고 있다고 협박하려고 방금 전화한 거야. 혹시라도 도망갈 생각 추호도 하지 말래."

"그 말이 뭐가 중요해? 그냥 지금 나랑 떠나면 되잖아."

"말했잖아. 내가 뭘 보든 뭘 생각하든 이 사람들은 다 안다고. 오빠랑 같이 탈출하는 동안 우리 탈출루트가 모두 공개되는 거야. 그런 상황에서 정말 무사히 계명성국까지 갈 수 있을 거라고 생각해?"

"눈이라도 가리고 가면 되잖아!"

"눈 가리고 간다고 뭐가 달라질까? 앞을 보지 못하는 나를 데리고 계명성국까지 가겠다는거야? 그래, 백번 양보해서 오빠가 노력해서 같이 갈 수 있다고 치자. 그럼 그다음은? 난 계명성국에 가서 살면서도 이 사람들의 감시를 받고 살 텐데, 과연 내가 정말 자유로워지고 행복할 수 있을까? 내가 계속 바라보고 살 오빠는? 오빠까지 이 위험에 평생 노출되어 살게 될 텐데 내가 그 모습을 어떻게 견디고 살아."

고은은 강찬이 고은의 모진 말에 아파하며 다가오자 그 모습에 뒷걸음치며 강찬이 멀어지길 바라는 표정을 지었다. 강찬은 그런 고은의 태도에 가슴이 무너져 내리는 듯 아팠다.

"고은아. 너 나랑 처음 사귈 때 내가 했던 말 기억나?"

바다를 마시는 새벽별

"…"

"기쁠 때도 슬플 때도 우리 함께 걷자는 말 기억해?"

"나도 그러고 싶어. 그런데 지금은 오빠가 나 때문에 너무 위험해져."

"그런 위험 감수하고서라도 너랑 같이 있어야겠어. 너 떠난 이후로 나 너무 힘들어 고은아."

"제발 오빠… 그러지 마. 나라고 그런 마음 가지지 않고 있겠어? 내가 매정해서 오빠를 지금 보내려고 하는 거겠냐고."

"충분히 매정해 지금. 그냥 같이 가고 싶다고 말해줘. 나 없으면 너무 힘드니까 다시 같이 있고 싶다고 말해달라고."

강찬은 눈물이 곧 흐를 것 같은 눈을 한 채 일그러진 표정으로 고은에게 말했다. 고은은 그 모습에 마음이 미어져 강찬에게 달려가 강찬의 두 눈에 고인 눈물을 자신의 손가락으로 닦아주고 싶었다. 그러나 이내 굳은 마음을 하고는 한 발자국도 강찬에게 가까워지지 않았다.

"야! 차고은! 아직도 계명성국 발 남자친구랑 같이 있는 건 아니겠지?"

그 순간 문을 부술 듯 두드리는 현관 밖 소리에 고은과 강찬은 둘 다 현관 쪽으로 고개를 돌려 바라봤다.

"제임스야. 제임스가 왔어. 제발 여기 있지 마. 이 세상에 오빠 없으면 나도 없는 거야."

"고은아, 우리 요원이 있고 지금 나한테 탈출 장비도 있어. 창밖으로 우리 같이 도망칠 수 있다고. 이제 아픈 이야기 서로 그만하고 같이 가자."

"진짜! 이럴 거야? 자꾸 이렇게 여기서 버티면 나도 오빠 못 도와줘. 가 제발! 내가 라우더의 영향력에서 해방될 때 우리 다시 만나. 오빠, 그렇게 나를 구해줘. 오늘은 안 돼. 내가 따라가면 오빠도 영원히 여기에 갇힐지도 모른다고…"

고은이 말을 하면서 창문으로 달려가 창문을 활짝 열었다. 그리고 강찬의 팔을 잡고 강찬을 창문으로 끌고 갔다. 현관 밖에서는 계속 문을 부술 듯이 제임스가 난동을 피우고 있었고 창문 밖으로 보니 검은 차가 여러 대 아파트 앞에 서고 있었다. 둘에게 분명 긴박한 상황이었다.

"오빠, 오빠는 내가 같이 등산 갔을 때 했던 말 기억나?"

"고은아…"

"설마 죽게 되더라도 죽어서라도 오빠 곁에서 오빠 지킬 거라고 했어. 나 그 말 분명히 지켜. 그러니까 항상 내가 곁에 있다고 생각해. 살아 있으나 죽어서나 나는 오빠를 끊임없이 사랑할 거니까. 알겠지? 그러니까 오빠도 잘 해서 나를 제대로 구해달란 말이야. 라우더의 비밀을 알아내고 이걸 깨부수는 날 나를 데리러 와줘. 그때까지 나도 여기서 지혜롭게 잘 지내고 있을 테니까."

어느새 현관문이 덜컹거리면서 열리려고 하고 있었다. 더 이상 지체할 시간은 없었다. 강찬은 탈출을 준비하고는 활짝 열린 창문 앞에 섰다. 창으로 들어오는 바람이 유난히 차갑고 매서웠다. 강찬은 곁에 서 있는 고은의 머리를 부드럽게 잡고 이마에, 코에, 그리고 입에 키스를 했다.

"너무 오래 걸리게 하지는 않을게. 고은아. 반드시 다시 돌아와서 널 구해낼테니 따뜻한 우리의 세상으로 함께 돌아가자. 그때는 정말 나랑 결혼해줘."

고은은 라우더의 억압으로 가려졌던, 그럼에도 강찬을 만나며 심장이 터질듯한 감정을 다시 느껴 이윽고 한 방울 흘러내리는 눈물을 알아챘다. 다시는 볼 수 없을 줄 알았던 눈물에 만감이 교차한 채로 자신의 가늘고 긴 손가락으로 흐르는 눈물을 닦아냈다. 그리고는 강찬에게 강하게 끄덕이며 대답했다.

"좋아. 그럴게. 그러니까 꼭 다시 만나."

강찬은 고은의 대답을 듣고는 옅은 미소를 지으며 창밖으로 몸을 던졌다. 그 순간 현관문이 열리고 제임스 일당이 아파트 안으로 들이닥쳤다. 고은은 강찬이 떠난 창을 닫고 태연하게 제임스를 맞이했다. 생각이 들켜 강찬의 신변이 위험해질까 싶어 머리로는 강찬을 힘겹게 지웠다. 갑작스럽게 들어온 제임스는 어차피 강찬이 떠났음을 알기라도 하는지 아파트를 건성으로 훑어보더니 다시 고은에게로 돌아와 통보했다.

"차고은. 이제 네 거처는 여기가 아냐."

"무슨 말이지 제임스?"

"자세한 이야기는 베어님에게 가서 들어. 확실한 건 세세와 너는 같이 이 아파트에서 나가는 거고 나는 텅 비게 될 이 아파트를 정리하면 되는 거라는 거지."

제임스의 뒤로 따라 들어온 헬렌 카르텔 조직원들이 고은의 주위를 감쌌다. 고은은 위협을 느끼면서도 제임스에게 말했다.

"제임스. 지금 내 생각을 읽을 수 있나?"

"읽는다면 어쩔 건데."

"지금부터 내가 어느 방향으로 도망갈지 생각해 볼 계획이야."

"네 생각을 읽는지 아닌지 지금 증명해보라 이건가?"

"맞아."

"어느 방향으로 가든 넌 도망가지 못할텐데?"

"과연 그럴까?"

고은은 허세를 부렸다. 제임스가 자신과 마주하고 있는 상황에서도 자신의 생각을 읽는지 확실히 할 필요가 있다고 생각했기 때문이었다.

"모르겠는데, 그 방법이 뭔지."

제임스는 턱을 쓰다듬으며 고은을 노려봤다. 그러더니 귀찮다는 듯, 그리고 재미있다는 듯 웃음을 팍 터뜨리며 두 손을 들었다.

"차고은. 똑똑한데? 난 도망갈 방법이 뭔지 읽을 수가 없네. 내가 졌어. 지금 네 생각 못 읽어."

"나랑 마주 보고서는 내 생각을 읽을 수 없다는 거구나."

고은은 더 확실히 확인하기 위해 마음속으로 제임스가 분노를 터뜨릴 만한 욕을 지껄이기 시작했다. 하지만 제임스는 어떤 표정의 변화도 없이 멀뚱하니 고은을 바라보고 있을 뿐이었다. 정말 제임스는 얼굴을 마주본 상태에서는 고은의 생각을 읽지 못하고 있었다. 고은은 이 사실을 중요하게 생각하고 마음 속 깊이 새겨두었다.

"하지만 무슨 방법을 쓰든 그냥 우리는 너를 잡을 뿐이야."

제임스는 다시 조직원들에게 손짓을 해 고은을 잡으라는 신호를 줬다. 하지만 고은은 자신에게로 뻗쳐지는 손길을 탁 쳐내고는 제임스에게 말했다.

"내 몸에 손 대지마. 베어에게로 가는 길이라고? 좋아. 나 또한 흔쾌히 가겠어. 내가 먹는 라우더에 대해 더 알아야하니까."

그리고는 방에 들어가 카멜색으로 된, 허리끈이 있는 세세의 코트를 걸치고 나왔다. 제임스는 피식 웃더니 요원들을 고은의 주변에 멀찍이 경계하듯 세워두고는 아파트 밖으로 홀연히 나갔다. 고은은 그런 제임스를 따라 성큼성큼 걸어 나갔다. 그렇게 세세와 고은의 아파트는 강찬 팀의 구출 작전으로 인해 순식간에 텅 빈 공간이 되어버렸다.

아파트 밖으로 나와 고은이 제임스와 조직원들에게 밀리듯 탄 검은 차에는 이미 세세가 먼저 타고 있었다. 고은은 세세를 보자마자 이 상황이 어떻게 된 일인지 세세에게 묻고 싶었지만 세세는 고은을 보고도 어떤 표정도 없이 묵묵부답이었다. 그저 같이 차를 타고 있는 고은의 손을 꼭 잡고 있을 뿐이었다. 고은은 그런 세세의 모습에 괜히 두려워졌다. 두 사람을 태우고 가는 차는 아무 말 없이 길 위를 미끄러지듯 움직이며 베어의 저택을 향해 달렸다. 이제 막 켜진 가로등 불빛이 세세와 고은의 차창을 두드리듯 비껴 지나가고 있었다.

바다를 마시는 새벽별

15   해상 과학 기지

✳

"세세, 왔어?"

베어의 저택으로 들어간 세세와 고은은 문밖에서부터 둘을 기다리고 있던 베어를 만났다. 베어는 세세와 고은의 기분은 아랑곳하지 않는다는 듯 활짝 웃고 있었다. 베어의 옆에는 헬렌 카르텔의 보스, 린도 함께였다.

"그렇게 아무 일도 없다는 듯 반갑게 인사하지 마. 베어에 린까지… 이게 다 무슨 일이지? 이렇게 반강제적으로 우릴 여기까지 데려올 생각을 하다니 말야."

세세는 베어의 밝은 표정이 불쾌하다는 듯 날카로운 눈빛을 하고는 베어를 바라봤다. 왜 자신들이 이런 불쾌한 방식으로 이곳에 불려와야 했는지 이유를 들어야 했다.

"그럴 만한 이유가 있었다는 건 세세 너도 잘 알지 않나?"

"그럴 만한 이유? 그게 뭔데."

"발뺌할 생각이야 세세? 그렇게 안 봤는데 실망이네. 내가 모를 거라고 생각했어?"

세세는 순간 온몸에 소름이 돋았다. 정신이 온 일까지 설마 다 알고 있으리라고는 생각을 안 하려고 노력했지만 베어의 비아냥이 허투루 들리지 않았다. 하지만 세세는 마음을 가다듬고 다시 생각했다. 정신과 설명할 수 없는 방식으로 대화를 나누고 자신이 어디에 있는지 알려줄 수 있었다는 것은 베어에게 알려줄래야 알려줄 수도 없는 것이었다. 정신과 세세간의 이야기는 아무도 믿지 않을 법한 기적에 가까운 이야기였기 때문이다. 세세는 생각 끝에 베어가 정신을 알 리 없다는 확신을 가지고 다시 고개를 들어 베어를 빤히 바라봤다.

"그렇게 떠보려고 해봐야 아무 일도 없었어 베어. 네가 마음에 걸리는 일이 뭔지 네 입으로 한 번 말해봐. 나도 지금 이 상황이 기분이 나빠서 들어야겠으니까."

"최강찬이라는 계명성국 형사가 어떻게 너의 아파트까지 들어온 거지?"

"최강찬? 베어 너 최강찬까지 아는 수준인 거야? 대단한걸."

"세세, 말 돌리지 마. 난 네가 의심스러워. 일락 카르텔 녀석들이랑도 관리와 소통이랍시고 대화를 이어나가던 너야. 그쪽에 너희 정보를 풀었지?"

"하, 웃기지마. 그럼 네 말은 일락 카르텔 녀석들이 최강찬이라는 형사에게 아파트에 대한 정보를 전하기라도 했다는거야?"

"네가 발설한 적 있는지 없는지 그거나 말해."

베어는 코웃음을 치며 말꼬리를 잡고 늘어지려고 하는 세세의 말을 무서운 표정으로 막았다. 베어의 살기 어린 광기가 다시 보이려고 하는 순간이었다. 세세는 입꼬리가 올라간 채로 베어의 그 눈동자를 똑같이 바라보았다. 베어는 고개도 눈도 결코 돌리려 하지 않았다. 마치 눈빛으로 세세를 태워죽이려는 듯한 기세였다. 세세는 이렇게 베어를 미치광이로 만들어봐야 자신들에게 좋을 것이 없을 것이라는 것을 알고 있었기에 차오르는 분노를 누르고 베어에게 대답했다.

"일락 카르텔? 그런 적 없어. 최강찬 형사가 어떻게 고은이를 찾아온 건지 나는 몰라. 그리고 고은이는 항상 감시하는 너희가 잘 알다시피 최강찬 형사를 부른 적이 없어."

"흠, 세세 네가 장소를 알린 게 아니면 분명 호랑이의 딸이 알린 건데. 왜 나는 그 낌새를 느끼지 못한 거지? 내가 알지 못하는 라우더의 능력이 또 있기라도 한 건가."

"이제 그만하고 다시 우리를 아파트로 보내줘 베어."

"아니. 그럴 순 없을 것 같아 세세. 저 호랑이의 딸과 같이 가줄 곳이 있을 것 같네. 혼자 보내면 견디지 못하고 죽어버릴지도 모르니까 네가 곁에 있어 줬으면 좋겠어. 그리고 너도 이젠 내가 신경을 좀 써야 하는 사람으로 지정해두려고. 언제 계명성국 놈들한테 정보를 넘길지도 모르니까 말야."

베어는 양손을 모아 비비면서 세세와 고은을 향해 비열한 웃음을 보였다. 세세는 그런 베어가 두려웠다. 다시 어떤 것에 빠져 미친 사람과 같은 눈빛을 하고 있었기 때문이다. 이럴 때는 언제나 마음에 안 드는 일이 생겼던 세세였다. 베어의 곁에 앉아있는 린 또한 그런 베어를 보며 표정이 밝지 않았다.

"린! 난 이 두 계명성국 여성분을 지금부터 라우더 해상과학기지로 보낼까 해. 라우더를 개발하는데 좋은 모델이 될 예정이고 앞으로 긴 시간 동안 그곳에서 유배와 같은 생활을 할 예정이야. 어때? 괜찮은 생각 같지?"

베어는 세세와 고은에게 청천벽력과 같은 소리를 했다. 라우더 해상과학기지라고 하면 바다 한가운데에 넓은 암석을 주춧돌로 해서 만든 넓은 주차장만한 크기의 작은 기지였다. 사람이 살기에는 너무나 열악하고 정말 시선을 어디에 돌리더라도 허무할 만큼 넓은 망망대해뿐이었다. 지금 베어는 그런 곳에 세세와 고은을 떨어뜨릴 계획이었다.

"베어… 세세에게 그렇게까지 할 필요가 있는 건가?"

"십여 년간 함께 해 온 세세에게는 미안하지만 최강찬의 일, 분명 뭔가 의심스러워. 호랑이의 딸이랑 붙여놓으면서 같이 좀 봐 둘 필요가 있을 것 같아. 대신 세세는 내가 지난날의 공적을 높이 사서 신약을 먹이지는 않을게."

"세세는 내가 앞으로 지키고 있을 테니 그런 곳에 보내려 하지 마시게."

"린, 네가 어떻게 지킨다는 거야. 네 곁에 두면 세세는 무슨 일이든 다 할 수 있게 될 텐데 그걸 볼 수만은 없지. 세세를 내가 어떻게 지금까지 세계정부에 잡아뒀는데."

"린, 그만해요. 괜찮아요. 그냥 종종 보러와 줘요."

250

어느새 고은의 손을 꼭 잡고 있는 세세가 자신을 감싸려고 하는 린에게 그러지 말라고 말을 건넸다. 어차피 린이 세세를 데리고 있게 되면 고은만 해상 기지로 가게 되는 것이니 그것은 세세가 원하는 바가 아니었다. 세세는 고은과 함께 있으면서 둘이 함께 계명성국으로 향하는 날까지 도와주고 싶고 지켜주고 싶었다. 그러니 린의 염려에 고마워하면서도 린이 언젠가 자신에게 도움이 되어줄 수 있을 날이 있기를 바랄 뿐이었다.

"베어, 당신이 왜 이런 일까지 벌이고 있는지 나는 모르겠지만 이제 사람들 괴롭히면서 당신 욕구를 채우는 일은 그만해."

"세세, 넌 내가 무슨 일을 벌이고 있는지 알기라도 하는 거야?"

"몰라. 이제 라우더를 개발하는 해상 기지에 던져질 예정이니 그곳에서 한번 찾아보도록 할게."

"하하하, 상상도 못 할 거야. 찾으려고 노력해봐야 헛수고일 거야."

"아니. 넌 분명 날 그곳에 유배하려고 한 것을 후회하게 될 거야."

"그럼 한 번 지켜보지. 얼마나 잘 알아내는지 말야."

세세는 분노로 가득한 가슴을 안은 채 꼭 잡은 고은을 데리고 베어의 저택 밖을 박차고 나왔다. 나오자마자 느껴지는 바람이 몸에 닿자 뼈가 시릴 만큼 차가웠다. 긴장되던 베어의 저택에서 나온 고은은 세계정부로 온 걸로 모자라 해상 기지까지 가게 된 사실에 절망하며 힘겨워했다. 세세는 그런 고은을 다잡고 이야기했다.

"고은아. 하늘이 무너져도 솟아날 구멍이 있는 거야. 우리는 지금부터 라우더 개발기지로 가는 거야."

"세세, 바다 한가운데 덩그러니 놓이는 거잖아. 난 두려워."

"내가 너랑 같이 있을 거야. 그곳에서 끊임없는 바다만 보게 될지라도 미치지 않고 너를 항상 지켜줄게."

"내가 강찬 오빠를 만나서 상황이 이렇게 된 거야?"

"맞아. 그런데 너는 최강찬 형사가 어떻게 아파트까지 찾아올 수 있었는지는 몰라야 해. 베어에게 생각이 다 읽히니까."

"응…"

"장담하건대 최강찬 형사는 또 올 거야. 그러니까 무너지지 마 고은아. 너는 반드시 계명성국으로 돌아가야 하고 또 그럴만한 자격이 있는 사람이야."

"세세… 심장이 울리는 걸로 봐서는 지금 눈물이 날 것 같은데 눈에 눈물이 안 고여. 정말 미칠 것 같아."

"라우더 처음 먹기 시작하면 다 그래. 괜찮아, 괜찮아…"

세세는 한 손으로는 고은의 손을 꼭 잡고 다른 팔로는 고은을 안아 토닥여주었다. 고은보다 한 뼘 정도 작은 키의 세세였지만 고은을 안아주는 데에는 아무런 무리가 되지 않았다. 고은은 두근거리는 가슴을 가라앉히며 세세의 품 안에 안겨있었다. 그러다 세세의 작은 몸을 고은 또한 안아주었다.

"잘 헤쳐 나가자 세세."

"그래, 우리가 해야 할 일을 잘 해내다보면 계명성국으로 돌아갈 날은 꼭 올 거야."

"라우더 개발기지로 간다는 거지?"

"응"

"그곳에 가면 나를 붙잡고 있는 라우더의 영향력을 깨부수는 방법도 알 수 있을지도 몰라."

세세는 고은의 말에 대답 없이 고은을 꽉 끌어안았다. 계명성국에서 두 여자가 각자 바라보았던 빛나는 별이 어느새 세계정부 베어의 저택 또한 비추고 있었다. 현실처럼 시린 듯, 아니면 마음에 타오르는 불꽃처럼 뜨거운 듯, 밤을 가르고 빛을 비추는 찬란한 별빛 아래에서 둘은 서로를 자유롭게 할 새로운 임무를 마음속에 다지며 서로에게 가만히 기대어 서 있었다.

*

베어의 저택에서 헬기를 타고 얼마나 날아갔을까, 바다 한가운데에 세세와 고은이 앞으로 머무르게 될 라우더 해상과학기지가 보였다. 사람이 지속적으로 살 수 있을까 생각이 들 정도로 작고 협소한 공간이었다. 건물을 벗어나면 매서운 바람과 넓은 바다만이 이곳에 머무르는 사람들을 반겼다.

"베어의 명령으로 헬렌 카르텔이 관리하는 공간이니까 여긴 무법지대입니다. 그러니 허튼짓하면 큰일 날 수 있으니 행동 주의하면서 지내주십시오."

헬기 조종사가 해상 기지를 떠나면서 남긴 말이었다. 진심으로 둘을 걱정해서인지 피곤한 일을 만들고 싶지 않아서였는지는 알 수 없었다.

"세세, 이것 봐. 다 로봇이야."

건물 안으로 들어서니 사람 키의 반만한 하얀 로봇들이 다리 대신 바퀴를 굴려가며 건물 사이사이를 이동하고 있었다. 하늘에는 새와 같은 모양의 로봇들이 날아다녔다. 특히 카페테리아와 침실은 로봇들이 완전히 관리하고 있었는데 이들은 관절이 있는 팔과 손가락으로 마치 사람처럼 일을 해냈다. 그러나 로봇들이 건물을 차지하고 있는 것과 달리 사람은 세세와 고은 이외에는 보이지 않았다. 사람이 살기 열악한 환경이라 로봇이 사람을 대체하고 있는 듯 했다. 고은은 앞으로 살게 될 해상 기지에서 편안한 생활을 할 수 있도록 로봇을 다루는 법을 배우려 했고 세세는 해상 기지의 다른 곳을 둘러보고자 했다.

"나 이 로봇들 관리하는 법 알아볼 테니까 천천히 둘러보고 와."

"응. 고은아 로봇 조종하는 거 대충 다 될 테니까 너무 무리하진 마."

"너도 조심히 잘 돌아보고 와."

세세는 고은에게 인사를 하고는 해상 기지를 돌아다니기 시작했다. 해상 기지는 사람은 없고 기계만 잔뜩 설치된, 마치 이 세계와 같았다. 인간미가 잘 느껴지지 않는 세계정부보다 더 사람의 온기가 느껴지지 않아 기분이 퍽 나빠지는 곳이었다. 세세는 카페테리아에 들어가 칵테일바처럼 생긴 지점에 서서 주문을 기다리는 앞치마를 한 로봇에게 '아인슈페너'라고 말해보았다. 그러자 로봇이 "네, 알겠습니다!" 라고 말을 하더니 빠르게 아인슈페너를 만들어내기 시작했다. 카페 점원처럼 "맛있게 드세요!"라는 인사를 하며 커피를 건네는 로봇을 세세는 신기하게 바라보며 커피를 받아들었다.

한 손에 아인슈페너를 들고 카페테리아를 나와 다시 건물을 걷기 시작했다. 건물은 해상에 지지대를 올려 만든 건물이니만큼 지하는 없었고 지상으로 낮게 건물이 올려져 있었다. 사람이 잘 머무르지 않는 공간이니만큼 침실이나 카페테리아로 되어있는 면적은 적었으며 대부분이 알 수 없는 기계들로 가득 찬 공장과 같은 방으로 이루어져 있었다. 세세는 로봇박물관과 같은 해상 기지를 돌아보며 방마다 기계를 둘러보기 시작했다. 그러나 모니터 없는 기계들이라 무슨 일을 하는 기계들인지 쉽게 알아차리기가 어려웠다. 그러나 보다 보니 기계들은 마치 하나의 거대한 기계처럼 방마다 벽이 뚫려 연결되어 있음을 알 수 있었다. 세세는 이 사실을 알게 된 후 기계들의 중앙부가 어디인지 찾아다니기 시작했다. 하지만 문이 있는 방 중에서는 중앙 컴퓨터로 보이는 몸통도 기계를 관리하는 모니터도 보이지 않았다.

"세세! 로봇 관리하는 법 다 알아냈어!"

고개를 갸웃거리며 건물을 돌고 있는데 갑자기 고은이 로봇을 관리하는 법을 알았다며 세세를 불렀다. 세세는 고은의 부름에 바로 달려갔다.

"하나도 어렵지 않아. 거의 음성인식이고 음성이 어렵다 싶으면 '리모컨'이라고 부르면 저 천장의 새 로봇이 날아내려 와."

"천장 로봇?"

"응. 쟤가 난 단순한 카메라인 줄 알았는데 이 건물을 조작하는 로봇이었어."

"어쩌다가 리모컨이라고 말한 거야?"

"음… 리모컨이 필요하다는 생각이 들어서 문득? 그런데 새 로봇이 내 머리맡으로 내려왔어."

세세는 고은의 이야기를 듣고는 새 로봇을 불렀다. 그러자 잡아달라는 듯 세세의 머리맡에서 날고 있었다.

"그런데 이 새 로봇은 좀 어려워. 조작할 수 있는 게 너무 많아서 다 알기까지 시간이 좀 걸릴 것 같아."

"좀 살펴봐야겠는걸."

고은의 말처럼 새 로봇의 모니터에는 많은 버튼이 있었다. 세세는 이것저것 눌러봤다. 건물의 모든 문이 열리거나 닫히거나 불이 다 꺼지거나 켜지거나 하는 식의 기본 작동도 있었고 움직이는 모든 로봇들을 조작자 곁으로 다 모이도록 하는 조종도 있었다. 천장이 열려 하늘을 볼 수 있게 하는 장치도 되어있었다. 세세는 그 버튼을 눌러 천장을 열어보았다. 바닷소리가 크게 들려왔고 하늘은 맑고 깨끗했다. 세세와 고은은 신기함으로 감탄하며 고개를 들어 하늘을 바라보았다. 그러다 세세는 다시 고개를 내려 새 로봇의 모니터를 조작하려 했다. 이때 세세의 눈을 사로잡는 버튼이 생겨 있었다. 'Open the Louder Face'라는 붉은색의 버튼이었다. 세세는 이 버튼을 무심결에 눌렀다. 그러자 갑자기 어딘가가 열리는 소리가 들렸다. 세세가 하늘을 올려다보니 천장은 아직 열린 상태였고 어떤 변화도 없었다. 세세는 무언가 이상한 예감이 들어 새 로봇을 조종하던 침실에서 달려 나가 어디에서 문이 열리는 소리가 났는지 건물을 돌아보기 시작했다.

그러던 중 카페테리아 바 시설 뒤에서 커피를 만들던 로봇이 카페테리아 문 앞에 서 있는 것을 발견한 세세는 그대로 카페테리아로 뛰어 들어갔다.

"이… 이건!"

버튼을 누르자 들렸던 소리는 다름 아닌 카페테리아 바 뒤의 비밀문이 열리는 소리였던 것이다. 그 문 뒤로 들어간 세세는 그 안에 있는 기계들로 인해 기분이 이상해지는 것을 느꼈다. 위아래로 기다란 모니터가 10대 남짓 있었는데 하나의 거대한 중앙컴퓨터를 사이에 두고 빙 둘러 세워져 있었다. 각 모니터에는 남자, 혹은 여자의 홀로그램이 마치 정말 사람의 사진과도 같은 화질로 보이고 있었으며, 그 홀로그램들은 각자 웃기도 하다 울기도 하다 화도 내고 찡그리기도 하며 시시각각 변하는 표정을 보여주고 있었다. 그리고 그 표정 위에는 아주 작은 글씨들이 흘러가고 있었는데 각 모니터마다 다양한 언어로 보이고 있었다. 세세는 모니터를 따라 한 바퀴 빙 돌다가 계명성국어로 된 모니터를 찾게 되었고 주의 깊게 보기 시작했다.

'최강찬, 계명성국, 엄마, 두려움, 그리움, 해상 기지, 세계정부, 베어, 세세…' 모니터의 주인은 여자였으며 표정은 울다 웃다 하더니 이내 무감각한 표정을 지었다. 세세는 모니터의 주인이 다름 아닌 고은임을 알 수 있었다. 이 모니터들은 라우더 신약을 먹고 난 이후 생각이 읽히는 사람들을 보여주고 있었던 것이다.

"무슨 일이야 세세?"

"고은아! 들어오지 마!"

갑자기 달려 나간 세세를 따라 나온 고은에게 세세는 절대 들어오지 말라고 소리쳤다. 고은이 이 기계를 숨겨 놓은 공간을 알게 된다면 고은의 생각을 모니터링하던 베어가 세세와 고은을 또 다른 곳으로 보내버릴 것 같았기 때문이다. 그러니 고은은 이 모니터에 대한 사실을 아직 몰라야 했다.

세세는 이 모든 모니터를 연결하고 있는 중앙컴퓨터를 부순다면 고은과 라우더로 고통받는 다른 사람들이 자유를 얻을 수 있으리라 추측했다. 세세는 고은이 접근하지 못하게 중앙컴퓨터실에서 조용히 나와 새 로봇으로 눌렀던 버튼으로 다시 문을 닫았다. 그리고 중앙컴퓨터를 부숴 이 상황을 타개해 줄 사람을 떠올렸다.

"일락 카르텔… 유희성…"

세세는 고은이 유일호의 딸임을 애초부터 알고 있었다. 또한 고은의 남동생인 희성이 일락 카르텔로 들어간 것도 일락 카르텔과 연락을 주고받는 와중에 알게 되었다. 세세는 일락 카르텔의 유희성이라면 혈연관계인 고은을 져버리지 않을 것이며 카르텔이 가진 힘으로 해상 기지를 부수는 일 또한 매우 쉬울 것이라고 판단했다. 세세는 기회를 틈타 유희성을 만나야겠다고 생각하며 고은 몰래 카페테리아를 뒤로 하고 나왔다.

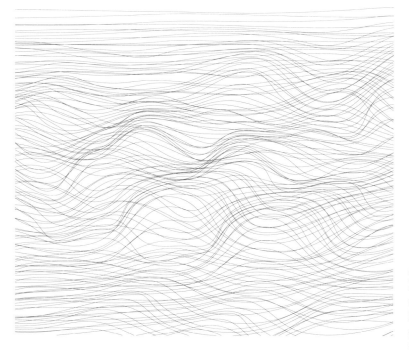

16 모두가 진실을 알아버렸을 때

✳

"이놈의 라우더는 아무리 뽑아내도 계속 숨어드네."

"그러게. 헬렌 카르텔 놈들이 얼마나 집요하게 달려드는지."

헬렌 카르텔의 라우더 거래 압박 이후, 일락 카르텔이 계명성국 암시장의 라우더를 아무리 몰아내도 라우더 적발 건은 끝이 없었다. 헬렌 카르텔이 라우더를 퍼뜨리기 위해 작심하고 움직이고 있었기 때문이다. 희성은 그렇게 라우더를 힘겹게 몰아내던 어느 날 밤, 이래서는 답이 없다고 생각했다. 현재 라우더 유포의 심각성에 대해 일호와 이야기를 해야 할 것 같다고 판단한 희성은 일호를 만나기 위해 해안 도시를 벗어나 수도에 있는 일호의 저택으로 향했다.

"하, 변함없이 그대로네."

희성은 도착해 저택의 마당에 숨어 들어와 주머니에 손을 넣고는 잠깐 주위를 둘러보았다. 깜깜한 가운데에서도 익숙한 풍경이라 눈에 쉽게 들어왔다. 희성은 보이는 풍경들을 뒤로 하고 저벅저벅 마당을 걸어 들어와 저택의 문에 손을 올렸다. 문을 잡는 느낌도 아직 잊혀지지 않은 채 익숙했다. 문을 열려고 시도하자 생각보다 문이 쉽게 열렸다. 일호가 희성이 언젠가는 돌아올 것이라고 염두하고 희성의 흔적을 아직 지우지 않았던 것이었다. 희성은 아버지답다고 생각하며 피식 웃고는 문을 열고 저택 안으로 들어갔다.

중앙홀은 희성의 그림을 비추는 작은 조명들만이 켜진 채로 어둠 속에 잠들어 있었다. 희성은 중앙홀을 지나 일호가 있을 것 같은 침실로 발걸음을 옮기려 했다. 그때 중앙홀의 어둠 속에서 누군가 희성을 불렀다.

"희성아, 나는 여기 있다. 이리 오렴."

일호였다. 어둠 속에서 희성의 그림 앞에 선 채로 몰래 들어온 희성을 보고 있었던 것이다. 일호는 매일 밤 이렇게 어둠 속에서 희성의 그림들을 바라보며 언젠가 희성이 돌아오기만을 기다리고 있었다.

"아버지, 오랜만이죠."

"이제 그만하고 돌아오기로 한 거니?"

"그럴리가요. 그냥 이야기 좀 하고 싶어서 왔어요."

희성은 중앙홀의 불을 켜고 일호를 바라봤다. 일호는 잠옷 가운을 입은 자신의 몸을 정돈하며 홀에 있는 소파로 몸을 이끌다 희성에게 고개를 돌려 물었다.

"차라도 한 잔 마실까?"

"좋아요. 제가 내릴까요?"

"아니다. 내가 하마."

일호는 부엌에서 티세트를 들고 나와 탁자에 두고는 소파에 앉아 차를 우리기 시작했다. 차의 은은한 향이 둘이 있는 공간의 공기를 물들여갔다.

"무슨 이야기가 하고 싶어서 온 거니."

"세계정부가 요즘 심상찮다는 이야기가 하고 싶었어요."

"그래, 나도 마피아수사과 형사들과 이야기를 하며 전해 들었단다."

"요즘 카르텔 내에서도 라우더가 가장 문제에요."

일호는 라우더라는 이야기가 나오자 입이 무거워졌다. 일호조차 어떻게 잡아야 좋을지 알 수 없는 문제였다. 말을 잇지 않는 일호를 보고는 희성 또한 착잡해졌다.

"마피아수사과가 나와 함께 힘쓰며 라우더를 제거하고 있는 중이다."

"우리 일락 카르텔도 노력해서 라우더를 막고 있어요. 아버지."

"일락 카르텔이?"

"네. 아버지, 이제 그만 우리 카르텔을 계명성국에서 같은 편으로 인정해주세요…"

희성이 일호에게 호소했다. 일락 카르텔이 계명성국을 위해 노력해서 하고 있는 일을 알아봐달라는 말이었다. 일호는 고개를 가로저으며 희성에게 대답했다.

"얼마 전 차고은 형사가 마피아에게 납치당했다. 범법을 저지르는 카르텔들은 다 똑같아. 우리 계명성국에 위협을 가할 뿐이야."

"그건 헬렌 카르텔의 일이잖아요. 저도 전해 들었어요."

"헬렌 카르텔과 너의 일락 카르텔은 뭐가 다르기라도 하다는 말이냐?"

"달라요. 지향점도 다르고 일하는 방식도요. 우리는 어디까지나 계명성국을 위해 일해요. 아버지."

"그렇담 차고은 형사를 구해낼 수 있는 명분도 갖추고 있니?"

"못 구해낼 건 없지만 그 형사의 아군이 되어줄 만한 명분이 부족하긴 하죠. 전해 들은 바로는 라우더를 강제 복용하고 있다는데 조금 안타까워요."

"라우더를 강제 복용하고 있어? 그 말이 사실이냐!"

일호는 이야기를 듣다 말고 찻잔을 내려놓은 채 놀란 표정으로 희성에게 되물었다. 희성 또한 아버지의 기색에 놀라 일호를 보며 말없이 고개만 끄덕였다.

"이걸 어떡하면 좋을지 모르겠구나. 세계정부 놈들이 이젠 하다못해 계명성국의 일반인에게 라우더를 강제 복용시킬 정도의 악행을 저지르다니…"

"들어보니 '호랑이의 딸'이라는 이유로 라우더를 개발한 세계정부 수뇌부 놈한테 잔뜩 미움 받고 있대요. 애초에 잡혀간 것도 그 '호랑이의 딸'이라는 명목하라는 소문도 있고요. 아버지도 아시죠? 베어라는 녀석이요. 지금은 헬렌 카르텔이 아니라 베어가 차고은 형사를 관리하고 있어요."

일호는 희성의 말을 듣고 아연실색하고 말았다. 베어가 고은이 자신의 딸임을 알고 세계정부까지 잡아간 것이라는 말이었기 때문이다. 고은이 지금 겪은 고생을 하게 된 것이 자신의 딸이기 때문이라는 사실이 일호에게 너무나도 무겁게 다가왔다. 일호는 앉은 채로 한 손으로 머리를 짚고 바닥으로 고개를 떨궜다. 눈앞에 놓인 현실을 마주하기가 어려웠다. 희성은 자신의 무슨 이야기를 듣고 아버지가 그런 낙담을 하게 되었는지 알지 못한 채 이해할 수 없는 단어만 입 끝에 맴돌아 계속해서 그것을 말했다.

"호랑이의 딸… 대체 호랑이의 딸이 뭐길래…"

일호는 그 단어가 괴로웠다. 자신이 모든 일의 원흉이 된 것 같았다. 일호는 베어가 어째서 지독하게 자신을 따라오면서 괴롭히는지 누구에게라도 묻고 싶었다. 하지만 물어볼 수 있는 곳은 어디에도 없었다. 지금은 그저 아무것도 모른 채 고은의 이야기를 하고 있는 자신의 아들에게 이제 진실을 말해야 할 때가 온 것 같다고 생각했다.

"희성아, 젊었을 적 내 별명이 호랑이였단다. 언젠가 말해준 적 있지 않니?"

"아, 그러셨던 것 같아요. 그러네요. 아버지도 호랑이라고 불리셨군요."

"그 호랑이의 딸이라는 말의 호랑이는… 나를 지칭하는 거란다."

"예? 아버지가 그 호랑이? 그럼 호랑이의 딸이라는 건 뭔데요?"

"그 차고은 형사는 너의 이복형제란다."

희성은 갑작스러운 일호의 말을 쉽게 이해하고 받아들일 수 없었다. 언젠가 자신이 납치되었던 베어와의 교섭장에서 자신과 아버지를 엄호하던 여자 형사가 이복형제라는 사실을 믿기가 어려웠다. 고은은 분명 희성보다는 나이가 많았다. 자신이 태어나기 전부터 존재했던 이복형제의 존재가 희성을 혼란스럽게 했다.

"아버지, 그게 무슨 말씀이세요?"

"말 그대로란다. 지금 세계정부에서 갖은 고생을 하고 있을 차고은 형사가 네 이복 누나야."

"어떻게 그런 말씀을 이제야 하세요?"

"나도 최근에서야 알게 되었단다. 영영 찾지 못 할 뻔한 딸이야. 그런데 지금은 이렇게 베어로 인해 멀어져 있구나."

"제 누나인 것을 알았다면 제가 이렇게 손 놓고 있지는 않았을 것 아니에요!"

희성은 이 사실을 말하지 않은 일호의 답답함을 이해할 수 없었다. 그래서 일호에게 소리를 높여 화를 내고 말았다. 일호는 계속 머리를 짚은 채로 고개를 들지 않았다. 한숨만 크게 내쉴 뿐이었다.

"어머니도 이 사실을 아세요?"

"돌아가신 너의 어머니는 내가 고은이 어머니 되는 사람과 베어의 간계로 인해 이별했을 때 나를 보듬어주고 도와준 사람이었단다. 나는 고은이의 어머니를 정말 많이 사랑했어. 아마 상대방도 그랬을 거야. 그러다 나의 그 사람이 홀연히 자취를 감추고 사라진 순간 나는 내가 가진 것을 다 내려놓고 그 사람을 목 놓아 되뇌이기만 할 만큼 나를 추스르지 못하고 엉망진창이었단다. 그때 희성이 너의 어머니가 나를 일으켜 여기까지 올 수 있게 도와주었어. 고은이 어머니의 존재는 알지만 고은이의 존재는 나도 몰랐듯이 너의 어머니도 몰랐을 거야."

"그럼 차고은 형사는 이 사실을 아나요?"

"언젠가는 말해줘야겠다고 생각했는데 이렇게 빨리 일이 터질 줄 알았다면 지난번에 만났을 때 망설이지 말고 모든 것을 말해줄 것을…"

"그럼 차고은 형사는 그 '호랑이의 딸'이라는 단어가 대체 무슨 말인지도 모른 채로 지금 그 고생을 하고 있다는 거예요?"

"면목이 없다. 희성아 나는 너도 고은이도 어떻게 해야 좋을지 도통 모르겠구나."

"아버지, 군말 말고 지금은 차고은 형사 빨리 구해야 해요. 라우더 강제 복용이 무슨 의미인지는 몰라도 이상한 건 확실해요."

"좋은 방법이 있니?"

"우리 카르텔의 힘을 써서라도 베어의 손아귀에서 빼내야죠."

"하… 카르텔…"

"아버지, 이제 그만 일락 카르텔을 아버지의 아군으로 인정해주세요. 제가 아무 생각 없이 섣불리 간 곳이 아니에요."

"카르텔을 품으면 앞으로 선량하게 사는 계명성국의 사람들을 어떤 낯으로 봐야 좋을지 모르겠구나."

"그게 정 힘드시면 일단 계명성국을 세계정부로부터 지켜낼 때까지만 우리 카르텔을 이용하세요. 기꺼이 아버지의 방패가 되어드릴 거예요. 그다음에 세상이 안정되면 그때 암거래를 한 우리를 처벌하시든지 말든지 그건 그때 정해요. 지금은 무슨 수를 써서라도 지켜내야 할 것을 지켜낼 때에요."

탁자에 놓인 뜨거운 차는 어느새 차가운 공기에 식어 미지근해져 있었다. 중앙 홀에 앉은 두 사람은 차를 들이켤 생각도 하지 않은 채 고은의 이야기로 열을 올리고 있었다. 희성은 일호와 이야기를 하면서 이 어이없는 상황에 헛웃음이 나왔다. 아버지는 대통령, 누나는 세계정부에 잡혀 있는 형사, 자신은 마피아. 난세가 자신의 가족을 뿔뿔이 흩어지게 만들었다는 생각이 들었다. 희성의 앞에 놓인 난세는 반드시 바로잡아야 할 현실이었다.

희성은 일호에게 카르텔에 대한 입장을 바꿀 것을 말한 후 소파에서 일어났다. 그리고는 언젠가 자신과 수호가 함께 서서 바라봤던 '별을 바라보며'라는 작품을 향해 걸어갔다. 그림은 언제나 어두운 배경 속에서도 밝게 빛나고 있었다. 그림에 잔뜩 그려진 별들을 묵묵히 바라보며 희성은 자신의 마음에 결연한 의지를 다졌다. 그림을 지나쳐 저택의 문으로 향하는 희성에게 일호가 말했다.

"카르텔이건 형사건 계명성국을 위해서라면 모두 포용해보도록 하마."

"잘 생각하셨어요. 분명 큰 힘이 될 거예요."

"앞으로 차고은 형사는 어쩌면 좋겠니. 희성아."

"당연히 무슨 일이 있더라도 반드시 구해요."

저택 문으로 향하면서도 일호를 향해 굳은 의지로 말하며 싱긋 웃어 보이고는 희성은 문밖으로 유유히 나갔다. 일호는 그렇게 떠나는 희성을 잡지 않았다. 그저 중앙홀 소파에 덩그러니 남아 탁자에 놓인 두 개의 찻잔을 물끄러미 바라만 볼 뿐이었다.

*

희성은 일호의 저택에서 일호를 만난 후 고은에 대한 이야기에 생각할 시간이 필요할 것 같다는 생각이 들어 카르텔 본부로 돌아왔다. 그리고는 본부 지하에 있는 바에 가 위스키를 한 잔 마셨다. 여느 때보다 시원하고 달콤쌉쌀했다. 그렇게 마시다 보니 지하로 내려오는 길에 불이 켜져 있던 친구의 연구실이 문득 생각이 났다. 희성은 아버지와의 이야기로 마음이 헛헛하던 찰나에 그 연구실에 있는 사람과 이야기나 나눠볼까 하는 생각에 몸을 일으켰다. 그리고 계단을 올라와 불이 켜진 그 연구실에 노크를 했다. 안에서는 친절한 목소리로 들어오라는 소리가 들렸다. 희성은 그 소리에 문을 살포시 열고 들어갔다.

"빅베이비, 어쩐 일입니까?"

"수호 씨, 지나가다가 불이 켜져 있길래 들러봤어요."

수호의 연구실이었다. 수호는 카르텔에 들어온 이후 갑자기 암시장에서 급속도로 늘어나 버린 라우더에 관심을 가지고 해당 정보를 찾아보거나 라우더에 대한 연구를 하며 밤늦게 근무하고 있었다. 이날도 그런 날 중 하나였다. 희성은 연구실의 응접 테이블에 앉아 무심히 턱을 괴고 지그시 수호를 바라봤다. 수호는 책을 읽기 위해 쓰고 있던 안경을 벗고 무슨 일이냐는 듯 어깨를 으쓱하며 물었다.

"무슨 일 있으셨나요?"

"하하, 어떻게 알죠? 네, 무슨 일이 생겼습니다."

희성은 맞은편 연구 테이블에 앉은 수호에게 괜히 크게 웃어 보였다. 그렇게 하면 고민이 같이 날아가 버릴 것만 같았기 때문이다. 하지만 마음은 여전히 무거운 채로였다. 수호는 그런 희성에게 먼저 자신의 말을 꺼냈다.

"나에게도 무슨 일이 생겼습니다. 빅베이비. 내 이야기부터 들어주세요."

"일이라는 게 뭐죠?"

"조사해보니 세계정부 내에서 라우더 주식회사의 주가가 몇 년 동안 계속 올라가고 있어요. 이제는 심지어 금전적으로 계명성국을 사들일 수 있을 정도의 규모입니다. 비극적이게도 라우더가 이미 세상을 지배하고 있다고 판단돼요."

"하…"

수호의 이야기에 희성은 한숨을 푹 내쉬며 한 손으로 머리를 짚었다. 라우더는 아무리 몰아내려 해도 여전히 골치 아픈 일이었던 것이다. 그러다 또다시 고은이 생각났다. 저 멀리 타지에서 라우더를 강제 복용 당하고 있는 자신의 누이가 얼마나 고초를 겪고 있을까 생각하니 이렇게 손 놓고 있는 자신이 무기력하게 느껴지고 자괴감이 들었다.

"계명성국에 라우더가 뿌려지지 않도록 우리 일락 카르텔과 정부가 계속 막겠지만 과연 이 자본의 힘이 정말 계명성국으로 덤벼든다면 잘 이겨낼 수 있을지 모르겠다는 생각이 듭니다. 라우더의 규모는 정말 어마어마해요."

"수호 씨, 나의 주변에도 라우더를 복용하는 사람이 생겼습니다."

"네? 계명성국에서 라우더는 불법인데요."

"하하, 카르텔에 들어와서도 합법 불법을 가립니까. 수호 씨는 더 이상 형사가 아닙니다."

"그건 그렇지만… 라우더를 먹고 있다면 상태가 많이 안 좋은 것 아닙니까?"

"아마 안 좋겠죠. 수호 씨도 잘 아는 사람이에요. 라우더를 복용 당하고 있는 것도 알고 있구요."

"복용 당해요…? 설마…"

"네. 베어의 옥죄임 속에서 라우더와 싸우며 힘겹게 지내고 있다고 소문이 파다하게 난 차고은 형사가 제 누나라는군요."

큰마음을 먹고 희성이 수호에게 고은의 이야기를 말했다. 그러나 수호는 희성의 생각과는 달리 전혀 놀라지 않았다. 오히려 끄덕이며 희성의 말을 받았다.

"… 이제 알게 되신 거군요."

"뭐야, 놀랄 줄 알았는데. 수호 씨 이미 알고 있었던 겁니까?"

"네. 형사 시절에요."

"어떻게요?"

"작전 보고를 하다 대통령께 직접 들었습니다."

"그게 정말입니까? 왜 여지껏 나에게 말하지 않았죠?"

"당연히 알고 있거나 모르더라도 제가 말할 사안은 아니라고 생각했습니다."

"작전 보고 중에 들은 거면 혹시 그 자리에 있던 마피아수사과 형사들도 다 압니까?"

"예."

"세상에… 이 정도면 나만 몰랐던 거네요."

희성은 헛웃음을 지으며 공허한 박수를 쳤다. 그러면서 어떻게 자신만 이렇게 까맣게 모를 수 있었나 생각하게 되었다.

"그럼 이제 이야기가 잘 통하겠네요. 오늘 저는 아버지께 이 이야기를 처음 듣고 마음이 너무 무거워 집에 가도 잠에 들 수 없을 것 같았어요. 그래서 굳이 나와도 되지 않는 카르텔 본부까지 와서 방황하다 문득 떠오른 위스키를 한 잔 마셨죠."

"그러셨군요."

"그러다 수호 씨의 연구실에 불이 켜진 것을 보고 또 문득 방문해봐야겠다는 생각이 들어 여기에 온 거구요. 이야기를 나눠보니 역시 잘 온 것 같네요."

"다행이네요. 차고은 형사의 일이 마음에 많이 걸리나요?"

"네, 무척이나 걸려요. 갑작스럽게 누나라며 내 인생에 등장한 사람인데 다른 곳도 아니고 세계정부에 붙잡혀 있다니요. 그것도 그 악독한 베어에게 잡혀 라우 더를 먹고 있다니 어떻게 마음이 쓰이지 않겠어요."

"단 한 번도 제대로 마주한 적 없는 누나인데 마음이 많이 가시는군요."

"궁금한 마음 반, 애틋한 마음 반이에요. 나는 일찍 어머니가 돌아가셔서 어려서부터 아버지와 둘이 지내는 시간이 많았어요. 그래서 가족에 대한 애착이 강해요. 한 번도 만난 적 없더라도 아버지로부터 누나가 있다는 말을 들으니 저절로 마음이 생기네요. 게다가 한 번도 안 본 사이도 아니고 긴장감 팽팽하던 교섭장에서의 일을 함께 겪은 사이니까 더욱이요."

수호는 희성의 이야기를 고개를 끄덕이며 듣고 있었다. 그러다 희성에게 고은을 구할 수 있는 방법에 대해 넌지시 제안을 했다.

"그렇다면 레드캣과 카르텔을 움직여 차고은 형사를 구하는 일도 도모해 볼 수 있지 않을까요?"

"그럴 수도 있겠죠. 레드캣이 내 말에 움직여준다면 말이에요. 하지만 전력은 한정되어 있고 우리는 어디까지나 계명성국의 만약의 사태에 대비해야 하는 집단이잖아요. 세계정부가 언제 쳐들어올지 몰라 노심초사 하고 있는 상태구요. 레드캣이 차고은 형사를 구하는데 쉽게 전력을 투입할지 모르겠어요."

"그래도 레드캣에게 한 번쯤 이야기를 해보심이 어떻겠어요? 세상의 이야기를 모두 알고 있다고 해도 과언이 아닌 레드캣이라면 빅베이비와 차고은 형사의 관계도 이미 알고 있을 것이라고 생각되는군요."

"그럴까요?"

"난 그럴 거라고 생각해요. 그리고 만약 레드캣의 허락이 떨어지면 직접 차고은 형사를 구해내세요. 마음이 많이 무겁고 괴롭다면 직접 움직여봐야 하지 않겠어요."

"수호 씨는 언제나 제 마음의 막힌 곳을 시원하게 뚫어주는 것 같네요."

"하하, 그런가요? 다행입니다."

수호는 자신이 앉은 테이블의 맞은편 테이블에 앉아 고개를 손에 괸 채로 이야기를 건네고 있는 희성을 보며 빙그레 웃음을 보냈다. 그리고는 희성에게 말을 덧붙였다.

"차고은 형사는 제 예전 동료이기도 합니다. 만약 빅베이비가 차고은 형사를 구출하기 위한 작전에 돌입한다면 저도 끼워주세요."

"당연하죠. 수호 씨는 1선발이에요."

"1선발이요? 그렇다면 나중에 내 부모님과 정신이에 대한 일이 생기면 빅베이비도 날 도와줘야 합니다."

"나정신 형사야 앞으로도 종종 부딪히게 될 사람이고, 부모님에 대한 걱정도 따로 있었나요?"

"네. 부모님이 두 분 다 의사신데 젊을 적 라우더를 연구하셨다고 하더군요. 세상이 혼란해져서 라우더에 다시 매달려야 할 순간이 온다면 두 분은 주저하지 않고 다시 뛰어드실 것 같아요. 이런 위험한 판에 다시 뛰어드실 것 같은데 아들로서 어떻게 걱정하지 않을 수가 있겠어요."

"그렇군요. 수호 씨는 아무래도 어릴 적부터 부모님께 라우더에 대한 이야기를 많이 들어왔겠군요."

"그냥 기본적인 내용만 아는 정도입니다. 예전 계명성국은 라우더 이야기를 나눌만한 환경이 아니었으니까요. 라우더를 먹으면 감정이 많이 막힌다거나 뇌에 영향을 끼칠 수 있다는 정도로 알고 있는 거죠. 그 정도의 힘을 가진 약이라면 개발을 했을 때 무궁무진하게 사용할 수 있을 겁니다."

희성은 고개를 괴던 손을 내려놓고 팔짱을 꼈다. 그리고 수호를 보며 말했다.

"정말 세상이 라우더와 세계정부 때문에 많이 혼란해진 것 같네요. 세계정부에 속하지 않은 우리라서 지금을 이상하다고 느끼고 혼란스럽게 느끼는지도 모르겠지만요."

"어쩔 수 없이 우리가 돌파해야 하는 부분인 거죠. 정신이와 함께 있을 때에도 늘 떠올리던 생각들인걸요."

"나정신 형사와는 이제 연락하지 않나요?"

"몰래 정신이의 곁에 맴돌면서 도와준 적은 있습니다만 성당에서 기도하던 녀석한테 바보 같이 들켰지 뭡니까. 그 이후로는 보러 간 적이 없습니다."

"다시 보러 갈 마음은 없나요?"

"마피아수사과나 우리 일락 카르텔이나 라우더를 몰아내기 위한 노력을 기울인다는 점은 같으니 협력하기 위해 다시 만날 가능성도 있겠죠. 세계정부는 생각보다 더 거대하고 무시무시하니 머리를 맞대야 할지도 모르니까요."

"내가 가족을 생각하는 마음만큼 수호 씨가 나정신 형사를 대하는 마음도 크다는 걸 압니다. 해묵은 감정이 있다면 회포를 풀어 다 날려버리고 다시 잘 지냈으면 하는 생각도 드네요."

"그런가요. 이제 걷는 길이 다르다 보니 그럴 수 있을지 모르겠습니다."

수호의 말에 희성은 자신의 오른쪽 손목 안쪽을 들어 보여줬다.

"내 손목에 이 글귀 보이죠? 계명성국에서 나라를 지키기 위해 투쟁하는 사람들은 결국 모두 같은 방향으로 가고 있는 거예요. 나정신 형사와 수호 씨도 다른 길이 아닌 같은 길을 걷고 있는거라는 거죠. 그러니 그런 망설임으로 소중한 사람을 놓치는 일은 하지 마세요."

"'Same direction…' 보면 힘이 날 것 같은 좋은 글귀네요. 좋아하는 사람들과 같은 방향으로 가고 있다고 믿으면 함께 있지 않아도 든든하니까요."

"나도 내 아버지와 같은 길을 걷고 있다는 것을 늘 상기하기 위해 새긴겁니다. 수호 씨도 직접 몸에 새기든 마음에 새기든 결코 잊지 말라구요."

"네, 그래야겠네요."

이야기를 나누던 희성이 사뿐히 자리에서 일어나더니 이제 가봐야겠다며 수호에게 손인사를 했다. 수호도 나가려는 듯 어느새 일어나 코트를 걸치며 연구실을 떠나려는 희성에게 눈인사를 했다.

"빅베이비, 이제 어디로 갈겁니까?"

"레드캣이 아직 본부에 있다면 레드캣에게요. 차고은 형사에 대한 것과 라우더 퇴치를 위해 계명성국 형사에 협력하는 것에 대해 이야기를 좀 해봐야겠어요. 수호 씨는 어디로 가나요?"

"난 빅베이비와 이야기를 하다보니 정신이가 많이 보고 싶어져서요. 이 녀석 잠을 좀 깨우는 일이 있더라도 지금 만나보러 가야겠습니다."

"그렇군요. 나정신 형사와 기분 좋은 대화를 나눌 수 있기를 바라겠습니다."

"기분 좋은 이야기를 나누게 될지는 모르겠네요. 나 역시 차고은 형사와 라우더, 세계정부에 대한 생각으로 머리가 복잡하니까요."

"나랑 수호 씨 모두 지금 향하는 곳에서 부디 만족스러운 대화를 나눌 수 있기를."

"네."

희성은 마지막 말을 남기고는 홀연히 자리를 떴고 수호는 연구실에 아직 남아 코트의 옷매무새를 점검하며 가방을 챙겼다. 오랜만에 정신을 만나게 될 생각에 걱정보다 마음이 설레고 있음을 느꼈다. 수호는 그렇게 본부에서 나와 자신의 차를 타고 이전에 정신과 함께 살던 아파트로 향했다. 어둠이 잔뜩 낀 밤하늘이었지만 수호는 어쩐지 자신의 마음에 하나의 별빛이 살아 움직이는 것 같았다. '같은 방향'이라는 희성의 글귀처럼 정신과의 행로가 부디 같은 방향일 수 있기를 수호는 바랐다.

*

정신의 아파트에 도착한 수호는 창문으로 들어갈지 현관문에 있는 초인종을 누르고 들어갈지 고민했다. 그러다 결국 유난스럽게 창문으로 들어가지 말고 심플하게 현관문으로 들어가기로 결심했다.

"누구세요?"

벨을 누르자 정신은 새벽임에도 금방 대꾸했다. 그러더니 수호가 자신을 소개하기도 전에 먼저 수호를 알아보고는 문 앞으로 달려 나오더니 문을 활짝 열었다. 문 안에는 정신이 머리에 까치집을 하고는 놀란 눈빛에 입은 함박웃음을 지으며 수호를 바라보고 있었고 수호는 그런 정신의 모습에 어깨를 으쓱하며 멋쩍은 웃음을 지었다.

"형, 하룻밤만 있다 가도 좋아. 지금은 그냥 내 곁에 있어 주라."

정신은 지난날 놓쳤던 수호를 다시 만난 것이 너무 반가워 행복해했다. 그러면서 수호가 자신의 곁을 떠나지 않기를 바랐다. 수호는 그런 정신의 눈빛을 보며 어쩔 수 없는 녀석이라는 듯 한숨을 내쉬었다.

"정말 내가 비워버린 공간에 아무것도 두지 않았구나."

"응. 언젠가는 형이 이곳에 다시 돌아올 거라고 생각했으니까."

"내가 마피아가 되었다는데도 그런 생각이 들었어?"

"마피아건 형사건 형은 형이지. 우리 사이가 변해야 할 이유가 있어?"

정신은 수호가 마피아가 되었다는 것을 잘 실감하지 못하고 있는 것 같았다. 수호는 그런 정신에게 입을 떼려다 그냥 그만두기로 했다. 오늘의 방문은 자신이 마피아가 되었다는 사실을 일깨워주기 위함이 아니었기 때문이다. 수호는 아파트 안을 돌아보며 자신이 비워두었던 공간을 바라보고는 정말 자신이 정신의 곁을 떠났었음을 실감했다.

"형, 얼마 전에 고은 누나 구하러 세계정부 수도에 다녀왔었어."

"성공했어?"

"아니, 열심히 해봤지만, 이번엔 실패했어. 하지만 다음엔 분명 구해낼 수 있을 거야."

"고은이는 무사해?"

"응, 얼굴 잠깐 봤는데 표면적으로는 괜찮더라. 속은 어떨지 모르겠지만…"

"나도 카르텔에서 이야기들을 전해 들었는데 고은이를 구하는 일을 늦춰서는 안 될 것 같아."

"나도 세세라고, 계명성국에서 세계정부로 잡혀간 친구가 있는데 그 친구한테 들었어. 고은 누나가 라우더를 먹고 있다는 말을 말야."

"미친 세계정부 녀석들. 도대체 무슨 일을 꾸미고 있는 건지."

"고은 누나도 고은 누나지만 세세도 걱정이야. 나랑 대화를 하다 말고 누군지 모를 사람들에게 거의 붙잡혀가다시피 해서 자리를 떠났어."

정신은 세세가 머리에 떠오르자 세세에 대한 걱정을 감추지 않았다. 수호는 세세라는 여자를 생각하며 마음을 졸이는 정신의 모습이 왠지 낯설게 느껴졌다. 정신에게 세세의 이야기를 더 듣고 싶어진 수호는 정신에게 물어보았다.

"세세라는 여자는 어떻게 만난 거야?"

"아, 처음으로 세계정부에 들어갔을 때 헬렌 카르텔 건물 앞에서 만났어. 건물 로비를 통과하기 위해서 무례한 짓을 좀 했는데 알고 봤더니 그때 만난 세세가 계명성국 사람이었던 거야. 그렇게 우리 둘은 좁은 골목에 마주 서서 짧은 이야기를 나눴어."

정신의 얼굴은 세세를 처음 만난 이야기를 시작하자 어느새 어두운 기운이 가시고 환하게 밝아졌다. 수호는 그런 모습을 보며 웃음이 났지만, 짐짓 웃음이 나지 않는 척하며 감정을 사그라뜨렸다. 세세를 처음 만났던 모습, 세세를 꿈에서 만났던 모습, 세세를 두 번째 만났던 모습까지 정신의 이야기를 들으니 눈앞에 그려지는 듯 했다. 정신은 그렇게 세세의 이야기로 한참을 보냈다. 그렇기에 수호는 정신이 세세라는 여자에게 사랑에 빠졌음을 눈치채고야 말았다.

"나정신, 맨날 여자에 관심 없다더니 드디어 마음속에 들어온 사람이 생긴 거구나."

"형, 그런 걸까?"

"호감이 아니면 뭐겠어."

"나도 이게 뭔지 잘 모르겠어. 다만 많이 걱정되고 또 보고 싶은 마음이 커."

"그러다 점점 사랑하게 되는 거지. 근데 그 세세라는 여자도 세계정부에 잡혀있다며."

"응. 고은 누나랑 같이 있을 거야. 이번에도 나랑 같이 계명성국으로 돌아올 수 있었는데 고은 누나랑 같이 있어야 한다며 남았으니까."

"그렇구나. 이렇게 되면 강찬 형한테는 고은이 뿐이겠지만 너한테는 구해야 할 사람이 한 명 더 늘어난 거네."

"강찬 형은 고은 누나, 나는 세세. 이렇게 맡자고 해보려고. 어찌 되었건 세세도 계명성국으로 다시 돌려놔야 할 사람임에는 틀림없으니까. 반드시 노력할 거야."

"그런 상황에서 너희 팀만으로 잘 할 수 있겠어?"

수호는 앉아 있는 정신의 머리에 손을 툭 얹고 씨익 웃으며 물었다. 정신은 피식 웃더니 머리 위 수호의 손을 탁 쳐서 손을 떼게 만들었다. 그리고 수호의 말을 듣기 위해 고개를 들어 자신의 곁에 서 있는 수호의 얼굴을 바라봤다.

"유희성이 고은이의 정체를 드디어 알게 되었어. 자신의 누나라는 것을 알고 나서는 고은이에 대해 신경을 많이 쓰고 있어. 앞으로 나와 유희성은 정신이 너희 팀에 도움이 되도록 노력하기로 합의했어. 고은이를 구하고 계명성국이 세계정부로부터 계략을 당하지 않을 때까지 그럴 생각이야."

"형사와 마피아가 하나로 뭉치는 거야 그럼?"

"아직 우리 카르텔 모두가 그러겠다고 한 건 아냐. 어디까지나 이 생각은 나와 유희성만 하고 있을 뿐이야. 다만 보스 레드캣도 그러겠다고 하면 정말 네 말대로 형사와 마피아가 공동 작전을 벌이기 시작하겠지."

"형, 난 아직도 혼란스러워. 형이 날 떠난 것부터 시작해서 뭐가 진짜 정의이고 무엇을 위해 달려야 하는지 판단하기가 어려운 것 같아."

"눈을 잘 뜨고 판단을 잘해야 해. 껍데기만 보고 피아식별을 해버리면 정말 진정한 가치를 놓치게 될 수도 있는 거야. 정말 네가 원하는 세상이 어떤 세상인지 잘 생각해봐. 그리고 그 가치를 너 같이 인정해주는 사람들이 있으면 그 사람들과 함께 해야 할 수도 있어. 너 형사를 마음에 품기 시작하면서 네 가장 큰 목표가 뭐였어. 계명성국을 되살리고 못 가본 세계를 누비는 거였잖아. 그 일을 지금 하고 있는 집단이 바로 일락 카르텔이야. 넌 아직 일락 카르텔을 잘 모르겠지만 여기 사람들 그냥 불한당이 아냐. 이 사람들도 나라를 위해 각자의 자리에서 일하고 있어. 정의라는 게 다른 게 아냐. 네가 반드시 성취하고 싶은 가치를 생각해 정신아."

"그럼 형과 유희성도 자신들의 가치를 실현하기 위해 우리 형사팀에 협조하겠다는 거야?"

"응. 우리의 정의와 부합하는 일이니까."

"나는 형이 내민 손을 잡아야 하는 거고?"

"응, 잡아. 같이 하면 분명 더 잘 해낼 수 있을 거야."

"하…"

정신은 고개를 뒤로 젖히고는 긴 한숨을 내쉬었다. 수호는 그 옆에서 말없이 지그시 정신을 바라보았다. 한숨을 다 내쉰 정신은 두 손을 모아 몸쪽으로 끌어당긴 채 생각에 잠겼다. 그리고 그렇게 얼마간이 지나고 나자 수호에게 다시 말을 건넸다.

"형, 난 라우더가 정말 두렵다. 용처가 의문스러운 라우더가 어디에서 어떻게 쓰이는지 반드시 알아내야만 해. 그래서 형이 지금 내민 손을 뿌리치고 싶어도 라우더를 타개할 힘이 필요하기 때문에 어쩔 수 없이 잡아야 할 것 같아."

"라우더에 대해 더 알게 된 것 있어?"

정신은 세세와 강찬에게 들은 이야기를 수호에게 하기 시작했다. 라우더를 통해 생각을 엿볼 수 있다는 사실을 들은 수호는 아연실색했다.

"이 사실은 너무 놀라워서 레드캣한테도 말해야 할 것 같아. 그 정도까지 기술이 발전했단 말야?"

"놀랍기도 하고 무섭기도 한 일이지. 고은 누나가 얼마나 고생하고 있을지 눈에 선해."

"이 일은 고은이 만의 일이 아냐. 세상 도처에 고은이처럼 고통을 겪고 있는 사람들이 얼마나 많을지 셀 수가 없는 거야."

"라우더가 계명성국 시장 내에 얼마나 들어와 있는지 형은 알아?"

"잘 몰라. 일락 카르텔에서 라우더를 뿌리 뽑기 위해 고군분투하고 있는데도 헬렌 카르텔의 물량 공세에 역부족이야. 잡으면 또 나오고 잡으면 또 나오고 그래."

"이러다 우리 계명성국에 고은 누나 같은 증상을 가진 사람들이 많이 생겨버리면 어떻게 감당해야 할지 감도 안 와."

"그러니까 최대한 빨리, 확실하게 라우더를 박멸하고 세계정부의 검은손으로부터 벗어나야 해. 그들에 놀아나지 않게 전력을 다해야 하는 거야."

현재 계명성국을 둘러싼 상황에 대해 무거운 이야기를 나누며 정신과 수호는 그렇게 오랜만에 만난 밤을 함께 지새웠다. 한 번도 가보지 못한 바다를 제 몸으로 안아보기 위해 세상 밖으로 나온 두 청년은 어느새 그들을 품고 있던 나라를 지키기 위한 최전선에 나와 자신의 임무를 다하게 되었다. 이들에게 형사, 마피아 그런 것은 계명성국 수호에 있어서 아무래도 좋은 것이었다.

어느새 정신은 꾸벅꾸벅 졸고 있었고 수호는 그런 정신을 지켜보다 햇빛이 스며들어오는 창으로 날이 밝아오는 것을 보고는 이내 몸을 일으켰다.

"또 보자, 나정신."

수호는 잠들어 있는 정신에게 옅은 미소와 짧은 한마디를 남기고는 아파트에서 홀연히 사라졌다. 조용히 수호가 떠난 공간에서 정신은 눈부신 아침이 찾아옴에도 새근새근 깊이 잠들어가고 있을 뿐이었다.

카지노의 슈퍼스타

✦

　수호가 정신을 만나 대의를 다지는 사이, 희성은 레드캣을 만나 고은에 대한 이야기를 했고 레드캣은 이에 따라 앞으로 일락 카르텔이 어떤 자세를 취할 것인지에 대한 생각을 명료화하기 위한 고뇌의 시간을 가지기로 했다.

　그렇게 희성과 수호의 각자의 밤이 흐르고 어느새 세상은 다시 기지개를 켜는 아침을 맞았다. 희성은 간밤의 모자란 잠을 청하기 위해 몸을 누이기 전 휴대폰을 들었다. 그리고는 무슨 결심이라도 한 듯 바쁘게 수호의 전화번호를 눌렀다.

　"여보세요."

　"수호 씨 나에요, 빅베이비."

　"예, 알고 있어요."

　"아직 안 자고 있었네요. 나정신 형사와의 이야기는 잘 되었나요?"

　"그럭저럭요. 정신이가 내 의도를 잘 알아줬으면 좋겠네요."

　"나도 레드캣과 이야기를 잘 끝냈어요. 레드캣은 역시 나와 차고은 형사의 사이를 알고 있더군요."

　"그럼 일락 카르텔이 계명성국 형사들에 협력하는 것을 용인하겠다고 한 건가요?"

　"그건 좀 더 생각해보겠다고 하네요. 시기가 적절할 때 움직이고 싶다면서요."

　"그렇군요."

　"그건 그렇고 수호 씨."

　"네, 말씀하시죠."

"카지노 가봤어요?"

"아뇨. 애초에 형사였고 그 이전에는 평범한 대학생이었었어요."

"카르텔에 들어와서 아직 한 번도 안 가본 거군요. 우리 세계정부를 향한 전의를 불태우기 전에 한번 다녀와 보는 건 어떨까요?"

"하하, 작전 전 전야제 같은 겁니까?"

"뭐든요. 무거운 마음도 좀 가볍게 전환도 할 겸 가봅시다."

"그럼 한번 가볼까요?"

"역시 수호 씨는 나를 실망시키지 않는군요. 일단 지금은 간밤에 못 잔 잠을 자야 하니 푹 쉬었다가 오늘 밤에 같이 가봐요."

"네, 그럼 자정에 본부 앞에서 보죠."

"이따 봬요."

희성은 수호와의 통화를 끝낸 휴대폰을 머리맡에 내려놓고는 침대에 쏙 파고들어 이내 깊고 깊은 잠에 빠져들기 시작했다. 커튼 사이로 새어 들어오는 햇빛이 희성의 얼굴을 간지럽혀도 개의치 않았다. 마치 고은을 구하기 전 마지막 잠이라도 자는 듯 자정이 가까워져 올 때까지 숨만 새근새근 쉬며 세상모르게 잠을 잤다.

짧다면 짧고 길다면 긴 각자의 휴식 시간을 가진 후 희성과 수호는 자정에 본부 앞에서 만났다. 그리고 카지노의 위치를 잘 알고 있는 희성의 차를 타고 카지노로 향했다. 일락 카르텔이 관리하는 카지노 건물은 수도와 해안 도시 사이에 있었기에 차를 타고 이동하는 시간은 그다지 길지 않았다. 수호는 카지노로 향하면서 카지노 도시가 일반 계명성국 도시들과는 다른 건물 양식으로 지어진 건물들로 이루어져 있다는 것을 깨달으며 카지노 도시 속에서 이국적인 느낌을 물씬 느꼈다.

"도시가 화려하고 멋지네요."

"어디까지나 사람들을 매료시켜 끌어당겨야 하니까요."

"빅베이비는 미술에 조예가 깊으니까 이런 건물 양식들에도 감회가 남다르겠어요."

"글쎄요. 회화랑 건축이랑은 또 다르니까요. 그래도 아름다운 것이라면 좋아하기는 합니다."

"여긴 마치 계명성국이 아닌 것 같습니다."

"이국적인 정서를 느끼게 해주는 게 또 카지노의 목적이긴 하죠."

두 사람은 차 안에서 대화하며 어느새 카지노에 도착했다. 문을 지키고 있던 가드에게 희성은 당당히 자신의 얼굴을 보였고, 가드는 그런 희성을 금방 알아보고는 반갑게 인사를 했다. 그리고는 카지노 안으로 향하는 문을 활짝 열어주었다.

가드의 안내를 받고 들어간 일락 카르텔의 카지노 안은 마치 장난감 나라처럼 형형색색 아기자기하게 꾸며져 있었다. 널따란 부지 안에는 여러 가지 게임이 있었다. 사람들은 모여서 게임을 하기도 하고 혼자 기계에서 게임을 하기도 했다. 각자의 게임 앞에서 저마다 조금은 고군분투 같아 보이기도 했지만, 아무튼 즐거운 시간을 보내고 있었다.

"수호 씨, 블랙잭 할 줄 알아요?"

"룰은 대충 압니다. 딜러에게 카드를 받아서 21까지 만들면 되는 거죠? 21이 넘으면 죽는 거구요."

"네. 그것부터 한 번 해볼까요? 딜러와의 한판."

희성은 수호를 데리고 블랙잭 테이블로 이동했다. 그곳에는 이미 게임을 벌이고 있는 사람들이 많았다. 희성은 수호를 옆에 세워둔 채 게임 테이블에 합석해 게임에 참여하기 시작했다. 그러자 어쩐 일인지 주변에서 사람들이 수군거리며 희성의 주위를 감싸기 시작했다.

"빅베이비가 오랜만에 왔어."

"요새 라우더 때문에 고생한다더니 오늘은 좀 쉬나 본데."

희성은 그런 주변의 시선이나 소리에 아랑곳하지 않고 게임에 집중했다. 웃는

바다를 마시는 새벽별

얼굴인 채로 이기고 지는 것을 몇 번 반복하더니 어느새 진지한 표정으로 게임에 임하기 시작했다. 그렇게 게임을 이어 나가던 중 갑자기 희성이 베팅액을 두 배로 올리는 더블다운을 외쳤다. 수호는 희성의 곁에서도 희성이 어떤 패를 가지고 있는지 잘 보이지 않아 내심 질까 봐 마음을 졸였다.

"갑자기 베팅액을 두 배로 하면 위험한 거 아닙니까."

"수호 씨. 건곤일척 몰라요? 사나이가 승부를 봐야 할 때는 그 승부에 가감 없이 임해야 하는 법."

희성은 히트를 외쳐 마지막 카드를 한 장 받았다. 마지막 카드를 본 순간 희성은 웃음을 감추지 못하고 기쁘게 외쳤다.

"블랙잭."

희성의 게임 테이블을 감싸고 있던 사람들은 희성의 승리에 저마다 환호했다.

"빅베이비 오빠 너무 멋있어!"

"승부를 봐서 결국엔 이기는구나. 멋진 게임이었네."

"카르텔 들어올 때부터 천재라는 소리 듣더니 역시나 잘하는구나."

사람들의 박수에 미소 지으며 우아하게 감사 인사를 보내고 있는 희성은 마치 카지노의 슈퍼스타 같았다. 수호는 그런 모습에 놀랍기도 하고 웃음이 나기도 해 어안이 벙벙했다. 희성은 깨끗하게 이긴 후 블랙잭 테이블에서 일어나 수호에게도 앉아보라고 권유했다. 수호는 그런 희성의 행동에 손사래를 쳤다. 지난 게임의 희성만큼 배포 있게 게임에 임할 수 없을 것 같다는 생각이 들어서였다. 그리고 테이블을 에워싼 관중들이 부담스럽게 느껴지기도 했다. 수호는 어째서 희성의 게임에 이렇게 많은 사람들이 모여드는지 궁금했다. 그래서 자신의 옆에 선 희성에게 이유를 물어보았다.

"빅베이비, 여기 이 사람들은 어째서 빅베이비의 게임에 이렇게 관심을 가지는 겁니까?"

280

"아마 이 관중들은 다 일락 카르텔 사람들일 거예요. 내가 계명성국에서 너무나 유명한 아버지의 아들이어서 그런지 처음 카르텔에 들어왔을 때부터 나에 대한 관심이 많았어요."

"아무리 그래도 조금 전의 환호는 빅베이비의 팬이라고 해도 믿겠는걸요."

"수호 씨, 몰랐어요? 나 원래 팬 많아요. 카르텔에 들어오기 전에도 조용히 숨어 사는 스타일은 아니었어요. 그리고 지금 이렇게 카르텔에 들어온 후에도 카르텔 사람들이 나를 좋아해줘서 어딜 가나 유명 인사예요. 일례로 이렇게 게임하러 올 때면 언제나 관중이 많아요."

"정말 대통령님 때문에 빅베이비에 관심을 가지는 걸까요?"

"몰라요. 내 배경을 좋아하는 건지 나를 좋아하는 건지 의문이 들 때가 있긴 하죠. 근데 아마 아버지보다는 나 자체를 좋아해서 이렇게 모여드는 게 아닐까요?"

"어떤 이유에서건 슈퍼스타시네요."

"익숙해요. 아버지는 내가 어려서부터 유명했으니까. 스포트라이트를 받을 일이 어려서부터 자연스럽게 많았어요."

희성과 수호는 관중들 사이로 빠져나와 이번에는 포커 테이블로 갔다. 이번에는 수호도 한 번 게임을 해 볼 의사가 있었다. 대학 시절 공부로 머리가 많이 아플 때면 포커 카드로 포커 족보를 만들어내면서 기분 전환을 했던 적이 종종 있었기 때문이었다. 이 게임이라면 게임에서 이길 수 있을 것 같았다. 하지만 이런 자신감은 희성 또한 마찬가지였다. 희성과 수호는 자신만만한 마음을 가지고 포커 테이블의 빈자리에 앉았다.

"게임에 참여하시겠습니까?"

딜러가 희성과 수호에게 물었고 둘은 그러겠다고 한 뒤 딜러로부터 카드를 받았다. 그렇게 테이블에서는 희성과 수호, 그리고 낯선 사람 둘이 모여 게임을 진행하기 시작했다. 희성은 첫판부터 패가 잘 들어와 풀하우스로 게임을 이겼다. 이 게임이 아니고서도 희성은 원체 운이 좋은 사람이었다. 그 좋은 운이라는 것이 게임에서도 여실히 드러날 뿐이었다. 몇 게임을 함께하면서 수호는 그런 희성에게 놀라고 감탄했다. 하지만 수호도 결코 호락호락한 플레이어는 아니었다. 형사 시절 갈고 닦은 감과 카드에 대한 이해능력으로 좋은 카드를 쥐지 않고서도 게임을 몇 차례 이기기에 이르렀다. 희성을 보기 위해 포커 테이블로 또 몰린 관중들이 수호의 뜻밖의 게임 실력을 보고 집중하기 시작했다.

"저 사람은 누구야?"

"빅베이비가 최근에 카르텔에 데려온 사람인데 아직 별명이 없어. 이름이 수호라던가?"

"그럼 빅베이비 친구인 건가?"

"저 사람도 잘하는구만."

"카드 카운팅을 하는지 사람 심리를 잘 꿰뚫는지 패가 구려도 잘 치네."

사람들이 웅성거리는 사이, 어느새 테이블에는 두 명의 플레이어가 다이를 외치고 희성과 수호 둘만이 남아 레이스를 진행하게 되었다.

"수호 씨, 패 안 좋으면 그냥 죽어요. 난 패가 진짜 좋아."

"안 속습니다. 그 누구도 지금 내 패보다 더 좋을 순 없어요."

"나야말로 안 속네요."

"죽으십쇼. 지금 제가 가진 패, 최강 패입니다."

"하, 참…"

희성은 맞은편에 앉은 수호를 빤히 바라봤다. 수호는 어떤 표정도 짓지 않은 채 과묵하게 자리를 지키고 있을 뿐이었다. 희성은 수호가 어떤 패를 가졌을지 추측하기 위해 머리를 굴리며 고개를 갸웃거렸다. 희성이 가진 패는 에이스가 네 개 모인 포카드였다. 웬만해서는 질 수가 없었다. 그런데 수호가 이다지 자신만만하다면 포카드 이상의 카드 조합을 만들었다는 것이 되는데, 지금 희성에 눈에 보이는 수호의 카드는 다이아로 플러쉬가 될까 말까 한 정도의 패였다. 과연 지금 뒤집히지 않은 카드들이 정말 마법처럼 잘 들어맞아 스트레이트 플러쉬 이상의 카드 조합을 만들어 낼 수 있을까 골똘히 생각해봤지만 직접 카드를 열어보지 않는 이상은 알 수가 없었다.

희성이 자신의 차례에 이렇게 고민하는 동안 게임을 보는 관중들은 희성에게 훈수를 두기 시작했다. 희성을 소리 높여 응원하는 사람들도 있었다. 어느새 희성과 수호의 테이블은 카지노에서 가장 재미있는 게임을 벌이는 장이 되었고 사람들은 아주 재미있어하며 게임을 관전했다.

"빨리 선택하십쇼, 빅베이비."

"잠깐만요. 카드 초짜인 수호 씨한테 1대1로 지면 내 체면이 구겨진다구요."

딜러가 희성에게 계속 게임을 진행할 것인지 물었다. 희성은 펼쳐진 패들을 둘러보며 만약의 경우에 수호가 희성에게 승리할 카드 조합을 만들어낼 수도 있다고 생각하고는 끝내 마음을 정했다.

"다이."

수호의 기권승으로 게임이 끝났다. 희성이 머리를 넘기며 패를 열자 역시나 에이스 포카드였다. 사람들은 역시 운이 좋은 사람이라고 말하며 포카드임에도 다이를 외치게 만든 수호의 패를 더욱 궁금해했다. 이번에는 수호가 카드를 보여줄 차례였다. 딜러의 손으로 수호의 카드가 뒤집혔다. 수호는 그 순간 피식 웃었다.

"플래쉬? 스트레이트 플래쉬가 아냐?"

"와 숫자가 묘하게 안 맞네."

"완전 속였잖아!"

수호의 카드는 다이아 다섯 개가 모인 플래쉬였다. 포카드와 플래쉬가 붙었다면 포카드의 승리였을 것이다. 결국 수호의 연기가 희성을 감쪽같이 속여 게임의 결과를 거꾸로 뒤집어 놓은 것이었다. 희성은 수호가 가지고 있던 카드에 놀라며 박수를 쳤다. 희성이 박수를 치자 관중들도 뒤따라 이어 박수를 치기 시작했다.

"워낙 지혜롭고 영리한 친구라 제가 스카우트를 해왔는데 역시 보람이 있었네요."

희성은 너스레를 떨며 수호를 치켜세웠고 수호는 처음 겪는 사람들의 환호에 어색해했다. 그리고 수호는 승리로 인해 잔뜩 얻은 칩을 본인의 주머니에 넣지 않기로 했다. 자신들의 게임을 관전해준 사람들에게 무료 드링크를 선물하는 것으로 칩의 사용처를 정한 수호는 그러한 신덕으로 사람들에게 더욱 많은 환호를 받았다. 그리고 희성과 수호는 그 드링크 한 잔을 마지막으로 하고 카지노를 뒤로한 채 나왔다. 희성과 수호 모두 즐거운 게임 덕분에 기분 전환이 확실하게 된 것 같았다. 카지노를 벗어나 해안 도시로 돌아가는 차를 타고 가며 희성이 수호에게 물었다.

"수호 씨, 언제부터 그렇게 포커를 잘 쳤어요?"

"포커를 제대로 쳐 본 적은 없습니다. 학부 시절에 공부하다 잘 안 풀릴 때면 카드를 꺼내들고 필승 족보를 만들어서 괜히 물끄러미 보곤 했거든요. 그렇게 만들다보면 기분이 좋아지더라구요."

"블러핑도 잘하던데요."

"그거야 형사생활하면서 얻은 팁 같은거죠."

"포커로는 이제 왠지 수호 씨를 못 당할 것 같아요."

"하하, 제 실력을 알아주시니 뿌듯하네요."

"나를 멋지게 이겨버렸으니 수호 씨도 이제 카지노의 슈퍼스타일 거에요."

"관중들이 모이는 게 참 신기하면서도 재밌었습니다."

"나중에 또 갑시다."

희성과 수호는 카지노에서의 일을 말하며 차 안에서 실컷 웃고 떠들었다. 그러면서 희성은 수호에게 나중에 또 가자고 말을 했지만 사실 그 나중이 언제가 될 지는 알 수 없다고 생각했다. 카지노에서의 이 시간은 앞으로의 세계정부에 대항하는 움직임을 앞두고 벌이는 마지막 여흥과 같았다.

"수호 씨, 나중이라는 게 언제가 될지는 몰라도 꼭 다시 갑시다."

"네, 차고은 형사 구하는 일 끝나면요."

"차고은 형사도 구하고, 라우더도 계명성국 시장에서 치워버리고, 세계정부 놈들 좀 눌러버리고. 그리고 갑시다."

둘의 이야기를 담은 채 희성의 차는 쭉 뻗은 도로 위를 가볍게 달려가며 이국적인 카지노 도시로부터 점점 멀어져갔다. 큰 작전을 앞두고 마음이 무거운 둘을 응원하고 위로하듯 밤하늘의 별빛이 이들의 머리 위를 밤새 환하게 비춰주었다.

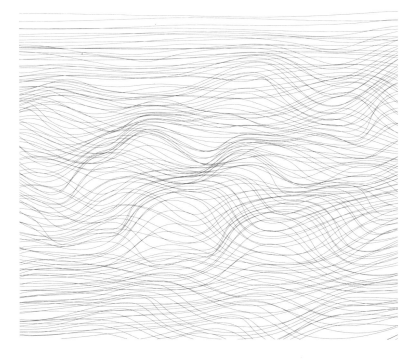

18   마주 선 남매

바다 위에 홀로 서 있는 해상과학기지, 그곳에는 베어의 계략으로 인해 먼바다까지 쫓겨난 세세와 고은이 서로 의지하며 머무르고 있었다. 해상 기지는 세세와 고은을 제외하고는 상주하는 사람이 없는 인공섬이었기에 이 둘은 서로가 아니면 무척이나 외로웠다. 그렇기에 식사는 꼭 둘이서 함께 했으며 잠도 비슷한 시간대에 같은 곳에서 잤다. 아침에 일어나 해상 기지 주위를 돌며 가벼운 운동을 한 후 아침 겸 점심으로 브런치를 먹는 것도 두 사람의 하루 일과 중 하나였다. 이날의 브런치는 연어가 곁들여진 샐러드였다.

"세세, 샐러드 더 먹을래?"

"응. 그럼 조금만 더 줄래?"

고은이 일어나 냉장고에서 샐러드 볼을 들고서는 세세가 있는 식탁으로 돌아왔다. 그리고 세세의 접시에 샐러드를 조금 덜어 나눠주었다. 그리고는 볼을 치운 뒤 식탁에 다시 앉았다. 고은은 젓가락, 세세는 포크로 샐러드를 집으며 식사를 계속했다.

"고은아, 넌 항상 젓가락으로 식사를 하는구나."

"응. 난 포크질이 왠지 어색해. 샐러드 같은 음식이 나오면 잘 집지도 못하겠고."

고은은 은은한 미소를 보이며 세세에게 대답했다. 세세 또한 그런 고은을 바라보며 끄덕였다. 두 사람은 서로가 있기에 험한 해상 기지 생활도 견딜 수 있다고 믿었기에 시간이 갈수록 서로가 점점 더 소중해져 갔다. 세세는 고은과 함께 세계정부를 탈출하기 위해 지난날 정신을 따라가지 않은 것을 후회하지 않았다. 지금도 세세는 어떻게 해서든 고은과 함께 해상 기지를 벗어날 방법을 골똘히 생각하며 해상 기지에서의 나날을 보내고 있었다.

라우더 모니터를 발견한 그날부터 세세는 라우더의 상상을 초월한 감시 능력에 대해 심각성을 느끼고 반드시 타파해야 할 문제라고 여겼다. 그러기 위해서는 외부의 도움이 반드시 필요했다. 세세가 생각건대 그 도움의 주체는 유희성이어야 했다. 일락 카르텔의 힘을 빌려서 해상 기지의 기계들을 부술 수 있는 힘과 고은과의 연결고리가 있었기에 도움을 요청하기에 가장 적합했다. 하지만 유희성을 끌어들이기 전에 세세가 해야 할 일이 있었다. 바로 고은과 희성과의 관계를 제대로 정립할 필요가 있었던 것이다. 바로 옆의 고은은 자신의 출생의 비밀조차 모르고 있고 희성과 고은 둘 다 서로의 존재를 제대로 깨달으며 마주한 적이 없었을 것이다. 세세는 해상 기지 탈출을 위해 고은에게 희성의 존재를 이제는 일깨워줘야 한다고 생각했다. 그래서 포크로 샐러드를 쿡쿡 헤집으며 고은에게 말을 던졌다.

"고은아, 유희성 알아?"

"유희성? 계명성국 대통령 아들 유희성이라면 당연히 알지."

"친분이 있어?"

"아니. 언젠가 작전 때문에 대통령님 경호할 때 유희성이 사건에 휘말려서 같은 장소에 있었던 그때가 마주한 게 처음이자 마지막일 거야."

"그럼 유희성이랑 제대로 대화해 본 적이 없겠구나."

세세는 엄지와 검지를 모아 턱에 올리고는 고은의 말을 이해하며 끄덕였다. 고은은 그런 세세에게 되물었다.

"너는 유희성이랑 대화해본 적 있어?"

"나야 뭐, 일하다 보면 전화 통화 정도는 종종 하지. 유희성이 일락 카르텔에 들어가고 나서는 엄청 열심히 일하더라고."

고은은 세세의 말에 유희성에게 호기심을 가지기 시작했다.

"대통령 아들인데 왜 카르텔에 들어갔대? 그런 말도 해줘?"

"계명성국을 지키는데 있어 자기는 힘이 필요할 것 같다고 생각했다. 그냥 대통령 아들로 살면서 아버지의 보호 아래 사는 게 성미에 안 맞았나 봐."

"대통령님이 말은 안 하셔도 엄청 걱정하시던데…"

"유일호랑은 대화를 좀 나눠본 적이 있어?"

"조금. 여러 가지 대접을 많이 받았어. 고마운 분이야."

"좋게 생각하고 있구나. 다행이다."

세세는 고은을 위하는 마음에 진심으로 다행이라는 말을 내뱉었고 고은은 세세가 왜 다행이라고 말하는지 몰라 영문을 모른다는 듯 눈만 동그랗게 뜨고 세세를 바라보았다. 세세는 고은에게 본론을 말하기 위해 자세를 고쳐 앉았다. 그리고는 고은에게 자신의 계획부터 말하기 시작했다.

"고은아, 난 지금부터 해상 기지 탈출에 필요한 사람들을 끌어 모을 거야. 그 사람 중 가장 핵심 인물이 바로 방금 말한 유희성이야."

"유희성? 왜?"

"일락 카르텔의 실력 있는 신예이자 대통령 아들이라는 타이틀로 레드캣의 총애를 받고 있는 사람이야. 이 사람을 포섭하면 일락 카르텔 전체를 움직일 수 있을지도 몰라."

"일락 카르텔을 움직이면?"

"일락 카르텔은 헬렌 카르텔에 비하면 작은 카르텔이지만 그래도 계명성국 암시장을 모두 관리할 만큼 규모가 있는 곳이야. 이 해상 기지 탈환쯤은 일락 카르텔에게 식은 죽 먹기일 거야. 그리고 우리를 감시하고 있는 베어와 헬렌 카르텔로부터 벗어나는데 분명 큰 비호세력이 될 거야."

"세세 네 말대로 일락 카르텔이 그렇게 해준다면 다행인 일이지만… 그렇게 해줄까?”

“그래서 네가 유희성을 만나야 해. 유희성을 설득해서 일락 카르텔을 우리 쪽으로 움직여야 해.”

“내가?”

“네가 해야만 해. 너는 그럴 자격이 있는 사람이니까.”

고은은 식사를 다 마치고 냅킨으로 입을 닦으며 세세의 말을 들었다. 고은에게 자격을 운운하는 세세의 말이 이해가 잘 되지 않았지만, 유희성을 만나 설득을 해야한다는 말은 고은도 십분 공감했다. 평온한 고은과 달리 세세는 해야 할 말이 있었기에 마음이 무거웠다. 쉼호흡을 한번 크게 하고는 식탁을 치우기 위해 일어나서 움직이는 고은을 바라보며 드디어 말을 이었다.

“고은아. 유일호 대통령, 네 아버지야.”

고은은 다 먹은 접시를 싱크대로 옮기면서 처음에는 세세의 말을 흘려듣는 것 같았다. 유일호 대통령이라는 단어와 아버지라는 단어는 결코 어울리지도 않는 조합이었다. 그렇기에 고은은 세세의 말을 듣고 나서도 그 의미를 파악하는 데 시간이 오래 걸렸다. 세세는 그저 앉아서 말없이 고은의 반응을 기다렸다. 접시를 양손에 들고 가다가 자리에 멈춰서 말도 안 되는 말에 대해 생각하던 고은은 이윽고 세세의 말에 놀라 양손의 접시를 바닥에 떨어뜨리고 말았다.

“아버지라고?”

고은은 주방으로 향하던 몸을 다시 뒤로 돌려 세세를 바라봤다. 세세는 끄덕이며 고은의 말에 동의했다. 고은은 지난날 일호와 함께 보냈던 시간, 나눴던 대화들을 떠올리기 시작했다. 자신과 차 취향이 비슷했던 일호, 레스토랑에서 자신과 같이 젓가락을 사용하는 것을 좋아했던 일호, 자신의 어머니에 대해 물으며 그리운 표정을 보였던 일호, 자신이 결혼한다는 말에 아버지 자리에서 손을 잡아주고 싶다던 일호, 자신의 웃는 얼굴을 바라보며 눈물짓던 일호…

고은은 가슴에 멍울이 지는 듯 아팠다. 눈물이 북받쳐 올라오는데 눈물샘이 꾹 막혀버린 듯 눈물이 나지 않았다. 얼마나 그립고 원했던 아버지였는데, 드디어 가까워져 만났는데, 이렇게 다시 멀어져 볼 수 없는 상황에 이르렀음을 한탄하며 갑갑한 가슴을 말없이 세게 칠뿐이었다. 세세는 그런 고은에게로 다가가 고은을 부드럽게 안아주었다. 고은은 세세의 따뜻한 온기에도 마음이 쉽게 풀어지지 않은 채 얼굴을 찡그리며 눈물 없는 울음을 울었다.

"고은아, 너와 유일호 대통령 간의 지난 이야기들은 나중에 계명성국에 돌아가면 다 해줄게. 일단은 마음 추스르고 우리가 계명성국으로 돌아갈 수 있는 방법에 대해 생각해보자."

"세세… 왜 나에게는 이런 일이 자꾸 일어나는 걸까…"

"다 이겨내고 돌아가야지. 넌 아버지도 있고 남동생도 있는 거야. 제대로 만나서 이제껏 살면서 못다 한 이야기들 나눠야지. 함께 하지 못한 세월에 가슴 아파하며 괴로워할 여유가 없어."

"나 그럼 이제부터 어떡해야 해?"

"일단 유희성을 만나자. 유희성이 고은이 네가 자기 누나라는 것을 아는지 모르는지는 몰라. 모르면 지금이라도 알려주면 되는 거야. 네가 가족이라는 것을 알면 분명 우리를 도와줄 거야."

"아버지는 내 존재를 알고 계실까…?"

"네 느낌은 어떤데?"

"알고…계실 것 같아…"

알고 있을 것 같다는 말을 겨우 이으며 고은은 오열했다. 자신을 사랑스러운 눈빛으로 애틋하게 바라보던 일호의 애처로운 얼굴이 뇌리에서 지워지지 않았기 때문이다. 고은이 떨어뜨린 그릇을 카페테리아에 상주하던 로봇들이 치우고 고은과 세세는 그 자리에 서서 서로를 안고 토닥이며 숨겨진 사실을 알게 되어 헤진 가슴을 조심스럽게 다독였다.

"고은아, 지금 내가 해준 이야기 너무 마음속에 되뇌지는 마. 베어가 아버지의 존재를 알게 된 너의 마음을 읽고 또 널 괴롭힐지도 몰라."

"이젠 아무래도 좋아. 반드시 이곳을 탈출할 방법만을 생각하겠어. 다시 만나야 할 사람이 이렇게 많아졌는걸."

고은은 세세를 감싸고 있던 손을 풀고 자신의 얼굴을 손으로 감쌌다. 그리고 정신을 차리려는 듯 볼을 두어 번 치더니 표정을 고치며 평정심을 찾기 위해 노력했다. 그리고는 어느새 로봇이 다 치워놓은 식탁에 다시 앉아 세세에게 앞으로의 계획을 차질 없이 진행하자는 말을 꺼냈다. 세세는 식탁으로 걸어오며 고개를 끄덕였다.

"유희성에게 전화하면 유희성과 대화할 수 있어. 하지만 나는 이 해상 기지의 어떤 부분을 보여줘야 하기 때문에 유희성을 반드시 이곳에 데려와야 한다고 생각해."

"어떤 부분이라는 것이 뭔지는 나에게는 알려주지 않을거지?"

"언젠가는 알려줄 거야. 하지만 지금은 비밀에 부쳐야 할 것 같아."

"유희성을 부르자."

"유희성을 부르긴 하겠지만 이 먼 해상 기지까지 올지 말지는 어디까지나 유희성의 의지에 달려 있는 거야."

"오지 않겠다고 하면 우리 가족의 비밀을 알려주고, 그래도 오지 않겠다고 하면 내가 유희성을 보고 싶어 한다고 말해줘."

"너 이제 적극적이구나."

"응. 반드시 계명성국으로 돌아가야 할 이유가 하나 더 생겼으니까."

"알았어. 유희성에게 지금 연락을 해볼게."

세세는 휴대폰을 들어 저장된 유희성의 번호를 눌렀다. 세세가 해상 기지에 간혀 있다는 것을 일락 카르텔의 소식통도 알고 있을 것으로 생각되었기에 어쩌면 전화를 받지 않을지도 모르겠다는 불안감이 세세를 순간 감쌌다. 하지만 통화 신호가 몇 번 울리자 유희성이 전화를 금방 받았다.

"세세?"

"빅베이비, 안녕."

"세세, 나 세세에게 할 이야기가 있어."

"나도야. 혹시 여기로 와줄 수 있어?"

"그곳에 가면 차고은 형사님도 있는 거지?"

"고은이를 찾는 걸 보니 너도 알게 된 거구나."

"응. 그래서 차고은 형사님을 좀 만나봐야겠어."

"여기로 와. 여기가 어딘지는 알고 있지?"

"카르텔 사람들한테 정보를 얻으면 가는 건 어렵지 않아."

"고은이도 널 기다려."

"차고은 형사님도 알아버렸나 보네."

"언젠가는 알아야 할 사실이니까."

"곧 갈게 세세. 어렵게 가는 거니까 가면 좋은 대접 부탁해."

유희성은 작은 웃음을 지으며 세세와 통화를 했고 흔쾌히 세세와 고은이 있는 해상 기지로 오겠다는 말을 남겼다. 전화를 끊고 세세는 고은에게 활짝 미소를 지었다. 그러자 고은은 세세의 미소의 의미를 알아듣고는 너무나 다행이라는 듯 손을 모아 꽉 쥐었다. 그리고 둘은 일어나 해상 기지에 살게 된 후 처음으로 맞이하는 손님을 위해 해상 기지를 돌아다니며 정리하고 단장하기 시작했다. 세세는 정리를 위해 움직이면서 라우더 모니터가 있는 방의 위치를 강하게 노려보며 희성이 오면 반드시 보여줘야겠다고 다짐했다.

세세와 희성의 통화가 종료되고 시간이 얼마나 흘렀을까. 준비된 밤의 장막이 다시 넓은 바다 위를 조용히 덮었다. 고은과 세세는 날이 어두워진 가운데에도 희성이 오기를 막연히 기다렸다. 밤하늘에서 가장 밝은 별이 세세와 고은의 눈에 문득 들어올 무렵 해상 기지 아래의 바위에 누군가 조용히 도달했다. 드디어 희성이 온 것이다. 희성은 배의 줄을 해상 기지의 기둥에 묶어 배를 정박시키고는 고개를 들어 해상 기지 위로 올라갈 방법을 찾기 위해 두리번거렸다.

"엘리베이터 같은 건 없겠지?"

혼잣말을 하며 바위 위를 걷던 희성은 세세에게 올라갈 방법을 묻기 위해 전화를 해볼까 하다가 저 멀리에 한눈에 보이는 기둥에 붙은 사다리를 타고 해상 기지로 올라가기로 마음먹었다. 사다리는 매우 길고 안전로프 같은 것이 없어 위험했지만 처음 카르텔에 들어갈 때 능력치가 우수해 천재라고 불렸던 희성이었다. 본인의 운동신경을 믿었기에 희성은 사다리를 오르는 것을 그다지 두려워하지 않았다. 다만 사다리를 오르기 시작하자 저 멀리 해상 기지에서 들리는 이상한 소음이 신경 쓰였다.

"세세, 방문자가 있다고 경보가 울려."

"내가 침입방지센서를 켜놓아서 그래. 누가 해상 기지로 들어왔나 본데."

세세는 새 로봇을 기지 바깥으로 날려 보내 누가 왔는지 확인하기로 했다. 새 로봇이 방문하는 사람이 있는 곳으로 날아갔고 몸통에 달린 카메라로 그 정체를 찍어 보냈다. 침실 안에 있는 로봇의 등에 붙은 모니터로 둘은 방문자의 얼굴을 확인했다.

"유희성이네."

"정말 유희성이 온 거야?"

"빨리도 왔군. 고은아, 유희성을 대접할 준비를 하자."

"근데 유희성 씨 위험하게 왜 저 기둥에 붙은 사다리를 타고 오고 있어? 우리한테 전화했으면 비상사다리를 내려줬을 텐데…"

"깜짝 방문이라도 하고 싶었나 보지. 본인의 체력을 믿는 것 같으니 내버려 두자."

세세와 고은은 카페테리아로 내려가 다과를 챙겨 응접실로 향했다. 둘만 있는 공간이어서 응접실은 한 번도 사용한 적이 없었는데 갑작스러운 손님이 생겨 문을 열게 되었다. 고은은 응접실의 불을 켜고 손님맞이 준비를 하면서도 긴장과 떨림을 숨길 수 없었다. 몰랐던 가족을 처음 만나는 자리이자 자신들의 탈출을 도와달라고 부탁하는 자리였기 때문이다. 세세는 그런 고은의 상태를 눈치 채고는 고은에게 긴장하지 말라고 말해주었다. 어느새 밖에서 새 로봇이 다시 세세에게로 날아 들어왔다. 아마 희성이 사다리를 다 올라온 것 같았다. 이젠 해상 기지에 머무르는 두 사람이 희성을 맞이하러 갈 차례였다. 둘은 응접실에 다과를 적당히 마련해놓고는 해상 기지 밖으로 향했다. 밖에 나가보니 희성이 옷의 먼지를 털며 몸을 풀고 있었다. 정말 놀랍게도 힘든 기색 하나 없어 보였다. 밖으로 나온 세세를 보자 희성은 반가운 표정으로 세세에게 걸어오면서 가뿐해 보이는 것과 달리 어울리지 않는 말을 했다.

"세세, 여기 해상 기지는 원래 이렇게 힘들게 올라와야 해? 떨어질까 봐 너무 무서웠어."

"바보. 나한테 말을 했으면 우리가 끌어당길 수 있는 사다리를 내려줬을거야."

"뭐? 역시 전화를 할 걸 그랬잖아!"

세세에게 장난스럽게 투정을 부리던 희성은 세세 옆의 고은을 보고는 목례를 했고 고은도 머뭇거리다 같이 목례를 했다. 세세는 밖에서 이러지 말고 건물 안으로 들어가 이야기하자며 희성을 이끌었고 희성은 그 말에 끄덕이며 발을 옮겼다.

세 사람은 응접실 원형 테이블에 자리를 잡고 앉았고 세세는 로봇에게 차를 준비하게 했다. 희성은 앉은 채로 응접실을 둘러보며 세계정부의 기술력에 감탄하고 있었다. 차를 준비해 온 로봇이 어떤 차를 마실 건지 희성에게 물어봤다.

"어떤 차를 드시겠습니까?"

"세세, 이거 그냥 로봇에 대고 말하면 되는 거야?"

"응. 있는 종류면 만들어줄 거야."

희성은 호기심 어린 표정으로 "페퍼민트"라고 말했고 로봇은 희성의 말을 알아듣고는 페퍼민트 차를 내리기 시작했다. 희성은 감탄하며 로봇을 향해 박수를 보냈다. 그리고는 오른쪽 옆에 앉은 세세에게 팔짱을 끼고는 말을 건넸다.

"나 이번에 여기까지 오는 거 레드캣한테도 비밀로 하고 어렵게 나온 거야."

"이 먼 해상 기지에까지 찾아와줘서 고마워."

"헬기를 타고 왔으면 편했을 텐데 조용히 왔다 가고 싶어서… 대신 보트를 전속력으로 타고 온 거야."

"적당한 시간대에 와줬어."

고은은 세세와 이야기하는 희성을 물끄러미 바라만 봤다. 아이스 카라멜 마끼아또를 마시던 고은은 어색한 듯 커피 컵을 매만질 뿐이었다. 희성은 그런 고은을 역시 말없이 힐끔힐끔 보기만 했다. 누구 하나 먼저 이야기를 꺼내지 않았다. 세세도 먼저 끼어들어 말을 꺼낼 생각은 없었기 때문에 응접실은 이따금 컵이 탁자에 내려지는 소리만 들리는 은은한 침묵 속에 놓여졌다.

"차고은 형사님, 많이 힘드시죠."

이때 희성이 고은에게 먼저 말을 건넸다. 누나라고 부르지 않고 차고은 형사라고 불렀다. 누나라는 호칭은 아직 희성에게는 어려웠다. 고은 역시 희성에게 누나라고 불리는 것이 어렵고 어색했을 것이다. 고은은 희성의 말에 씁쓸한 미소를 보이며 대답했다.

"이렇게 해상 기지로까지 오게 될 줄은 몰랐네요."

"아버지가 차고은 형사님을 마음 깊이 걱정하고 있어요."

희성이 일호에 대한 이야기를 꺼냈다. 일호의 이야기는 언제나 고은의 가슴을 먹먹하게 만들었다. 고은은 아버지의 이야기에 마음이 뭉클해져 그 표정을 감추기 위해 애써 노력했다. 희성은 고은의 그 모습이 참 안타깝다고 생각했다.

"이렇게 걱정 끼치게 되어서 죄송해요. 대통령님께도, 희성 씨에게도."

"어떻게 그런 말을 하세요. 우리가 더 빨리 차고은 형사님을 알았다면 이렇게 될 일이 없었을지도 모르는데. 제가 미안합니다."

두 사람은 어느새 서로를 마주 보며 대화를 나누고 있었다. 세세는 그런 두 사람을 지켜보며 그저 미소를 보낼 뿐이었다.

"차고은 형사님, 베어의 강요로 라우더를 먹고 있댔죠. 먹은 이후 발견된 증상이라거나 변화라고 할만한 게 있습니까?"

희성은 고은의 몸을 걱정하며 라우더에 대해 물었다. 고은은 자신이 느끼는 라우더의 영향력에 대해 이야기했다.

"감정이 많이 납작해져요. 울고 싶어도 눈물이 안 나는 점이 가장 큰 특징이라고 할 수 있겠네요. 그리고 아무래도 생각을 베어 쪽 사람들에게 읽히는 것 같아요. 기술이 얼마나 발전했기에 이런 일까지 가능한지는 모르겠지만 제 생각은 분명 읽히고 있는 것 같아요. 세세도 라우더를 복용하고 있긴 하지만 세세에게는 없는 증상이에요. 아마 제가 먹는 신약에만 있는 기능일 테죠."

"그 신약을 먹는 사람이 또 누가 있는지 아십니까?"

"모르겠어요. 다만 이런 약을 저에게만 먹이고 있지는 않을 것 같다는 추측을 할 뿐이에요. 세세도 저의 이런 생각에 동의하고 있구요."

"그럼 다수의 사람이 차고은 형사님과 같은 일을 겪고 있을 것이라는 말이군요."

"계명성국에 이 약이 뿌려진다면 계명성국 사람들도 저와 같은 증상을 보일지도 모르죠."

희성은 고은의 이야기를 들으며 일호를 떠올렸다. 일호가 절대 라우더에 노출되지 않도록 희성과 주변인들이 잘 보살펴야 함을 느꼈다. 또한 계명성국 밖 세상

도처의 주요 인사들 중 고은과 같은 일을 겪는 사람이 분명히 있으리라 어렴풋이 예측하게 되었다.

"도대체 베어는 왜 차고은 형사님에게 이렇게까지 하는 거죠?"

"저도 모르겠어요. 호랑이의 딸이라며 저를 여기까지 잡아 와 이런 만행을 저지르고 있는 거예요."

"그 호랑이라는 게 아버지라는데, 도대체 아버지에게 무슨 원한이 있어서 이렇게까지 괴롭히는 건지…"

고은과 희성은 베어가 왜 자신들의 가족을 이토록 괴롭히는지 알 수 없어 마음만 삭힐 뿐이었다. 이때 세세가 고은과 희성에게 말을 건넸다.

"먼 옛날 세계정부의 유명한 예언가가 한 말 때문이야."

"예언가?"

희성과 고은은 세세를 보며 고개를 갸웃거렸다. 둘은 세세의 이야기를 더 듣고 싶었다. 세세의 얼굴을 뚫어져라 보며 다음 말을 기다렸다.

"베어가 교묘한 꾀로 세상을 다 얻게 될 것인데, 그때 새벽별을 받는 호랑이 때문에 얻은 세상을 모조리 다 잃게 될 것이라고 예언했어."

"그 말이 본인에게 위협적이어서 아버지한테 이렇게까지 한다고?"

"여러 가지 복합적인 이유인 거지. 이런 예언도 있었고 실제로 세상에서 세계정부에 속하지 않는 사람이 사는 땅은 계명성국이 유일하니까. 계명성국을 차지하기 위해서는 유일호를 계속 괴롭혀야 득이 된다는 거지."

희성과 세세가 예언에 대한 대화를 하자 고은도 말을 더하기 시작했다.

"그 예언가가 뭔데 그렇게까지 신경 써?"

"베어가 젊은 시절부터 믿었던 유명한 예언가래. 이 예언가가 베어가 나를 만나도록 조언해주기도 했어."

"뭐? 그 예언가가 세세 너를 납치하라고 지시했다는 거야?"

"납치까진 아니겠지. 그냥 나를 어느 지점에서 만날 것이다. 이 정도를 말해준 건데 베어가 도를 넘어서서 나를 세계정부에까지 데려온 게 아닐까 싶어."

세세는 한숨을 푹 내쉬고는 고개를 절레절레 흔들었다. 베어의 손에 잡혀 세계정부로 들어온 날은 언제나 떠올려도 세세에게 고통만 안길 뿐이었다.

"그 예언가는 지금 어디에 있는데?"

"베어가 나를 만난 무렵에 죽었어. 계명성국을 건드리지 말라는 유언을 했대."

"그럼 베어가 더 이상 기댈 예언자 같은 건 없는 거네."

"그래서 여지껏 나에게 기댔어. 난 종종 미래 같은 걸 볼 수 있는데 그 능력을 알아채고 베어가 이용하려고 나를 놓아주지 않는 거야."

세세의 말에 희성은 끄덕였고 고은은 놀랐다. 고은은 세세가 미래를 보는 사람이라는 것은 몰랐던 것이다. 세세는 그런 것은 아무래도 좋았다. 이 순간에도 베어의 손아귀에서 벗어나 계명성국으로 돌아가고 싶은 마음뿐이었다.

"베어가 호랑이의 기세가 무서워서 이런 일들을 벌이는 거라면 어쨌든 우리 가족의 주적인 것은 확실한 거네."

희성이 두 손을 모아 꽉 쥐고는 말했다. 고은은 동의한다는 듯 고개를 끄덕였다. 세세는 두 사람을 바라보며 이야기를 하기 시작했다.

"두 사람이 이제 만났으니 유일호 대통령에게 힘이 되어줘. 그게 계명성국을 위하는 길이기도 하니까. 유희성, 너 일락 카르텔에게 우리를 여기서 꺼내달라고 말할 수 있어?"

"말해봐야지. 최소한의 전력만 있어도 내가 그렇게 할 거야."

"아냐, 일락 카르텔 전체의 힘이 필요해. 우리를 꺼낸다는 건 베어에게 반기를 들고 일어난다는 거니까."

"레드캣도 항상 계명성국의 존속을 걱정하는 사람이야. 라우더와 차고은 형사님의 이야기를 듣고 나면 아마 움직일 거야."

세세는 희성의 말을 듣고는 희성에게 따로 할 이야기가 있다며 몸을 일으켜 세워 응접실 밖으로 빠져나왔다. 응접실 안의 고은은 세세가 무슨 이야기를 할지 짐작해 함께 밖으로 움직이지 않았다. 혼자 따라 나온 희성은 세세에게 말했다.

"무슨 일이야 세세, 이렇게까지 나와서 할 이야기가 있어?"

"유희성, 너한테 보여줄 게 있어. 고은이는 베어에게 생각이 읽히는 것 같으니까 모르게 하고 일단 너에게만 보여주는 거야."

세세와 희성은 그대로 카페테리아로 향했다. 그리고 새 로봇을 불러 해상 기지의 천장을 열고, 다시 나타난 붉은 버튼을 눌러 카페테리아 뒤쪽 비밀장소로 향하는 문을 열었다.

비밀장소로 향하는 문을 열고 들어가자 희성은 처음 세세가 이 장소를 보고 놀랐던 것처럼 놀랄 수밖에 없었다. 용도를 알 수 없는 거대한 기계와 그 기계를 빙 둘러싸고 있는 열 개의 모니터가 보였다.

"이게 고은이 모니터야."

여성 얼굴의 홀로그램이 출력되어 나오고 있는 모니터에는 여러 가지 이어지지 않는 단어들이 얼굴 주위에서 떠다녔다. 다른 모니터들과는 달리 계명성국어로 되어 있어 어떤 단어가 출력되고 있는지 희성은 금방 알 수 있었다. 홀로그램은 기뻐하는 듯 슬퍼하는 듯 알 수 없는 표정을 지으며 멍한 눈동자로 외부를 바라보고 있었다.

"차고은 형사님이 이렇게 생각을 엿보여주고 있었단 말이구나."

"응. 지금 이 모니터가 이 해상 기지에만 있는지 베어의 가까운 곳에도 있는지는 잘 모르겠어. 하지만 우리를 이곳으로 보냈을 때는 우리를 감시할 만한 도구가 베어의 곁에 있다는 뜻이겠지."

"보고 있자니 너무 슬퍼. 홀로그램 표정이 정말 아무것도 느끼지 못하는 사람 같아."

희성은 고은의 모니터를 지켜보다 그 옆에 놓인 모니터들도 하나 둘 바라보기 시작했다. 고은의 모니터와 같은 형태로 이루어져 보여지고 있는 남은 모니터 아홉을 바라보며 희성은 고은과 같은 상황에 처한 사람이 적어도 이 모니터 수만큼은 더 있음을 알게 되었다. 너무나도 안타까운 상황이었다. 세세는 모니터들이 둘러싸고 있는 중앙컴퓨터를 가리키며 말했다.

"이 데이터 창고를 부숴야 라우더로 인한 감시로부터 자유로워질 수 있을 거야. 모니터 주위의 거대한 기계를 박살내면 모니터링 하기 위한 데이터 수집도 못할 테니까."

"그럼 이 중앙컴퓨터를 부수기만 하면 된다는 거지?"

"일단 내 생각은 그래. 하지만 이 정도 규모의 기계면 단순히 물리적으로 부수는 것은 어쩌면 어려울지도 몰라."

"그래도 해봐야지. 카르텔 사람들의 도움을 좀 받더라도 해봐야겠어."

"고마워 유희성."

"차고은 형사님뿐만 아니라 이름 모를 사람 아홉이 더 이런 일을 겪고 있는 거야. 이 사건의 전말을 알기 위해서라도 당연히 해야 할 일인거지."

"나도 저 나머지 아홉 개의 모니터가 신경 쓰여. 베어는 도대체 어떤 사람들을 타겟으로 삼아 이런 일을 벌이고 있는 건지…"

"라우더가 이 정도로 세상에 악영향을 끼치고 있다는 게 너무 충격적이야."

희성은 각 모니터마다 적힌 외국어들을 간단하게나마 해석할 수 있었고, 그 단어들을 모두 작은 수첩에 기록했다. 모르는 언어는 모르는 대로 수첩에 그대로 기록했다. 누구의 모니터인지 알기 위해서였다.

"이 모니터는 어느 카르텔 조직원 것 같은데?"

"헬렌 카르텔?"

"아냐. 보이는 지명이 헬렌 카르텔의 도시와는 달라. 불의 도시인 것 같은데."

"불의 도시면 최근 서서히 세력을 잃어갔던 카르텔인데?"

"그 카르텔의 보스 같아. 이 사람은 어쩌다 라우더 신약을 먹게 된 건지."

남자의 모습을 한 홀로그램은 화를 잔뜩 내는 표정을 짓다가 표정이 이내 풀어져 슬픈 표정으로 축 처져 있곤 했다. 홀로그램의 위에는 '카르텔의 해방'이라는 단어와 이름 모를 단어의 카르텔명, 불의 도시의 지명들이 적혀 있었다. '라우더'와 '베어'라는 단어도 이따금씩 스쳐 지나갔다. 희성은 그렇게 아홉 개의 모니터를 모두 해석하기 위해 노력했다. 하지만 단어를 해석해내더라도 그 단어들을 엮어 모니터에 뜬 사람이 누군지 추측하는 일은 쉽지 않았다.

"왜 내가 아니라 차고은 형사님이었을까?"

"고은이는 우연히 걸려든 미끼 같은 거야. 고은이가 만약 작전 수행하다 제임스에게 잡혀 여기까지 오지 않았다면 분명 유희성 네가 잡혀서 라우더를 먹고 있었을 거야."

"마치 내가 잡혀 오기라도 해야 했다는 말로 들리는데."

"그건 아니었어. 다만 고은이가 너무 억울한 상황에 놓여있다는 거야."

"그러니 반드시 구해내야지. 여기 다른 모니터에 떠 있는 사람들의 세력도 모으면 이 컴퓨터를 부수고 베어를 처리하는 것은 어렵지 않을 거야."

"누군지 알 수 있겠어?"

"카르텔 정보원들의 소식들을 뒤져서라도 찾아낼 거야."

희성이 의지를 다지며 손에 든 수첩을 더 강하게 쥐었다.

"세세, 그런데 왜 베어가 너에게는 라우더 신약을 먹이지 않았을까?"

"모니터가 여기 이렇게 한정되어 있듯이 감시할 수 있는 수가 정해져 있기 때문이 아닐까."

"너는 미래를 읽는 능력이 있는 사람이니까 감시하다 보면 더 손쉽게 얻고 싶은 정보를 얻을 수 있었을 텐데."

"신형 라우더는 사람에게 어떤 영향을 끼치는지 아직 정확하게 나온 게 없으니까. 내 능력을 잃기 싫어서 조심하고 있는지도 모르지."

"넌 언제나 초연하구나."

"계명성국을 떠나온 순간부터 초연할 수밖에 없었어. 그렇지 않으면 마음이 이 환경을 버텨낼 수가 없거든."

"세세, 그래서 최근에 본 미래는 있어?"

"시간이 좀 지나긴 했는데 최근의 일련의 사건들을 돌아보면 지금이 시기가 맞는 것 같아. 사람들이 거짓말에 분노하면서 세상을 개혁하기 위해 움직이는 모습을 봤어. 단순히 한 지역의 사람들이 아니라 세계 도처에서 일어나는 움직임이었어."

"신형 라우더를 먹고 이 모니터에 떠 있는 사람들을 찾으면 그런 일이 정말 일어날지도 모르겠네."

"응. 지금 모니터에 뜬 사람들은 그 정도 영향력을 끼칠 수 있는 사람들이겠지."

"여기를 떠난 순간부터 나는 바쁠 것 같네. 각 지역을 돌며 사실을 알리고 힘이 되어달라고 설득해야 하니까 말야."

"부디 성공해줘. 유희성 너는 나와 고은이의 희망이야."

희성은 대화하며 모니터들에 뜨는 단어들을 얼추 정리하고는 수첩을 주머니 속에 넣었다.

"세세, 다는 모르겠지만 몇몇은 알겠어. 차고은 형사님, 불의 도시 카르텔 보스, 바람의 도시 시장, 그리고 세계정부 수도에 있는 종교인. 나머지 여섯도 찾아보면 분명 세계 각지에 지도력을 갖추며 살고 있는 사람들일 것 같네."

"베어는 세계를 정말 자기 손아귀에 넣고 싶어 했던 거야. 각 지역의 유력인사들을 타겟팅하고 있잖아. 반드시 베어의 이 만행을 그만두게 해야 해."

"누군지 파악이 가능한 사람들부터 가까이 다가가 봐야겠어. 어떻게 행동을 제한당하고 있는지 좀 알아야겠으니까 말야."

"우리는 이곳에서 뭔가 또 할 일이 없을까?"

"너랑 차고은 형사님은 일단 이 모니터를 계속 봐줘. 그리고 뭔가 특이한 점이 보이면 바로 나에게 연락해서 알려줘. 너무 위험하거나 무모한 짓은 하지 말고 일단 그 정도만 해주면 다음 할 일이 생길 때 다시 알려줄게."

희성과 세세는 그 말을 끝으로 모니터가 있는 방을 나왔다. 모니터 속에서 울고 웃는 사람들의 모습을 더 지켜보는 것이 힘들기도 했고 어느 정도 단어들을 추려 적어두었기 때문이기도 했다. 세세는 희성과 만나 모니터방에 들어온 것이 역시 잘한 결정이라는 생각이 들었다. 앞으로는 세세의 정보력과 관찰력에 희성의 행동력이 더해져 반베어 전선이 더욱 확고해질 것이었다.

"두 사람 다 이야기 잘 끝내고 왔어요?"

카페테리아에서 나와 응접실로 돌아가니 고은이 일어나 로봇들을 만지며 시간을 보내고 있었다. 희성과 세세가 돌아오니 이야기를 잘 끝냈냐며 반갑게 맞아주었다.

"고은아, 앞으로는 진짜 탈출로의 여정이 시작되는 거야."

세세가 고은에게 의미심장한 이야기를 던졌다. 고은은 그런 세세의 말에 끄덕이며 의지를 다졌다. 이번에는 반드시 라우더의 지배에서 벗어나 계명성국으로 돌아갈 수 있기를 마음 깊이 간절히 바랐다.

19   전선을 형성하다

✳

희성은 해상 기지에서의 세세와 고은과의 만남 이후 곧장 카르텔 본부로 돌아갔다. 레드캣에게 생각보다 더 심각한 현 상황을 보고하기 위해서였다. 레드캣은 고은의 상태를 듣고는 역시나 그 상태가 과연 고은만의 일일 것인지에 대한 의문을 가지기 시작했다. 또한 라우더를 먹는 행위 또한 고은처럼 강제적이지는 않을지 의심을 하게 되었다.

"라우더를 먹는 게 자발적인 것이 아닐 수도 있겠어."

"레드캣도 그렇게 생각해요? 나도 그래요."

"모니터에 뜨는 사람이라면 차고은 형사처럼 헬렌 카르텔이 근처에서 감시하면서 약을 계속 먹게 할 것 같은데."

"심각해요. 레드캣. 그나마 차고은 형사님이 머무는 해상 기지 내에 모니터와 중앙 컴퓨터가 있는 듯해서 그걸 쳐부수면 어느 정도 해소가 되지 않을까 생각하는 거예요."

"그래서 빅베이비 네 말은 우리 일락 카르텔이 그 기계를 부수러 가자?"

"물론 쉽지 않은 일이 될 것임을 알아요. 하지만 지금과 같은 상황에서 우리 말고 또 누가 그런 일을 할 수 있겠어요."

"빅베이비, 우리가 단독으로 그런 일을 벌일 수는 없어. 위험 부담도 크고 일이 어떻게 흘러가건 책임 소재가 생겨 버리잖아."

"그럼 계명성국 형사들과 협력해요. 분명 차고은 형사님 일 때문에라도 그쪽은 우리에게 협력해 줄 거예요."

레드캣은 잠시 말을 멈추고 생각에 잠겼다. 형사들과의 협력만으로 베어를 물리치고 계명성국에 자유와 평화를 가져다줄 수 있을 것인지 생각해봤을 때 레드캣은 무언가 부족한 것이 있다고 느꼈다. 무엇보다 이 일은 더 이상 계명성국만의 일이 아닌지도 몰랐다.

"이 사건에 휘말려 있는 다른 세력들을 모두 규합하는 것은 어떻겠어?"

"제가 말한 불의 나라의 카르텔 보스 같은 경우를 말하는 거죠?"

"응."

"상황에 대해 설명을 해줘야 하고 반베어 전선을 만드는 데 힘을 보태달라고 설득하는 데 시간이 좀 걸릴지도 몰라요. 하지만 감수하고서라도 해야 하는 일이라면 그렇게 할게요."

"지금의 이 사태는 우리 계명성국만의 일이 아닌지도 몰라. 똑같이 고통받고 있는 사람들이 있다면 같이 이겨내고 서로를 구해내야 하지 않을까 싶다."

희성은 레드캣의 말에 끄덕이며 동의했다.

"그럼 어떻게 하는 게 좋을까요?"

"정수호 씨를 데리고 우선 해안 도시의 형사들을 만나야겠지. 계명성국 형사들을 설득해 협력 전선이 구축되면 다음엔 배를 타는 거다. 세상에 퍼져있는 마피아들을 방문해. 그래서 각 지역마다 베어에게 인질이 잡혀있는지도 모른다고 알려라. 그리고 그 속박에서 풀려나기 위한 운동을 전개할 예정이니 협력해달라고 해보렴."

"앞으로 활동할 범위를 생각해보니 일이 조용히 끝날 것 같지는 않네요."

"조용히 끝나서는 안 될 일이지. 베어의 만행이 이렇게 끔찍해졌을 줄은 미처 몰랐다. 반드시 이상하게 되어버린 사람들을 정상으로 되돌려놓아야 해."

레드캣은 희성의 어깨를 두드리다 살포시 쥐고는 눈빛으로 응원의 말을 건넸다. 희성은 레드캣의 행동의 의미를 알아채고 역시 레드캣의 어깨에 두 손을 올린 채 싱긋 웃으며 자신의 결연한 의지를 전했다. 그렇게 레드캣과의 대화를 끝낸 후 희성은 혼자 머무는 자신의 집으로 돌아갔다. 그리고 다음 날이 되어 아침 일찍 수호를 만났고 수호와 함께 마피아수사과의 형사들에게 가보기로 마음먹었다. 두 사람은 점심시간이 가까워질 무렵 마피아수사과 건물 앞에 차를 대고 형사들이 나오기를 기다리고 있었다.

"나정신 형사님에게 지금 나오라고 할 수 있나요?"

"지금 나오라고 하면 나올 것 같긴 하지만… 조금 더 기다렸다가 건물 밖에 보이면 만나시죠."

두 사람이 건물 밖에서 정신을 기다리고 있는 동안 수호의 눈에는 건물 안에서 나오는 강찬이 보였다. 그리고 강찬의 옆에는 정신이 바지 주머니에 손을 집어넣고서 같이 걸어 나오고 있었다. 희성과 수호는 차에서 내리고는 차 문을 시원하게 닫았다. 그리고 강찬과 정신의 앞으로 저벅저벅 갔다.

"나정신 형사님?"

희성이 머리를 털며 해사한 미소로 바로 앞에서 정신을 불렀다. 정신은 누구인지 알아채려고 노력하기도 전에 희성을 알아보고는 순간 몸이 굳어버렸다. 그런 정신과 희성 옆에는 역시 어색한 대치를 하고 있는 강찬과 수호가 있었다. 정신은 언젠가 밤에 수호와 아파트에서 이야기했던 것들을 떠올리며 왜 희성과 수호 두 사람이 자신들을 찾아왔는지 어렴풋이 파악할 수 있었다. 반면 강찬은 마냥 희성이 불편하며 경계를 늦출 수 없는 사람으로밖에 보이지 않았다. 희성은 정신에게 식사 시간이니 어디에서 식사나 하자는 이야기를 건넸고 정신은 그 말에 근처 단골 음식점을 이야기하며 희성을 이끌었다. 강찬은 그런 정신의 어깨를 잡고 이게 무슨 짓이냐고 물었다. 정신은 자신의 어깨에 올려진 강찬의 손을 내려놓고는 말했다.

"고은 누나 건으로 할 이야기가 있어서 그래."

"그럼 나도 가."

강찬이 굳은 표정으로 정신을 다시 잡았다. 희성에게 수호를 빼앗겼던 것처럼 정신까지 빼앗길 수는 없다고 생각했기 때문이었다. 정신은 희성에게 강찬이 함께 해도 괜찮은지 눈으로 물었고 희성은 왜 안 되겠냐는 듯 미소를 지으며 끄덕였다. 그래서 희성, 수호, 정신, 강찬이 어색한 동행을 하게 되었다.

"되게 다양한 음식이 있네요."

"기사식당 같은 거죠. 원하는 음식이 있으면 다 만들어주세요."

"수호 씨도 여기서 식사하고 그랬어요?"

"네. 근무할 때는 다 함께 여기 잘 왔었죠."

강찬이 물을 마시다 말고 수호의 말에 물컵을 식탁에 세게 내려놓았다. 강찬에 게는 수호의 말처럼 '다 함께'라고 말할 수 있었던 때가 언제인지 까마득했다. 고은 이 사라졌고 수호가 떠났기 때문이었다. 고은이야 팀의 불찰로 잃게 되었다고 치 더라도 수호가 떠난 것을 강찬은 아직 이해할 수 없었다. 강찬은 수호가 자신들을 떠난 후 희성과 희희낙락하고 있었다고 생각해 심사가 몹시 뒤틀렸다. 그런 강찬 의 마음을 읽기라도 한 듯이 정신이 강찬을 조용히 달랬다. 수호도 강찬을 그저 물 끄러미 바라보며 강찬의 수호에 대한 감정을 의연하게 받아내기 위해 노력했다.

"제육덮밥 네 개 맞죠? 아유 형사님들이 다들 잘 생겼네."

식당 아주머니가 네 사람에게 식사를 가져다주며 칭찬을 건넸다. 희성은 이런 식당에서의 식사가 익숙하지 않은 듯 아주머니를 향해 웃으며 인사를 꾸벅했다. 그러자 아주머니는 희성의 얼굴을 한 번 보더니 어디서 많이 본 듯한 얼굴이라고 생각하며 고개를 갸웃거렸다. 하지만 식당 일이 바빠 길게 고민하지 않고 이내 자 리를 떠났다. 네 사람은 차려진 제육덮밥을 숟가락으로 푹푹 시원하게 떠먹으면서 무슨 말을 어떻게 전해야 할지에 대해 고민하기 시작했다. 식사를 하다 가장 먼저 이야기를 꺼낸 것은 수호였다. 맞은편에 앉아있는 강찬에게 만나자마자 하고 싶었던 말을 건넸다.

"강찬 형, 얼굴이 많이 까칠해지긴 했어도 건강해 보여서 다행이다. 수사과 떠나고 정신이나 형이나 밥 같이 먹는 거 처음이네."

"밥이나 쳐 먹어."

강찬은 수호를 쳐다보지도 않고 힘한 말로 수호의 입을 막았다. 하지만 수호는 덤덤하게 받아들이며 자신의 이야기를 계속 전했다.

"내가 수사과를 떠나온 것은 계명성국을 위해서 내가 할 수 있는 최대한의 일을 하고 싶어서였어. 그러기 위해서는 자유와 힘이 필요했고."

"수사과는 그럼 자유도 힘도 없는 허수아비 같은 거냐?"

"그 말이 아냐 형. 세계정부의 베어가 이젠 별 희한한 것들로 사람들을 괴롭히기 시작했어. 계명성국 형사들만의 힘으로는 베어를 이기기에 역부족이야."

"그래도 그렇지. 갈 때 가더라도 말은 제대로 하고 떠났어야지!"

강찬은 울분에 차 먹던 숟가락을 내려놓고 수호에게 소리를 내질렀다. 동료가 말없이 떠난 것에 대한 억울하고 서운했던 감정, 그럼에도 다시 만나 반가울 수밖에 없는 속도 없는 이 감정들이 금세 북받쳐 올랐다. 강찬은 벌게진 얼굴을 숨기기 위해 다시 숟가락을 들고 고개를 그릇 쪽에 푹 숙인 채 밥만 떴다. 수호 또한 강찬의 감정이 그대로 전해져 와 괜히 울컥하는 기분이 들어 목이 메인 채 밥을 잘 넘기지 못했다. 정신은 옆에 앉은 강찬의 등을 툭툭 두드리며 기분을 위로했고 희성은 고개를 들지 못하는 강찬을 바라보며 강찬이 평소 팀원들을 얼마나 사랑했는지 새삼 깨달을 수 있었다.

"여러분 형사님들이 얼마나 *끈끈하게* 이어져 왔는지 지금 이 식사 자리에서도 알 수 있겠네요. 괜히 엉뚱한 불순물이 낀 것 같아서 좀 미안하긴 하지만 그래도 우리 만난 이유에 대해 해야 할 말은 해야 하지 않겠어요?"

"유희성 씨, 해 봐요. 그 말이 뭔지."

308

"최강찬 형사님, 그 전에 우리 식사는 맛있게 하고 여기서 일어나죠. 식당 아주머니께서 날 알아보기라도 하셨는지 계속 힐끔힐끔 보시네요. 여기서 일어나면 커피는 제가 사죠."

유희성은 말을 끝내고는 다시 숟가락을 들고 식사를 맛있게 했다. 강찬은 희성을 보자 대통령이 떠올랐고 그러자 또 고은이 떠올라 바로 적진에 뛰어들지 못하고 이렇게밖에 있을 수 없는 자신에 대해 쓰린 속을 삭일 수밖에 없었다. 그 마음을 아는지 모르는지 희성은 비교적 가벼운 마음으로 맞은편의 형사 무리를 대했다.

모두가 그릇을 깨끗이 비운 배부른 식사를 마치고 네 사람은 식당이 있는 골목에서 벗어나 대로변에 있는 카페에서 커피를 마시기로 했다. 희성은 페퍼민트 차, 수호는 아이스 아메리카노, 정신은 아인슈페너, 강찬은 카라멜 마끼아또를 주문했다. 네 사람이 모두 다른 취향을 가졌다는 것이 신기하기도 하고 유별나게 느껴지기도 해 희성은 계산하면서 자신도 모르게 피식 웃고 말았다. 웃는 소리에 고개를 들어 희성의 얼굴을 본 카페 점원은 깜짝 놀라더니 밝은 미소를 지으며 희성에게 대화를 건넸다.

"저, 혹시 유희성 씨 아니세요?"

희성은 익숙하다는 듯 쉽게 끄덕거리고는 점원에게 당부의 말을 했다.

"아, 네. 맞아요. 그런데 다른 사람들에게는 비밀로 해주세요. 조용히 친구들이랑 커피만 마시고 갈 거라서요."

"네!"

점원은 결제 후 희성의 카드를 돌려주며 방긋 웃고는 커피를 만들기 위해 카운터 안쪽으로 향했다. 수호는 희성의 뒤에서 웃음을 참듯 주먹으로 입을 가리며 희성을 놀렸다.

"오늘도 여전히 슈퍼스타 같네요."

"이래서 낮에 다니는 것보다 밤에 다니는 것이 낫다니까요. 마스크라도 항상 끼고 다녀야 할까 봐."

커피가 길지 않은 시간이 걸려 나오고 네 사람은 각자의 음료를 들고 좌석에 앉았다. 직전 식사 때와 같은 자리 위치로 네 사람이 앉았고 희성은 대각선에 앉은 강찬을 보며 이야기를 시작했다.

"이제 본격적인 이야기를 좀 해보죠. 며칠 전에 차고은 형사님을 봤습니다. 차고은 형사님이 있는 해상과학기지에 몰래 다녀왔거든요. 그런데 그 안에서 이상한 기계들을 봤습니다. 모니터에는 사람의 얼굴이 크게 그려져 있고 그 표정은 시시각각 변합니다. 그리고 모니터 위에는 그 사람이 머리에서 떠올릴 법한 단어들이 둥둥 떠다닙니다. 그런 모니터기 10개 있는데 그중 하나가 차고은 형사님의 것으로 의심됩니다. 아무래도 라우더 복용을 통해 생각을 모니터링 당하고 있는 것 같습니다."

"고은이가 구하러 간 날 본인 입으로 그 말을 하더군요. 라우더를 먹고 난 이후로 생각을 베어와 헬렌 카르텔 사람들에게 읽히고 있는 것 같다구요. 그래서 같이 못 나왔어요."

"지금 생각으로는 그 속박으로부터 풀려날 수 있는 방법이 있을 것 같습니다."

"그게 뭐죠?"

"해상 기지의 모니터가 있는 방에는 중앙 컴퓨터가 커다랗게 자리 잡고 있습니다. 저와 그곳에 있던 세세가 동시에 생각한 것인데, 아무래도 그 컴퓨터를 파괴하면 더 이상 모니터링 되지 않을 것 같다는 것입니다. 모니터 열 대가 마치 그 컴퓨터를 숨기듯이 감싸고 있어요."

"그 중앙 컴퓨터는 어떻게 파괴할 수 있죠?"

"단순히 물을 뿌린다거나 일부분을 자른다고 해서 컴퓨터가 멈출 것 같지는 않아요. 아마 해상 기지 내에서 그 기계를 멈추게 할 수 있는 장치를 찾거나, 혹은 해상 기지 전체를 날려버리거나… 좀 더 직접적인 방법을 찾아야 할 겁니다."

"그래서 이 말을 나와 정신이에게 굳이 전하는 이유는 뭡니까?"

"처음부터 최강찬 형사님에게 찾아온 것은 아니었지만 차라리 잘 되었네요. 수사과 형사님들과 우리 일락 카르텔이 협력해서 같이 중앙 컴퓨터를 부수자는 말을 하려고 왔습니다."

"이렇게 협력하려고 하는 이유는 고은이 때문입니까?"

"차고은 형사님과 저의 관계를 제가 알게 된 이상 가만히 있을 수 없는 것도 사실이죠. 하지만 그것보다 제가 본 나머지 아홉 개의 모니터의 주인에게도 자유를 되찾아줘야 한다고 생각했기 때문에 협력을 구하는 겁니다. 베어의 계략에 세계가 더 이상 놀아날 수는 없어요."

"나머지 아홉 개의 모니터의 주인은 찾았습니까?"

"아직 절반 정도만 추측할 뿐입니다. 하지만 형사님들과의 대화가 끝나면 난 각 지역을 돌면서 현 상황에 대해 호소하고 힘을 모으기를 촉구할 겁니다. 그 가운데 모니터의 주인들도 찾을 수 있을 거라고 생각하구요."

"라우더라는 약은 참 기발하고도 소름 돋네요."

"일락 카르텔과 협력할 건가요?"

"지금 아무 일도 못 하고 하루하루 자괴감만 쌓고 있는데 협력하지 않을 이유가 없죠. 나와 정신이가 취할 포지션은 뭡니까?"

"행동대장이요. 나와 수호 씨도 비슷한 포지션일 겁니다. 나머지 형사님들은 만약에 헬렌 카르텔이 덤벼들 것을 대비해 백업을 해주시면 좋겠어요. 더 자세한 작전 계획은 다른 세력들과의 결집 이후 말씀해 드리도록 하죠."

수호와 정신은 그 자리에서 어떤 말도 하지 않아도 괜찮았다. 이미 합의가 다 끝난 이야기이기도 했고 두 사람은 희성의 말에 큰 공감을 하고 있었기 때문이다. 마피아와 형사 두 집단이 아직 완전한 화해를 한 것은 아니었지만 이번 라우더 중앙 컴퓨터 파괴 건 만큼은 두 집단이 한 집단이 되어 임무를 완수할 각오를 해야만 했다. 음료를 어느 정도 다 마신 뒤, 네 사람은 자리에서 일어나 각자의 일을 하기 위해 발길을 돌렸다. 강찬과 정신은 고은이 있는 해상 기지로 돌입할 준비를 하기 위해 수사과 본부로 돌아갔고 희성과 수호는 세상을 돌며 지역 카르텔에 사태를 전달하고 함께 움직일 것을 종용하기 위한 준비를 하기 위해 카르텔 본부로 돌아갔다.

"생각보다 최강찬 형사님이 쉽게 설득되어줬어요."

"지금 수사과에서도 별 뾰족한 수가 없을 겁니다. 어쩌면 당연한 반응이에요."

"다른 세력들도 결집하고 나면 제대로 계획을 세워 베어를 처치해야겠어요."

"우선은 차고은 형사를 구하는 것이 우선이니 거기에 집중하는 게 중요합니다."

"네. 그리고 차고은 형사님 곁에서 계속 힘이 되어주고 있는 세세도 이번에는 꼭 구해야 해요. 베어의 손아귀에서 십수 년을 고통당하고 있는 여자예요."

희성과 수호는 본부에 돌아가 희성의 수첩에 적힌 외국어들을 해석하며 그 외국어를 사용하는 지역을 체크한 후 여정을 떠났다. 그리고 체크된 지역들과 가장 가까운 마피아 본부들을 찾았다. 레드캣의 전갈이 있었기 때문에 타 마피아 본부에 들어가는 것은 어렵지 않았으며 대부분의 본부에서는 이례적이게도 보스가 직접 나와 희성을 맞이해 주었다. 일락 카르텔의 보스가 아끼는 사람이자 새벽별이 뜨는 나라의 호랑이의 아들이라는 타이틀이 희성에게 있었기 때문이었다.

지역 카르텔들은 헬렌 카르텔이 득세하고 있는 현 상황에 평소 다들 불만족하고 있었다. 그리고 그 배후에 베어가 있었다는 것이 점차 드러나면서 크게 분노했다. 희성은 조심스럽게 라우더에 대한 이야기를 카르텔 보스들에게 건넸다. 조심스러웠던 이유는 계명성국을 제외하고는 모든 지역이 라우더를 의심 없이 복용하고 있었기 때문이었다. 하지만 알려진 것과 달리 모두가 의심 없이 복용하고 있었던 것은 아니었음을 희성은 이번 여정을 통해 알게 되었다.

각 보스들은 그 지역마다 이상하게 변해버린 유명 인사가 있음을 똑같이 말했다. 심지어 그 유명 인사들은 하나 같이 세계정부의 지시로 신형 라우더를 복용하고 있었다는 것이었다. 그러면서 지역 인사가 변한 이유가 신형 라우더 때문은 아닐까 가까이에 있던 모두가 의심하고 있던 찰나였던 것이다. 희성은 불의 도시 카르텔 보스가 해상도시 모니터를 통해 감시당하고 있음을 알려주었고 카르텔 보스들은 그 소식에 모두 경악을 금치 못하며 공포와 분노를 감추지 않았다. 심지어 어떤 보스는 먹던 라우더를 집어던지기까지 했다. 세상이 라우더로 인해 베어의 입속으로 삼켜질 것이라는 비통한 현실을 직감한 카르텔 보스들은 희성의 설득에 따라 모두 베어와 헬렌 카르텔에 대항할 준비를 하기 시작했다.

각 지역의 마피아들은 결집 끝에 마침내 세계정부 수뇌부에 탄원서를 내기에 이르렀다. 이상한 기능을 하고 있는 라우더와 그 제작자 베어를 세상에서 물리지 않으면 세계정부에 무력으로까지 대항하겠다는 내용이었다. 세계정부의 수뇌부는 이러한 뜻밖의 사태에 골머리를 앓으며 베어를 바로 불러들였다.

"베어, 상황이 심상찮네. 도대체 라우더 관리를 어떻게 해서 이러는가!"

"영감, 무슨 일인데 그러시죠?"

"각 지역의 카르텔들이 라우더를 없애라며 들고 일어났네. 라우더가 정신을 속박하는 도구가 된다면서 말이야. 이게 다 무슨 말인가."

"영감은 신경 쓰지 마세요. 내가 알아서 처리할 테니까."

베어는 수뇌부 영감의 말을 듣고는 깊은 분노에 차올라 어쩔 줄 몰라 했다. 아무도 모르게 진전시키고 있었던 라우더 개발 건을 누가 알아채기라도 한 듯 세상에서는 들불처럼 해방 운동이 일어나고 있었던 것이다. 베어는 반기를 드는 세력에 분노를 느끼는 와중에도 세세와 고은이 있는 해상과학기지를 불현듯 떠올렸다. 그곳에서 라우더의 비밀이 빠져나갔으리라 짐작하게 된 것이다. 세세가 의심스러

바다를 마시는 새벽별

웠다. 베어는 세상의 반기를 잠재우기 위해, 그리고 이 상황이 어떻게 된 일인지 알아보기 위해 세세와 고은을 가둬둔 해상 기지를 향한 채비를 하기 시작했다.

같은 시각, 강찬과 정신도 수사과에서 마지막 결전을 위한 준비를 하고 있었다. 방탄조끼를 입고 권총 몇 자루와 탈출을 위한 도구, 그리고 중앙 컴퓨터를 파괴하기 위한 폭탄을 챙겼다. 강찬은 준비를 하며 고은을 이번에는 반드시 구해내겠다며 굳은 다짐을 했다. 라우더로 인한 알 수 없는 이상한 현상에 고통 받고 있을 자신의 연인이 너무나 애틋하고 안타까워 언제든 마음을 쉽게 놓을 수가 없었다. 끝내 라우더의 속박을 풀어주고 베어에게서 구해내서 계명성국으로 돌아온다면 다시는 자신의 곁에서 놓아주지 않으리라 결심하며 못다 한 준비를 바삐 서둘렀다.

그동안 정신 역시 세세를 생각했다. 세세의 이야기에 목 놓아 울던 세세의 부모님을 떠올리며, 그리고 자신과 세계정부 골목에서 대치하면서 처연하게 울던 세세를 떠올리며 세세를 반드시 계명성국으로 되돌려 놓겠다는 굳은 각오를 다졌다. 정신을 헬렌 카르텔로부터 구해주기 위해 제 발로 카르텔의 차를 타고 해상 기지로 떠나던 세세의 뒷모습을 정신은 결코 쉽게 잊을 수 없었다. 너무나 절박했지만 그럼에도 용감했던 뒷모습이었다. 세세를 더 찬찬히, 그리고 세세의 얼굴을 더 정확하게 떠올리기 위해 정신은 잠시 움직이던 손을 멈췄다. 세세는 그리지 않을래야 잘 그릴 수밖에 없는 여자였다. 검은 머리카락에 하얀 얼굴, 빛나는 눈동자, 가느다란 손, 눈에 확 들어오는 붉은 앵두 빛의 입술, 그리고 왼쪽 귀에서 빛나는 돌고래 피어싱이 세세라는 사람의 이미지를 쉽게 만들어냈다. 눈물을 흘릴 때조차 아름다웠던 세세를 기억하며 다시 한번 세세가 눈물을 흘린다면 그땐 반드시 그 눈물을 따스하게 닦아주리라 마음먹었다.

두 사람이 각자의 생각에 잠겨 말없이 출정 준비를 하고 있는 와중에 정신에게 전화가 한 통 걸려왔다. 일락 카르텔의 수호로부터 온 전화였다. 정신은 하던 일을 멈추고 휴대폰을 들어 통화버튼을 눌렀다.

"정신아, 준비는 잘 되어가고 있지?"

"걱정마. 만발의 준비를 다 하고 있어."

"좋은 소식을 전해주려고 전화했어. 빅베이비와 내가 지역 카르텔들을 찾아다니면서 라우더와 베어에 대해 전했던 이야기가 잘 통했어. 지금 세상은 베어에 반기를 들고 베어를 물리치기 위한 운동을 전개하고 있어. 세상 도처가 지금 우리의 아군이야."

"어떻게 그렇게 쉽게 우리의 이야기를 믿어주게 된 거지?"

"각 지역마다 고은이처럼 고통 받는 인사들이 있었던 것 같아. 그 사람들이 고통 받는 이유를 우리의 입을 통해 명확히 알게 된 거고."

"그 사람들까지 우리가 다 구해낼 수 있을까?"

"물론. 베어가 지금 상황을 보고는 독기가 가득 올라서 고은이가 있는 해상과 학기지로 향할 준비를 하고 있대. 분명 그 해상 기지에는 어떤 중요한 것이 잠들어 있는 게 분명해. 모두를 구해낼 수 있는 열쇠일 거야."

"그래 알았어. 우리는 이제 한 시간 내로 준비가 다 끝나. 준비가 끝나는 대로 우리가 먼저 해상 기지로 출발하면 될까?"

"응. 우리도 비슷한 시기에 출발할 것 같아. 먼저 도착해서 고은이의 상태를 좀 봐줘. 베어가 도착하면 우리가 도착하기 전까지는 들키지 말고 숨어있고, 만약 도착해서도 베어가 보이지 않으면 고은이한테 비밀장소의 위치를 물어보고 그 자리에서 바로 중앙 컴퓨터를 부숴버려."

"알았어. 일단 우리 선에서 해결해보려고 노력해보긴 할 테지만 만약의 경우가 있으니 형네도 모쪼록 금방 도착해줘."

"그렇게. 몸 다치지 말고 안전하게 잘 수행해라."

"형도."

정신은 수호와의 통화를 끊고는 강찬에게 통화내용을 전했다. 강찬은 정신의 말을 들으며 이번이 정말 고은을 구하는 데 있어 마지막 결전이 될지도 모르겠다는 예감을 했다. 강찬은 그 자리에서 휴대폰을 들어 일호에게 전화를 걸었다. 일호는 업무가 있어 쉽게 전화를 받지 않았고 일호의 비서가 대신 받았다. 비서는 일호에게 남기고 싶은 말이 있냐고 물었고 강찬은 음성 메시지를 남기기로 했다. 강찬은 차분하고 담담한 목소리로 이야기를 시작했다.

"대통령님, 최강찬 형사입니다. 이번에 차고은 형사를 구하러 작전을 다시 나가기 전에 보고 차 연락드립니다. 대통령님께서 탐탁지 않게 여기실 수도 있지만 이번에는 계명성국 내에서 활동하는 카르텔과 힘을 모아 함께 작전을 수행합니다. 나중에 작전을 다 수행하고 나서 대통령님께서 저를 꾸짖으신다면 달게 받겠습니다. 하지만 이번만큼은 꼭 차고은 형사를 구해내야 하기에 이런 결정을 내리게 되었습니다. 대통령님, 이번에 차고은 형사를 구하고 나면 저는 이번에는 시기를 놓치지 않고 차고은 형사와 결혼할 생각입니다. 그때가 오면 대통령님과 웃는 얼굴로 마주하고 싶습니다. 부디 이번 수행하는 작전의 성공을 빌어주시고 후방에서 많이 지원해주십시오. 오늘도 몸 건강히 계시고 너무 염려 마시고 기다려 주십시오. 그럼 저는 이만 전화를 내려놓고 차고은 형사에게로 가보겠습니다. 안녕히 계십시오."

강찬은 일호에게 자신의 각오를 전달해야 한다고 생각했기에 전화를 걸었고 음성 메시지를 남겼다. 일호에게 하고 싶은 이야기를 전하고 나니 마음이 한결 가벼워지는 것 같았다. 강찬은 잠시 멈췄던 몸을 다시 움직이며 짐을 다 정리하고는 정신에게 손짓을 했다. 정신도 강찬이 전화하는 동안 준비를 마친 상태였다. 정신은 강찬의 손짓을 보고는 짐을 메고 자리에서 일어났다. 최소한의 장비를 마친 후 두 사람은 드디어 해상 기지를 향한 출정에 한 발짝을 내딛기 시작한 것이다. 두 사람은 수사과 바깥에 정박된 작은 보트를 탔다. 수사과 소속 조타수가 감사하게도 동행해주었다. 두 사람은 조타수에게 수호가 전한 해상 기지의 위치를 전달했다. 조타수는 위치를 보고는 해상 기지 도착까지는 걱정 없을 것이니 부디 임무를 잘 달성하고 오라며 위험 속에서도 따스한 말을 건넸다. 두 사람은 조타수가 운전하는 보트에서 바다의 물결을 바라보며 해상 기지에 조금씩 가까워져 갔다. 보트에서 바라본 바다는 해상 기지로 가려는 두 사람을 저지하려는 듯 크고 높게 일렁였고 어쩐지 밤하늘에는 구름이 꼈는지 별 하나 보이지 않았다. 하지만 두 사람의 가슴에 뜬 불꽃과 같은 별빛은 바다와 하늘의 어떤 부분을 가지고 와도 덮을 수 없을 것처럼 밝게 빛나고 있었다.

강찬과 정신이 굳은 각오를 하고 바다를 가르고 갈 무렵, 일락 카르텔의 희성과 수호도 같은 방법으로 바다 위에서 움직이며 강찬과 정신을 따라가고 있었다. 그 이후 바다에는 수사과 다른 형사들의 배, 일락 카르텔 조직원들의 배도 천천히 해상 기지를 향해 다가가고 있었다. 그 시간, 반대쪽 바다에서는 헬렌 카르텔의 제임스의 배도 어째서인지 다가오고 있었으며 심지어 하늘에서는 베어의 헬기가 바다 위의 배들을 제치고 가장 선두로 해상 기지로 향하고 있었다. 해상 기지의 앞바다가 외부인들의 집합으로 어지러워지려 하고 있었다. 마치 어떤 전쟁의 서막이 시작되는 듯 했다.

20 마지막 시련

✳

해상 기지 앞바다로 사람들이 몰려드는 사이, 해상 기지 안의 세세도 한 통의 전화를 받았다. 희성이었다. 이 통화를 통해 세세는 자신들을 둘러싼 세상의 흐름이 갑작스럽게 바뀌었음을 알게 되었다. 생각 모니터링이라는 끔찍한 사실을 알게 된 사람들이 라우더에 분노하게 되어 베어의 자리가 위태로워진 상황이 된 것이다. 세세는 베어라면 라우더의 비밀을 세상이 알게 된 이 상황에서 모든 일의 시발점이 자신임을 알 것이라고 생각했다. 저 먼 하늘로부터 헬기를 타고 날아오는 베어의 현 상황을 미처 알고 있지는 못했지만 그럼에도 세세는 베어가 반드시 해상기지에 나타날 것이라고 예감했다. 그렇기 때문에 세세는 베어가 갑자기 나타날 상황에서 고은을 보호하기 위한 묘수를 꺼내게 되었다.

"고은아, 이 보드카 쭉 들이켜."

"어떤 일이 어떻게 일어날지도 몰라 불안한데 술을 마시라고?"

"술을 마시면 라우더의 기능이 약화되는 것 같아. 내 오랜 경험의 결과야."

"그게 무슨 말이야?"

"라우더를 먹으면 감정이 많이 죽잖아. 그런데 술을 먹고 취하면 그 눌려진 감정이 폭발하듯이 터져 나오고 약의 힘이 감정을 누르지 못해. 알코올이 들어가면 라우더가 제 기능을 못 하는 것 같아."

"그럼 내가 술을 마시고 취하면 베어에게 내 생각을 들키지 않을 수도 있겠네."

"응. 그럴 것 같아서 마시라고 하는 거야. 베어가 어차피 모니터가 없는 순간에는 고은이 네 생각을 읽을 수 없을 거지만, 그래도 모니터에 네 생각이 뜨지 않는

게 가장 좋으니까."

"그럼 줘."

"만약 취한 상태에서 누가 들이닥쳐 위험해지면 어디든 숨어서 구해주러 오는 사람들이 올 때까지 기다려. 알겠지?"

"희성 씨가 지금 온다고 연락 온 거지?"

"응. 얼마 안 걸릴 거니까 너무 염려하지 마."

세세는 작은 잔도 아닌 큰 글라스 잔에 독한 보드카를 한가득 따랐다. 고은은 목이 타는 듯한 아픔을 느끼면서도 세세가 준 보드카를 한 모금 두 모금 마시기 시작했다. 고은은 워낙 술이 약한 탓에 세세가 준 양의 조금만 마셔도 금방 취하는 것 같았다. 고은이 그렇게 보드카와 씨름을 하고 있는 사이, 세세는 재빠르게 해상 기지의 뚜껑을 열고 넓은 하늘이 보이게 했다. 그리고 새 로봇의 숨겨진 붉은 버튼을 눌러 카페테리아 뒤의 비밀장소를 열었다. 그리고는 비밀장소로 달려 들어가 모니터와 중앙컴퓨터를 연결하는 굵은 전선들 중 뽑을 수 있는 것들은 모조리 뽑기 시작했다. 자신들을 구하러 오는 사람들이 오기 전에 어떻게 해서든 중앙컴퓨터를 파괴하는 데 도움이 되는 행동을 하고 싶었기 때문이다. 그렇게 전선들을 돌아가면서 뽑으며 어느새 고은의 모니터 뒤까지 왔을 때 하늘에서 갑자기 불길한 소음이 들리기 시작했다.

베어였다. 베어의 헬기가 해상 기지의 헬기장에 도착해 큰 몸체를 내려놓고 있었다. 베어는 헬기가 땅에 닿자마자 헬멧을 벗지도 않은 채로 조종석 문을 열고 나와 헬멧을 바닥에 부서져라 던져버리고는 해상 기지를 향해 씩씩거리며 걸어오고 있었다. 해상 기지 가까이 다가서자 베어는 이미 구겨진 표정을 더욱 일그러뜨렸다. 해상 기지의 하늘이 열려 있는 것을 발견했기 때문이었다. 그것을 보고 비밀장소의 문이 열려 있으리라 짐작한 베어는 해상 기지의 입구로 들어가 바로 카페테리아로 향하기 위해 몸을 틀었다.

"거긴 안 돼!"

"비켜."

고은이 갑자기 들어와 카페테리아로 향하는 베어를 보고 막으려 몸을 던졌다. 그러자 베어는 거센 발길질로 취한 고은을 푹 쓰러뜨렸다. 그럼에도 고은은 다시 일어나 베어의 뒤를 세게 붙잡았지만 고은의 힘만으로는 역부족이었다. 고은을 보호하기 위한 세세의 술을 이용한 묘수가 악수가 되어버린 것이다. 베어는 무자비하게 고은을 쳐내버리고는 카페테리아 입구로 뛰어 들어갔다.

"하, 세세. 결국 여기를 찾아냈단 말이지?"

베어는 조소를 잔뜩 머금은 얼굴로 카페테리아 뒤 비밀장소로 천천히 들어갔다. 그 안에는 헬기 소리에 베어가 온 것을 알고 더욱 빠르게 전선을 뽑고 있는 세세가 있었다. 베어는 비밀장소 입구에서 중앙 컴퓨터를 두고 대치하고 있는 세세를 향해 분노에 가득 찬 목소리로 소리쳤다.

"세세, 이따위로 굴 거야 정말?"

세세는 베어의 굉음에도 아랑곳하지 않고 눈앞의 전선을 마저 뽑고는 끝내 같은 장소에 들어오고야 만 베어를 멀리서 바라봤다. 그 사이 세세가 지나간 자리의 모니터는 제 기능을 하지 못하고 노이즈가 잔뜩 낀 상태의 화면을 보여주고 있었다.

"나의 역작이, 나의 역작이!"

베어는 세세가 망가뜨린 모니터의 상태를 보고서는 마지막 남은 이성의 끈을 놓아버린 듯 했다. 그대로 세세가 있는 장소로까지 달음박질을 친 베어는 그 무지막지한 손이 너무나 가녀린 세세에게 닿을 위치에 오자마자 멱살을 잡고 그 작고 고운 얼굴의 뺨을 세차게 올려 쳤다. 순식간에 멱살을 잡힌 채로 뺨을 맞은 세세는 올려진 자신의 얼굴에도 아랑곳하지 않고 베어에게 당당한 태도로 일갈했다.

"베어, 넌 끝났어. 너의 변태 같은 야욕이 드디어 끝날 때가 온 거야."

"뭐… 뭐라고? 이…"

베어는 이번에 세세의 다른 쪽 뺨을 얼굴이 터뜨릴 기세로 쳤다. 세세의 부드러운 뺨은 순식간에 빨갛게 부풀어 올라 보기 힘든 지경이 되었다. 세세는 너무 아파 눈에 눈물이 맺히면서도 베어를 향한 조소를 보내는 것을 멈추지 않았다.

"이렇게 나를 때린다고 뭐가 달라질 것 같아? 이젠 세상이 다 알아버렸어."

"도대체 이곳은 어떻게 알아낸 거지?"

"내가 그랬지? 나를 이곳 해상 기지로 보내면 너는 분명 후회하게 될 거라고."

"세세, 정말 내 손에 죽고 싶은 거야?"

"내가 왜 죽어? 베어 너 끝장나는 거 보고 난 다시 내 삶을 살 거야. 네가 망가뜨려 버린 십수 년 간의 내 삶을 그렇게라도 보상받겠어."

"내가 널 얼마나 아꼈는데…"

"아낀 게 아니라 너의 하수인으로 만들기 위해 날 옥죄고 있었지."

"너도 호랑이의 딸이랑 같이 신형 라우더를 먹었어야 했어."

"나를 너무 우습게 본 게 네 패착이야, 멍청한 베어."

베어는 멍청하다는 세세의 말에 멱살을 잡던 손을 풀어 세세를 땅바닥으로 내동댕이쳤다. 그리고는 있는 힘껏 고함을 치며 근처에 있는 로봇에게 음성인식으로 명령을 내렸다.

"지금 당장 모니터링 방의 문을 다 닫고 천장도 닫아. 당장!"

카페테리아에서 비밀의 방으로 향하는 문은 그 소리와 함께 천천히 닫혀갔다. 복도에 쓰러져 있는 고은은 비밀방의 세세에게로 다가가기 위해 몸을 일으키고 손을 뻗어봤지만 닫혀가는 문을 이겨낼 방법은 없었다. 고은은 저 멀리서 아픈 볼을 한 채로 쓰러져 있는 세세를 보며 결코 눈물을 참을 수가 없었다. 구할 수만 있다면 온 몸을 던져서라도 구하고 싶었다. 문틈으로 베어가 쓰러져 있는 세세에게 천천히 걸어가고 있는 모습이 보였다. 베어의 끔찍한 손아귀에서 세세가 언젠가는

바다를 마시는 새벽별

풀려날 수 있길 바랐는데 이런 절망적인 모습을 자신의 눈으로 목격해야 하는 것을 고은은 저주스럽게 느꼈고 자신의 무력함을 온몸이 떨려올 만큼 실감했다. 어느새 조금의 틈도 남기지 않고 문이 다 닫히고 열린 하늘 공간도 점차 닫혀가기 시작했다. 고은은 가누지 못하는 몸으로 카페테리아 바닥에 누워 엉엉 울었다. 문 뒤편의 세세가 너무 가엾어서 울었고 누구라도 제발 도와달라고 말하고 싶어 울었다. 아무라도 좋으니 자신의 울음을 듣고 달려와 줬으면 좋겠다고 생각했다. 고은은 술이 조금 더 깨 문을 열 수 있는 새 로봇을 다시 조작해보려고 시도할 때까지 그렇게 엉엉 큰 소리로 할 수 있는 한 힘껏 목 놓아 울었다.

*

세세와 고은이 베어로 인해 고통을 겪고 있는 그 시각, 강찬과 정신은 해상 기지가 있는 바위에 보트를 가까이 댔다. 그리고 은밀히 보트에서 내린 두 사람은 바로 머리 위에 있는 해상 기지로 올라가기 위한 방법을 찾기 시작했다. 그렇게 두리번거리며 바위를 헤집고 찾은 끝에 기둥에 붙은 철제 사다리를 발견할 수 있었고 정말 사용하는지 여부를 알 수 없을 정도로 아슬아슬한 발판 크기의 사다리를 믿고 위로 올라가 보겠다고 결심하게 되었다. 사다리에 발을 딛고 어느 정도 올라갔을까 싶을 때 희성과 수호의 보트도 뒤이어 바위에 도착했다. 희성은 철제 사다리의 위치를 알고 있었기에 바위에 도착하자마자 철제 사다리를 눈여겨봤고, 강찬과 정신이 아슬아슬하게 오르고 있는 것을 목격하고는 머리를 짚고 풋 웃음을 터뜨려 버렸다.

"저 사람들은 위에서 끌어올려 주는 줄사다리가 있다는 사실을 알까요?"

"그런게 있습니까?"

"나도 저번에 방문했을 때 저 철제 사다리로 위태위태하게 올라갔었거든요. 그때 세세가 위에서 끌어올려 줄 수 있는 사다리가 있으니 무리하며 올라오지 말라고 하더군요."

"그럼 세세라는 분에게 전화해서 사다리를 내려달라고 하면 되겠네요."

"안 그래도 그럴 참입니다."

희성은 주머니에서 휴대폰을 꺼내 세세에게 전화를 걸었다. 그러나 통화 신호음만 무심하게 들려올 뿐 세세의 응답은 묵묵부답이었다. 희성은 무언가 안 좋은 느낌이 들어 세세에게 두 번 세 번이고 받을 때까지 계속 전화를 걸었다. 그렇게 몇 번이고 전화를 걸고 나니 드디어 휴대폰 너머에서 목소리를 들을 수 있었다. 그러나 그 목소리의 주인공은 의외의 인물이었다.

"여… 보세요?"

"세세?"

"누구시죠?"

"아, 차고은 형사님입니까? 저 유희성입니다."

갑자기 전화 너머에서 큰 울음소리가 났다. 고은은 전화가 떠나가라 울고 있었다. 그리고는 희성에게 울먹이며 애원했다.

"제발 도와주세요."

"무슨 일이에요."

"지금 베어가 와서 세세를 가두고 무슨 일을 벌이는지 모르겠어요."

"그게 정말입니까? 베어가 왔다구요?"

"방금 전 헬기를 타고 왔어요. 알 수 없는 비밀의 방에 들어간 세세를 보고는 무자비하게 때리고… 이제는 아예 그 문을 닫아버리고 세세와 단둘이 있어요."

"비밀의 방에 들어간 것까지 알았단 말입니까?"

"희성 씨, 세세가 너무 걱정돼요. 어떡해요. 저…"

"형사님, 일단 진정하고 제가 지금 해상 기지 아래에 도착해있으니 동료랑 건물이 있는 곳으로 올라갈 수 있게 줄사다리를 내려주세요. 내려주는 방법 알고 계시죠?"

"네. 지금 내려드리면 바로 올라올 수 있으세요?"

"당장 갈 테니 내려주세요."

두 사람은 줄사다리를 내리겠다는 이야기를 끝으로 짧은 통화를 끝냈다. 희성은 마음이 다급해졌다. 생각보다 상황이 심각해졌다고 느꼈다. 베어 몰래 고은과 세세를 데리고 나오기로 계획하고 시작한 일이었는데 베어가 자신들보다 먼저 도착했다는 사실에 머리가 지끈했다. 그 사이 고은이 움직였는지 사다리가 천천히 위에서부터 바위 중앙지점으로 내려왔다. 폭이 좁고 가느다란 줄로 되어 있는 사다리였다. 수호는 사다리를 보고는 말했다.

"내가 빅베이비랑 같이 이 사다리를 오르다가는 끊어질 수도 있겠는데요?"

"끊어지기야 하겠냐마는 조심은 해야겠네요. 언제 사용했는지도 모르겠는 형태이니 말이에요."

희성은 가장 아래 발판에 발을 올리고 아래로 당겨보았다. 팽팽하게 당겨도 튼튼하게 희성의 발을 지탱하고 있었다. 하지만 역시 좁은 폭에 가느다란 줄로 된 사다리의 모습에 수호는 고개를 절레절레 흔들며 다른 방법을 택하기로 했다.

"같이 쓰기에는 너무 위험해요. 빅베이비는 이 사다리로 올라가세요. 난 조금 힘들어도 정신이 뒤를 쫓아 철제 사다리로 올라가겠습니다."

두 사람은 따로 위로 오르는 것에 합의하고는 빠르게 멀어졌다. 수호는 철제 사다리로 달려가 지탱해주는 장비 없이 아슬아슬하게 오르기 시작했고 희성 또한 줄사다리로 균형을 잡아가며 천천히 오르기 시작했다. 희성이 땅과 어느 정도 멀어지자 사다리가 아주 천천히 위로 끌려 올라가기 시작했다. 고은이 올림 버튼을 누른 모양이었다. 이때 희성이 아래로 내려다보니 바위 주위로 점점 몰려드는 배들이 보였다. 적군인지 아군인지 알 수 없었기에 희성은 속도를 내 자력으로도 올라가기로 마음먹고 위를 향해 시선을 둔 채 조금씩 힘을 내 올라가기 시작했다. 하지만 가벼운 줄사다리라 바람에 날리면 흔들리고 희성이 조금만 움직여도 흔들렸기에 빨리 오르기가 쉽지 않았다.

"빅베이비!"

아래에서 누군가 올라가고 있는 희성을 소리치며 불렀다. 그 소리와 동시에 갑자기 줄사다리가 크게 흔들렸다. 그리고 사다리 아래쪽이 팽팽하게 당겨지는 것이 느껴졌다. 희성은 위태롭게 매달려 있는 와중에 아래를 봐야 할 것 같아 고개를 내렸다. 사다리 끝자락에는 헬렌 카르텔의 제임스가 매달려 있었고 그 뒤에는 다른 카르텔원도 뒤이어 사다리를 타고 올라올 태세를 갖추고 있었다. 희성은 올라가는 것을 잠시 멈추고 제임스에게 소리쳤다.

"제임스, 이 사다리 1인용이야. 그냥 사다리에서 떨어져."

제임스는 희성의 말을 듣지 못하기라도 한 것인지 혀를 날름거리며 낑낑 사다리를 오르고 있었다. 사다리 아래에 빈자리가 나자 다른 헬렌 카르텔 조직원들도 뛰어올라 사다리를 타기 시작했다. 아마 헬렌 카르텔은 바위 중앙에서 사다리를 타고 있는 희성을 발견하고 집중하느라 기둥 뒤에 붙은 철제 사다리는 발견하지 못한 듯 했다. 희성은 차마 고은에게 줄사다리를 빨리 끌어올려달라고 말할 수 없었다. 자신의 뒤에 붙은 헬렌 카르텔 조직원들을 다 끌고 올라가서는 상황이 더 위태로워질 수 있다고 판단했기 때문이었다. 희성은 위로 가는 길을 내주지 않기 위해 더 올라가는 것을 멈췄다. 이런 상황을 아는지 모르는지 사다리는 점점 더 해상 기지가 있는 위쪽으로 올라가고 제임스 일당도 동시에 고은에게 가까워지고 있었다. 제임스는 어느새 많이 기어 올라와 희성과 대화를 나눌 수 있는 거리에까지 도달했다. 세찬 바람 소리가 귓가를 윙윙 울리는 와중에 희성과 제임스는 매달린 채로 서로에게 으르렁댔다.

"빅베이비, 난 호랑이의 딸이든 아들이든 우리 헬렌 카르텔에 명성이 누가 되는 것들은 하나 같이 질색이야."

"사람들에게 그런 쓰레기 같은 약을 먹이면서도 명성이 계속 유지되길 바랐어?"

"원래 강한 권력에는 그런 희생도 따르는 법이야."

"나는 내 누나에게 이런 일이 일어났다는 것을 안 이상 더 이상 가만히 있을 수 없어."

"드디어 알았나 보네. 호랑이의 딸도 네 존재를 알게 되었으려나?"

"더 이상 너희들의 장난감으로 내버려 두지 않아."

"근데 어쩌냐? 너랑 내가 저 위로 올라가면 내가 너희를 가만두지 않을 건데."

"카르텔 조직원들을 잔뜩 끌고 와서 머릿수로 해보겠다는 거지. 너흰 그게 문제야."

"뭐?"

사다리가 어느새 하늘 위로 붕 떠 오른 순간 희성은 어떤 결심을 했다. 자신의 이 행동이 누나인 고은의 웃음을 다시 찾는 데에 일조를 할 수 있다면 기꺼이 그럴 심산이었다.

"제임스, 우리는 피차 저승길 동무하긴 싫은 사이지만 내 선택을 이해해라."

"이 새끼 뭐라는 거야."

"이 고도에서는 이제 너도 땅 밟기 어려운 거 알지? 근데 그거 아냐? 넌 위로 올라가서 우리 누나 절대 못 봐. 그냥 허공에서 맴돌다가 이대로 추락할 거야."

희성은 세찬 바람결에 머리를 휘날리는 와중 비장한 미소를 짓더니 안주머니에서 잘 갈려진 나이프를 꺼냈다.

"빅베이비, 하지 마. 뒤지고 싶냐?"

"나도 의미 있고 멋진 죽음을 선택하고 싶어졌어. 너 같은 새끼들한테 우리 누나 눈물 흘리게 하는 일 앞으로는 절대 없게 하기 위해서."

제임스는 바람에 강하게 흔들거리는 사다리에 딱 붙은 채로 희성의 바짓가랑이를 잡으러 기어 올라왔다. 그러나 희성은 그런 위협에도 굴하지 않고 꺼낸 나이프로 눈앞의 줄사다리를 자르기 시작했다. 자신이 떨어지고 나서 죽을지 살지 알 수 없지만, 자신의 아래에 줄줄이 매달려오는 제임스와 조직원들을 없애버리는 것만으로도 희성은 의미가 있을 것 같았다. 줄을 자르는 동안 어린 시절 어머니와 행복하게 지냈던 기억부터 아버지와의 추억, 그림을 사랑하던 자신의 기억, 마피아에 들어와 지냈던 기억 등 자신의 삶의 장면들이 자꾸 떠올라 사는 것에 미련이 남아서 손을 멈추게 되었다. 하지만 다시 굳은 의지로 입술을 꽉 깨물고 손을 움직였다.

"건강하세요, 아버지. 안녕, 누나."

희성의 짧은 한마디가 끝나기 무섭게 줄사다리의 한쪽이 툭 하고 끊어졌다. 그러자 매달려 있던 카르텔 조직원들이 버티지 못하고 사다리에서 우수수 떨어져 나갔다. 그럼에도 제임스는 끈질기게 버텼다. 하지만 제임스도 끝내 허공에 몸을 내맡길 수밖에 없는 지경에 이르렀다. 줄 하나가 끊어지고 오래 지나지 않아 남은 한 가닥의 줄도 희성이 미련 없이 끊어내 버렸기 때문이다. 희성은 사다리에 매달린 사람들 중 가장 마지막까지 하늘을 날면서 이런 생각을 했다. 무슨 의지가 자신을 이런 선택까지 하게 만드느냐고. 항상 희성을 지탱하던 힘은 다름 아닌 가족이었다는 생각이 들었다. 아버지가 평생을 들여 지켜내고 있는 계명성국을 자신 또한 지키고 싶었기에 마피아까지 되었던 것이었고 이십 몇 년을 모르고 지냈던 누나이지만 자신의 가족임을 안 순간 자신의 몸이라도 된 마냥 고은이 아프고 가여웠다. 누나를 지키기 위해서, 아버지를 지키기 위해서, 계명성국을 지키기 위해서 끝내 이런 무모한 선택을 하고야 말았다. 아래로 떨어지면서 줄을 끊은 것이 참 무모했다는 것을 새삼 깨달으며 희성은 옅은 미소를 지을 수밖에 없었다. 자신이 죽는 순간 눈에 보일 것 같았던 돌아가신 어머니의 모습도 보이지 않았다. 그냥 그렇게 서서히 짧은 생각들을 남기며 바닥으로 떨어져갔다. 그리고 털썩, 온몸에 무언가 닿는 느낌에 억지로 잡고 있던 정신을 끝내 내려놓고 말았다.

　강찬과 정신, 수호는 철제 사다리를 오르며 희성이 줄을 끊고 떨어지는 모습을 고스란히 목격했다. 그러지 말라고 외치고 싶어도 철제 사다리의 존재를 들키는 것을 막아야 했기에 그럴 수 없었다. 수호는 희성의 선택에 너무나도 가슴이 아팠다. 전쟁이라는 것은 이런 것인가 실감하게 될 정도였다. 희성이 아래로 떨어질 무렵 바위에는 이제 레드캣도 보이고 일락 카르텔 일원들도 보였으며 형사들도 하나둘 보이기 시작했다. 레드캣은 위에서 떨어진 사람들에 포개져 뒤늦게 툭 하고 떨어진 희성을 보고는 충격과 슬픔에 괴성을 지르며 달려갔고 조직원들과 함께 응급조치를 하기 시작했다. 그 주변 바위에서는 어느새 총성이 들리기 시작하고 여기저기서 대 난투극이 벌어졌다. 수호는 사다리를 타고 올라가며 그 상황들을 두 눈으로 고스란히 목격했다. 동료를 잃었고, 또 잃게 될지도 모르는 아프고 슬프며 두려운 전장이었지만 적에게 잡혀있는 두 여자와 계속 베어로부터 공격당하는 계명성국을 구하는 일을 멈출 수 없었다. 그렇기에 수호는 자신을 억누르는 부정적인 마음은 뒤로 하고 다시 목표지점인 해상 기지를 향해 한 발짝 한 발짝 힘을 내며 올라가기 시작했다.

　그렇게 어느덧 각고의 노력 끝에 이윽고 강찬과 정신, 수호는 철제 사다리를 다 올라 해상 기지가 있는 땅을 밟고야 말았다. 그대로 해상 기지 건물로 돌입하면 될 것이라고 생각했는데 안타깝게도 세 사람의 눈앞에 의외의 복병이 나타났다. 하늘에서 또 다른 헬기가 날아와 해상 기지 헬기장에 착륙을 한 것이다. 정신은 강찬에게 뒤는 우리가 맡겠다며 헬기에서 사람이 내리기 전 빨리 해상 기지로 들어가 보라고 말했다. 강찬은 빨리 고은을 데리고 해상 기지를 떠나야겠다는 생각으로 가득 차 있었기에 정신의 말을 받아들여 곧장 해상 기지로 달려갔다.

　해상 기지 앞 헬기장에는 정신과 수호만 남고 헬기의 프로펠러는 세차게 돌다가 눈에 띄게 그 세기를 줄여나갔다. 그리고 헬기가 멈추자 그 안에서 쫙 빠진 정장 차림의 한 남자가 내렸다. 헬렌 카르텔의 보스 린이었다. 수호는 일락 카르텔에 들어간 후 린을 서류로나마 접해본 적이 있었고 정신은 소문으로만 들었을 뿐 아예 처음 마주하는 것이었다. 린은 귀를 덮는 긴 머리를 넘기며 헬기 밖으로 우아하게 나섰다. 그리고는 정신과 수호를 말없이 노려보며 팽팽한 긴장 상태를 만들었다. 세 사람은 그렇게 대치 상태에 놓여 있게 되었다. 린은 옷매무새를 가다듬고 먼지를 털면서 앞에 나와 있는 정신을 향해 불쾌한 기색을 드러냈다.

"꺼질 거면 빨리 꺼지시오. 나는 여기서 어서 만나야 할 사람이 있소."

"만나야 할 사람이 있는 것은 피차 마찬가지야. 너야말로 꺼져."

정신의 되받아치는 말에 린은 혀를 차며 고개를 저었다. 손에 낀 검은 가죽장갑까지 다시 정돈하고는 매서운 눈으로 맞은편의 정신을 보며 물었다.

"세세를 데리러 왔소?"

정신은 세세의 이름이 린에게서 나오자 흠칫 놀랐다. 그리고는 린에게 되물었다.

"세세를 어떻게 알지?"

"세세가 세계정부에서 10여 년을 사는 동안 나와 가까이 지냈소. 세세는 아름답고 지혜로워 보물과도 같은 여자요."

"이제 그 눈물의 세월을 거두고 웃음을 되찾게 해주겠어."

"쉽게 돌려보낼 수는 없소이다. 이쪽에도 세세를 사랑하는 사람이 있으니 말이오."

린은 말을 끝내고는 갑자기 주먹을 쥐고 몸을 낮춰 격투 자세를 취했다. 그러자 수호는 순간 허리에 차고 있던 권총을 꺼내 린에게 겨누었다. 린은 그런 상황에 흔들리지도 않고 정신만을 보며 도발했다.

"당신이 세세를 나만큼 사랑하는 것이 아니라면 덤비지도 말고 그냥 꺼지시오. 그리고 세세를 정말 사랑한다면 이 자리에서 권총을 꺼내지 않고 나와 격투로 승부를 가렸으면 하오."

의외의 제안이었다. 말 한마디에 정신이 세세를 사랑하고 있다는 것을 한눈에 알아보고는 린이 격투 신청을 한 것이었다. 전하지 못한 이야기였지만 린 또한 세세를 사랑해 왔었다. 베어의 만행이 있으려고 하면 항상 그림자처럼 뒤에서 세세를 지켜왔다. 세세가 고향을 그리워하며 눈물을 흘리는 날에는 그 고향을 세세의 품에 안겨줄 수가 없어 남몰래 마음 아파하기도 했다. 세세에게 린은 세계정부에서 찾은 드물게 좋은 친구였다면 린에게 세세는 가질 수 없는 신기루 같은, 그럼에도 사랑할 수밖에 없는 여자였다.

정신은 린의 제안을 듣고는 고민도 없이 수락했다. 어떤 사람이든 세세에게로 가는 길을 막는 사람은 다 부숴버려야 했기 때문이다. 세세를 사랑하는 마음의 크기를 재는 것은 불가능하지만 눈앞의 린을 무너뜨리고 세세에게 달려가는 일은 할 수 있을 것 같았다. 수호는 린에게 총을 겨눈 상태로 힐끔거리며 정신을 봤고, 정신은 수호에게 방아쇠에 걸린 손가락을 풀라고 하며 점퍼를 벗고 린의 맞은편에서 똑같이 격투 준비를 하기 시작했다. 수호는 린을 그냥 쏴버리고 싶었지만, 정신과 린이 어떠한 이유 때문인지 둘만의 사생결단을 내리려고 한다는 것을 느껴 총을 겨누고 긴장을 유지한 채로 두 사람을 바라보고 있었다.

세세를 사랑하는 두 사람은 서로를 바라보는 두 눈에 불꽃이 튀기 무섭게 서로에게 달려들어 치열한 육탄전을 벌이기 시작했다. 정신은 린과 몸싸움을 벌이면서도 몸이 떨어질 때면 숨을 고르면서 현재 잡혀있는 세세에 대한 이야기를 던졌다.

"세세가 정말 행복하길 바란다면 그만 놓아줘."

린은 똑같이 숨을 고르면서 정신의 말을 맞받아쳤다.

"세세는 세계정부에서 나와 얼마든지 행복할 수 있소."

몸싸움을 계속 벌일수록 정신은 엎어 쳐지고 메쳐지는 횟수가 늘어갔다. 운동신경이 좋고 전투 훈련을 받은 정신이었지만 실전에서 잔뼈가 굵은 마피아 린을 몸싸움으로 이기기는 역부족이었다. 린은 정신과 피 터지는 전투를 벌이는 와중에도 수호까지 경계했다. 마음만 먹으면 정신을 제압하면서 수호까지 공격할 수 있을 것 같았다. 수호는 긴장의 끈을 놓지 않고 계속 린을 겨누면서 정신이 쏘는 것을 허락할 때까지 기다렸다. 전장의 두 사람은 쓰러졌다 일어나는 것을 반복하며 계속 싸웠다.

"세세는 나의 보호가 있으면 세상 누구보다 안전할 거요."

"당신의 보호가 아니라 당신의 감시겠지. 어딜 가든 따라붙잖아. 세세는 그걸 원하지 않아."

"세세는 나와 함께 세상 어디든 갈 수 있소. 나는 세상을 선물할 수 있는 남자요."

"세세의 오랜 꿈은 그리운 계명성국이지 소중한 것이 아무것도 없는 그저 넓은 당신의 세상이 아니야. 세세를 왜 그렇게 모르는 거지?"

"세세는 나의 아름다운 카나리아 같은 여인이오. 내 눈 밖으로 날려 보낼 수 없소."

정신과 린이 계속 달라붙어 싸우는 동안 수호는 린의 말을 듣고 작은 소름을 느꼈다. 세세가 집착과 감시 속에서 십수 년을 살았다는 것이 명확해지는 것 같았기 때문이다. 정신과 린이 잠깐 떨어져 숨을 고르는 동안 수호는 겨눴던 총을 내려놓지 않으면서 린에게 일갈했다.

"당신의 그 마음이 정말 사랑일까요?"

"당연히 깊은 사랑이오."

"가지지 못하는 것에 대한 집착이 아닐까요?"

린은 정신을 향하던 살기를 수호에게로 돌려 수호를 멀찍이 응시했다. 금방이라도 달려와 목을 뜯을 것만 같은 기세였다.

"내가 세세를 지켜왔던 세월을 당신이 안다면 그렇게 말할 수는 없을 것이오."

"나라면 그 사랑하는 여자가 정말 행복하길 바랐다면 계명성국으로 돌려보내는 일을 했을 거예요."

"상황도 여의치 않았지만, 내 곁에서 차마 떠나보낼 수 없었소."

"당신이 그 여자가 필요하다고 해서 아무도 없는 이 땅에서 그 외로움을 견디며 살게 만드나요?"

"이제 그만 닥치시오. 우리의 이야기를 알지 못하는 사람이 말할 자격은 어디에도 없소."

린은 노기가 가득한 눈빛으로 품에서 권총을 꺼내 수호에게 겨누었다. 방아쇠에 손가락을 걸고 언제라도 당길 태세였다. 그러자 뒤에서 쓰러져 있던 정신이 힘든 몸을 겨우 일으켜 다시 린에게 덤벼들었다. 린으로 인해 헝클어진 몰골을 보고 있으면 쓰러져 있다가 다시 일어나는 정신력이 놀라울 지경이었다. 린은 또다시 덤벼드는 정신을 엎어 메치려고 했다. 하지만 이번에는 좀 더 힘겨웠다. 수호의 일 갈을 듣고 정말 세세를 위하는 길이 무엇인지 깊이 고민하게 되었기 때문이다. 쓰러뜨리면 또 달려드는 것을 반복하는 정신을 그때마다 다시 엎어 치고 메치는 와중에도 세세를 계속 곁에서 사랑할 수는 없는지 린은 고뇌에 빠졌다. 그러면서 수호와 정신을 제치고 저 멀리 보이는 문 하나만 넘어가면 볼 수 있는 세세임에도 두 사람 때문에 세세의 곁으로 갈 수 없는 자신을 한탄했다. 그리고 이내 조바심이 생겨 비겁하게 총을 다시 꺼내 들고야 말았다. 이번에는 정신을 향했다. 하지만 정신은 눈 하나 깜짝하지 않았다. 오히려 린에게 더욱 강한 어조로 말했다.

"당신은 날 쏘고 저 문을 넘어도 세세를 행복하게 해줄 수 없어."

"세세가 정말 행복하기 위해 무엇을 원해왔는지는 나도 잘 아오. 하지만…"

"이젠 해줄 수 있는 일이잖아. 베어의 손아귀에서 빼내 줄 수 있는 순간이 이렇게 왔잖아. 더 이상 방해하지 말고 세세를 도와줘."

"세세를 정말 행복하게 해줄 수 있는 일…"

332

린은 끝내 오른손에 잡고 있던 총을 툭하고 떨어뜨렸다. 그리고 천천히 두 손을 들어 정신과 수호에게 항복 의사를 밝혔다. 베어의 손아귀에 놓여있는 것들을 풀어줘야 할 순간이 온 것이라는 생각이 들었기 때문이다. 오랜 시간 베어에게 잡혀있었던 세세의 행복을 위해서이기도 했지만 베어의 사조직이 되어버린 헬렌 카르텔의 영광을 되찾기 위해서도 지금 이 순간 베어에 대항하는 형사들에게 깔끔하게 지는 것이 옳다고 판단되었기에 내린 결정이었다. 린은 이에 그치지 않고 수호와 정신에게서 뒤돌아서며 전화로 지시해 아래의 카르텔 조직원들을 전장에서 물리기 시작했다.

"세세를 정말 행복하게 해줄 사람이 당신이기를 바라겠소."

"상황을 어렵게 만들지 않아 줘서 고마워."

"베어가 저 안에서 세세를 괴롭히고 있을 거요. 빨리 가서 구해주시오."

정신과 수호는 린에게 짧은 목례를 하고는 해상 기지로 달려갔다. 이제는 정말 가까운 곳에 세세가 있었다. 정신은 어서 세세를 구해 세세와 함께 고향 계명성국으로 돌아가고 싶었다.

*

정신과 수호가 린과 전투를 벌이는 사이 강찬은 먼저 해상 기지 안으로 들어왔다. 해상 기지로 들어오자마자 강찬은 고은을 발견할 수 있었다. 고은과 강찬은 서로를 보고는 너무 기뻐 끌어안고 눈시울을 붉혔다. 강찬의 품에 안긴 고은은 아직 술에 취해 몸을 잘 가누지 못하는 상태였다. 고은은 강찬에게 얼마간 안겨 있다 품에서 벗어나고는 세세를 구해야 한다며 비틀거리는 몸을 부여잡고 새 로봇을 조작하기 시작했다. 강찬은 고은이 비밀의 문이 있는 곳이라고 말해준 카페테리아 뒷벽을 두드려보았다. 안에 공간이 있다는 것은 느껴졌는데 주위에 그 문을 열 수 있는 버튼 같은 것은 보이지 않았다.

"내가 세세를 도와줄 수 있었더라면 세세가 베어와 저 안에 갇힐 일을 없었을 텐데… 내 탓이야."

"고은아, 진정해."

"내 탓이야 오빠…"

"괜찮아. 세세도 내가 구해낼게. 침착해…"

강찬은 패닉 상태에 빠진 고은을 부드럽게 달랬다. 그리고 고은이 계명성국을 떠날 무렵 히트곡이었던 'Take back my love'라는 노래를 조용히 불러주며 고은의 마음을 가라앉혔다.

'새벽별과 같이 빛나는 당신의 눈빛

아프고 외로웠던 그대 눈물 내가 닦아줄게요

내 품으로 돌아와 웃음을 되찾아요

우리 사이엔 만나지 못한 시간이 있어

내가 이제 잡을게요 사랑하는 그대여

여기서 당신을 또 잃진 않을래

몇 번이고 그대를 안을래'

고은은 눈을 감고 손을 잡은 채 몇 번이고 되풀이해서 부르는 강찬의 목소리에 귀를 기울였다. 그러다 어느 순간 고은은 가사의 '새벽별'이라는 단어에 세세가 비밀의 방으로 갈 때면 항상 해상 기지의 하늘이 열려있었다는 것을 기억해냈다. 고은은 황급히 새 로봇을 조종해 하늘을 열리게 했다. 그러자 'Open the Louder Face'라는 붉은 버튼이 보였다. 고은은 침을 삼키고 그 버튼을 보다 강찬을 보다 하며 고개를 양쪽으로 돌렸고 강찬은 무겁게 끄덕이며 그 붉은 버튼을 눌러보라고 했다. 고은은 어떤 상황이 전개될지 모른다고 생각하며 눈을 꼭 감고 버튼을 눌러 보았다.

그 순간 마침 수호와 정신이 린과의 전투를 끝내고 해상 기지 문을 박차고 들어왔고, 강찬 팀 네 사람은 카페테리아 뒤가 열리는 것을 함께 볼 수 있었다. 문이 서서히 열리자 그 안에는 주먹질에 맞아서 엉망이 된 세세가 쓰러져 누워 있었고 그 곁에는 바닥에 주저앉은 채 숨을 고르고 있는 베어가 있었다.

"세세!"

눈 앞에 펼쳐진 참혹한 세세의 모습을 보자마자 정신은 멀리서 세세의 이름을 소리쳤다. 그러자 세세가 정신이 서 있는 입구 쪽을 향해 고개를 힘겹게 돌렸다. 정신의 모습을 확인하고는 맞아서 엉망이 된 얼굴을 한 채로 누워서 정신을 향해 옅은 미소를 지었다. 하지만 정신 일행을 목격한 것은 베어도 마찬가지였다. 베어는 정신의 외침이 들리기 무섭게 몸을 일으켜 세세를 다시 붙잡았다. 누워 있는 세세를 끌어당겨 억지로 일으켜 세우고는 품 안의 커다란 나이프를 꺼내 세세의 목을 그을 것처럼 댔다. 그리고는 광기 어린 눈빛을 한 채로 정신 일행을 향한 경고를 날렸다.

"이쯤하고 여기서 다 나가. 더 다가오면 세세를 아예 죽여버릴 거야."

정신 일행 네 사람은 세세가 위태롭게 잡혀있는 것을 보고는 한 발자국도 움직일 수 없었다. 세세가 눈앞에서 목이 찔린 채로 죽는 모습을 결코 볼 수 없었기 때문이다. 하지만 붙잡혀 있는 세세는 베어의 악력과 팔의 힘 때문에 몸이 아파 인상을 찡그릴 수밖에 없었지만 그럼에도 죽을지언정 베어로부터 반드시 벗어나겠다는 의지는 선명했다. 두렵지도 않은지 비웃음을 얼굴에 그린 채 끊어질 듯한 숨을 가쁘게 고르며 베어에게 굽히지 않고 독한 말을 던졌다.

"죽일 수 있으면 죽여봐. 내가 죽든 아니든 네 세상은 이제 끝이야 베어."

"닥쳐!"

베어는 정신 일행으로부터 더 멀어지기 위해 뒷걸음질을 치면서 세세의 목을 나이프로 겨눈 채 세세의 몸을 뒤로 함께 끌어당겼다. 정신은 멀어지는 세세를 지켜야 한다는 일념으로 위험을 무릅쓰고 천천히 조심스럽게 베어에게로 다가갔다. 베어는 정신이 다가오려고 하자 경기를 일으키며 오지 말라고 소리쳤다. 정신은 미쳐가는 것 같은 베어를 안타깝게 바라보며 베어의 세상이 이제 끝났음을 담담히 선고했다.

"베어, 헬렌 카르텔의 보스 린이 카르텔 조직원들을 다 물리고 이곳에서 떠나라고 지시했다. 그리고 너의 라우더가 사람들에게 얼마나 악영향을 미치고 있었는지 세상이 모두 알아버렸다. 지금 밖에서는 너를 감옥에 수감시키거나 아예 세계정부에서 추방시키라는 말이 나오고 있고 도처에는 라우더로부터의 해방운동이 일어났다. 이제 네 만행은 끝이 날 때가 온 거야. 십수 년간 네 곁에 붙잡아두고 괴롭혔던 세세를 그만 놓아주고 너도 네가 짊어져야 할 짐을 지도록 해."

정신의 말을 듣고는 베어는 고개를 하늘을 보듯 뒤로 젖혀 미친 사람처럼 크게 웃기 시작했다. 그 소리는 웃고 있었음에도 마치 울고 있는 것 같았다. 손에 쥔 나이프를 세세의 목에 더욱 깊게 들이대며 목을 찌르기 시작한 베어는 알아들을 수 없을 만큼 빠른 속도로 혼잣말들을 읊어대기 시작했다. "이럴 순 없어, 다시 살아날 수 있어, 쓰레기 같은 협잡꾼들, 위대한 베어인 내가 이렇게 발목이 잡힐 순 없어." 누구에게 하는지도 모를 이야기들을 마구 뱉으며 세세의 목에 댄 나이프에 힘을 더욱 가했다. 그러자 세세의 외마디 비명과 함께 세세의 목은 나이프에 베었고, 흐르는 피가 목에 갖다 댄 나이프를 적시기 시작했다. 정신은 놀라서 베어에게 더 가까이, 뛰쳐나가듯 다가갔다. 그리고 세세의 이름을 외치며 세세의 안위를 걱정했다.

"세세!"

"난 괜찮아. 총을 꺼내 정신아. 베어를 멈추게 해줘."

세세는 자신의 어깨를 감싸 쥔 베어의 팔을 두 손으로 꽉 잡고 아래로 떨어뜨리려고 노력하면서도 정신을 향해 베어를 쓰러뜨려 달라고 조용하지만 강력하게 말을 건넸다. 베어는 그런 두 사람의 대화를 듣기 싫다는 듯 더욱더 강하게 세세를 죄었다.

"세세, 입 다물고 조심하는 게 좋을 거야. 내가 지금 손 조금만 움직이면 넌 내 나이프에 목이 뚫리는 거라고."

"베어, 이제 그만해. 세세를 놓아줘."

정신은 총을 오른손에 쥔 채로 두 손을 하늘로 들고 베어에게로 천천히 다가갔다. 베어는 나이프로 더욱더 강하게 세세의 목을 누르며 정신을 노려봤다.

"이 세상이 라우더의 비밀을 알아버리면 나는 끝장이야. 여기서 죽게 된다고 해도 전혀 아쉬울 것이 없다는 말이다!"

베어가 말이 끝나기 무섭게 세세를 제대로 찌르기 위해 나이프를 하늘 높이 들었다. 그 순간 한 발의 총성이 들렸고 베어는 자신의 어깨를 잡은 채로 속절없이 오른쪽으로 쓰러졌다.

"라우더로 아무리 감정을 죽여도 결코 사람의 불타는 정신을 꺾을 순 없어."

한마디 말과 함께 총성을 울린 주인은 정신이었다. 베어의 팔로부터 벗어난 세세는 베어가 쓰러지는 방향과 다른 방향으로 쓰러지며 주저앉았고 정신은 세세에게로 달려가 세세를 부축했다. 그렇게 정신이 세세를 되찾았을 때 입구에서 함께 대치하고 있던 고은과 강찬, 수호를 멀리서 발견하고 달려온 사람들이 있었으니, 마피아 수사과 형사들이었다. 형사들은 쓰러진 베어를 체포하고 오랫동안 계명성국을 떠나 있었던 고은의 상태를 점검했다. 강찬은 형사들에게 모니터가 둘러싸고 있는 중앙컴퓨터에 폭탄을 설치하도록 지시했다. 형사들은 주저하지 않고 중앙컴퓨터를 파괴하기 위한 작전을 수행하기에 이르렀고, 비밀의 방에서 모두가 나간 뒤 커다란 폭발음과 함께 중앙컴퓨터는 영원히 세상에서 자취를 감추게 되었다.

중앙컴퓨터가 부서진 순간, 세세와 고은은 이상하게도 동시에 주체할 수 없는 눈물을 흘렸다. 마치 여지껏 라우더로 가둬져 왔던 눈물을 모두 시원하게 내보내기라도 하려는 듯 묵혀둔 눈물을 흘리고 또 흘렸다. 그러면서 고은은 해상 기지 앞에 선 채로 정신의 품에 안겨 부축되고 있는 세세를 눈물이 그득하면서도 사랑스러운 눈으로 바라봤다.

"세세, 드디어 끝이야. 이제 돌아가자. 우리의 고향으로."

"고은아. 엄마가 너무 보고 싶어."

"엄마도 보고, 친구들도 보고, 이때까지 보고 싶은 사람들 다 보고 그러자."

피투성이에 엉망이 되어버린 세세였지만 눈물 속에서도 밝은 미소를 되찾고 자신을 바라보는 사람들을 향해 아름답게 지어 보였다. 정신은 그런 세세를 더욱더 강하게 안았다. 되찾아 다행이라고 안도하면서도 세세의 모습에 마음이 너무 아파 울음이 나오려는 것을 겨우 꾹 참았다. 세세는 자신을 꼭 안고 있는 정신의 등을 쓰다듬으며 나는 괜찮다고, 와줘서 고맙다고 마치 포근한 이불을 덮어주는 것처럼 따뜻하게 말해주었다. 그렇게 모두의 활약과 베어의 몰락으로 이제야 라우더로부터 해방된 세세는 드디어 십수 년 간의 속박을 풀고 계명성국으로 돌아갈 수 있게 되었다.

21

해방

✳

 고은과 세세가 뜻 모를 눈물을 흘릴 무렵, 세상도 서서히 울기 시작했다. 라우더를 관리하던 중앙 컴퓨터가 파괴되자 라우더의 영향력이 사라져 라우더로 인해 미처 울지 못했던 울음들이 해방되었던 것이다. 온 세상이 울음소리로 그득했고 도시들은 눈물바다를 이루었다. 라우더의 속박을 이겨낸 사람들의 통곡은 곧 해방을 축하하는 기쁨의 눈물이 되어 세상을 가득 메웠다.

 한편 라우더로 감시를 당하던 각 지역의 대표자들은 속박이 풀리자 힘을 내 다시 대중 앞에 서기 시작했다. 대중은 새로운 지도자에 지지를 보냈고 환호했다. 세상을 정적에 잠기게 만들었던 미친 과학자 베어의 집은 라우더의 비밀을 다 알아버린 세계정부 시민들로 인해 엉망이 되어버렸고 세계정부 수뇌부들도 사람들의 원성을 이기지 못하고 결국 하야를 결정했다. 어둡고 칙칙한 세계정부 땅은 이제야 사람들이 나서서 무너뜨리고 부수기 시작했다. 다시 웃음과 눈물, 분노와 열망을 되찾은 사람들이 세상을 다채롭고 역동적으로 바꾸기 위해 움직이게 된 것이다. 마침내 라우더의 지배가 사라지고 세상의 결박은 풀리고야 말았다.

 형사들과 일락 카르텔 일원들은 계명성국으로 돌아왔다. 유일호는 대업을 완수하고 돌아온 형사들을 가슴 깊은 환희로 맞이했다. 형사들 대열 가운데 서서 일호를 대면한 고은은 대통령을 향한 인사를 할 때 허리를 깊이 숙여 그리움과 애정을 가득 담아 인사를 했다. 일호는 그런 고은을 멀리서부터 알아보고는 다가가 눈물을 참으며 고은의 손을 꼭 잡아주었다.

 이 때 저 멀리서 수호의 부축을 받으며 오는 희성이 보였다. 희성은 다리를 크게 다친 듯 쉽게 걸음을 내딛지 못하고 있었다. 그러면서도 먼발치서 자신의 아버지가 보이자 괜찮은 체하려는 듯 짐짓 아프지 않다는 표정을 지으면서 수호의 부축을 뒤로하고 꼿꼿이 서려 했다. 하지만 잘되지 않았다. 수호에게 안기듯 부축되어 있는 희성은 마음만은 평온하고 행복하다는 듯 웃음꽃을 활짝 피우며 아버지 쪽을 향해 손을 흔들어 보았다. 일호는 그런 희성의 모습을 보고는 끝내 눈물을 참지 못하고 차가운 바닥에 주저앉아 엉엉 울고 말았다. 그런 일호의 먼발치에서는 일호가 그토록 그리워하던 고은의 어머니, 차유정이 두 사람이 사랑했던 언젠가의 그 모습 그대로인 채 다가오고 있었다.

이후 라우더로부터의 해방 건에 가담한 형사들은 모두 표창을 받았고 마피아 수사과는 더 큰 규모로 격상하게 되었다. 또한 명목적으로는 불법적인 카르텔이지만, 그럼에도 일락 카르텔은 나라를 도왔던 공로를 인정받아 국민들로부터 더욱 신임을 얻게 되었다. 계명성국은 희성이 지역 대표자들을 만나고 다니며 설득한 시간과 더불어 중앙 컴퓨터를 파괴한 일이 끝난 후 또 한번 각 지역의 대표자들과 시간을 보낸 덕분에 라우더로부터 세상의 결박을 풀게 된 것이 계명성국이라는 사실이 세상으로부터 알려져 세계를 구한 나라로 추앙받게 되었다. 헬렌 카르텔의 기세는 무역로에서 편법을 자행했던 베어가 사라지자 푹 사그라들어 세력이 많이 축소되었다. 카르텔 간의 질서는 각 지역의 카르텔들이 균등한 힘으로 경쟁하며 그려 나가게 되었고 일락 카르텔 또한 공정해진 힘의 균형 틀에서 경쟁에 있는 힘껏 임하게 되었다.

세상은 이내 평화를 되찾고 계명성국에는 어느새 봄이 다시 찾아왔다. 마피아 수사과에서 중범죄 수사과로 이름이 바뀐 일터에서 일하게 된 정신은 해상 기지에서의 일이 끝난 이후에도 종종 수호와 연락하며 지냈다. 그리고 정신은 세세와 조금씩 만남을 이어가기 시작했다. 수호와 만나거나 통화할 때면 정신은 언제나 세세 이야기를 많이 했는데, 그럴 때마다 수호는 정신을 무척이나 대견해했다. 어느 날씨 좋은 날 저녁, 언젠가 갔던 해안가에서 두 사람은 넘실대는 파도를 보고 바다의 내음을 맡으며 대화를 나눴다.

"형, 이제 계명성국의 위태로움도 어느 정도 해소되었고, 라우더도 사라졌는데 그래도 카르텔 일을 계속할 거야?"

수호는 씩 미소를 짓더니 고개를 저으며 말했다.

"아니."

정신은 옆자리에 앉은 수호를 물끄러미 바라보며 수호의 다음 말을 기다렸다.

"세상을 많이 다녀볼 거야. 계명성국 밖의 세상을 더 보고 싶어. 그리고 마피아가 되고 나서 거래하느라 많이 접한 미술이 내 마음을 울렸던 때가 많아. 내가 학부 시절 배웠던 것들도 활용하고 싶고. 그래서 세계적인 미술 거래상이 되기 위해 지금부터 움직여볼까 해."

"그런 이유로 유학하게 된다면 정말 세상여행을 제대로 하게 되겠구나."

"너도 같이 갈래?"

"하하, 아냐 형. 나는 지금 형사 일이 좋고 또 이제는 세희랑 같이 있으니까. 어릴 적 다 못 보고 떠날 수밖에 없었던 계명성국을 시간을 많이 내서 보여주고 싶어."

"세상을 누비고 싶어서 마피아 수사과에 들어간다던 정신이가 어느새 사랑에 빠진 남자가 되어서 꿈이 바뀌었구나."

"언젠가는 형처럼 넓은 세상도 꼭 경험할 거야. 하지만 지금은 세희랑 여기에 같이 있고 싶어."

"그래. 저마다 소중하게 생각하는 가치가 다른 거니까. 이제 우리도 그 가치가 많이 달라졌다, 그렇지?"

"응."

정신은 대답을 하고는 바다를 바라보며 앉은 채로 기지개를 켰다. 그리고는 눈을 감고 미소 지으며 바다 내음을 맡기 위해 숨을 가득 들이마셨다. 그 모습에 하늘에서 조금씩 내려오는 석양의 빛깔이 입혀져 언젠가 희성이 그려냈던 그림을 떠올리게 했다. 눈에만 담아내는 것이 아쉬울 만큼 은은한 아름다움을 자아냈다.

같은 봄날, 강찬과 고은은 드디어 강찬의 집에서 함께 살게 되었다. 두 사람 모두 한시도 연인과 떨어지고 싶지 않았기 때문에 내린 결정이었다. 두 사람은 강찬의 집에서 세계정부로 인해 헤어진 동안 나누지 못했던 사랑을 나눴고 즐거운 시간을 함께 보냈으며 앞으로 만날 미래를 함께 그려갔다. 어느 날 소파에 앉아 TV를 보던 두 사람은 한 광고를 보고 손뼉을 맞추며 다음 데이트 장소를 정했다. 그 광고는 아예 야작토끼가 마스코트가 되어버린 해안 도시의 벚꽃축제 영상이었다.

벚꽃축제 날, 고은은 베이지색 원피스를 입고 강찬은 하늘색 셔츠에 검은 바지를 입은 채 거리를 나섰다. 두 사람이 처음 사귀기로 했던 장소인 만큼 감회가 남달랐다. 두 사람은 처음이 어땠는지는 기억이 잘 나지 않았지만, 그때의 풋풋했던 감정만은 기억에 남아 괜히 웃음이 나고 쑥스러워지는 것 같았다. 손을 맞잡고 언젠가 걸었던 벚꽃 거리를 함께 걸으며 두 사람은 즐거운 시간을 보냈다. 카페에 가 카라멜 마끼아또를 한 잔씩 사서 마시기도 했고 이제는 해안 도시의 마스코트가 된 야작토끼의 플래그쉽 스토어에 가서 또 다른 커플 아이템을 사기도 했다. 테라스가 예쁜 레스토랑에 들어가 식사도 했고 호수를 바라보며 벤치에 앉아 조금은 따뜻한 바람을 이마와 코끝으로 느끼기도 했다. 어느새 해가 지자 강찬은 고은에게 첫키스를 나눴던 장소로 가자고 말했다. 두 사람은 벤치에서 일어나 벚꽃이 흐드러지던 거리로 향했다.

두 사람이 첫키스를 한 장소는 여전히 명소였다. 아름답게 벚꽃이 피어있는 가운데, 바람이 스쳐 지나갈 때마다 떨어지는 벚꽃 잎의 비가 사람들의 마음을 설레게 했다. 두 사람은 그 거리를 걸으며 손바닥을 쫙 펴고 벚꽃 잎을 잡으려 했다. 고은은 잡으려 손을 펴고 휘저어봐도 벚꽃 잎이 잘 잡히지 않았다. 그러나 역시 강찬은 손을 펴는 족족 벚꽃 잎이 손안으로 살포시 들어왔다. 고은은 예전이나 지금이나 같다며 예쁜 웃음을 지어 보였다. 강찬은 손에 쥔 벚꽃 잎들을 꼭 쥐고 선 채로 눈을 감아 소원을 빌었다. 고은은 그런 강찬을 보고는 호기심 어린 눈빛으로 물었다.

"오빠, 무슨 소원 빌었어?"

강찬은 눈을 뜨지 않은 채로 씩 미소를 지으며 말했다.

"너한테 프러포즈하게 해달라고."

순간 벚꽃나무들 위로 형형색색의 아름다운 불꽃들이 퍼져갔다. 예뻤다. 고은은 고개를 들어 별빛과도 같아 보이는 빛나는 불꽃들이 터지는 것을 바라봤다. 그 순간 주변에 선 사람들이 고은을 바라보며 입을 막거나 박수를 치는 등 축하해주기 시작했다. 고은이 고개를 돌려 강찬이 있던 자리를 바라보자 어느새 무릎 하나를 꿇고 앉은 강찬이 있었다. 강찬의 손에는 결혼을 약속할 반지가 케이스 안에 놓여 있었다.

"오빠?"

"고은아, 평생 나랑 함께 해줄래?"

고은은 눈물이 글썽거리는 채로 강찬을 바라봤다. 그 순간 조금도 상처 입지 않은 예쁘고 큰 벚꽃 잎이 하늘하늘 흔들리더니 고은의 머리 위에 살포시 내려앉았다.

"그래. 나랑 평생 함께해줘, 최강찬."

바라보는 사람들의 축하와, 마치 두 사람을 축하해 주는 듯한 불꽃놀이와, 춤을 추는 듯한 벚꽃 잎들의 향연과 함께 두 사람은 처음의 그 장소에서 평생을 함께할 것을 약속했다. 시대 상황으로 인해 눈물도 많고 아픔도 많았던 두 사람이었지만 그것을 극복하고 드디어 사랑의 결실을 맺게 되었다. 이제 더 이상 두 사람의 사랑에 그늘은 없을 것이라 믿으며 두 사람은 이후의 시간을 함께 걷기로 했다.

*

과거 세계정부에서 세세로 불렸던 박세희는 너무나 보고 싶었던 부모님을 뵙기 위해 나정신과 함께 수도에 있는 고향 집으로 향했다.

"정신아, 너무 오랜만에 가는 집이라 떨려."

"괜찮아 세희야. 용기를 내."

세희는 초인종을 눌렀고 집 안에서 누군가 달려 나오는 소리가 들리더니 문이 벌컥 열렸다. 세희의 어머니였다.

"엄마…"

"세희야!"

문간에 선 채로 두 사람은 서로를 부둥켜안으며 이제는 누구도 막지 않는 눈물을 마음껏 쏟아냈다. 못 본 세월이 너무 길어 알아보지 못할까 걱정했던 것도 다 무용한 고민이었다. 두 사람은 서로를 보는 순간 서로를 알아보고는 북받쳐 오르는 감정을 참지 못하고 서로를 당겨 안았다. 정신은 옆에 서 있으면서도 코끝이 찡해져 괜히 코를 비비며 시선을 돌리고는 눈물을 참았다. 세희의 어머니 뒤에 서 있던 세희의 아버지도 마찬가지였다.

집 안에 들어온 세희는 자신이 계명성국을 떠났을 때와 조금도 변함이 없는 부모님의 집에, 그럼에도 많이 나이가 들어버린 부모님의 모습에 마음이 북받쳐 또 펑펑 울었다. 세희를 바라보는 부모님 또한 같은 마음이었다. 집이 조금도 변하지 않은 사이에 너무나 훌쩍 자라버린 딸을 마주한 부모님은 그 긴 세월 동안 어떤 고생을 했을지 짐작도 할 수 없었기에 가슴이 미어졌다. 어느새 집 안에 있는 모두가 펑펑 울었다. 세세는 엉엉 울다가도 끝이 없을 것 같은 울음바다를 멈추기 위해 눈물을 멈추고 눈가에 맺힌 눈물을 닦은 뒤 있는 힘껏 크게 미소 지으며 당당하게 부모님께 말했다.

"엄마, 아빠. 같이 온 이 사람, 제 남자친구에요. 이 사람이랑 함께 해안 도시에서 머무를 거예요."

날씨도 좋고, 함께 하는 사람들의 기분도 좋았다. 어쩐지 모든 것이 잘 될 것만 같았다.

계명성국에 돌아오고 부모님을 만나는 동안 어쩐지 세희가 더 이상 미래를 보는 일은 없었다. 그래서 세희는 오랜 시간 귀에 걸고 있던 돌고래 피어싱을 빼고 대신 작은 하트모양의 피어싱을 하기로 했다. 여러 감정을 되찾고, 차가웠던 심장이 다시 뛰고, 따뜻한 사랑을 만났기 때문이었다. 세희는 모든 일이 끝난 후 해안 도시에 들어온 날부터 정신의 아파트에 계속 머물렀다. 그러면서 박세희로서 앞으로 무엇을 할지 생각해보게 되었다. 우선은 세계정부에서 겪었던 일들을 글로 엮어 책으로 낼 계획을 가지고 움직여보기로 했다. 정신은 앞을 향해 나가기로 마음을 먹은 세희를 매일 사랑스러운 키스로 응원해주었다.

라우더가 사라진 세계는 정말이지 역동적이다. 중간이랄 것이 없다. 기쁨과 환희의 폭이 커진 반면 슬픔과 분노의 깊이 또한 깊다. 세상의 일들은 끊임없이 일어나고 무엇이 진리인지, 무엇이 진정한 정의인지 알 수 없을 만큼 복잡하게 움직인다. 그런데도 지금 사람들의 표정은 다채로워 말로 다 할 수 없을 만큼 아름답게 빛나고 있다. 세계정부, 계명성국의 어떤 가치관에도 정답은 없었다. 하지만 사람들을 억압하고 속박하는 것은 절대 정답이 될 수 없었기에 베어는 무너졌고 계명성국은 그 명맥을 이어갈 수 있었다. 앞으로도 계명성국의 사람들은, 그리고 세상의 사람들은 이 사실을 잊지 않으며 살아갈 것이다. 그리고 앞으로 또 베어와 같은 사람이 나타나 세상을 쥐고 흔든다고 해도 새벽별과 같이 빛나는 마음으로 모두가 함께 헤쳐 나갈 수 있을 것이다.